长篇小说

闯关东的女人

王毅 著

人民日报出版社

图书在版编目（CIP）数据

闯关东的女人/王毅著. -- 北京：人民日报出版社，2017.9
ISBN 978-7-5115-4958-7

Ⅰ.①闯…　Ⅱ.①王…　Ⅲ.①长篇小说—中国—当代　Ⅳ.①I247.5

中国版本图书馆CIP数据核字（2017）第229938号

书　　名：	闯关东的女人
著　　者：	王　毅
出 版 人：	董　伟
责任编辑：	陈　红　刘天一
封面设计：	小左文化
版式设计：	大有艺彩

出版发行：人民日报出版社

社　　址：	北京金台西路2号
邮政编码：	100733
发行热线：	（010）65369509　65369527　65369846　65363528
邮购热线：	（010）65369530　65363527
编辑热线：	（010）65369844
网　　址：	www.peopledailypress.com
经　　销：	新华书店
印　　刷：	北京鑫瑞兴印刷有限公司
开　　本：	700mm×1000mm　1/16
字　　数：	375千字
印　　张：	23.75
印　　次：	2017年12月第1版　2017年12月第1次印刷
书　　号：	ISBN 978-7-5115-4958-7
定　　价：	48.00元

目录

序　言　　　　　　　　　／001

引　子　　　　　　　　　／001

上卷　秦瑞珍　　　　　　／001

中卷　陈尚蕙　　　　　　／111

下卷　章青青　　　　　　／261

序 言

王经勉

我爱人王毅（以下改称"作者"）完成这本《闯关东的女人》，我也分享了一点成就感，因为作者创作动机的萌芽多少与我是有一点关系的。这并不是因为我懂得文学创作，其实我是《红楼梦》都看不下去、根本不懂小说的人。就是作者近年来出版的《情封旅顺口》和《冷暴围城》两部长篇我也都没耐心去读。但在作者问到我对那两本书的评价时，我总是说："真还没有平时你讲的你母亲和姥姥的故事好听呢！"我这个回答真是一半玩笑一半当真。说那两本书不好是玩笑，但说作者讲的故事好听确实是当真的。我认为自己的这个说法提高了作者对自己家族往事文史价值的认识，这是促成她决定写这部《闯关东的女人》的最初动因。再有就是这本书采用这样一个书名也是我的建议。我的建议内容挺啰嗦的，一时半会儿说不清，但作者相信我熟知书中人物原型的故事，对她的这部小说的创作意图也清楚，于是同意由我来写这篇序言，能把书名中"闯关东"和"女人"的含义说清楚就行。

先说闯关东。中国历史上人口大迁徙中与走西口和下南洋并列的闯关东的概况不用在这里赘述，清末以来山东人跨越渤海闯关东的时代，是作者所讲的故事的时空背景，故事主角的原型是作者家族中的几代人。早年我见到作者的爷爷奶奶、姥爷姥姥时，他们都是年已耄耋、平和而安静的老人，不可能对众多的孙辈女婿之一的我有打招呼以外的交流；我和作者父母交流得也不多，对他们零星讲过的往事印象也不太深。之后多年来作者陆陆续续讲到的自己的家族往事，才使我越来越多地知道了，他们都是正宗的跨渤海闯关东大潮中的弄潮人。特别是电视剧《闯关东》热播时，我更是对几位早已过世的老人年轻时的作为心生崇敬。作者在讲到她所知道的那些家族往事时，总是要提到三个环渤海城市：山东荣成、辽宁大连和天津。这三个地点之间的连线，就是故事中的人物原型在新中国成立之前活动的路线图，而这正是从海上闯关东的途径。其间他们经历的自然和社会风浪当然不会少，但最后的家族的归宿还是大连，他们和众多来自山东的老乡及其后代一起成为大连的一部分，作者的家族更是典型的大连市民。说到市民，我想这是作者故事的特点所在，这些故事可以对已有的闯关东题材的文艺作品补充一点必要的内容。我注意到，已有的文艺作品中表现的闯关东人，多是从事寻找土地、找矿淘金、伐木放排和采集人参等等在城市之外的活动，为数有限的城市谋生的闯关东人，也限于在码头和工厂中从事重体力劳动。而作者的父系和母系祖辈及其子女的闯关东则是另一种生存状态，作者的祖辈都是在商家学徒后自立门户经商，家境足以培养子女读书，使下一代多成为读书教书之人，沿袭到孙辈子女更是教师如云。所以我听到的闯关东人的故事都是这样的大连市民的活动，这样的故事汇集到闯关东的作品中应是很有特色的补充。

百度百科的"闯关东"词条中说，如果说清政府于19世纪在上海开埠，是浙江宁波人为首的移民造就了当时的移民城市上海，那闯关东造就的具有代表性的移民城市则是大连。我在改革开放之初来大连上学及工作后注意到，大连人的原籍几乎都是山东。甚至互相都是山东人但连老乡都攀不上，只有遇到祖籍是同一个县的山东人时才热情地互称老乡。正是当年的闯关东才使得如此众多的山东人成为现在的大连市民，闯关东这一宏大题材的创作有待更多的新作品加盟，作者的创作意图之一就是以大连市民的故事也来讲讲闯关东。

再来说说女人。书中的主角秦瑞珍、尚蕙和青青都是女性，作者的姥姥、妈妈和她自己就是这几个人物的主要原型。作者当然对姥姥和妈妈在闯关东大潮中的经历景仰有加，但考虑是自己家人的缘故，只是以大连市民中的普通女性的笔调讲述，称之为闯关东的女人。书中闯关东的女人确有豪侠之气，她们的故事一如那个时代渤海浪涛的涌动，称之为沧海横流、时代流变和代际流传似不为过。诚然，闯关东大潮故事的主角都是铮铮铁骨的山东硬汉，劈波斩浪、过关斩将的都是男人，但这不是作者这本书的主要内容，《闯关东的女人》在这点上与先前的闯关东作品有所不同，故事是以女性经营和维系家庭中的主角作用，让在外搏击谋生的男人们有家这样一处永远避风的港湾。家庭永远是社会的细胞，大连作为市民社会的一面，确实赖以每个市民家庭的支撑才得以存在和运转。《闯关东的女人》也是从女人进而也是家庭的层面，对闯关东题材的文学做一个新角度补充吧。当然，作者可不是为了追求新角度而这样讲故事的，书中的故事是现实的。她多年来提到家族往事时总是说，俺妈说……俺姥说……我感觉这两位书中女主角在现实的家庭生活中也是唱主角的，甚至她们的语录都已成为作者在我们家里唱主角的行为准则。"俺姥说，有棍拄（方言发音 ju）着，没棍立（方言发拼音的三声）着。"意思是告诉人：别靠别人，自己干吧！"俺妈说，这比考大学还难吗？比写三篇文章做六篇诗还难吗？"这意思是说，眼前这点儿困难不算大，不会比寒窗苦读和考出好成绩更难的，更没有比因家庭经济或政治条件被限制报考大学的困难更大。这些语录确实都挺励志的，都是在鼓励自己，也是鼓励家里的男人要勇往直前。书中的女主角们正是这样的形象。书中副线的几个家庭兴衰的故事，也是从不同角度讲述闯关东的女人们不可替代的作用。特别是书中的故事主要发生在日本 40 年殖民统治和苏联驻 10 年时的大连，书中不乏大连这一独特的历史时间和人物作为故事的时代背景，这样小人物与大背景的搭配也是本书的一个特点。稍显夸大一点来说，本书可算作大连人版的闯关东故事吧。

　　我这样解读书名并介绍本书当然不免枯燥笼统，读者还是在书中才能感受到作者的真情实感。作者说，书中的故人众多，但自己感觉主要还是在对妈妈倾谈，而我对作者的这种感觉完全理解。书中既处处流露着人所共有的对母亲养育之恩的感激之情，又令人感受到作者和母亲是在六七十年代艰难岁月身心共渡的知音。还有，作者把自己多年来从事散文、纪实文学乃至如今长篇小说的文学创作成绩，很大比重地归因为从童年时起母亲文学写作的熏陶和培养。一篇《向日葵笑了》的短文，是作者的母亲投给《中国少年报》的稿件，发表后又被收入 1962 年版的小学语文课本，现在年近 70 岁的人都学过这篇课文的。作品就是人，我很理解作者在作品中的感情倾注。从书中三代女人的故事中，读者可以看到闯关东的女人及其后代的坚韧、坚强、坚贞、坚硬的品格，看到她们一代代地支撑着助力着家庭乃至城市的发展和繁荣。

　　（作者曾为中共大连市直属机关工委党校校长、中共大连市直属机关工委副巡视员）

引 子

清光绪二十八年，公元1902年深秋的一天，山东省荣成县北柳村一户人家窗户里传出阵阵嘶哑的叫声，院子里站满了人。接生婆满头是汗，不断地喊着："姑奶奶，再使点儿劲，再使点儿劲，就出来了，快了、快了，就出来了！"女人显然已经没有力气，听到产婆的催促，睁开眼睛，突然，发出一声凄厉的喊声，声音从窗户传出来，院子里的人都一震。几乎挣扎了一天一夜的产妇，竟然还能喊出这种声音，人们有一种不祥的预感。终于，孩子的哭声打消了院子里人的疑虑，产婆抱着孩子送到院子里一对老年夫妇面前："老爷、太太，生了，是个女孩。"被称作太太的女人双手抱过孩子，两眼噙泪："你这个丫头够咬牙的，你娘生了你一天一夜呀！"

忽然，屋子里传出叫喊："不好了，姑娘不好了，血止不住了！"

老年夫妇对看一眼，赶紧朝屋子里走去，进到屋里，只见女儿眼神已经散了，嘴里还喃喃着："没娘，你可怎么活呀！"看爹娘一眼，无限留恋，却已经说不出话，双眼慢慢闭上。老妇人对老爷说："快救救女儿！"老爷摇头："来不及了！她走了。"

一男子跟在老夫妇后面进来，跪到地上："你走了，我怎么活呀！"

老爷看看跪倒的男子，皱皱眉头："你也照顾不了孩子，我和你娘抱回去吧。"没等男子回话，两夫妇走出屋子。

老爷赵汐江，方圆几十里有名的中医，夫妇俩三个儿子，只有赵兰珍一个女儿，从小捧在手心里，锦衣玉食。没想到女儿竟然也对中医有了兴趣，从小跟爹学医，却不把终身大事放在心上。眼看二十多岁的姑娘还没出嫁，爹娘着急，有人做媒邻村一男子秦启明，家中贫困，读过私塾，却不思耕田。赵汐江和妻子商量，不如在村里买房，让他们在本村成婚，就让秦启明跟自己学医，也可养活一家老小。不在一起住，也不算倒插门，给女婿一个面子。

于是，赵兰珍23岁那年，与21岁的秦启明结婚。婚后怀孕，谁想到生下女儿，却送了性命。外祖父、外祖母把女孩抱回家，起名秦瑞珍。女儿因外孙女而死，便把女儿的一个字给了外孙女。

过了几天，秦启明来到赵家，右肩搭一包袱。跪下拜见岳父岳母，说自己一男人，无法照顾女儿，女儿就请二老费心。又说，妻子去世，靠岳父岳母生活恐被人嚼舌头，也怕赵家人不待见，所以想出去闯荡。

赵汐江叹气："也好，你放心去吧，等瑞珍长大，自会认你这个父亲。"

秦启明磕头后起身离开。后来有人说，在码头看到秦启明上了一艘去高丽的轮船；还有人说，在高丽看到秦启明已经另娶女人，生儿育女。无论说什么，秦启明再无音讯，秦瑞珍一生也没见过自己的父亲。

赵汐江吸取女儿的教训，不让外孙女跟自己学医，又受"女子无才便是德"观念的影响，虽然自己家中就设有私塾，却不让秦瑞珍学，只让她学学女红、厨艺，以备将来为人妻为人母。秦瑞珍偏又极聪明，又有主意，常跟在舅舅孩子后面，悄悄去私塾，人家在学堂里面背书，她在外面背。有一天，老师考学生背《道德经》，屋子里的背不出来，屋子外面的瑞珍竟清晰地一字不错地背了出来。老先生出门看到她，不由感叹："可惜了，是个女娃，不然也考个状元、探花，最差也是个秀才！"

从此，大家不再赶瑞珍走，她站在书房外面背会了《道德经》《弟子规》《孔雀东南飞》《木兰辞》等，后来被外祖父知道，立即禁止，怕她再走上娘的路。可外孙女还是走了娘的路，外祖父、外祖母只想给瑞珍找个好人家，挑来挑去，把瑞珍挑到19岁，再不找，也要成老姑娘了。

这一年，邻村闯关东的陈家二儿子陈千里从大连回家，据说带着大洋，雇人打地基、盖房子，要在老家娶媳妇。风声传出来，赵汐江想，虽说陈家原来是穷人家，但听说三个儿子都去了大连，混得还好，把外孙女嫁过去倒也不错，于是央了媒人去说亲。对方一听说是赵家外孙女，自然是欢喜的。陈千里当年刚好二十，大秦瑞珍一岁。换了生辰八字，双方都无意见，就定下了亲事。

陈千里中等个，壮壮实实，四方脸，浓浓的眉毛，一张大嘴。人说男人嘴大吃四方，从山东吃到大连，将来必定是发达的。

夏天订婚，隔两个月，初秋时节，秦瑞珍就该出嫁了。出嫁前，赵汐江叮咛外孙女："你从小没爹没娘，是个苦命人。有我和你姥姥，从小到大，倒是没受苦。出阁以后，就是人家的人了，姥姥、姥爷也帮不上你，你要记住，女人在家贤淑、男人在外才能不惹祸事。我给你陪嫁的家具、被褥各两套，一套在现在的家用，看你早晚是要去大连的，去大连带走一套。人走千里不能没有老家，外面如果过不好，还可以回来，老家还有家。有一天我不在了，你舅舅、你的表兄妹还在。记住了？"

秦瑞珍泪眼婆娑："瑞珍记住了。"给姥姥、姥爷磕头，洒泪而嫁。

洞房之夜，陈千里挑开盖头，看到秀丽端庄、朱唇皓齿的妻子，想想自己一个穷小子，竟然娶了如花似玉的女子，不由激动。秦瑞珍瞄丈夫一眼，却看到脸颊上几个浅麻子，心不由一动：怎么是个麻子？陈千里感觉到秦瑞珍对自己并不十分满意，连忙说："以后俺挣的钱都给你，咱家让你当家。"秦瑞珍反倒不好意思起来。

结婚后，陈千里在家住不到一个月即返回大连。每两个月，定期有大洋寄回家，日子倒也安稳。先后生了大女儿陈尚蕙、大儿子陈尚中。尚蕙四岁的时候，老父去世，家中没老人，陈千里决定把一家人带到大连。雇了船，把妻子、孩子、家具都运到大连，在码头雇车拉回家。瑞珍下车一看，陈千里嘴里的千里洋服店，只是敷岛广场一间临街、倒也宽敞的大屋子，后面两间小屋子，一间家人住，一间徒弟住。一家四口人把家具摆上，除了炕，几乎就没有什么地方了。秦瑞珍知道，以后这儿就是自己的家，山东成了老家、成了故乡，怕是回不去了。

上卷 ⊙ **秦瑞珍**

一、子衿南来

1936年早春时节，大连海港客运站汽笛长鸣，又一艘山东来的客轮进站。轮船缓缓靠近岸边，甲板上已经挤满人，拥挤着、跷脚眺望着。日俄战争后，日本人对大连开始加速建设，急需各种劳动力，尤其海港的扩建，东北的矿产、木材、粮食源源不断地运往日本，对海港工人的需求不断膨胀，被各种招工工头花言巧语招来的码头工人，常常在这儿一船一船卸下来。他们都是来自山东的农民，这些海南丢儿放弃土地、乡情，抱着发财、养家的梦想越海而来。

从今天船上的乘客看，显然不是招工船，从服装上就可以看出来。有长袍马褂、有西装革履，也有短打扮的劳工者。在甲板上的人群中，有一对似是母子的乘客。

女人身上散发着少妇的娇媚，得体的蓝地白花衣裤，油黑的头发整齐地在后脑勺绾一个大大的发髻，用一支亮闪闪的银簪子别着。与女人并肩而立的少年十几岁的模样，白净的皮肤、高高瘦瘦。穿着宝蓝色、亮闪闪的长袍马褂，头上竟然戴着一顶与马褂颜色相同的瓜皮帽。白底黑帮的鞋底与鞋帮黑白分明，从衣服到鞋都是新的，新得让人一眼就能看出来，新得像过年换上新装的大家少爷。少年的脸上阴云密布，一双眼睛透着迷茫和惶恐。他一直微微低着头，即使甲板上所有的人都伸着脖子看船外面的世界，他依然微微低着头。

中年女人扯扯少年的衣袖："子衿，到了大姨家，要好好干活。走到这一步……"这番话，这个女人在船上已经反复说过几次。

叫子衿的少年抬起头，用眼光制止女人继续说下去："小姨，我知道……"

小姨看着外甥，欲言又止。想想，把眼光从子衿身上移开，望着站台上熙熙攘攘等着接客的人。她知道，他们是不会有人接的，虽然前面来过信。至于什么时候到大连，甚至能不能到大连，都无法确定下来。好在收到丈夫表姐秦瑞珍的信，同意让他们来。想到姐姐家这几个月的变故，泪水再次涌满她的眼眶。

人们都急着下船，这两个人倒不着急，前面的人快走光后，悬梯上的人变得稀散起来，娘俩才慢慢把着扶手走下悬梯，慢慢走到检票口，慢慢走出客运站，站到大连的土地上。海港客运站高大得让他们惊叹。叫子衿的年轻人仰头望着，明亮的玻璃窗在太阳照耀下闪闪发光，他有些看不清，但还是看清了大门顶端那只振翅欲飞的雄鹰。他闭起眼睛，躲避着阳光的刺激，嘴里嘟囔一句："燕雀安知鸿鹄之志哉！"

客运站门口的人已经不多，大部分都走光了。站在客运站台阶上面，下面的广场一览无余，脚下的花岗石楼梯宽阔、陡峭。这些宏大是他们从没看到的。小姨不自觉地拉住外甥的手，外甥的手凉冰冰的，小姨的手也发凉。叫子衿的男孩也紧紧回握小姨的手，他们互相看一眼，都在给对方力量。无论多么陌生，来了，就要往前走。

看到两个穿着光鲜的人，立即有拉客的三轮凑过来。小姨和子衿坐上三轮车，小姨从兜里掏出一张纸，告诉三轮车夫，敷岛广场三里巷千里洋服店。三轮车夫说一声，好嘞。抬起车把跑起来。

俩人的手一直紧紧握着。面对的会是什么情况，热脸不敢想，不是冷脸就好啊。子衿发凉的手，在小姨的手掌中，慢慢有了温度。他看一眼小姨，想说什么，还是什么也没说。小姨知道外甥的心思，好好的日子，突然就变成东躲西藏被追债的人，任谁也难以自制，况且他还只是个15岁的孩子。

三轮车将娘儿俩拉到敷岛广场的千里洋服店，小姨给了车费，仍然拉着外甥的手，俩人抬头看着在暖暖的春风中飘着的招牌，上面五个红色的大字：千里洋服店。少年子衿的眼睛突然睁大，轻声嘟囔："好标准的宋体。"小姨看一眼外甥，叹口气，停下脚步，又叮咛道："做学徒，可别再冒书呆子气。"

子衿默默点点头。

大门是对开的，小姨推开一扇门，先走进去，轻声问："这里是千里洋服店？"继而看到一中年男人手拿卷尺正在给一个日本男人量胸围。男人正是陈千里，看到小姨，立即明白了面前的人是谁，朝后面喊一声："他娘，老家人来了。"这才转身朝小姨点点头:"你姐在后屋,马上就来。我这儿有客人。"

小姨连连点头:"你忙,姐夫。"

门帘撩开,走进一个女人。三十五六岁模样,眉眼周正、身体匀称。一双细长的眼睛温和而带几分严厉。和小姨一样,也是在脑后绾一个发髻,用一黑色的纱网将发髻拢住。小姨一步跨上前:"你就是瑞珍姐吧?"

"你是二哥家的?"

小姨拼命点头,泪水一下涌出来,终于见到了亲人,似乎秦瑞珍急忙的脚步、温和的眼睛让她感到这是少见的热脸。

秦瑞珍握住小姨的手,上下打量着,看看站在后面一直没说话的少年:"这就是你信上说的大姐的儿子何子衿?"

小姨说不出话,只是点头。子衿走上前来,恭敬地鞠躬:"大姨好,我是何子衿。"

秦瑞珍放开小姨的手,转而拉住子衿,上下看看,眼睛也红了:"走吧,我们到后面去。"

来到后屋,两间房子,一间大的是秦瑞珍一家住着;一间小的,是两个学徒和秦瑞珍两个儿子住的地方。

招呼客人坐下,秦瑞珍给俩人倒上茶水:"喝口水吧,休息一会儿。"

俩女人相对而坐,其实,她们可以说根本就不熟悉,从来没见过。秦瑞珍从来就不知道自己父亲家还有什么人,和自己有什么血缘关系。直到半个月前,忽然接到小姨的信,这才知道,原来父亲还有两个弟弟、一个妹妹。他们的孩子都和自己年龄相仿,也都结婚生子。二哥就是父亲大弟弟的儿子,年长自己一岁。眼前的子衿小姨就是二哥的妻子。

小姨轻轻抿一口水,再一次述说起来:"姐姐家本来是过得很好的。姐夫虽然识字不多,但也读了两年私塾,知书达理的,对姐姐好得很。家里十几亩地,虽然不算有钱,但一家人吃住是足够的。农忙时找两个帮工,平时姐姐和姐夫伺候着就行。子衿一出生,姐夫就说,这孩子将来是读书的料。何家三代单传,子衿出生,他爷爷高兴得不得了,做主卖了一亩地,给子衿打了一把金锁,拴住他。

"八岁就送到私塾,读了三年,烟台也有洋学堂,本来是要把他送去读书的。谁能想到，前两年，姐夫突然就抽上白面，十几亩地，一亩一亩地卖，气死了老爷子。二三年功夫，全折腾没了。姐姐知道不好，提前把子衿的一些东西送到我家里。上月初，姐姐竟然跳井了！原来是姐夫借了高利贷，被追得没法，他竟然跑掉了！子衿奶奶一口气没上来，也过去了。好好一家人，就剩下子衿一个人。债主不但把房子收去，还要抓子衿抵债。我们没办法，只好将他从荣成送到烟台的亲戚家中，可还是不安全。想来想去，想到了你。说有个堂姐在大连，因为大爷多年前就走了，两家人没有来往。我一听，就央求他无论如何救子衿一命。虽说这么多年没来往，可毕竟大家都姓秦啊。我是秦家媳妇，娘家有事，我又能找谁呢？！

"他也为难，说虽然是堂姐弟，可从来就没有来往。我说，咱去求求，老医生远近闻名的好人，说不定能帮咱一把。我俩就偷偷去了你姥爷家，求老人家帮一把，把你的地址给我们。老人家厚道，什么都没说就将地址给了我们。我也不认字，让他给你写信。姐，你不知道，看到你回信，同意子衿来，把我乐的，我姐就这一根苗呀，我总要保他周全！要不然，将来有一天到了地下，我见我姐我说什么呢！"

秦瑞珍拍拍小姨的手："放心吧，到这儿就安全了，没事。他还敢到大连撒野？！"

秦瑞珍拉过何子衿的手："这双手，哪是干活的手？白瞎了，该去读书的。"

"可不，虽然不读私塾，可姐姐一直也没让他做农活，只帮着家里干点儿零活，不舍得使他。"

一直没有说话的何子衿站起来："大姨，我能做活，我什么都能做。爹刚开始抽大烟的时候，娘就告诉我，这个家要败了，家败了，就不能供我读书。将来我落到什么地方，就得在什么地方讨生活。讨生活，就要出汗出力。大概那时，娘就做好了走的准备。"说到娘的死，子衿的头深深地低下去。

秦瑞珍的心狠狠地抽一下，想起自己从小也是这样寄人篱下的。虽然说姥姥姥爷对自己很好，可是和舅舅的孩子们在一起，还是自觉矮人一头的。

心里这么想，秦瑞珍脸上并没有表现出来。对子衿的安排，她有些迟疑。学徒三年，其实是不学手艺的，是给师娘打下手，做各种家务。这双手，能打水、和煤、做饭吗？

小姨看出秦瑞珍的迟疑，赶紧说："姐，债主要抓他去抵债。姐，你就收留他，救他一条命，我姐在天之灵也会感激你的。"

秦瑞珍说："我知道，我答应你们让他来，就会保他周全。你放心吧。"

小姨打开包袱："姐，我姐当初看到家非败在我姐夫手中，就把她这些年的私房钱送到了我那儿。这是两块大洋，还有这个金锁，是子衿出生的时候买的。也怕上这儿被人家看轻，他这身衣服和鞋都是我用自己的体己钱给他做的，没想到，下船一看，哪有穿这种衣服的，白叫人笑话。这两块大洋，就给他买衣服吧。"

秦瑞珍接过来："好，我收着。子衿，这是两块大洋、一把金锁，你看好，什么时候你想用，就和我说。"

子衿低下头："我不用，那把金锁是娘留下的念想，我不会用的。"

徒弟沈铁柱来喊吃饭，秦瑞珍站起来："没有什么好吃的，将就一下。这一大家人，我自己四个孩子，大闺女今年刚考上旅顺公学堂，在学校住宿。加上学徒的，一家八口。既然来了，就安心住下。"

小姨在大连盘桓了两天，就要回去。临走时，对外甥再一次千叮咛万嘱咐，说了无数遍的话又再说了一遍，对之前从未见面的夫家姐姐也是千恩万谢的。在客运站，要给秦瑞珍跪下，被秦瑞珍一把拽住："千万别，我虽然从来没和秦家有过来往，可我终归是秦家人，姓秦家的姓，就是一辈子的牵连。你是秦家的媳妇，如今找到我，从哪儿论都是要帮的。这些年，只要老家收成不好，甭管旱灾、水灾，村子里都会来人，都有各自的难处，有一点儿活路，也不能让孩子当了海南丢儿。我们能帮的总是要帮一把，家里两个学徒，都是这样来的。实在帮不上，就介绍给别人。"

小姨已经哭得成了泪人，把着外甥的手不舍得放。这半年多的动荡，倒使子衿没有了小孩子的天真。他很认真地告诉小姨："小姨，你放心吧，我会在大姨家好好干活。我能干活，真的，我什么都能干！"

鸣叫的汽笛在催促远行的人，小姨一步三回头地走上轮船。望着轮船徐徐离去，直到看不见人影，秦瑞珍和何子衿才返身离去。出客运站大门，有拉三轮的凑上来，秦瑞珍摇摇头，对子衿说："子衿，咱俩走走吧。家里总有人，想说个体己话都没处说。这里就咱俩,我和你说说。"

子衿点点头,睁大眼睛看着这个才认识的大姨。

秦瑞珍想起昨天晚上和丈夫陈千里的对话:"就让他也跟着你做家里活,你有空教教他锁眼、钉扣。继祖学徒快两年了,再有不到一年就出徒了,等继祖出徒,就让他帮你。"

秦瑞珍摇摇头:"我不想让这个孩子像其他人那样学三年徒。"

陈千里看着妻子:"不学徒做什么?"秦瑞珍没说怎样,只淡淡地:"先看看再说。"陈千里本来话就不多,平时心里只有他的洋服,家里家外全由妻子打点。既然妻子说看看再说,就看看再说。

娘儿俩走在客运站前面长长的广场上,一会儿工夫,广场上的人就走光了,只有零散的几个人。子衿低着头,不说话,他还不知道怎么和这个大姨说话。"子衿,在这儿做学徒,挺苦的。家里有干不完的活,你能行吗?"

子衿站住,望着秦瑞珍:"大姨,给您添麻烦了。我没学过做洋服,我会好好干,这两天,看姨夫在前厅忙着接活,做洋服。听小姨说,姨夫也是从小从海南家来这儿的,比我还小呢。我都15岁了,我可以的。"

他用恳求的眼光看着秦瑞珍。就是这眼光,让秦瑞珍心痛:好好的家,好好的日子,一下就没了。按理说,何子衿不算少爷,只是个殷实人家的孩子,可是,小户人家的孩子也高贵呀,况且三代单传。只是高贵他的人一下都没了,这个打击,让这么小的孩子能受得了吗?

她笑笑:"我知道你能行,一看你就是好孩子。你以后要在这个家住下去,至少也要住几年,有几件事要嘱咐你。"

"嗯。我听着。"

"咱们这个家,说大也不大,说小也不小,就这一家人,也是总有事。你以后还是按规矩叫我师娘,叫你姨夫师父。我们是亲戚,如果你大姨、姨夫的叫,前面的师兄就会认为我偏袒你,不能让他们抓这个把柄。尽管心里我会有远近,但表面上还是要一碗水端平。这几天,我就安排你拜师。这样,学手艺、做事都更名正言顺。"子衿认真地看着秦瑞珍,认真地点头。

"再有,你师父这个人,心里除了洋服,没有别的。他自己一门子心思干活,也喜欢一门子心思干活的孩子。让他喜欢你,只要认真干活就行。"子衿点头。

"家里两个徒弟，一个沈铁柱，一个王继祖。铁柱没有多少心眼，跟着你师父做活，只是少点儿灵气；继祖呢，灵气不少，做活却喜欢藏心眼。这些，你心里要有数。守什么人学什么人，人有灵气好，太有灵气了，总想捡便宜就不太好。"子衿点头。

"还有，就是我有两个儿子，一个陈尚中、一个陈尚正。尚中是哥哥，你师父一心想供孩子读书。按说，这些年也挣点儿钱，可没添房子也没添地，都供孩子上学用了。他们俩现在都读小学，都皮得很，以后在一个房间睡觉，他们不听话，你大，就管着点儿，别和他们一样。还有一个小师妹，就是你看见的六岁的尚美。

"再有一个，就是你师姐。她今年14岁，比你小一岁。按规矩，你入门晚，就叫师姐。今年刚考入旅顺师范公学堂上学，平时不在家。每个星期六回家，帮我做些家务，后天星期六晚上就该回来了。我本来不愿意她读书的，女孩子家家的，读那么多书做什么？可她坚决要读书，要去考师范学校，说不要学费，管吃饭、管穿衣、不用家里供。偏偏她爹就任她性。这几个孩子中，尚蕙是最当他爹意的。我说你能考上你就读，那管吃管住管学费的地是谁都能去的吗？谁想到死丫头真的考上了。"

说着，秦瑞珍脸上露出笑容。子衿睁大眼睛，心里感叹，还有这样的地方，不要钱读书，还管饭！但他仍然没说话。

"最重要一点，就是你知道学徒三年，本来是不传授手艺的，只是跟着我做家里活。你师父的师父是他哥哥，他自己亲哥哥。三年，没教他任何手艺，给他大嫂足足倒三年尿壶。什么兄弟情分，是一点不讲的。幸好他自己有心，偷着学艺，出徒就自己做。你和他们不同，这些年来，你是咱家第一个上过学、识字的学徒。你师父和你两个师兄，都是睁眼瞎，一天书没读的。我在老家跟着哥哥、弟弟，学一些诗啊词啊的，但也没识字。那些字，它们认识我，我不认识它们。这两天我品你，也是个有心的孩子。咱俩现在说好，以后每天早饭后，没到做午饭这段时间，我来教你一些做洋服的基本活。你只要用心学，凭你的聪明是一定会很快学会的。三年学徒，虽说是老规矩，如果你学得好，也可以提前跟着你师父做活。尚蕙回家来，找点儿时间，你跟她学点儿日本话。几个孩子上学,这个家里没有一个会说日本话的。小鼻子来做衣服,全靠比画。如果你能说几句日本话,也就可以早点儿上前台接活,就能成手了。"

子衿一直没说话,听到这儿,他给秦瑞珍深深地鞠躬:"谢谢师娘抬爱。"

秦瑞珍微笑:"读书人和没读书就是不一样,我知道你懂了,这就好。"

子衿正式成为这个家庭中的一员,成为陈千里的徒弟。清晨起来,帮着师娘倒尿壶、烧火、做饭。大家吃完饭,一切收拾完,他总是敲敲门,秦瑞珍应,子衿进来吧。他才进去。小姨给做的那套衣服和鞋收起来,秦瑞珍让丈夫赶做一套深蓝色的工装,穿在身上,套上套袖,就有了学徒的模样。

第一天,教的是钉扣,然后是锁眼、撬缝,做西装的配套工序,也是决不可疏忽的手艺活。秦瑞珍一针一针做给他看,做这些个关键是仔细、用心。当然,也有一些窍门,一般师父是不传的,让你自己去琢磨。秦瑞珍却把这些窍门一一告诉他,什么地方线该紧一点儿、什么地方该松一点儿,教得用心,学得也用心。一个星期不到,子衿交给秦瑞珍的竟然是平平展展、精致细密的成品。秦瑞珍接着在后屋里开始教他如何给人量体裁衣,从脖子处讲起,一个细节也不漏。何子衿几乎不眨眼地听师娘说,回到自己屋来,就拿出从山东带来的本子,那还是读私塾的时候爹爹给自己买的,把师娘说的要点一一记下来,干活的时候也想着怎么做。秦瑞珍告诉他,一件衣服能否做好,量体最重要,高矮胖瘦不一样的人,有不一样的量法,这样,才能做出合身的西服。

第一个星期陈尚蕙没回家,说功课吃紧,要在学校学习。第二个周末,何子衿正弯腰给炉子添煤,听到清脆的声音从前厅传来:"爹,我回来了。"

接着是师父的声音:"回来了?爹看看,怎么都瘦了?"

"没有,就是国文考试,老先生要求得太严,天天摇头晃脑地背书,挺累的!"

"去吧,你娘在后屋做饭呢!"

虽然没看到,子衿能想象出来师父抬头看女儿时的爱惜神情。师父每天在前厅,不是给人量衣服,就是拿个大剪子在裁剪,要不就坐在缝纫机前做成衣。除了客户,家里人无论谁从前厅走过,他是连头也不抬的。刚才缝纫机在响,师父是在做西服。尚蕙回来,他竟然停下来,可见师娘说的不错,大女儿是最中师父意的。

门帘一撩，进来一个少女。藏蓝色的套裙，白色的领结像一朵美丽的花儿开在胸前。初冬时节，竟然穿着裙边不到膝盖的短裙子，倒是厚厚的毛袜子、黑色皮鞋。风一样飘到他面前，一双笑盈盈的丹凤眼看着他："娘，我回来了，这就是信上说的何子衿吧？"

秦瑞珍看着女儿："是，就是你上次回来读的那封信上说的孩子。子衿，这就是你师姐。尚蕙，子衿比你还大一岁呢，进门晚，就叫你一声师姐，你可别真把自己当姐。"

子衿一下红了脸，手脚都不知往什么地方放，从来没见过这么开朗、漂亮的女孩。他低着头，想想，又抬起头："师姐好，我是何子衿。"深深地鞠一躬。陈尚蕙"噗嗤"一下笑起来："真是孔圣人家乡出来的，这么小，就一身学究气！"

秦瑞珍假装沉下脸来："尚蕙，别没有正形，他叫你师姐，你就要像个姐姐的样子。"秦瑞珍一面说着，手并没有停下来，在往锅上烀着饼子。

"好吧，以后要多多向老夫子请教。娘，我去洗衣服。"说着，进到里屋，一会儿工夫出来，换一身家常女孩衣服，双手抱着一大木盆脏衣服。

何子衿醒过神来：看来，在这个家中，没有人是可以不劳动的，除了六岁的尚美。秦瑞珍似乎猜到了他的想法："家里衣服都是尚蕙星期天回来洗。"

吃完晚饭，子衿帮着师娘收拾完，尚蕙对他说："子衿，一会儿爹干完活，你到前厅来，娘让我教你说日语。"

"好。"子衿简单地应一声，他看到师兄王继祖不屑地撇撇嘴，他没在意。比起那些被追债的人指着鼻子呵斥、恐吓的日子，轻蔑、歧视算什么呢？

陈千里干完活，回到后屋休息。陈尚蕙敲敲屋门："何子衿，到前厅来。"

天已经黑了，家里是不开灯的，只是借着路灯的光，屋子里影影绰绰的，能看清人影，书上的字是看不清的。

俩人坐在裁剪衣服的案板前窄窄的长凳上，一边一个。陈尚蕙并没有立即开始教日语，她双手托住下巴，眼睛中充满向往的样子："子衿，给我说说老家的事情。我四岁就跟着娘来到这儿，对老家一点儿印象也没有。老家好吗？"

"本来挺好的，可是，爹抽上白面，就一点儿也不好了，要不然，爹答应我去烟台上洋学堂的。"

"我知道你们家的事情，你小姨写的信，是我读给爹娘听的。回信也是我写的。一开始爹还有点儿犹豫，怕亲戚弄不好，连亲戚也做不成。娘说，以往不是亲戚的，一村一屯的来，咱都招呼，这自己家亲戚，怎么能不招呼？我姓秦，秦家的媳妇家有事，求到我名下，再难，也要应下来。"

"师娘对我好，什么都教我。"

"那可不，刚才娘对我说，你又聪明又好学，这些做好了，就让你上前面接待客人，给客人量衣服，让爹爹只管裁剪和做衣服呢！娘说，你要好好做，将来比爹爹还行的。"

子衿低下头，再抬头，竟然满脸泪水，在昏暗的路灯阴影下，亮晶晶的。半年多来，为躲债，每天都提心吊胆的，终于不用再害怕什么，安下心来，有了一个像娘一样关心自己的师娘。

但他还是把憋在心里几天，想问师父、师娘，却终于没问的话说出来了："大连好吗？老家人都往大连跑，说这儿能挣钱……"

没想到，从见面起一直笑嘻嘻的陈尚蕙却摇摇头："好什么？那些到海港扛大包的人都是被骗来的，住在红房子里，生活可苦呢。再说，这儿是日本人说了算，人是分等级的。"

"等级？"

"是啊，第一等当然是日本人，第二等级就是登记作关东州人的。关东州是日本的嘛，登记后，就是半个日本人了。最后一等就是像我们这样不肯登记，做中国人的人。所以，我要读书，要做教师，要让最末一等人有文化，有文化就不会受骗上当，就会有好工作，挣很多钱，成为高等华人。你明白吗？"

何子衿没想到，在大连生活还有这么多问题。一等、二等、三等，自己是三等人？还有，高等华人！

"别想了。在我教你之前，要先考考你，你给我背一下老子《道德经》中《众妙之门》那一段，看看你这个私塾出来的人什么水平。"陈尚蕙拍拍何子衿放在案板上的手。这轻轻一拍，如电流，子衿全身像通电一样，他呆愣在那儿。

"想什么呢？我要你背一段老子的《道德经》给我听，看你够不够格当我的学生。告诉你，我最不喜欢笨的人，一点儿也不喜欢。"

何子衿清醒过来，调整情绪，半年多没碰过书本，可私塾老师教过的功课，却已经深深印在脑海中，如仓库里储藏的货物，需要的时候取出来就是。"道可道，非常道。名可名，非常名。无名，天地之始；有名，万物之母。故常无欲，以观其妙……"

他顺畅地背完，陈尚蕙拍起巴掌来："太好了，你是一个聪明人。我就做你的老师，你愿意做我的学生吗？"

何子衿点头。陈尚蕙拍着手："你是我第一个学生，看来，我就是应该做老师的命，刚上师范一年级就收了一名学生。我们也拜一下师吧。"她狡黠地笑着，挺直腰杆，正襟危坐的样子。

何子衿乖乖地站起来，走到地中间，刚要跪下，陈尚蕙咯咯笑起来，抓住他的胳膊："跟你开玩笑呢，你还当真了！坐下吧，我们现在开始学日语。我每周回来教你一些单词、简单的句子。你要记住，下周回来考试，如果考试不过，就不往下教了。"

"好。"

他目光炯炯地看着陈尚蕙。

何子衿飞速地进步。白天做家务，插空学手艺，晚上学日语。他丝毫不觉得累，反倒兴致勃勃，15岁的生命，蓬蓬勃勃，有了适合的土壤，多少阳光雨露，似乎都能尽收。

两个师兄却有了意见，偏偏厚道的沈铁柱先发难，心眼多的王继祖一副不关我事的样子。一天晚上，在前厅独自学完日语的何子衿踮着脚尖，轻轻推开房间门，轻轻脱下衣服，刚要钻进被窝，睡在他旁边的沈铁柱坐起来："让不让人睡觉了？天天像个猫似的，你觉得没有声，刚睡着就被弄醒了！"

"对不起，我……我……"

他是尽量地不弄出声音来，每次，沈铁柱都睡得呼呼的，今天怎么这么清醒呢？王继祖也揉着眼睛坐起来："师弟，俺知道你要往高枝爬，可你也别爬太快，这什么事情总有个先来后到，爬太高会摔下来的，到时候摔疼了，我们也帮不上你。"

尚中、尚正哥俩也醒了，揉着眼睛看着他们，不知道发生了什么事情。

"好，从明天开始我不上前厅学习，我和你们一起睡觉。"何子衿钻进被窝。

第二天，从儿子嘴里，秦瑞珍知道了夜里发生的事情。她想，这个事情得弄明白，不然，这个家以后无法安宁。

吃完中午饭，陈千里去屋里休息，秦瑞珍把两个学徒叫到前厅："昨天晚上，你们师兄弟几个闹起来啦？"

沈铁柱憋红了脸，看一眼王继祖："是师弟天天晚上……"秦瑞珍摆摆手："你说他影响你睡觉，你平时睡觉叫都叫不醒，怎么忽然就这么精神？"她看一眼王继祖，王继祖知道师娘不好惹，想逃过她的眼光不太容易。但他不接茬，你不点我名，我就不承认，你点我，再说道理。

秦瑞珍也真就没问他，只是一字一字慢慢说道理："我知道你们有意见，都是三年学徒，他怎么就越过你们往前跳呢？不是因为他是我什么亲戚，是他和你们不一样。他读过三年私塾，识文断字。何子衿没来以前，咱这屋里，白天孩子上学，剩这四个人，都是睁眼瞎，不识字。虽然说做衣服这行不用识字也行，你们也知道，接活的时候，是要讲话的。你们在这屋里也几年了，你们总共学了几句日本话？手艺上的活除了师父教你们的，自己悟到多少？如果你们俩有一个能做，就让你们做，先来后到嘛！可你们能吗？我也不能委屈你们。铁柱你也满徒了，现在跟着师父做，如果你有更好的裁缝店，师娘不挡你。有本钱，能独当一面，师娘帮你自立门户。大连街日本人这么多，谁也不能把洋服的活全干了不是？继祖，你脑瓜子灵活，还有半年就出徒。如果你就是觉得委屈，我和你师父商量，让你提前出徒，你可以自己找前程。"

沈铁柱赶紧站起来："师娘，我就跟师父干，虽然出徒，可我好多地方都不行，我不走，以后我再不找子衿师弟茬了。师娘，你别赶我走。"

王继祖也站起来："师娘，俺再不说了，师弟有本领嘛！谁让咱不识字呢！"

秦瑞珍脸色缓和下来："让子衿快点儿出来，也是为咱千里洋服店。你师父又接活，又裁剪，还要做衣服，真是做不过来，能有个人为他挡一下，咱不也多挣钱嘛！咱家小门小户的，能多做一点儿就多做一点儿。是不？"话说到这个份上，俩徒弟只有点头的份。家中暂时安静下来。

二、初试锋芒

虽然秦瑞珍有心让子衿到前厅接活,把陈千里替下来,多做几件活,但也不能太愣,总要找个适合的机会、合适的理由。知道师娘的心思,子衿就更加暗暗用功,每次陈尚蕙检查他作业的时候,总是发现作业完成得非常好。陈尚蕙表扬他是个合格的学生,也就常给他加码,用娘给自己的零花钱到书店买了自学日语的书。做家务活的时候,子衿也在心里默念平假名、片假名。为不干扰别人,晚上,他干脆拿着书到街上去,靠着电线杆子背诵,想不起来,再翻开书,在昏暗的路灯下瞄一眼。

秦瑞珍看在眼里,知道这个人自己选对了。虽然说只是一个小洋服店,如果子衿能有丈夫的手艺,再加上识文断字,两个人的力量加在一起,洋服店会越做越好的。

一天下午,前厅来了一对日本夫妻取衣服。陈千里从衣柜里取出衣服,交付他们。日本妻子拿过衣服,反反复复地看着。从领口开始,每一个扣子、扣眼,都仔仔细细地认真检查。对自己的手艺,陈千里是胸有成竹的,要不然,也不敢接日本人的活。谁不知道,日本人是最难伺候的,况且又是日本男人的西装?行走在场面上,西装的做工如果经不起检查,就别在这行当里混了。

忽然,日本妻子低声对日本男人说了什么。日本男人低头在袖口处看看,眉头皱了起来。陈千里凑过来:"怎么了,太太有什么问题?"

虽然不懂日语,但人类的表情是共同的,高兴的时候、生气的时候、怀疑的时候,表情是一样的。陈千里知道,这位日本妻子找到毛病了。

日本人大多会说一点儿中国话。日本男人指着一只袖口处:"这……这……"

这是一套银灰色西装,其实,在裁衣服的时候,陈千里就发现有块地方有轻微的墨迹,很轻很轻,不仔细看还真看不出来。当时,陈千里就想,怎么蹭的呢？但不是自己所为，所以只是在裁剪的时候尽量将这块地方裁到贴身的一面，外面看不到。

"这点墨迹布料拿过来的时候就有的，我还尽量把他做到里面。"

日本男人生气了："八格牙路！"他把西服扔到案板上，手一挥。陈千里明白，这是说衣服他不要了，要自己赔。

"这点墨迹确实是您拿来的时候就有的。我发誓，不是我弄上去的！"

夫妻俩连连摇头，意思说不可能。新买的面料，怎么会蹭上墨迹呢！

后屋正和师娘在锁眼的何子衿，看一眼师娘："我去看看。"秦瑞珍点点头。学了快半年的日语，还没操练过。让他去看看。

子衿来到前厅，日本男人在哇啦哇啦地说着，当然是要陈千里赔偿。陈千里反反复复说，真的是拿来就有的。我裁衣服的时候，一展开布料，就看到一小块地方有点墨迹。我还用汽油擦过，基本看不出来。这不是我的过错，真的不是。

子衿听几句，马上明白了是怎么回事。他用日语对日本夫妻说："我知道怎么回事，请等一下，我马上来。"

他转身离开前厅，几个人全愣在那儿，他怎么会知道呢？

也就一分钟工夫，何子衿走出来，手里拿着一份日文报纸。他将报纸展开放到案板上。这是一张《满洲日日新闻》。这份报纸折叠得整整齐齐。能看出来，是他精心保存的。

大家一起看着子衿，不知道什么意思。子衿到后屋拿来一件自己的旧衣服，把衣服叠起来，又用一张纸把衣服包起来，报纸比包衣服的包装纸长了一点儿。子衿把这个包裹拿到日本人面前，用日本语告诉他："那天先生和太太就是用这张报纸，这样包着布料拿来的。是比包装纸长出来的报纸上的油墨蹭了一点到布上。这张报纸就是你们那天用来包布料的纸，和师父没有关系的。"

日本男人不相信，但他首先说的是："你会说日语？"

"一点点。"

日本男人看着妻子，妻子认真想想，恍然大悟："是的，那天出门的时候，我看包装纸前面露出一点儿布料来，就用这份报纸重新包了一下。这是我们家的报纸。"她指给丈夫看，那是送报人在首页上面写的他们家地址。男人看一看，再也无法否认，那是他们家地址。

男人又疑惑了："你当时就看到蹭了油墨，为什么不说，而是将报纸保存起来留作证据？"

何子衿摇摇头："那倒不是，我用这张报纸来了解新闻，也学习日语。刚才你们在这争论，我立刻想到这张报纸。我们家没有油墨的。"

日本男人点点头，用半生不熟的中国话对陈千里说："你徒弟很好，学日本语，中日亲善。"

额头上全是冷汗的陈千里虽然不懂日语，但徒弟拿出报纸，对方态度的缓和，何子衿的一番亲自还原当时的情景，已经让他明白平安无事了。他连连点头："是，嗯。"

日本夫妻拿着西服离开后，秦瑞珍也从后屋走出来，两个徒弟也都走过来。大家都知道，是何子衿让洋服店避免了重大损失，否则，真是要赔的。那至少要大家干半个月的活，才能顶上一套西装的钱。

本来，陈千里对妻子让何子衿跨过两个先来的徒弟是有意见的，觉得因为子衿是他们秦家人，妻子格外照顾。他自己心里嘀咕，算什么秦家人，秦家媳妇的娘家姐姐，搭得上吗？但他不愿操心，也不愿管家事。今天的事情，让他知道妻子是对的，店里有个人会日语很有必要，更重要的是，子衿是个有心人。要不是他留下那张报纸，如果像以往一样，把报纸也包东西使用了，今天可真是有嘴也说不清，会日语也没用。有心比会日语更重要。

大家都以为陈千里这次要表扬子衿。师父几乎从来不表扬徒弟，他看徒弟做的活不说不好，那就是表扬。没想到，他依然没表扬，只是做出一个决定："子衿，从明天起，你到前厅来接活。以后这儿交给你！"

秦瑞珍微微一笑，转身回后屋。沈铁柱和王继祖互相看看，没说什么，各做各的事情去了。

站在前厅里，子衿知道，要不是师娘用心栽培、师姐用心教自己日语，他是不能有这一天的。他在心里对天上的娘说："娘，你放心吧，师娘对我和自己儿子一样，我会好好做，给师娘争气的！"

陈千里是没客户的时候就去做衣服，来人就接活。整个洋服店的所有工作都在前厅里。子衿还不能做衣服，秦瑞珍让他只负责接活，没人的时候就撬缝、锁眼、钉扣，忙时秦瑞珍搭一把手。

秦瑞珍用隔板将前厅隔成两部分。陈千里和徒弟在里间裁剪、做成衣；子衿在外面接活，做洋服的配套工序。这一空间改变，使千里洋服店的规模和能力都有一个很大的提高。

第一天坐在客厅里，没有客户，他的手上做着活，心里却在想着，明天是星期六，师姐应该回家。也有的时候，忙起来，师姐就不回来。这时候，就会有人来告诉，说功课忙，不回家了。尚蕙有个女同学家里是有钱人，有电话、有仆人。不回来，同学给家里来电话，那家人就会派仆人来传信，说你家小姐今天不回来了。这种时候不多，因为尚蕙知道自己如果不回来，那一包衣服就需要娘洗。

从来到大连快一年的时间里，这种情况大概只有两三次。

今天是星期六，从早晨起，何子衿就不断地从门缝往外望，他不是望来没来客户，他是在望陈尚蕙回没回来。明明知道，即使回来，也要到下午四五点钟，可他还是止不住地往外望。

每个周六晚上跟着陈尚蕙学日语，已经成为他生活中最重要的事情。好像活着的目标就是等到周六，等到师姐回来，等到吃完晚饭，等到所有人都在屋子里睡下，他和师姐两人坐在案板的长条凳上，听师姐用好听的声音像唱歌一样说话。学完日语后，俩人就聊天。他给她讲老家的事情，她给他讲学校的事情，他们所讲的都是对方不知道，却又渴望知道的。今天，师姐回来看到自己坐在前台，会说什么呢？她不会像师父那样连一句表扬的话都没有吧？也不会像师娘那样只是会心一笑吧？师姐会说什么呢……想着，他不由自主地微微笑着。王继祖从隔板后面出来，看到他的笑容："师弟，笑什么呢？都好几天了，还没乐够呀，这要乐多少天啊！"

他从遐想中醒过来，不说什么。师娘对他说过："你到这个家来，和别人不一样。不是因为咱们是亲戚，是你的底子好。但是，别人会不服气，你不要在意。他们说什么，让他们说去。如果太过分，我来出面。你们毕竟是师兄弟，不要破脸。大家在一个锅里吃饭，尽量不伤和气。"

他点头赞同："我知道，师娘，和为贵。"

师娘笑："知书达理多好，几个字就把一个道理说得明明白白。"

何子衿收回眼光，仍不自觉地时时透过窗户望着前面的街道，希望第一时间捕捉到那个精灵般的身影。

从早晨开始一直到中午，又从中午到晚上，五点多钟的时候，陈尚蕙提着书包，穿着学生装出现在子衿的视野里。没有任何想法，他把手中的活计放到案板上，从座位上一跃而起，冲到门外："师姐，你回来了？"

"回来了。"

他从尚蕙手中接过书包，和她并肩走到门口，让尚蕙先进门。尚蕙习惯地进门就喊："爹，我回来了！"这才发现，前厅变样了。陈千里从隔板后面转出来："我闺女放学了？"

"爹，怎么变样了？"

"是啊，都好几天了。让你娘说，在这儿接活的事让子衿来做，他比爹做得好。我还要干活呢，做活去了。"陈千里转身回到隔板那边。

她转向子衿："真的？这么快，你能和日本人对话？"

子衿点头："能！"

"说给我听听，怎么说的？"

他看到两个师兄的目光，似乎在讥笑他得瑟，迫不及待地要将自己的功劳告诉大小姐。

"让师娘和你说吧。"

尚蕙去后屋，娘正在做饭，她没有立即去洗衣服，一边帮娘做饭，一边听娘讲发生的油墨事件。"太好了，娘，你看，是不是上学还是有用的？"

秦瑞珍也笑："娘什么时候说上学没用？只是说女孩子家不用读太多书。"

"谁说的？我就是要多读书，将来做女状元！"

"哄娘呢，科举早就取消了！"

"科举是取消了，可是，现在有大学啊，中国本土有燕京大学，日本有更多大学。人家都说，能上那样的大学的女学生，就和考上状元一样。"

秦瑞珍深深看女儿一眼："你还想考大学啊！"

尚蕙低下头："那倒没有。我知道，让我读这个书已经不容易，还想什么女状元，做梦呗！我去洗衣服。"

晚上，家里人都躺下了，何子衿和陈尚蕙又坐到长凳子上。陈尚蕙让何子衿用日语复述一遍油墨事件。子衿顺畅地说着，几乎没有卡壳的地方。听他说完，陈尚蕙望着他："子衿，你多聪明，你真应该去读书。"

"哪有钱读书？这样就挺好！"

"你怎么能没有理想呢？每个人都要有理想的，一个男人就更应该有理想。难道你就愿意一辈子站在这块地方，接活、做活，接活、做活？多没意思！"

"师父不就是这样吗？"

"我爹不是没读书吗！能做个裁缝匠就很知足。但他让我们读书，不做裁缝匠！"

"那你有什么理想？"

陈尚蕙双手托着下巴："我的理想嘛，当然是继续读书呀。我们学校很多毕业生毕业后不是去日本留学，就是在本土读书，还有上'满洲国'首都读书的。我呢，哪儿都好啊，只要能继续读书就好啊！你知道吗，我同学说，其实读大学是可以勤工俭学的，就是你一边干活挣钱，一边读书。这样是忙点儿、累点儿，那怕什么呢？只要能读书就行啊。对不对？！"

何子衿只有点头的份，不错眼珠地看着尚蕙，从来没想过，尚蕙那么小的年纪，心里却有那么高的理想。他忽然觉得自己很可笑，站在前厅里接活，就让自己高兴、骄傲得不得了。好心情忽然消失，剩下的是对自己的蔑视和可怜。

陈尚蕙好像从梦中醒过来一般说："也就是想一想而已，我当然是哪儿也不能去。即使读大学，不用家里钱也不行。弟弟妹妹都要读书，爹爹年龄也越来越大，我毕业是要工作的，挣钱养家，供弟弟妹妹上学。"

尚蕙朝子衿微微一笑，笑容里有无奈和不甘。

尚蕙不知道的是，那天晚上的谈话，在子衿心里烧起了一把火，这把火能熊熊燃烧起来，尚蕙是点火人。

何子衿正低着头锁眼，门被推开了。没抬头，他习惯性地说："您好，做洋服吗？"一抬头，不由得愣住了。进来的是个年轻女人，手里牵一个六七岁的男孩。头上的发髻半开半散，女人脸上有明显的泪痕。从这个门进来的，都是来做衣服的，家里人都是从后面大院进来，进到后屋的。女人看他一眼："我找二嫂。"想起师娘说过，师父是家中三个男丁中老二，他赶紧朝后面喊："师娘，来人了。"

一看到女人，秦瑞珍赶紧走过来："他三婶，你怎么来了？快进来。"说着，引着女人朝后屋走。女人哇一声哭起来："二嫂，不能过了！过不下去了！"

子衿看到师娘的脸上略过一片阴云，他知道，师娘不高兴了。师娘对他们这些徒弟、孩子，对师父，从来不生气。遇到什么事情细声慢语地一说，没有人不听她的。师父是榜样，师父都听师娘的，徒弟自然唯师娘为大。自己和两个师兄闹矛盾，师娘也不知道和师兄说些啥，三人从此就相安无事了。看来，今天这个事不小。

秦瑞珍出来，对他说："子衿，告诉你师父，戚满花来了。让继祖过来，帮我做事。"

子衿说："师娘，他们正在赶一个活，明天要交呢，我来帮你吧。我听着声呢，来人我出来也跟趟。"

"也好，你过来收拾家，然后做中午饭。"

子衿去到厨房，一边做饭，一边听着屋子里俩女人说话。经历过动荡，他太知道平静生活的可贵，总有一种感觉，这个女人的到来，好像要给这个家带来动荡。

只隔着半截布门帘，他很快弄明白了事情的来龙去脉。

陈千里兄弟三人，大哥陈千成，他老二，弟弟陈千阳。母亲生下陈千成后，又生俩女儿，却都夭折了，所以，陈千里比大哥小十岁。陈千成15岁时候到大连闯关东，跟着人学手艺做洋服。陈千成脑瓜活络，很得师父心，师父就把自己女儿嫁给了他。后来，老夫妻回山东老家，跟着儿子生活，把洋服店盘给了女婿。陈千里13岁时，也从老家来到大连讨生活，跟着哥哥学做洋服。嫂子吴淑清是个厉害主。陈千里一进门，就约法三章：师徒就是师徒，兄弟情分放一边。三年学徒，真真正正做三年保姆，看孩子、倒尿壶、做饭、收拾家，无所不干。做不好，吴淑清就拎着扫炕笤帚抽他，背上、胳膊上，总是一条条紫红色的疤痕，旧的没去，新的又来，陈千里恨死了大嫂吴淑清。

对于弟弟的挨打，陈千成从来装没看见，家是吴淑清的家，他也不敢惹老婆。后来，日本人颁布法令，中国人也可以开烟馆，就有中国人到小岗子的大市场那儿开烟馆。陈千成看到了商机，决定也去开烟馆。两口子和陈千里商量，十块大洋把洋服店盘给他，自己去开烟馆。陈千里说没有钱，吴淑清说可以赊着，一年四份利，什么时候还都行。每年先还利息，看在兄弟情分上，不给你利滚利。陈千里想想也只有这样，答应了下来。

回家娶了秦瑞珍，到大连秦瑞珍才知道，这个家其实是人家的。夫妻俩足足做了二年，才连本带利地还清所有欠款。从第一次见面，陈千成的眼珠就骨碌骨碌地看秦瑞珍，吴淑清就不高兴，说秦瑞珍天生一副勾引男人的面相。还清欠债那天，秦瑞珍就对陈千里说，从此再不进你哥家门，你们是兄弟，你要去自己去，我和我的孩子不会踏进这个门！有良心的人能开大烟馆？！

后来，老三陈千阳也来到大连，在爹的命令下，两个哥哥各出两块大洋，给弟弟、弟媳安了家。老三没手艺，就跟着大哥陈千成做。连带着，秦瑞珍也就不与他们来往。三兄弟住在同一个城市，彼此却是陌路人。可今天，戚满花找上门来，当然是有事。

何子衿很快听出了端倪，给哥哥干活的陈千阳也吸上了大烟。戚满花劝过，可不好用。她找大哥大嫂，央求他们放过陈千阳，借点儿钱，也像二哥二嫂那样自己做点儿小生意。可吴淑清数落她没本事，一个女人管不住男人，还好意思求人？开始的时候只是工钱不拿回家，后来就偷家里的东西出去卖。家里空了，什么都卖，从老家拿来的首饰，无论藏在哪儿，他都能翻出来，卖了就去抽。

"二嫂，过不下去了。大人不吃行，孩子怎么办？大哥也不管。二嫂，你救救我，救救你侄子。我们可怎么办啊！"

子衿听到秦瑞珍长长的叹气声："早知道有这一天，守着那玩意儿，有几个男人能扛着不抽？我们家这个要是在那儿干，也是这个下场。"

戚满花呜呜咽咽地哭着，念叨着："这可怎么办啊，怎么办啊！"

说话声音越来越低，何子衿不再听，他想起自己的爹，想起那个他没见过面的三叔陈千阳。是啊，怎么过啊。父亲跑了，娘死了。他冷不丁打个寒战，怎么办呢？师娘能想出什么办法来？给点钱？可那是个无底洞！想起自己爹向娘要钱时红眼睛的样子，他不由替师娘担心。怎么办呢？怎么办呢？

午饭前，戚满花和孩子走出来了。何子衿多做了饭，他以为戚满花一定会在这儿吃。看上去，戚满花情绪平静不少，散乱的头发已经梳理整齐，大概是师娘帮着梳的。孩子安静地跟在娘身边。

妯娌俩走到门口，戚满花往旁边的隔板看一眼，又有些怨气："你说千阳怎么就不像二哥呢？本本分分过日子不行吗？"想想，又咬牙切齿："二嫂，吴淑清真不是东西，她心咋那么黑？亲兄弟的钱也赚！早晚遭报应！"

秦瑞珍抿抿嘴，不说话。关于哥三个的关系，真是说不清楚。当年老三看老大有钱，一屁股坐在大哥那面，现在说这些已没有必要。走出大门，秦瑞珍嘱咐戚满花："你可不能说漏。我只能管你这一次，败了，你也别再来找我。"

"二嫂，我知道，你不会不管我们的。"她咧嘴又要哭。秦瑞珍捅捅她，示意别让里面人听到："赶紧做准备，不能等，发现就走不了了！"

"嗯。"戚满花顺从地点点头。

中午一切正常，几个人吃饭，谁也没提上午的事情，好像根本没发生过。

下午，子衿在前厅里，秦瑞珍撩开门帘，朝他招手。他走过去，秦瑞珍转身走进里屋，关上门："子衿，这几天有没有做好的，要送给客户的衣服？"

"有啊。昨天师父做好一件，今天还有一件。我明天晚上去送。"给客户送衣服都要在晚饭后，没人来做衣服的时候出去。

"你今天晚上就去送一件衣服，就说那个人走的时候跟你说尽快送去，他要穿。送完衣服，你去码头买一张船票。"

她仰头想想："买四等舱吧。五等舱通铺，别把孩子挤坏。送完衣服，你打个出租车去码头，争取时间，回来别坐车，小心让你师父看见。"

她给何子衿几张钞票。看到何子衿满眼的问号，叹口气："让她娘俩逃个活命吧。谁也不能说，千万不能让你师父知道。再不好，也是亲哥们，把他兄弟扔了，还不要骂死戚满花？"

子衿把钱揣兜里，郑重其事地保证："师娘，你放心，我一定做好！"

吃完晚饭，他回到前厅，拿起包，大声对秦瑞珍说："师娘，这件衣服，人家着急要，我给送去。""好，你快去快回。""嗯。"一唱一和，自自然然、平平常常。

他还是没舍得打出租车，太贵了，五个铜板，够一家人过一天。送完衣服，他几乎是跑着到了码头，买完票，幸好一路下坡，又几乎跑着回来，悄悄把船票塞给师娘。

晚上，躺在床上，何子衿翻来覆去睡不着。今天的事情，让他又想起自己娘。娘去世二年多，可什么时候想起来心都痛，好像事情就发生在昨天。如果，娘当时也能像师娘这样，想个办法离开，而不是自杀，自己现在还是有娘的孩子。想想师娘，真是有主意的人，这样就保全了三婶和孩子。想着，对师娘的情感中又多几分敬佩。

第二天刚吃完中午饭，师娘声音挺大地对子衿说："子衿，我去买菜，听说西岗博爱市场那儿来新土豆了，我去看看。时间长一点儿，你听着后面点儿。"

"知道，师娘，你去吧，我听着就是。"子衿也用隔板那儿能听到的声音回答。

秦瑞珍叫一辆三轮，拉自己到陈千阳家，在拐角就停下，让车夫等她一下。她怕事情有变，怕陈千阳在家，还怕戚满花说漏嘴。

没等敲门，戚满花打开门："二嫂，船票买了吗？"

秦瑞珍朝屋里看，戚满花说："他不在，刚走，我哄他走的。我给了他俩铜板，高兴得屁颠屁颠走了。"

"快走，一旦回来，就走不了了。"

戚满花拿起早准备好的包袱，拉着儿子，锁上门，三人走出来，找到拐角的三轮车，三口人坐上去。

到海港已经二点多，秦瑞珍拿出船票，递给戚满花："四等舱，一个铺位，你和孩子将就点儿。这点儿钱给你，回娘家好好过，再找个人家吧。不为自己为孩子，也不能你一个人过。"

戚满花泪水连连："二嫂，没有你，俺娘俩真的就没命了……"说着就要跪下，秦瑞珍一把扶起来："别说了，上船吧。记住，安顿下来找人给我写封信，也让我们放心。"

戚满花看看熙熙攘攘的候船厅，点点头，娘儿俩一步三回头地上悬梯、上船。看着船驶远，秦瑞珍才慢慢走出客运站。

晚上睡觉的时候，陈千里问妻子，昨天谁来了？不说买新土豆吗，怎么没买？秦瑞珍回答，戚满花来了，你弟弟也抽上白面了，家里过不下去，来问我借钱。

"借给他多少？"

"一个大洋。"

陈千里骂弟媳："当时就看她不是东西，自己的男人管不住，就知道出来借钱，这以后隔三差五不还得来！你手紧点儿，咱家用钱的地方多着呢，眼见尚美也该上学了，就算尚蕙不用钱，这供三个学生，哪有多余钱？我一天到晚拼死拼活地干，可不是给她养家的。"

"知道。那是给你兄弟，要是别人，我敢给吗？你家也真邪乎，哥哥教弟弟抽白面，谁的钱都挣，见钱眼红到这个地步，也算今古奇观。"

这话说到陈千里痛处，可他还是为哥哥辩白："都是吴淑清，那个娘们最不是东西！"想起吴淑清当年折磨自己，陈千里至今恨这个大嫂。

"我就不信，吴淑清让千阳抽白面，你哥他不知道！如果他不让，吴淑清敢？吴淑清不是东西，可什么错都往她身上赖，也不合理。"

陈千里转身睡觉，不再出声。

秦瑞珍再一次嘱咐子衿，这件事谁也不能说，也不能告诉尚蕙。陈千里最喜欢尚蕙，尚蕙有什么事情也愿意和爹爹说，一转身就告诉爹，也是有可能的。

何子衿觉得自己成了师娘的同谋，也因此和师娘更亲。

可秘密还是难以保守。星期六晚上，天下起了大雨。想到尚蕙回来，没拿雨伞，何子衿早早在店里准备好雨伞，不时地朝外面看，一旦看到尚蕙，就冲出去给她送伞。

没想到，五点了，尚蕙还没回来。难道今天不回来？同学家仆人也不来送信？正想着，忽然间看到尚蕙全身湿透往家跑，他迎上去送伞，尚蕙摇头："不用了，已经淋透了。"

跑进家就喊："爹，娘，快出来，我三叔……"

秦瑞珍和陈千里一起跑出来，慌慌地问怎么回事，三叔在哪儿。"我在敷岛广场刚一下车，就看到车站车棚底下围一圈人，跑过去看，是三叔躺在地上哭，手里捧着小宝满月时候他们一家的照片。我过去推他，喊他，他看我一眼，也不知道认没认出来，还捧着照片哭。我就赶紧来家叫你们。"

陈千里和秦瑞珍打着雨伞朝车站跑，到车站，除了几个等车的人，哪还有陈千阳的踪影？大家认定他还是认出了自己侄女，是无颜见兄嫂，还是别的什么原因，他又走掉了。几个人呆呆地站着，这个人去哪里了？死了，还是活着？没有人知道答案。大雨哗哗下着，冲刷着大地，也冲刷掉陈千阳在这个世界最后的踪影。

回到家中，一晚上大家都不说话。

吃完饭回到屋里，陈千里说："是你把戚满花和孩子送走，是你让我兄弟没有家！"

"是我，不送走怎么办？不送走，戚满花和孩子也是死路一条，只要有一条路可走，我就不会让他娘俩回老家。回老家，人家戚满花还有爹有娘，有兄弟。你说，在这大连，谁能管这一家子？你哥能管得起，他不管；你想管，你管不起！"

"那你也应该告诉我一声，不声不响就把人家拆散，算什么事！"

秦瑞珍似乎早就准备好丈夫的发难，她一字一板："告诉你一声？告诉你，你再告诉你哥，你哥再告诉你兄弟，这娘俩还能走吗？你说我把人家拆散，是你哥的白面把这个家弄散了！你也不想想，子衿家没人拆，还不散了？让他娘俩走，这娘俩还能活。留在大连，这一家三口，都没有好果子吃。你哥和你，只想着千阳，谁替戚满花和孩子想？"

老实人说狠话更噎人。陈千里讥讽老婆："这不有你这个二嫂替她想？"

平时细声慢语的秦瑞珍凛然回答："大丈夫为朋友两肋插刀，我一小女子，为我和戚满花这份妯娌缘分，总也要帮他娘俩寻条活路。"

陈千里不再说话，转身睡觉。

半年多后，戚满花从山东老家寄来信了。收到信，秦瑞珍没有拆开，一直等到尚蕙周六回家，一家人晚上要睡觉时，秦瑞珍才拿出信，让女儿读给爹娘听。信写得简单：感谢二嫂送娘俩回家。现在，一家安定下来，又找了新主，后爹对孩子很好，已经改姓安。

听到这儿，陈千里狠狠地骂戚满花："真不是东西，小宝是老陈家后人，怎么能姓别人的姓?"

秦瑞珍不说话,用眼睛示意女儿说话,陈尚蕙碰碰爹的胳膊:"爹,改别人家姓不是对小宝更好一点儿吗?跟他姓就是他的儿子,如果不改姓,谁都知道小宝是带犊,是别人的儿子,当然不好。只要能对小宝好,小宝也知道自己的爹姓陈,就行啊。等将来他长大后自己过,还可以改过来呀!"

大女儿总是对的,听女儿一番话,陈千里不再反驳,只是深深叹口气。

前厅就像一个舞台,平时都是老生常谈,寻常日子。偶然,这里也会有波澜、有危险,让人心惊肉跳。

子衿坐在前厅看报纸。现在,子衿虽然还是学徒期,却已经替师父接活、送做好的成衣给客户。因他长得干净,谦卑有礼,又会说日语,很得一些日本女人喜欢,就常常来做衣服,不住地夸他做事周到,让她们放心,由此,家里生意好了许多。秦瑞珍就按照出徒的规矩给他和另两个徒弟一样的工资。本来他是不要的,说自己还在学徒期,不能越了规矩。秦瑞珍却说:"规矩是规矩,你做的本来已经是出徒的活,就该接着。你如果不拿,倒让我心亏,这不是欠你的吗?我们是亲戚,不能袒护你,也不能亏你不是?"

师娘没读书,可在读书人家中生活过,说出来的道理总是很令人信服。于是,子衿接下了和师兄同样的工钱。出乎所有人意料,他竟然用工钱的三分之二,订了一份《满洲日日新闻》——那个西装被报纸油墨染一点的日本人看的报纸。

从此,每天早晨就会有报童来给千里洋服店送报。对订报的理由,他对师傅师娘的解释是,可以更好地学日语。师娘欣然,师父却说,会几句眼前的话就行,还用特意订一份报纸?那不是扔钱吗!尚蕙却看得明白:"你想了解这个世界?"

现在,周六晚上尚蕙必然回家,他已经不用尚蕙教他具体单词、课文。他把看过的、认为重要的新闻留出来,给尚蕙看,自己就读那些不重要、平时没看的报道,然后,一起讨论报纸的内容。他们各抒己见,无论争论还是讨论,都津津有味、乐此不疲。周六晚上,俩人在一起说话的时间越来越长,尚蕙回屋睡觉的时间越来越晚。陈千里曾经不满意地对秦瑞珍抱怨:"尚蕙一星期就回来一晚上,老在前厅和子衿嘀嘀咕咕,和咱说话的工夫都没了。"

秦瑞珍和他的观点相反:"有什么不好?他们在一起有话说,你没看到,现在来做衣服的人都喜欢子衿呢。那些女顾客,都愿意和子衿聊天。子衿什么都明白,还知道现在流行的服装,不都是看报纸和咱闺女学日语才做到的?生意比以前好做多了,你没看出来呀!"妻子一分析,陈千里也不好说什么,尽管心里老大不自在。

子衿知道不能因为看报纸耽误做活,就只在下午午饭后固定的时间读报,手中的活、师娘做饭时的帮手,所有应该他干的一样不落。他喜欢和师娘一起做饭,看着师娘和面、擀面、烀饼子、做菜,觉得那根本就是自己的娘在为自己做饭,师娘和娘的形象常常重叠。从爹抽大烟开始,争吵、厮打、动荡的生活在他心中烙下了深深的伤痕。尽管整日不得闲,但他喜欢现在的生活,他迅速地成长,个头比刚来的时候长高一个头不止,还有让他无时不在惦记的陈尚蕙,那是一种微妙的少男心怀,无法言说,却又神秘甜蜜的感情。

突然,门被推开了,踉跄进来一个男人,中上等个头,穿着灰色长袍,戴着白边眼睛。子衿立即站起来:"先生,这是千里洋服店,您……"

他打断子衿的话:"小师傅,警察在追我,能帮我藏一下吗?"

声音太陌生,惊动了师父和师兄,他们全停下手里的活计,从隔板后面走出来,又没走过来,诧异地看着。师娘买菜不在家,子衿的大脑飞速转动,他立即明白了眼前人的身份,从报纸上,常常看到日本警察追捕反满抗日人员,原来以为很遥远很遥远的人竟然站在自己面前!他迅速走到那个人面前,用眼睛示意那个人,轻声说:"从这扇小门走出去,是一个大院,走十几米左拐,有厕所,厕所靠街的木板已经朽了,推开就能出去,我让日本人……"

没等他说完,中年人已经明白了他的意思:"谢谢你,小师傅。"他眼角一瞥,看到了桌子上的《满洲日日新闻》,他迅速地撩开门帘,穿过过道,推开通向院子的后门……

大约只有一分钟,或者两分钟,跑来了警察,一个中国人,一个日本人。陈千里怕惹事,和徒弟回到隔板后面,不知道子衿怎么应付这件事。平时诸事不管的陈千里感到自己全身都在颤抖。他在心里祈祷,子衿啊子衿,你可别惹事,咱老百姓可担不起啊!

"刚才有个男人跑进来没有？这么高……"没等警察比画完，子衿就说："跑进来了，从这里跑到院子里去了！"

两个警察互相点头，撩起门帘，穿过过道，跑进院子。

秦瑞珍去市场买菜没有看到这件事，中午吃饭时听大家议论，神色也变了："子衿，你和那个先生说什么了吗？"

"他说救救我，小师傅。我说，从这个门帘出去就是院子，前面有大门。"

"他们抓住那个人了吗？"

"不知道。"他摇头。王继祖看着何子衿："我看你走到他跟前说好几句话，你说什么呢？"

"我说你赶快走，我们是老百姓，别牵扯我们，快跑吧，一会儿来了就抓到你了！"

"抓没抓到呢？"几个人互相看着，都摇摇头。

秦瑞珍叹气："都是好人，这旮旯什么时候能没有这些糟心的事啊！"

下午，大家干活的时候，何子衿去到师娘屋里，站在那儿，欲说又止。秦瑞珍看他一眼："上午那事？"

他点点头，把自己告诉中年男人的话讲给秦瑞珍，他不愿意师娘担心那个男人的安危。师娘长长吁出一口气："那就好，别让小日本抓住，抓住非死不可。"

想想，秦瑞珍正色道："子衿，这件事谁也不准说，尚蕙也不准说，她们几个同学好得长一个脑袋，什么话都说。她知道一点儿秘密，憋不住也能说，这是掉脑袋的事情。你小姨把你送来，我说要保你周全，你可不能出事，你知道吗？孩子？！"

秦瑞珍没叫子衿名字，叫孩子，这让他大为感动，知道师娘待自己确如亲生，也知道这一家大小安危不能因自己出差错。他郑重点头："师娘，你放心，我再也不告诉任何人，师姐也绝不会说。"

"师娘信你，师娘不会看走眼的。你可不能出事，你要成人，说不定什么时候你爹还能回来，父子俩还能见上一面呢！那时，把你交给你爹，我和你小姨也都有个交代。"这样说的时候，秦瑞珍想起自己的爹，心中一阵心酸。

和爹再见面？子衿从来没想过有那一天。心底深处，他是怨爹的，要不是爹抽大烟败光家，能逼得娘自杀，自己寄人篱下？幸好遇到师娘。那天在敷岛广场，虽然没有见到三叔陈千阳，但从尚蕙的描述中，他已经想象到一个无路可走男人的窘相。爹应该和三叔一样的，不，还不如三叔。三叔没人抓，爹还要时刻担心追债人呢！

前厅又来人了。除子衿不认识，大家都认识，陈千里的大嫂吴淑清。吴淑清一进门就直接喊："千里、瑞珍……"夫妻俩看着珠光宝气，头上抹的、脸上搽的，混合在一起说不出味道的吴淑清，都在心里奇怪，她来做什么？记得当年交完最后一笔钱的时候，秦瑞珍清清楚楚地对坐在椅子上的陈千成和吴淑清说："我们的债这就全还完了，你们是大户人家，我们小门小户，高攀不上你们，以后大家各过各的日子，我们也不上门打扰了。"

陈千成当时就火了："我还没嫌你这个弟弟穷，你倒嫌起我这个哥哥富了！好啊，有志气，放心，我不会打扰你们的。走好！老三，送客！"

弟弟陈千阳将二哥二嫂送出来，打着哈欠："二嫂，都是一家人，说那狠话干什么？我以后还不能去你家看我二哥，看我侄女侄子？"

"老三，有这有钱的大哥，这穷二哥也帮不上你什么，你就在大哥这儿好好做吧。"

陈千里不明白妻子为什么要这样，他本来要自己来还钱，秦瑞珍不同意，说你笨嘴笨舌的，别让你哥嫂再给圈络进去，我和你一起去。可这一番话，这不是断了自己和哥兄弟的关系吗？再不好，也是自己哥呀！当年自己来大连，没有大哥，投奔谁呀！要说坏，就是嫂子吴淑清太坏，坏道道都是大嫂出的。对大哥，还是有一点兄弟之情的。

秦瑞珍看一眼丈夫："我今天来一是还钱，第二个就是要和他说清楚，我们两家以后不再来往。"

"为什么？"

"这还用问吗？开大烟馆的，是些什么人？有良心的人能开大烟馆？！这些人，谁的钱不挣？看到钱眼都红了！你以后常来的话，不也要抽两口，咱家还有活路吗？"

"我不抽！"

"谁也别说嘴，你看刚才老三那样，哈欠大口的，那是也抽上了。等着瞧吧。"

陈千里不再说话。从秦瑞珍到大连那天起，家里就几乎全部交给妻子，他只管做洋服、带徒弟。秦瑞珍说的没错，自己嘴笨，反正也说不过妻子，干脆不说，省心，不满意也只好忍着。后来，子衿的身世、三弟的死都让他暗暗佩服妻子的远见。可今天，吴淑清怎么会来自己家呢！陈千里心里说，黄鼠狼给鸡拜年，没安好心。他懒得理这个女人，拉着脸说："我有活，你有什么事情和瑞珍说。"转身离开。

吴淑清刚坐下就哭起来："瑞珍啊，你说可怎么办哦，该杀的陈千成要娶小婆！"

秦瑞珍点点头，没说话。吴淑清说的事，真就在她意料之内。小时候姥爷经常请人来家里说书，所有的故事，都是有钱人家的故事，穷人家是没有故事的。干活、吃饭，哪有闲工夫生故事呢！

看到秦瑞珍没有反应，吴淑清脸上挂不住："咱俩是妯娌，你说在这大连街上，你不帮我，我还找谁帮我？"

"大嫂，不是我不帮你，我怎么帮你啊？那个小婆是什么样人？"

"小岗子一个半眼子。自己一个人开门做生意，也不知道你大哥怎么就看上眼了，玩就玩吧，铁心要娶回来，说是老乡，也是荣成人。那婊子叫什么顾云儿。"

"大嫂，你让我出主意，这个主意真不好出。老三媳妇能回老家，你能回吗？就是你能回，你那女儿也回不去，你家尚凌能过老家那苦日子？谁让咱们是女人呢，除了忍，还能有什么办法？"

"我就是忍不下这口气！当年，他山东的一个穷小子，我爹娘把洋服店给了他，是我和他没日没夜地干，才有今天啊，现在有钱了，他不想要我了！"

吴淑清又要哭，秦瑞珍摆手制止她："大嫂，虽然说你能干，你还得说大哥头脑活络，能想挣钱的法子。要是像我们这口子，他没他哥哥那本事，再干活，也发不了你家那财不是？"

看着吴淑清楚楚可怜的样子,秦瑞珍也真可怜起她来,怎么说都是陈家媳妇:"大嫂,有什么法子?你不想出这个家,你就得应允下来,别和大哥作对。你嫁他这么多年,你还不知道,惹他急眼,什么事情做不出来?对亲弟弟都能下手,别说老婆了!"秦瑞珍想起大雨中的陈千阳。

"我也知道没法子,可咽不下这口气,找你来说说。"

"那顾云儿进门,你对她好点儿,让大哥高兴了,也不至于对你太差。再说,估计那顾云儿也是活不下来,要不也不至于走这条路。只要有活路,谁愿意当半眼子?妓女要受男人多少气啊!天天换主,这不也是不愿过那种日子,才跟大哥?"

秦瑞珍对顾云儿的怜悯,让吴淑清真生气了:"没你这样的,你还同情她啊?那骚货,仗着年轻,有点儿颜色,我双手打下的江山,她就好意思登堂入室?"

秦瑞珍微笑起来:"怎么不好意思?那还不是大哥请人家来的呀!走到这一步,想要脸也要不起呀!找个男人长期养活着,总比打零工好,女人的好时候能有几年啊?人老珠黄就不值钱了。"想起说书唱的琵琶女:暮去朝来颜色故,老大嫁作商人妇。秦瑞珍真的对没见面的顾云儿有了怜悯心。

"都不容易,好好过吧!家里养一个,总比零散出去嫖好,那样又花钱,又乱,还可能生病,你说呢?"

最后这句话打动了吴淑清。是的,从开大烟馆,从家里宽裕起,陈千成就经常出去,她知道丈夫干什么去,可她管不了。吴淑清抹抹眼睛:"我听你的,就和她二女事一夫,反正,想让我出这个家门,做梦!这个家江山是我打下的,谁也别想撵我走!"

尚蕙知道这件事后,问秦瑞珍:"那俺们以后就有两个大妈了,一旦看见,怎么称呼啊。"

秦瑞珍想想,回答:"小老婆,就叫小大妈。"从此,顾云儿成了孩子嘴里的小大妈。

洋服店收到了一封信。如今,凡是收到做洋服客户来的信,或者催活,或者要求店里把成活送上门,这种事情,不必等两个上学的儿子回来,子衿打开就可以。但今天这封信有点儿奇怪，寄信地址是小岗子，寄信人是陈千成。知道是师父哥哥寄来的信，子衿不敢怠慢，赶紧给师娘送去。

秦瑞珍拿着信，掂量着："这有钱人做事也文绉绉起来，还写上信了。要什么幺蛾子呢！"晚上吃完饭，秦瑞珍让子衿去自己房间，拿出那封信，让他读给自己和丈夫听。子衿拿出信，读起来："千里大弟，我本兄弟三人，同来大连，为谋生活。不想小弟竟然早逝，每每想起，心如刀割，越发思念兄弟。如今，这世上只剩你我兄弟是最亲之人。四月初五是我生日，请大弟来此，兄弟一聚，以慰相思。兄，陈千成。"

听完信，看到师父师娘都不说话，子衿知趣地退出来。陈千里看妻子，秦瑞珍不看他。陈千里等着妻子让自己去，可秦瑞珍就不说。憋不住，陈千里只好说："这得去，我哥生日，不叫我，装不知道；告诉了，怎么也要去。"

秦瑞珍依旧不说话。

"你倒说呀，去还是不去？"

"我说不去，你能不去吗？"

"信都来了，不去说不过去呀！怎么说他也是我哥呀！"

秦瑞珍眼睛看着远方："如果不是你哥，这事不用商量，可你这个哥，对亲兄弟下手也不讲情面啊！"

"老三那事也不全怪我哥，他不抽，我哥能给他按床上？"

"你是说，你能不抽呗！"

"我当然能，我不想活呀？这一大家子人，我抽白面，谁养活！"

秦瑞珍幽幽地："要是不让你去，这辈子掉你话把下；你去，该怎么做，你自己掂量。我琢磨着，这葫芦里是有药的，什么药我还猜不出来。按说，他不至于逼你抽白面，老三的下场他不是不知道！我不是戚满花，他也不是不知道。"

"不能。不能让我抽那玩意，你放心，让我抽，我也不会抽。"

妻子终于同意，陈千里长舒一口气。大嫂当年虐待他的事情，让他耿耿于怀，一辈子不见那个娘们，他也不会想。心底里，他是想去看看陈千成，无论如何，那是他大哥！

上一次来这里，还是二年前，陈千阳失踪，他觉得无论如何要告诉大哥。

三兄弟如今少一个，怎么少的，大哥应该知道。他跨进大烟馆，迎头看到大嫂吴淑清。"二兄弟来了？累了，也想抽两口。快……"

没等她说完，陈千里一摆手："我来告诉我哥，老三前几天有人看见在敷岛广场，等我赶到那儿，也不知哪儿去了，估计这个人是没了。"

"哦……"吴淑清一时愣在那儿，她大概没想到，陈千里是来告诉这件事的，是不是来兴师问罪的呢？她立刻振作起来，眼梢吊起，上下薄薄的两片嘴唇张开，陈千里太熟悉她这个表情，那是她要发母老虎的威。"按说老三这个事情，也怨不得我们……"

陈千里摆摆手："我来告诉你们一声，我走了。"

逃一样走出烟馆大门很远，他停下脚步，回头看看，连大哥的面都没见过，就被大嫂给吓跑出来。三年学徒，两年共同生活，对吴淑清尖细的声音、狡辩的能力，陈千里门清，他对吴淑清的声音厌恶至极。

陈千里穿一套灰色长袍，这是秦瑞珍给他做的。别看开洋服店，陈千里自己可一套洋服也没有。想想那种衣服穿在身上，板板的，伸胳膊转脖子都费劲，还能干活？

提着秦瑞珍买好的两包水仙楼点心，陈千里来到小岗子新开路的千成烟馆。烟馆不在新开路街面上，在大街拐到后面的一排铺面里。开始时是前面铺面三间，后面三间。今天，远远望去，铺面扩至五间，他知道，大哥的生意不错，已经把旁边的铺面也顶下来。宽大的黑色房檐下是白色的门匾，白底黑字：千成烟馆。

刚一进门，就看到侄女陈尚凌。几年不见，这闺女长成大闺女了！穿着粉红色的旗袍，长长的耳坠来回晃着，晃得陈千里眼晕。"二叔来啦？爹，二叔来了！"

侧门里走出陈千成。从身量、眉眼看，兄弟俩是有几分相像的。都是宽肩膀、壮实的身体，尤其那又长又宽的黑眉毛，一眼便看出是兄弟。陈千成看陈千里："咱俩有好几年没见了吧？"

"嗯。"见到大哥，本来有些话要跟大哥说，陈千里忽然觉得又没话了。本就是话少的人，看到大哥一副高高在上的样子，他忽然觉得无话可说。

陈千成知道自己这个兄弟是个闷葫芦。"坐！"

陈千里把手里的点心递给伙计，坐到太师椅上。"老二，今天你来，就别着急走，中午在这儿吃饭。你知道，我又进一房，你也认认亲，你新大嫂。"

"原来是为这个。"

陈千成朝后面喊："云儿，过来一下，见见我兄弟。"

顾云儿走出来，干干净净一小媳妇。银灰色的小袄、粉红的宽腿裤。手脖上是耀眼的金手镯。眉眼周正，不像狐狸精，倒像富人家的少奶奶。

陈千里赶忙站起来，和新嫂子见面。顾云儿也朝他微微鞠躬，说："兄弟今天来，就多耍一会儿。"

陈千里应着，浑身不自在。那顾云儿也就转身走开。

"兄弟，哥今天叫你来，要和你商量一件事。"

"啥事？"

"吴淑清给我生了尚凌，再好，也是一丫头，顶门立户不行。你新大嫂，一直就没开怀，也是这些年弄坏了身子，也难再生。我想你俩小子，过继我一个，将来我的这些家产就都是他的。过继到顾云儿名下，给她做儿子。她年龄小，将来我如果早走，她也有个靠山不是？"

这不是商量，根本是通知，没有什么通融的余地。陈千里知道，这个事情自己可做不了主，得让秦瑞珍拿主意。于是，他推托道："这是大事，等我回家，和孩子他娘商量商量。"

"商量什么？我也不要你那大的，我就要尚正。就算你家少生一个。"

尚中、尚正两兄弟，尚中性情不定，书也读得不好。倒是尚正，懂事、会读书。这两个儿子，陈千里疼的是小儿子。看大哥这么轻松就要把自己的儿子要走，他也不高兴。可想想，大哥的家产，将来都成尚正的，也是一件好事。再想想，从此看不到尚正，还要叫这个小大妈娘，那可是个窑子娘们，他心里又觉得别扭，还是要回家和秦瑞珍商量商量。他在这儿沉默，陈千成好像知道他想什么。"你不用合计，你不吃亏！这年头，我想要个儿，还难吗？我一张口，就有送上门的。还不是尚正也是陈家人，肥水不流外人田？"

"说的是，可还是要和她商量一下，我自己做不了主。"

陈千成发火了："你真是个窝囊废，大老爷们当不了老娘们的主！"

陈千里不想辩解，这个家一直就是妻子当，在过继儿子的大事上，他更不能自己说了算。

陈千成气哼哼地站起来走了出去,把他一个人扔在前厅。他走也不是,坐也不是,站也不是,只好一个人在前厅转圈。顾云儿走出来:"大兄弟,上后房歇歇吧,等中午吃席时我叫你。"

陈千里还是有警惕性的:"后房我不去,我不碰那玩意儿。"

顾云儿嫣然一笑:"兄弟,你放心,歇歇。那玩意就看抽多少,少抽一点儿,提神、来劲呢。只要不上瘾,什么事情也不会有。再说,大连街上你打听打听,哪个男人没抽上几口?"

陈千里没遇到过顾云儿这种娘们,软声软语,让你无法拒绝,尤其是男人。特别是最后那句话,哪个男人没抽上几口?自己也算一个男人,一年到头干活,挣钱养活着一大家人,怎么就不能抽上一口?!晕乎乎地,他跟着顾云儿去后屋,躺在床上,被一女人支上烟枪,抽上第一口、第二口……

在过继尚正这件事上,陈千成一家人空前一致地同意。陈千成想,过继侄子过来,自己的家产总要有个继承的;吴淑清想,尚正总是秦瑞珍的儿子,从哪方面说,也是跟自己亲;顾云儿想,有个儿子,自己老了也有靠,好好待儿子,是会和自己一条心的。老头子比自己大二十多岁,将来先死,在大老婆手下,能有自己活路?有儿子就不同了!

可陈千里拒绝了他们,说要跟秦瑞珍商量商量。秦瑞珍是绝对不会同意的,这个娘们主意正着呢,让她把儿子给这个大爷,她绝对不能同意。一家人的算盘是,陈千里一松口,立即写文书,签字画押,这事就成了。于是,让陈千里抽上大烟,晕乎乎的,那时再让他签字,多简单一事!

晚上,陈千里没回家,秦瑞珍就知道不好,他打发大儿子陈尚中去大爷家,叮咛他一定要看到爹,让爹回家。可惜,他还没迈进大门,就被吴淑清给骂出来了,让他滚蛋。

秦瑞珍决定自己亲自去找丈夫回来。她收拾停当,让子衿陪着自己,朝千成烟馆来。还没走到门口,吴淑清已经迎上来,她去拉秦瑞珍的手:"你怎么来啦?哎呀,在他哥这儿,你有什么不放心?"

秦瑞珍甩掉吴淑清的手,跨进门槛,站在门口。"让陈千里出来,和我讲明白,他实在愿意留这儿,我立即走。"

陈千成走出来："弟妹来了，坐！"

"不坐，大哥，让千里出来，我和他说句话。"

陈千成笑起来："弟妹，你这么金贵，我这儿就容不下你坐一会儿？"

"不是容不下，太金贵，我坐不起，让陈千里出来。"

"和你说吧，我要过继你小儿子陈尚正。他说要和你商量，你给个痛快话。同意，咱们现在签文书，立字据然后你们俩回家。"

原来坑在这儿呢！"这种事情，得我们俩人在场，你让他出来，我们俩商量一下。"秦瑞珍想好，只要丈夫一出来，她和子衿拉起丈夫就走，从此不再登这个家大门。

陈千成岂能看不出来？"秦瑞珍啊，你是穆桂英，今天也要在我这一亩三分地跪下。不签文书别想见你男人！谁让你们家你说了算呢！"

"陈千成，你这是过继儿子，还是抢儿子？"

"当然是过继，谁让你敬酒不吃吃罚酒？只要你同意，现在就让千里出来，签完字据你们就可以回家。"

秦瑞珍定定神，忽然，她一头朝陈千成撞去，陈千成没注意，一下从椅子上掉下来，坐到地上，立刻大喊："来人，给我……"

子衿一个健步上前，半扶半抱着师娘，向门口冲去。烟馆里看门的家丁冲出来，忽然，子衿从兜里抽出一把刀："谁上？不要命就上来试试！"这一下，所有人都愣住了，谁也没想到，陈千里拿缝衣针的徒弟里竟然有一个拿刀的，这是他们没预料到的。趁着大伙发愣的工夫，子衿拖着师娘冲出大门。家丁要去追，陈千成阻止了他们。他冷冷地笑着："不要她的命，留着她，养活她那一家子人呢！老二在这儿就行！我还不信，我过继个侄子都不行！给脸不要脸！"

第二天早晨，陈千里打着哈欠走进家门。顾不上丈夫满脸的疲惫，秦瑞珍定定地看着丈夫："你签字据了？"

"没有，这事没有你说话，我哪能自己做主？"

悬了一夜的心总算放了下来。对于陈千里抽大烟，她倒没有过分生气。她知道，那是陈千成做的扣，让丈夫抽上大烟，迷迷糊糊的，摁个手印还不容易？谁想到，平时的蔫巴人这时候倒还算有心眼。陈千里以为妻子一定会数落、埋怨自己,看到妻子与平常无异,放下心来,足足睡了一天一夜,起来就去做衣服,与平时无异。

秦瑞珍知道,陈千成不会善罢甘休。他从来没瞧起过这个大弟弟,没读书、脑子慢,不会耍心眼。这次过继儿子的事情,是他蓄谋已久的,能这么简单收手?

秦瑞珍让子衿盯着丈夫的行踪,只要他出门,一定要有徒弟跟着。两人躺到炕上睡觉时,秦瑞珍就慢条斯理地对陈千里讲,咱不能把儿子过继给他,你哥什么人,你不知道?别说他一个开大烟馆的,就是有金山银山,我们也不给!想起自己的儿子,去叫那个人爹,叫一个妓女小老婆娘,秦瑞珍更是又气愤又好笑。妻子说着,陈千里诺诺地应着。老婆不同意,他是不敢自己做主的。

这件事情被人们都渐渐淡忘的时候,一天,秦瑞珍去市场买菜,子衿正给一个日本人量衣服,陈千里从隔板后面走出来,朝大门走去。子衿喊他,他朝子衿摆摆手。子衿又无法将客人扔下,陈千里走了出去。给客人量完,送客人走后,子衿跑出门,哪还有师父身影?他去问铁柱和继祖,俩人啥也不知道,还以为师父去茅房。

晚上,陈千里没回来,第二天下午,陈千里还没回来。秦瑞珍打发子衿去看一看,不要吵,只要看到陈千里就行。子衿又一次去千成烟馆。在他心里,师父就是爹,师娘就是娘,就好像自己当年去找爹一样。可惜,当年自己太小,现在长大了,他相信自己能劝师父回家。

刚一跨进烟馆大门,吴淑清就迎上来:"小徒弟又来了,怪不得瑞珍喜欢你,长的真是干净。"

子衿虎着脸:"我来找师父回家。"

"你去叫吧,他要跟你走,我们是不管的,不过,要把钱交上来,一个大洋。"

子衿进到第三个房间,看到躺在床上的师父,迷迷糊糊、舒舒服服的,一个满脸抹着厚厚白粉的女人正和他对着吞云吐雾。

"师父,师娘让我来找你回家。"

看着徒弟,陈千里吐出一口烟:"着什么急……"

女人朝子衿媚笑，伸过她手中长长的大烟枪："你来一口？"

他知道，自己是叫不回师父的。这是一条没有回头的路，师父也要和自己爹、和三叔走一样的路了。想起师娘，泪水涌上来。

陈千里呵斥他："走吧，走吧。我自己会回家的。"

听完子衿的叙述，秦瑞珍知道，丈夫也走上了这条路，没有回头的路。戚满花可以领着孩子回山东，自己不能。戚满花老家有爹有娘有兄长，自己老家有谁呢？姥爷前年就去世了，姥姥本来就是续弦的。自己本来就是家中拖累，结婚就是给一家人放下包袱。

思来想去，她竟然笑了，怎么说没有路，死不就是现成的路吗？第二天，儿子、女儿都上学后，她没像以往那样去买菜去做饭，洗漱齐整，她躺到床上。她在心里说："陈千里啊陈千里，你要不回来，你要继续抽，就等着收尸吧。"

中午，徒弟们发现没有饭吃，进到屋里，发现躺在床上的师娘，不说话，一句话也不说。大家不由慌张，这可如何是好？

子衿让两个师兄在家看着师娘，自己再去一次烟馆。这次，他没有和吴淑清打招呼，直接进到房间，扑通一声跪倒在陈千里面前："师父，赶快回家，师娘病了，不吃饭。这个家不能没有你，不能没有师娘啊。"

陈千里眯缝着眼睛看着子衿，舌头已经转不过弯："去，我抽好就回。"

子衿一回头，吴淑清站在门口，笑着。子衿站起来："师父，你要赶紧回来啊。"

陈千里艰难地抬起胳膊，摆摆手。

中午，孩子们放学回家，儿子、女儿围在秦瑞珍跟前，口口声声喊娘，娘一生不吭、不回。只有眼泪顺着眼角流下来。子衿把粥端到师娘面前，喂师娘吃。秦瑞珍紧紧抿着嘴，不让一粒米进嘴。子衿哭了："师娘，你不吃饭，喝口水好吗？"他把一勺水送到师娘嘴前，师娘仍然闭着嘴。八岁的小女儿尚美大哭："娘，俺不让你走！娘，你喝口水啊！"

女儿的哭声终于将秦瑞珍的防线冲垮一点儿，她微微张嘴，喝一点儿水。

三个徒弟聚到一起商量。沈铁柱说这个家要完，千里洋服店要散了，咱们都各自想办法吧。王继祖抹着眼泪，那我去哪儿呀！

子衿着急地说:"必须叫师父回来。"

沈铁柱脑子忽然活泛起来:"有一个人好使。"

子衿看着他:"尚蕙师姐?"

何子衿站着、想着,他做出一个决定:"我去旅顺找师姐,不能再等,再等下去,师娘真有个好歹,怎么办?"

王继祖睁大了眼睛:"那是日本学校,你敢进?"

"有什么不敢进,师姐说过,他们学校只招中国学生。"

主意已定,他嘱咐两个师兄看好家,让学生吃饭后继续上学,自己马上坐下午火车去旅顺,抓紧时间坐晚上的火车赶回来。

他知道旅顺公学堂在什么地方,尚蕙曾经给他说过。按照尚蕙描述的,很快找到了学校。在学校大门口,他向校务人员叙述自己是谁、找谁、为什么找。流利的日语、不卑不亢的神情、整齐的衣服,让人无法小觑。对方让他等候,他们去找人。大约二十多分钟,尚蕙从楼上急急忙忙地下来:"子衿,我娘病了?"

他简单地说了情况,尚蕙转身就走:"快,赶晚上的火车。"

他们在座位上坐下不到两分钟,火车就徐徐启动了。一路上,他们几乎没说什么话,何子衿看出,尚蕙心里波涛汹涌。一会儿,泪水涌上来,她擦去;一会儿脸色柔和一些;一会儿又被悲伤焦急笼罩;一会儿又凛然不可侵犯……

他不让自己看尚蕙的脸,却又不由自主地用眼睛余光去看。他们第一次,也是唯一一次只有两人默默相对两个多小时。

从火车上下来,他要往敷岛广场的家走,尚蕙却说:"去大爷家。"

乘坐有轨电车到小岗子下车,俩人几乎是跑到千成烟馆。在烟馆门口,尚蕙定定神,她对子衿说:"你在外面等我,一袋烟工夫我没出来,你再想法进去。"

"好。"

尚蕙整理整理自己的深蓝色学生套装,一步一步走上台阶。这次是顾云儿走出来迎接,她不认识尚蕙:"哎呀,这女学生怎么上烟馆这地来?"

尚蕙站住,狠狠地看着她:"你是小大妈!"充满了蔑视。

吴淑清走出来:"我侄女来啦,来找你爹呀,不是我们不让他走,是他自己不愿意走！"

尚蕙站住，眼睛冒火地看着大妈，没说话。吴淑清不由心虚："这丫头，一看就是个狠主，将来谁敢娶去做老婆？"

子衿告诉了她爹在第三个房间，尚蕙直接进去。果然，一个妖艳的女人，正在和爹两杆烟枪对着抽。

看到尚蕙，陈千里的神智有点儿清醒了："你，你怎么到这儿来了，这是你个丫头来的地方？"

尚蕙走到跟前，慢慢给爹跪下，泪水哗哗流下来："爹，娘要死了！"

陈千里一下坐起来："怎、怎么、要死了？"

"已经两天没吃一口饭，你再不回家，就看不到活着的娘了！"

陈千里一下坐起来："还、还不赶快回家、走、走……"

尚蕙站起来，扶着爹，朝门口走。那女人喊他："哎……"

尚蕙回头，厌恶地瞅她一眼，女人把要说的话咽回嘴里。

两人在门口一出现，子衿赶紧上前扶住师父。陈千里推开他，又推开女儿："我能走，我能走。"

尚蕙招来一辆出租车，把爹扶到车里。三人坐进车，十多分钟回到家中。

出租车鸣笛声惊动了屋里人，徒弟和孩子都走出来。尚蕙小心翼翼地将爹扶出来，扶到里屋。秦瑞珍像变了一个人，两颊都凹了下去，脸色黄黄的，眼睛紧闭。

陈千里扑通跪在妻子面前："他娘，我再也不抽白面了！我对天起誓，我陈千里再要进大烟馆一步，就让我不得好死！"

尚蕙拿来稀粥，慢慢喂娘喝下。

晚上，在前厅里，家人都睡下了，陈尚蕙、何子衿坐在长条凳上，很久很久不说话。这几天的事情，简直惊心动魄，谁都不敢想可能发生的后果。何子衿由此也更认识师娘，这是一个性格多么刚强的女人，对师娘越发地敬重。

轻轻地，尚蕙的手按在他的手上："子衿，谢谢你。"

如通电般，他全身颤抖一下。他侧过脸看尚蕙："师姐，我能帮这个忙，我就应该做。"

"如果娘没了，这个家就散了。爹会和三叔一样，死在街头，我们就都成了孤儿。"

从在学校看到子衿就一直在忙碌的尚蕙双手捂住脸，双肩抖动着，不出声地抽泣。子衿有些慌，他想把尚蕙搂到怀里，但他不敢。"师父以后不会抽了，再不会抽了。"

尚蕙放下手，拿出手绢擦擦红红的眼睛："应该不会吧，所有抽大烟的人都发过誓再不抽，誓言成真的有几个？希望爹是那一个。"

看着尚蕙迷茫的眼神，子衿感到心痛。他想说师父不会，我在这前厅盯住他，一定不再让他去大爷家。可他没说，自己有资格说这话吗？

回到屋中的时候，他刚要推门，听到了两个师兄的对话。

"这次，癞蛤蟆要吃上天鹅肉了。"

"你说子衿师弟？"

"还有谁？今天的事情，要不是他跑到旅顺找回小姐，这个事就收不了场，千里洋服店就关门大吉。多大的功劳啊！"

"师弟也真是厉害，敢上日本人开的学校，和日本人掰扯。"

"那小子，能着呢。看吧，将来这千里洋服店早晚得改姓何。"

他轻轻推开门，俩师兄停止了说话。他装作没听见，钻进自己被窝。

三、心归何处

1939年的春节快到了。中国本土抗日战争的烈火燃遍大江南北，被日本占领的大连表面看来一切如常。但子衿却能从日本报纸上，嗅到战争的味道，战线推进啊，遭遇抵抗啊，皇军乘胜前进啊，每次有战争的消息，子衿都会反反复复地看上几次。自己的老家山东也被日本占了，想起小姨、舅舅，还有那么多的乡亲，都在战争中挣扎，心里一阵阵地不自在。他不相信日本人的报纸，可又不知道从哪里知道真实的消息。他常常会想起那个被日本警察追到自己洋服店的中年男人，他也是抗日的吧？他还好吗？但他从没想过，那个人会重现在他的生活中，并最终改变他的人生。

自从上次抽大烟事件后，陈千里脱胎换骨，真的就再没碰过那玩意儿，和哥哥家也断绝了往来。大家也更加珍惜这劫后余生的安稳，一家人都更加努力。就连平时最不听话、刁蛮专横、学习也不好的大儿子尚中也收敛许多。

眼看春节快到了，陈千里领着两个徒弟日夜赶工，要把年前收的活全做出来。子衿和师娘也忙着辅助工作，钉扣、锁眼、撬缝，家务则由放假的尚蕙承担起来。无论在前厅做什么，想到尚蕙就在后屋，想到随时可以看到尚蕙，他就觉得身心舒畅，说不出的快乐充盈在心头。

冬天天黑得早，下午三点以后就基本没有来做洋服的了。趁这个时候，子衿给客户送货。每次出去，穿戴停当，他都要到后屋说一下："师娘，我去给货主送衣服。"秦瑞珍应着，叮咛他穿好衣服，别冻着。他应着，这一切，都自然而然，都理所当然。当与忙着家务的尚蕙眼光碰撞时，相视一笑，不用说什么，已经心领神会。

这天，他戴好帽子、手套，背起布包，这是师父专门为给客户送衣服做的布包。这个客户在星个浦住，他要乘有轨电车去。他低着头，顶着北风有点儿吃力地走着。忽然，胡同里走出一个男人，叫他："小兄弟，你好。"

他站下来，认真地看着，惊讶得说不出话来，这不是那个被日本警察追捕的人吗？他警觉地左右看看："大哥，是你？"

对方向他伸出手："认识一下，姜鸿。"

他有些迟疑，但还是礼貌地脱下手套，握住对方的手。

姜鸿似乎看出他的迟疑："小兄弟，那次多亏你。一直想来谢谢你，却没有机会。真的非常谢谢你。当时整个组织被破坏，大部分人被抓走，要不是你……"

姜鸿看着他，子衿脸红了，为自己刚才的失态。"不用谢，中国人应该帮助中国人。"

"说得好，我们中国人要团结起来，才能赶走日本人。"

他笑笑，低下头。他知道有中国人在反抗日本对中国的占领，他们都是了不起的人，但自己不是！他感到难为情。

"小兄弟，你能帮我一个忙吗？"

"什么忙？"

"我这儿有一包东西，放在你这儿，两天后会有人来取。他说要做长袍，你说你们不做长袍，把东西给他就可以了。"

他站住不动。想起小姨到大连的时候，师娘说，一定要保自己周全。想到上次姜鸿走后，他告诉师娘自己给姜鸿引路的事，师娘说，你小姨把你送来，我说要保你周全，你可不能出事，你知道吗？孩子！！

师娘保自己周全，自己也要保一家人周全。想到这儿，他摇摇头："对不起，姜先生。这件事我做不到，我不能……"

姜鸿的眼睛眯缝起来，一字一字地从牙缝里往外挤，每句话都像石头，打在他心上："日本人占领中国，每个有血性的中国人都在战斗，不甘心做亡国奴。一个年轻人，更不应失去国家大义。对吗？"

子衿深深低着头："对！"

"我知道你是一个有良知的中国人，当国家和民族需要的时候，我希望你有正确的认识。"

他痛苦地抬起头："姜先生，我知道，我应该帮你这个忙。如果是我自己，把我的命拿去，我不会眨眼。可是，现在不行，我不能连累师父师娘一家。不能！不能！"

他喃喃地说着。姜鸿失望地看着他："好吧，我不会勉强你。"他转身朝相反方向走去。子衿突然明白，他是在等自己，可自己拒绝了他。忽然，他脑海中闪过两个师兄的话："癞蛤蟆能吃上天鹅肉！"

他闭一下眼，千思万绪，一闪而过，他叫住正在离开的姜鸿："姜先生，请留步。"

姜鸿惊喜地转过头看他："你同意了！"

他走到姜鸿面前："姜先生，我要跟你们走，直接去打日本人。"

姜鸿愣怔了一下，这不在他的计划之内。"你想到哪里去？"

"中国本土、满洲国，哪儿都行。我知道你认识他们，你带我走。"

"可是……"

"带我走，我要离开大连，去打日本人。但我不能在这儿打，我不能连累师父一家人。"

姜鸿沉吟着，为逃避追捕，最近有几个可能暴露的同志要离开大连，带上子衿，倒不是不可以。只是……看到他在犹豫，子衿越发坚定："姜先生，请带我走，带我走！"

姜鸿看着他："好，如果你要走，做好准备，几天后出发。"

"可以过完年走吗？让我在师娘家过最后一个年？"

这与姜鸿的计划不谋而合，他们就准备三十晚上，人们过年的时候离开大连。

姜鸿看一眼子衿，虽然，他确定他是真要走，但还是不能不防。"三十晚上，下半夜一点，我们还在这儿见面。一点过十分你不到，就是你不去了，就当我们从来没见过。再见！"

姜鸿转身离开，大步流星地离开。子衿定定地望着姜鸿的后背，自言自语："我一定会来，我一定要去。"

三十晚上，家里一片喜气洋洋的气氛。大门上贴上了通红的对联："生意兴隆通四海，买卖茂盛达三江。"房内的门上贴的是："三阳普照平安宅，五福常临吉庆家。"子衿看着，心中汹涌奔腾。是的，献出自己的命，他舍得。师父、师娘、尚蕙不可以有一点点危险,一定要保师父一家平安。

三十晚上的饭一家人是在一起吃的,这是一年里唯一一顿大家在一起可以喝酒、可以随意说笑的聚餐。裁衣服的大案板搬到前厅中间,所有能坐的椅子、凳子都搬出来。陈千里、秦瑞珍夫妇中间坐下,徒弟在对面坐下,两旁是孩子们。尚蕙帮娘把菜一盘一盘端上来,还有秦瑞珍自己做的地瓜酒。虽然味道不好,却是一年中唯一一次允许孩子也沾几口,徒弟也可以喝几杯的时候。所有的杯里都倒上酒,大家举杯庆贺。照例,应该师父讲话。陈千里依然不说:"让你师娘说。"

秦瑞珍笑吟吟地:"今年,咱们家生意不错,你们三人都有功劳,每人多发一块大洋。"她从大襟袄里掏出钱,一个徒弟一块。子衿和大家一样接过来,看着大洋,握在手里。这是师娘给他的,他要永远带在身边。

儿子、女儿眼巴巴地看着秦瑞珍。她笑笑:"你们一人五个铜板,不准随便花。"

两个儿子和小女儿欢呼着接过娘的钱,只有尚蕙没有。大家都知道,尚蕙学校发一点零花钱,她基本不花,拿来家给母亲。秦瑞珍看着大女儿,满眼的喜爱:"大闺女,以后学校的零花钱,你就自己用,家里不要。等你毕业当了先生,那时挣钱了再孝顺你老子吧。"

"娘,以后,我们家就这样,大家都好好地干活、学习,一家人永远这样和和气气的。"

大家举杯,庆祝春节、庆祝新的一年开始。

半夜拜完祖宗,都回到自己房间睡觉。听着身边的师兄、尚蕙两个弟弟发出均匀的呼吸声,子衿悄悄起身,他连外衣都没脱,踮着脚走出来。

他站在前厅,前后看着。三年前,自己15岁,被小姨送到这个陌生的家庭,自己的第二个家。原本想在这个家里永远住下去,做这个家一员的。他知道,这是不可能的。他喜欢尚蕙,师父、师娘当然知道。可是,他们能让尚蕙嫁给自己吗,一个一无所有的伙计?尚蕙将来是要做先生的,已经读四年级,再有一年就要毕业。想着尚蕙站在课堂上,给孩子讲课,做先生,他闭一闭眼。师父、师娘,对不起,我走了。他跪下,朝着里屋的方向,恭恭敬敬磕一个头。站起来,把早准备好的一封信放到桌子上,拿起自己的小包,推开门走出去。

子衿不知道，他做这一切，被一个人统统看在眼里。陈千里有个只有妻子秦瑞珍知道的规矩，每年三十晚上，家人睡后，他都要起来做一阵活。老规矩说，年三十晚上不能干活，否则要忙活一年，他偏偏要三十晚上起来干一会儿活。他有自己的理由，我这一年不忙活，吃什么呀！只有一年忙活，才能保全家人生活有靠。他刚才起来，秦瑞珍知道丈夫又要去做一会儿针线活，嘱咐他，少干一会儿，是个意思就行。他应着。怕惊动已经睡下的两个女儿，他轻轻推门，刚推开一条门缝，正看见子衿跪下磕头，他愣住了，不知道子衿要干什么。但他知道，子衿是不希望被人看到的，就屏住呼吸看着，当子衿推开门走的时候，他返身回去轻轻告诉妻子自己看到的情况。

秦瑞珍一下坐起来："他去哪儿了？这几天我看他魂不守舍的，还以为过年孩子想爹娘呢！"

夫妻俩起身到前厅，看到桌子上的信——师父、师娘亲启。

夫妻俩拿着信进到屋里，叫醒正在睡着的尚蕙。睡得正香的尚蕙听说子衿走了，眼一下睁开，接过母亲的信，拆开。规规矩矩的宋体字：

师父、师娘：

　　自子衿到大连以来，师父、师娘待我似亲生，本想终身守在师父、师娘身边，报答救命、知遇之恩。可现在，国家被日本国占领，子衿虽是小民，却不忍民族之辱，因此决定从军报国，从此海角天涯、征战倭寇、视死如归。请师父师娘原谅子衿不孝。子衿此番离开，也是万分不舍。怎奈国仇家恨，子衿岂能袖手旁观？

　　我娘留我一金锁，那是子衿全部家当。今留给师姐，待她大婚之日，权当子衿赠送礼物，万请师姐不要推辞，子衿方能心安。

　　叩拜师父师娘

　　　　　　　　　　　　　　　　　　　　　　不肖徒　子衿

听完信，陈千里起来就走："他刚走，不会远，我去叫他回来。"

秦瑞珍泪如雨下："我家本是池塘，岂能困住蛟龙？"

"什么蛟龙？就他一小文弱书生，能打败小日本？年少轻狂！不知天高地厚！我去追他回来！"

尚蕙拉住爹爹："不要去，他既然走，就是铁心要走，是谁也劝不回来的。"热泪滚滚而下。过一会儿，一家人无法入睡，想子衿的事情。忽然，尚蕙幽幽道："他会回来的，我知道，他一定会回来！我等他！"

秦瑞珍激灵灵打个冷战，尚蕙这丫头，小时候村里人就说她有巫气，一些没边没沿的事情，她常常准确说出结果，让人奇怪。一次，村里一家人丢了牛，她在旁边听了一会儿，一个三岁的孩子，竟然说："在山那边。"没有人信，丢牛人家却追出去两里地，竟然找到了在吃草的牛。闺女说等子衿，这不是喜欢上了吗？这要是不回来呢？秦瑞珍一阵绝望。

子衿从这个家庭消失，留给这个家庭许多的谜，没人知道谜底。

时间淡化了痛苦、忧伤、牵挂。在子衿离去的日子里，千里洋服店的所有人以各种不同的心情思念他，只有尚中、尚正、尚美的思念淡一些。子衿走的时候，他们都还小，对于他们，子衿只是一个温和的大哥。随着岁月的递增，反倒是因为父母、尚蕙的回忆，子衿在他们心中高大起来，尤其男人的报国大情怀，让他们将子衿想象成一个顶天立地之英雄。秦瑞珍和陈尚蕙已经把子衿的出走与姜鸿的出现联系在一起，那种有计划有预谋的出走，没有人接应是不可能的。特别在尚中和尚正这两个男孩心中，成为神秘而伟大的寄托。

时光并不因谁而停留，它依照自己的节拍悠然前行。六年过去，时光进入1945年。家里所有人都发生了很大变化。秦瑞珍的眼角有了深深浅浅的鱼尾纹，陈千里依然每天做洋服，刚四十多岁的人，已有微微驼背，那是常年低头踩缝纫机、弯腰裁剪衣服的馈赠。两个儿子已经长大，尚正也跟姐姐学，考上不花钱的师范学校，差一年就要毕业。尚中初中读完，没有考上高中，又不喜欢做裁缝，做几样工都不长，处于人生的晃晃悠悠之中。小女儿尚美已经长成大姑娘，还在学校读书。尚蕙的变化最大，师范学校毕业后，被分配到松林小学教书。按照她自己所说，挣钱养家，帮助爹爹供弟弟妹妹上学。这个年龄，大多数女孩已经结婚做母亲，她却依然一个人来来去去。

秦瑞珍知道女儿的心思，和她谈过一次，苦口婆心地劝女儿，虽说做女先生，可也只是一个寻常人家女子。子衿是要做大事的人，再说和小日本打仗，这是多危险的事情，这个人在不在这个世界都难说的。你说他一定回来，那是你一厢情愿，当不得真的。母亲那句话打动了她，在不在这个世界都难说的。是的，他们没有任何约定、任何承诺，自己在等谁呢？在等什么呢？

似乎是偶然，同事却是有心的，在一位女学长家中认识了长春台粮店老板的儿子章一鸣。他们互相介绍后，学长似乎无意间问尚蕙，你比我小两岁吧？尚蕙点点头："是，我23。"

旁边正喝茶的章一鸣抬头："你23啊，咱俩一般大，我也23。"尚蕙看到学长一下张大嘴，想说什么又吞回去。学长先生召集大家坐下打麻将，章一鸣一坐下，洗牌、抓牌，一气呵成，一看就是麻将桌上的常客。这些尚蕙是不会的，她礼貌地站起来，说家里还有事，先走一步。尽管学长一再挽留，她还是坚持离开。

她明白学长的好意，但一个麻将桌上的熟客，不是她心中的男人。子衿的形象又一次出现在脑海中。走出学长家很远，她靠在一棵大树前，泪水流下来，她在心里问："子衿，你在哪里？你真的不在这个世界上了吗？"心里，她决定拒绝章一鸣。

第二天早晨上班，本来想对学长说自己没看好章一鸣，又一想，人家也没说给你介绍朋友，只说去家里坐坐，偶然来一个男客人而已，何必自作多情？她便装作什么事情也没有的样子坐在办公桌前。学长却凑过来，递给她一个眼色，她只好跟出去。

在走廊里，学长看着她："你觉得章一鸣怎么样？"

"我们不太合适。他油头粉面的。"

学长睁大眼睛："你没看好啊！尚蕙，你怎么想的，章家大少爷，多少姑娘喜欢他，可他那张嘴可损了，看谁都不好看。不是嫌人脸长就是脸方，再不嫌人黑，看人毛病特准。结果，你猜昨天怎么样？我先生问他对你的印象，你知道他说什么？出水芙蓉，天然去雕琢，喜欢得不得了。昨天还故意给我点好几次炮，那是感谢我呢！在我家临走的时候，还说谢谢我呢。他可从来没谢过我什么的。"

尚蕙笑笑："在花团锦簇里滚多了，看我有点儿不一样。毕竟，我们是读了几天书的。"

学长犹豫着:"尚蕙……"

"怎么?"

"一鸣真的看好你了,但我要告诉你,免得将来你埋怨我。他其实只有20岁,比你小三岁呢,可他昨天听说你23岁,怕你嫌他小,就多说三岁。这个事情我和我先生讨论一晚上,觉得还是要告诉你。"

尚蕙笑笑:"谢谢你,我们俩不合适,你转告他,谢谢他对我的评价。只是我小家小户小女子,不适合他。"

女学长看着小师妹:"尚蕙,如果一鸣你看不好,可再没有比他更好的了,你知道,他真的喜欢你。"

尚蕙低下头:"他一个公子哥,看一眼,喜欢也是可能的。你放心吧,你告诉他我的态度,我敢保证,两天不到,他就会去找别人的。"

尚蕙预测失灵,章一鸣没去找别人,还给了尚蕙一个无法拒绝的理由。第二天刚下班,在校门口就看到章一鸣。令陈尚蕙吃惊的是,头一天看到的章一鸣还是梳着大背头、油头粉面的富家少爷,今天却是满头长发不见踪影,只留着短短的寸头,根本就是换一个人。她吃惊地看着他,想不通他为什么突然把头发剪光。章一鸣笑笑:"以后不用追女孩了,没必要那么费劲地打理长头发。"

尚蕙有点儿感动,也有点儿生气:"你还没求婚呢,你怎么知道我就能答应呢?"但她没说,只是笑笑。她的无言、她的沉默、她的笑容,在章一鸣那里,却是一份难得的知识女性的修养和气质,与他过往认识的小姐完全不同。

小时候,尚蕙照看弟弟,有一次,尚中不听话,追打街上一条小狗,气得尚蕙抬手打弟弟,偏偏被秦瑞珍看到。秦瑞珍走过来,咣咣在女儿背上拍两巴掌。尚蕙觉得委屈,明明是弟弟不好,还来打我!秦瑞珍教育女儿:"我没念《弟子规》给你听吗?父母教,须敬听。父母责,须顺承。你是大的,要给小的做榜样,你还打他们,你哪儿像个姐?"尚蕙委屈得想哭,又不敢哭。从此,受委屈也不说,谁让自己是大的呢!久而久之,这成了她性格的一部分,惹人怜爱,也令人尊重。

子衿的出走,更让她感到世事无常,每一个对自己有好意的人,都是应该珍惜的。章一鸣特殊的求爱方式,让她的心温柔地跳动着。她无法拒绝一个富家少爷为求她欢心，把自己弄成一平民百姓的样子。从此，他们开始恋爱，那是1945的春天，燕子北归、花儿正开。

尚蕙把章一鸣剪头的事情告诉秦瑞珍，秦瑞珍倒是很满意："章家的生意，虽然说不太大，可也不小。听说他爹在天津开的买卖才大呢！难为他一个公子哥能一个心眼喜欢你，不嫌你大。"

尚蕙默然。是的，23岁，对于一个未婚女孩来说，是有点儿大。章一鸣的体贴、善解人意，让尚蕙决定将自己的人生交给这个男人。

8月15日，一个不平凡的日子，却以平凡的形式揭开面纱。松林小学的学生有中国孩子和日本孩子，但不在一个班级。老师三分之二是日本人，三分之一中国人。从表面上看不出日本教师与中国教师的区别，对于彼此的身份，大家都是有尺度的。中国教师与中国教师交往，也有日本教师与中国教师关系比较好的，并不多。中日教师在一起，大家只谈工作、天气，不谈国家和战争。

这天早晨，刚到学校，尚蕙就觉得气氛有点儿不一样。校方通知，所有教师九点都到操场听重要广播。

九点不到，教师基本都来到操场，中日教师各站一边。广播喇叭播放日本国歌《君之代》，接着，喇叭里传出一个苍老的声音：

停战诏书

（1945年8月14日）

朕深鉴于世界大势及帝国之现状，欲采取非常之措施，以收拾时局，兹告尔等臣民，朕已饬令帝国政府通告美英中苏四国，愿接受其联合公告……

苍老的声音还在继续，队伍却已经骚动起来。教地理的男老师林崇第一个喊出来："日本投降了！中国胜利了！"

队伍哗地一下乱起来。最近一段时间，青年教师都在背地悄悄传说日本本土遭到美国轰炸机轰炸。据说，美国的轰炸机还炸过大连，但没有人看到，所以只是说说而已。今天，天皇宣布停战！日本被打败！所有的中国教师都在笑，所有的日本教师脸上都充满恐惧、惊慌……没有人下命令，日本教师迅速退进到办公室里，操场上只剩下中国教师。这些平常小心翼翼说话、工作的年轻人忽然间变成胆大的孩子，在大声议论着日本投降、日本亡国、日本完蛋……

不知谁喊一声："今天放假！庆祝胜利！"

"同意！放假！"

又是林崇，他站起来喊道："我们去打一场篮球比赛，庆祝胜利。"

有人鼓掌支持，林崇似乎还不过瘾，又大声喊道："谁也不准走，女老师当观众，男老师上场。"

"同意，打球去。"

年轻的男教师迅速分好两边阵营，女教师则都笑着站在操场边上准备看一场球赛，没有人去理会办公室里传来的震天动地的哭声。有的教师朝办公室看看，大家会心一笑："该！真没想到，小日本也有今天。活该！！"

林崇脱下衣服，他将衣服拿在手中，似乎踌躇一下，走到尚蕙面前："陈先生，帮我保管一下衣服，好吗？"

陈尚蕙脸腾地一下红起来，在学校里，从来没有男女教师这样亲密地说话，从来没有一个男老师敢这样放肆地做出这种亲昵的事情。她镇定一下，微笑着接过衣服："好啊！"这是一个不同寻常的日子，所有的中国人都要开心的日子，中国人终于可以放肆地表达感情的日子，没有人会不高兴的。

篮球场上战斗如火如荼，每个人都在拼尽全力去打这一场从1905年日本占领以来，四十年，在学校里，中国人扬眉吐气一天里的一场球赛。尚蕙认真地看球，她这才发现，林崇那样高大、威武，三步上篮投球的动作那么潇洒、帅气。她全神贯注地看着，她看到，林崇时不时地，眼睛会朝自己这儿瞟过来，那眼睛中充满着热烈、渴望的表达。天啊，那是爱情的眼神！尚蕙全身发热，林崇是几个月前才来的新教师，据说是在内地大学毕业，工作一段时间后回老家来的。只听说他的地理课讲得十分出色，非常受学生欢迎，只是不知道，他什么时候注意到自己。比赛结束，林崇热气腾腾地站在她面前，微笑着对她说："谢谢你，陈先生。"尚蕙把衣服交给林崇："不用谢，林先生。"

尚蕙转身逃一样地离开，她无法承受那双灼热的眼神。

那天晚上，尚蕙无法入睡。林崇今天的所作所为，明确地向她表达着自己的感情。可是，可是，为什么要等到今天，要等到八月，成长的季节？自己已经与章一鸣明确关系，他们已经去过对方的家，只等着章一鸣的父亲从天津回来，他们就要举行婚礼！可林崇，他渊博的知识、他跳动的身影、他热烈的眼神……尚蕙知道，林崇更吸引自己，她更喜欢林崇。她翻身、再翻身，暗想："林崇，你为什么要到这个学校来？"仔细想一下，林崇是三月份到学校来的，自己是四月和章一鸣确定关系的。差一个月，仅仅一个月。忽然，她的脑子里跳出一个想法，和章一鸣分手！随机又否定了自己的想法，不能那么做，那不是一个正派女人做的事情。如果那样，会遭到所有认识人的唾弃。她捂住头，哀叹着……

早晨，她起来帮娘做饭，秦瑞珍看女儿一眼："昨天晚上怎么了？我看你没睡好觉。日本投降，高兴的？"

"娘……"欲言又止。

想想，不和娘说，这个世界上又和谁说呢？她支支吾吾讲昨天的球赛。娘立刻就明白了女儿的想法，她停下手中正在团着的玉米面："尚蕙，那可不行，这不是玩的。一个姑娘想两个男人，羞死人，还有脸见人吗？"

她看着娘，没脸见人。哦，好人家的女孩，不可以喜欢一个男人，又喜欢另一个男人的。那样，还有脸见人吗？

她点点头，将刚刚燃烧起的对另一个男人的爱情之火掐灭。一起掐灭的，还有对子衿的思念。

四、乱世之乱

尚蕙第二天依旧上班,日本投降了,四十年的统治说结束就结束了。想起自己成长中的每一天,都和日本纠缠在一起。读书,学日文,家里开洋服店,给日本有钱人做衣服。警察,日本人;同事,日本人;学生,日本人。报纸总在宣传满洲国、关东州是铁桶般的统治,固若金汤,忽然间一切就结束了。不知道会有什么样的变化,但她明白,变化是一定要有的。

走在路上,并无多少变化,警察照样执勤,车辆依然行驶,一切如常。怎么会呢,她有些奇怪。到学校才发现,变化之大,大大超出她的想象能力。日本教师都不再来上班,日本孩子还有来的,已经很少。她走进自己班级的教室,班里30多名学生,有9个日本孩子。现在,他们的座位大都是空着的,只有一个座位上的小男孩低着头坐在那里。他的周围没有学生,中国孩子都离他远远的,用鄙视的目光看着这个男孩。

"同学们,"她用中国话对学生讲话,这是任教三年多来,第一次用中国话对学生说话。没等继续说话,同事敲门,她走过去,同事说去大办公室开会。

走进大办公室,出乎意料,坐在平时校长位子上的竟然是林崇。等大家都坐好,他开始讲话:"各位先生,我们都知道,大连发生了翻天覆地的变化。日本投降,日本人在关东州的统治结束了,四十年的奴化教育结束了!我们做亡国奴的时代结束了!"下面顿时响起热烈的掌声,每个人脸上都洋溢着真正的不加掩饰的笑容。

林崇继续说:"我不是这个学校的校长,今天,我在这里讲话,是因为日本人必将离开中国,离开大连,离开我们的学校,学校将归我们中国人管理,我们要在这里用汉语给学生讲课,我们要给学生讲中国的传统文化。我已经给在国统区的同学写信,希望他给我们邮寄来一些小学教材。现在,在这之前,我们要立即组织起来编写中国教材，我们要讲四书五经，要讲三民主义、马克思主义。我想，在这中间，会有一段没有管理的空当，我们不能让孩子没有书读，我们要自发组织起来。我只是暂时做这个组织者，希望各位老师和我一起，将学校和学生管理好，不能让学校处于乱象之中。社会再乱，学校不应当乱、教育不能乱，任何社会都不能没有教育、没有学校。我们将等待政府的接收。

"大家可能已经发现，我们大连人被统治四十年的愤怒，老百姓会发泄在日本人身上，中国学生可能会对日本学生出手。日本人可恨，但是，学生们还是孩子，是非战争人员，作为教师，我们要让孩子们适可而止，适当发泄一下就可以，不可打伤、打死。这在国际法上也是不允许的。我们要教育自己的孩子有大国风度，各位老师一定要注意。

"另外，考虑到现实问题，我们暂时给学生放假，什么时候开学，再另行通知。"

尚蕙惊讶地看着林崇，这个到学校来只有几个月的青年教师，有如此担当、如此情怀，她对他瞬间充满崇拜。

尚蕙回到教室，远远听到欢呼声。推门一看，中国的孩子围在一起，跳着、欢呼着，她走过去，看到山介三郎紧紧用手捂住头，趴在桌子上，几个男孩子在打他。孩子们的拳头雨点般落在山介三郎的头上、身上。

她走过去，想起这个小男孩是一个沉默、内向的孩子，她阻止自己的学生："大家都回到座位上。"

几个男孩得意洋洋地回到座位上，有的孩子嘴里还在骂着："日本鬼子，打死你们。"

日本怎样被打败的、日本天皇为什么宣布投降，这些，尚蕙都不知晓。在学校里，大家从不谈论政治，偶尔哪个年轻老师说一点儿不满的话，立即就有老教师喝止。

山介三郎仍然趴在桌子上，没抬头，但能看到他的肩膀在抖动，他被打疼了，他在哭。想想，山介三郎也有点儿可怜，毕竟他才是个十岁的孩子，现在，他成为为他的国家承担中国人发泄愤怒情绪的替代品。

她用中国话给她的中国学生讲话："同学们，我们是中国人，中国是一个大国,我们有悠远的文化,有高尚的人格。很快,我们将开始学习自己的文字、自己的文化。不以强欺弱、爱护弱小,是我们汉族人民的风范。大家以后不要再打山介三郎同学,虽然他的国家战败,但他是非战争人员,和你们一样也是孩子……"

她忽然觉得自己知识很贫乏,竟然不知道说什么好,那些凶神恶煞的日本警察、那些趾高气扬的日本人,对中国孩子长久地心灵践踏,面对他们的后代,让这些孩子宽恕他们,这真有些牵强。这样想着,一个男生站起来:"老师,他们的爹妈打我们,有一天,我爷爷过马路,没听见警察吹哨,结果警察用棒子打我爷爷,腿被打断了。今天,我就要打他给爷爷报仇!"

她想想说:"我知道,四十年,我们大连人每个家庭都有这种或多或少的经历,我爹开的洋服店,也有日本混混做衣服不给钱还吓唬我们,敢要钱,就把洋服店砸了。可是,同学们,山介还很小,如果打坏了,我们要给他治病的,治病是需要很多钱的,知道吗?从今天起,学校开始放假,什么时候开学,再另行通知。"

听说放假,学生们纷纷站起来,背着书包跑出教室,很快,教室里空下来。那个山介三郎最后一个慢慢站起来,背起书包,慢慢走出教室。"山介,以后不要来上学了。"

"是,先生。"

山介给尚蕙鞠躬,慢慢走出教室。

回到办公室,尚蕙才知道,学生放假,教师也放假,日本投降,没有人开工资,要等到新的政府接收,才能继续开学。

尚蕙慢慢收拾着东西,准备离开学校。她拿起包,刚走出办公室大门,后面有人叫住她:"陈先生,留步。"

她回头,是林崇。她想到,他还会来找自己的。她站住,眼睛看着他,没有躲避、没有害羞。还是讲明白的好,别让人笑话。娘的话是对的。

"陈先生,我们一起走走。"

她看着他,由衷地称赞:"你懂的真多。"

"我在北平读大学,那里是一个开放、自由的地方,各种思想互相碰撞,你躲都躲不开的。况且,我是大连人,对关东州和满洲国的各种主张我自然更加关注。这一天早晚是要来的。中山先生说，天下大势，浩浩荡荡，顺之者昌，逆之者亡。日本逆天而动，灭亡是早晚的事情。"

尚蕙复述一遍："天下大势，浩浩荡荡，顺之者昌，逆之者亡。说得真好。"

"我们有一群人，大家在一起讨论讨论国家大事，如果你喜欢，可以来加入我们。就在我家。"

她低下头："不了，我只是一个普通的教员，哪有能力想什么天下大势。"

"天下大事就是我们年轻人的大事，哪个年轻人不关心天下大事呢？"

她继续摇头："你和你的朋友关心就好，我就算了……"

林崇忽然正色道："陈先生，你愿意做我的女朋友吗？我会让你也走上这条道路的。"

终于说到正题了。她有点儿遗憾地看着林崇："林先生，你不知道，我已经有男朋友了。"

"你撒谎，我问过同事，他们说你没有男朋友。"

"我们认识时间不长，两个多月吧，但我们已经订婚。"

"你爱他吗？"

尚蕙的脸腾地烧起来，从国统区来的人就是不一样，这样轻松地就把爱字说出来。她又想起娘的话："羞死人，还有脸见人吗？"

她觉得真是要羞死了，感觉到自己的脸呼呼地在烧。从北平回来的林崇感叹她的封建和保守："陈先生，我们每一个人都有权追求自己的幸福，我会给你幸福。大连将进入一个新的时代，关东州时代永远过去。新时代的青年，我们应该去追求自己的幸福。他比我好吗？"

她摇头，她无法赶上他的思维，真不知道，学校里还有这样的人，肆无忌惮地追求爱情，想想都不好意思。她不想和他继续谈下去，他们之间隔得太远，好像天和地、冰与火，完全不搭界。

"林先生，我们是不可能的。我已经订婚，就不能毁约。正如你说的，这也是我们的传统文化，否则，岂不是名不正言不顺？再见！"

她转身就走，快步地走，她要尽快地把这个人、这件事忘掉。

仅仅一天，可谓天翻地覆。读师范的尚正、读初中的尚美都放假回家。最大的变化是，没有人来做衣服了。8月16日，没有一个日本人登门做衣服。大家突然醒悟到，再也不会有日本人来做衣服。所有人都闲下来，不用上班不用上学不用做工。只有一样还照常，就是每个人都要吃饭。孩子们在兴奋地谈论着日本人的狼狈相。商务会长张本政出来呼吁市民保持镇静，地方商会组织维持治安的队伍。队伍里，大多数仍然是原来的日伪警察。街面上依然平静，表面上和过去一样。所有人都在等待，等待新的政府来接收。

章一鸣来找尚蕙玩，要去老虎滩游泳。尚蕙是会游泳的，那是在旅顺师范公学堂读书的时候体育课上学会的。但她从来没穿着游泳衣在海里游泳，更别提男男女女一起游泳，那不羞死人？这是娘的话，也是她的想法。

走出洋服店，看到前面路上，章一鸣站在一辆吉普车跟前，旁边还站着一个人。她迟疑地走过去，章一鸣向她介绍说："我邻居，余涛。"余涛高高的个子，穿着白色西装，旁边的章一鸣也穿着白色西装，只是黑黢黢的寸头显得有些可笑。余涛伸过手："陈小姐，余涛。"

"余先生，您好。"

听章一鸣讲过余涛，小时候他们就是玩伴，余涛长章一鸣几岁。后来，余涛去北平读大学，章一鸣留在大连读商校。但这俩人殊途同归，毕业后都回到家无所事事，过着悠闲的生活。尚蕙在心里说："一对公子哥。"

开车的余涛看到尚蕙的表情，似乎知道她在想什么："陈小姐，是不是看我和一鸣不务正业啊？"

心事被人猜中，尚蕙有些不好意思："没有啊。"

章一鸣并不以为意："做生意那点儿事，本来就不用费多少心事。我家在大连这点儿生意，我娘打点着就行。"

余涛笑："你还行，读商校，做商业，是学以致用。你说，我这学建筑的，有啥用？"

"你家那幢楼不是你设计的吗？"

"见笑！我只是想证明我在北平四年并非无所事事，才设计那幢楼的。"

听着他们聊天，尚蕙不说什么，她知道，自己和这些人是有隔阂的。出身的不同，使他们有完全不同的阅历和想法。

到老虎滩海边，两个男人换游泳裤，跑着扑进海中。或许是因为天热，他们想到海里去去暑气，或许是尚蕙在，两个男人都想表现一下自己的能量。两个男人抡动双臂，快速地朝大海深处游去……

尚蕙又想起林崇，他说的话、做的事情，与眼前两个男人多么不同。想起林崇，她的脸烧起来，自己是有点儿喜欢林崇的，好像林崇的所作所为更符合自己心中对男人的想法，男人应该是什么样子呢？齐家治国平天下！想起这句话，忽然间又想起子衿。子衿，你在哪里？她问自己，又摇摇头。谁能知道他在哪里呢？六年了，一点点音信也没有。真像娘说的，这个人在不在这个世界都说不定呢！

正想着心事，两个男人游回来，湿淋淋地躺到沙滩上。

尚蕙从章一鸣的包里拿出毛巾被，给他们盖上。那么小的三角裤，赤裸的上身，总是让她脸红心跳。

章一鸣和余涛开始说话。

"日本投降，这个世道真要变了，我爹原来说这几天回来，看这架势回不来了，听说铁路、公路都停运。"

余涛闭着眼："你猜猜谁能来接收我们大连？"

"除国民政府还能有谁？"

余涛摇头："是苏联出兵东北，苏联是支持共产党的。将来的局势说不好，看一步走一步吧。乱世之中，求得平安最重要。"

尚蕙第一次听到共产党，想起林崇说的话，她突然觉得，自己好无知，对政治、对当前社会一点儿也不了解。局势会怎样，谁来接收，这个问题也要自己去想吗？看看身边两个男人，尚蕙忽然觉得，原来自己以为拥有的聪明、知识，在这些男人面前，竟然一无所用。这个社会会怎样发展，会发生什么事情，没有人能给自己明确答案。林崇或许是知道一点儿的，但她已经拒绝他引领自己认识世界。

秦瑞珍和丈夫商量，辞退两个做很多年的徒弟——沈铁柱和王继祖。大家都眼泪汪汪的，说不出的难受。陈千里更舍不得，这些年来，两个徒弟跟着他一起做多少洋服，这些洋服养这个家，现在，要辞退他们，他不肯说，让秦瑞珍说。秦瑞珍做了几个好菜，破例给两个徒弟一人斟一杯酒。她说的是实情：

"只要有一点点办法,也不能让你们走,实在是一点办法也没有。你们不挣钱,尚蕙开工资,也能维持这个家。现在,尚蕙也放假,也不开薪水,这么一大家子人,坐吃山空。现在看还能撑个架子,要是不提前准备,这个架子很快就要倒的。我让你们走,也是让你们出去找个活路。尚中毕业两年多,东做一天,西做两天,到现在没活干。尚正也放假,什么时候上学不知道。十七八、十八九的人,我要他们也出去找活干,不养家,先养自己吧。好在,这些年和师父在一起,你们也成手了,有这个手艺,按理说,是饿不死人的。"

两个徒弟喝完酒,给师父师娘磕头,拿着自己的包袱,离开洋服店。千里洋服店的幌子有气无力地耷拉着,一副没精打采的样子。

家中还有十几套做好和快做好的洋服,日本人是不能来取了。尚中提出把这些衣服拿到街上去卖,这都是上等的布料、上好的做工,是能卖出一些钱的。小日本国家都亡了,当然不能来取衣服。

他还没说完,被秦瑞珍喝住:"瞎说什么?这是人家的衣服,我们是收了手工费的,就要把成衣给人送去。你一天到黑东晃西晃,什么也不做,就打这些鬼主意?做生意第一是讲信誉,除非死,不死就要兑现信誉!"

大家都不说话。尚蕙想起挨打的山介:"娘,你说的是,咱收人家钱,就该把衣服给人家。但他们不会来拿衣服,我们去送给他们吧。"

"好。"秦瑞珍干脆地答应。一直没说话的尚正开腔了:"我听说日本人现在家家都紧闭大门,不出门,也不开门。我们去,他们能开门吗?"

"我和娘去,没问题的。"

陈千里想想,对尚中下命令:"尚中,你跟你娘和姐去。到人家门口的时候,你别过去,在远处盯着,要有什么人找麻烦,也有个帮手。"

大儿子尚中有气无力地应一声。按说尚中是大儿子,长子,在家里应该是最受宠的。只因他学习不认真不说,还常常惹祸,三天两头在外面打仗,打人或者被人打,陈千里从小就不待见这个大儿子。倒是秦瑞珍,因他是第一个儿子,自小将他当宝贝一样惯着。一个惯,一个管,也弄成尚中不拘小节,家里一样、外面另一个样的双面性格。

他们拿两套洋服,第一家,果然不出所料,院子大门紧闭,他们拍打大门,没有人应。尚蕙用日文对着楼里大声说:"我是千里洋服店,给你们送做的洋服。我们把衣服放在这里，请你们收好。"

尚蕙把衣服从铁门栅栏底下塞进去，又说一遍才走开。她知道屋子里一定是有人的，这个时刻，他们当然待在家里。大白天，窗帘遮得严严实实，自然是不愿意被街上的人看到屋里。

走出好远，回头看看，大铁门依然没有打开。秦瑞珍不放心，说要是真没有人，不出来拿，被外人拿走怎么办？还以为咱们昧下人家的洋服。

尚中笑秦瑞珍天真："娘，小鬼子都是小气鬼，怎么会不出来拿？工厂都不上班，维持会虽然说日本警察还照样巡逻，可我看，日本警察比以前少很多。警察都不上班，还有谁上班？他们家当然是有人的。"

到第二家的时候，有了去第一家的经验，没有多少纠结，就和前一个一样，先敲门，然后塞到铁门底下，然后走开。没想到的是，走出很远时，后面有个声音小声地喊他们："小姐、小姐。"

尚蕙意识到是在喊自己，回头一看，果然是一个日本中年女人，穿着中式对襟衣服，迈着小碎步："小姐，请留步。"

一家人停下来，尚蕙走过去："我是千里洋服店的，我父亲给您家做的洋服，刚才送给您了，塞在大门底下。"

女人走到面前，连连鞠躬："谢谢！谢谢！一套洋服，还劳烦你们在这种时刻送来，真是太感谢了！"

秦瑞珍不懂日语，由着女儿去和她说。尚中也是学日文长大的，他粗声说："我们收你的手工费，自然是要给你做衣服；做好，自然是要给你送来。这是我们生意人的本分，童叟无欺。"他忽然觉得娘说的道理倒是让自己很理直气壮的，他心里说，真怪，娘总是对的。

日本妇女又朝着秦瑞珍鞠躬："刚才我丈夫讲，说是千里洋服店的老板娘来送衣服，说您是最棒、最讲信誉的生意人。"

尚蕙看到有路过的中国人在看他们，也怕惹是生非。"您还有事吗？我和我母亲接受你的好意，快回去吧。我们在这儿站着看你回家，别出事！"

日本女人眼泪刷地流下来，说我丈夫要来谢谢你们，我怕有危险，所以我来。谢谢！太谢谢了！

千恩万谢地，日本女人转身回去。看着女人走远，尚中说："我们走吧，他们有没有事关我们什么事？"秦瑞珍看儿子一眼："她是为谢咱才出来的，为这个出事，咱能心安？"

尚中从来不驳娘，无论心中怎样想，只要娘说的，他都乖乖地服从。一家三口一直望着女人进到院子里，锁好大门，进到小楼里，才转身离开。

8月22日，苏联后贝加尔方面军副司令伊凡诺夫中将率250名空降兵在旅顺口土城子机场着陆，并就任旅顺警备区司令。日军驻旅顺守备司令官小林海军中将向苏联投降，驻旅顺日军武装被苏军解除。同日，雅曼诺夫少将也率250名空降兵在大连周水子机场着陆，并就任大连警备区司令官（后由高字洛夫中将接替），当天下午，一批乘火车的苏军抵达金县石河驿。8月24日，苏联近卫坦克第六集团军的首批坦克部队抵达旅大地区。同时，苏联太平洋舰队空降兵机队在旅顺口降落。8月底，苏联进驻旅大地区兵力约一万人。

日本投降了，还没有政府来接收大连，维持会临时组织了一批人维持社会治安。有原来的伪警察、日本警察，还有临时招聘来的一些年轻人，其中就有尚中。他的一个同学被招进去，来会他，闲着也是闲着，好歹也能挣点儿，秦瑞珍同意儿子去了维持会。

大家都在等，等待来接收大连的政府。没有人知道会是谁，尚中这时候成家里消息最多的人，不是国民党要派接收大员，就是盟军派军队来。家里人都听得稀里糊涂，谁明白什么盟军，倒是章一鸣偶然来和他聊得不错。

8月22日，一大早，尚中连饭都没吃就上班去，说上面通知这几天就会有接受的军队来大连，是谁呢，他说也不知道。来了就知道了呗？

快到中午时分，从周水子方向开来一辆一辆军车，军车上站的全是蓝眼睛、白皮肤、高鼻梁的俄国人。军人们笔挺地站在车上，汽车沿着大道缓缓行驶。这就是打败小日本的苏联红军啊。不知道什么时候，街上涌满了人。开始的时候人们远远地看着，慢慢靠到跟前。车上军人和蔼的神情鼓励着人们，有些人开始走近，向他们招手。车上的军人也热情地弯下腰来与人们握手。很快，人们涌上来，车上、车下，欢呼、拥抱、握手……汽车在人群中慢慢向前挪，从进入市区开始到新政权的落脚点，大广场的大和宾馆，成为苏军司令部。几里地的路，走了小半天。

放假在家的尚正和妹妹尚美都跑到大街上看热闹。在军车上的苏联人中，他们看到还有中国人，穿着苏联军装，一眼看去，就知道是中国人。尚正指给妹妹看，苏联军队里还有中国人呢。尚美奇怪，苏联军队里怎么会有中国人呢？

他们不知道，在这些中国人里，有一个高高瘦瘦的年轻人，却已经看到了尚正和尚美兄妹。他就是子衿，穿着苏联军装，佩戴着上尉军衔。时光相隔六年，走的时候，还是少年的尚正和儿童的尚美，却被他一眼看出。眼泪涌满眼眶，他擦擦眼，平静一下自己的情绪，他现在不能下车，他要遵守纪律。在进入大连以前，上级传达过命令，一定要友好地对待中国人民，不能随意离开部队，这里是日本统治四十年的地方，以免出危险。想到马上要看到师父、师娘，还有师姐了，尚蕙，他在心里默默念着这个名字，你还好吗？

没有人注意他的情绪变化，所有人都在欢乐地笑、高兴地哭，他的表情变化没有人发现。只有他自己，这一瞬间，十年的岁月，从山东到大连，从大连到白山黑水的黑龙江，再到苏联，今天重新回到大连，如电影的蒙太奇，在头脑中一一闪过。

"师父师娘，我回来了。尚蕙，你还好吗？"

旧政权土崩瓦解，新政权正待建立，这是一个统治的空白区，这个空白区被混乱和抢劫填充。后来这段时光被总结为：社会秩序混乱，人民惶恐不安。苏军首先接受日军投降并解除日军武装，把少将一级的日军战犯集中看押。地方治安暂由日伪警察维持。交通受阻、商行关闭、工厂停工、学校停课，盗匪四起，枪声不断。1945年9月5日到9月22日，大连市内被抢劫的就有粮厂、煤场、木材厂、酱油公司、青果会社、油脂会社、山林、仓库、码头、飞机场19处和24家居民住户。

更有一个让所有人谈虎色变的现象，许多从苏德战场上下来的苏联军人，在血与火的战场上忽然进入安适的和平地区，男人的本能迅速爆发，面对如惊弓之鸟的日本人，尤其是美丽的日本女人，引爆起他们对女人的欲望。妓院里挤满俄国人，就连街上走路的日本女人，也不被放过。日本女人连门也不敢出，躲在家中，即使这样，也难免被强暴的命运。苏联军人们敲响家门，战败的日本男人再也没有往日的气势汹汹，点头哈腰地迎接进来，女人一旦被发现，就难逃魔掌。尚蕙和尚美被严禁出家门，红眼的军人，有时也分不出是战败国的日本女人，还是战胜国的中国女人。

一天晚上，一家人早早地关上了千里洋服店大门。突然，他们听到轻轻的敲门声。这个时候，会有谁来？秦瑞珍让两个女儿到后屋去，两个儿子留在前厅。陈千里去开门，没等说话，进来两个人，竟然是两个女人，虽然两人都穿着破旧的黑衣服，还是能看出来是日本女人。那个中年女人连连鞠躬，笨笨磕磕地用亦中亦日的话说着。尚蕙一眼认出来，这不是我们那次送洋服的那家人吗？

女人连连点头。尚蕙用日语和她交谈，很快明白，原来是怕独生女儿林子被苏联人强暴，一家人苦思苦想好几天，想到那天秦瑞珍、尚蕙去送洋服，觉得他们是好人，央求让女儿在这儿住上一段时间。

这真是一个难题。这个时候，谁家愿意招惹日本人啊。中年日本女人不停地鞠躬。自始至终，那个日本女孩没说话。剃得短短的头发、中式男人对襟衣服，乍一看就是一个小伙子；仔细一看，细嫩嫩的脸庞、水灵灵的眼睛，无疑是女孩子。她默默地站在母亲旁边，好像在等待宣判的囚犯，那无助的怯怯的眼神让秦瑞珍心动，她告诉尚蕙，跟她说，可以让她女儿在这儿住上一段，等风头过去我们给送回去就是。

尚蕙看看娘，又看看爹。陈千里沉着脸不说话，他不愿意，妻子同意，他也只能同意。尚中刚说一个娘，就被秦瑞珍瞅一眼，只好把要说的话吞回去。

中年女人千恩万谢，又从兜里掏出一个小包，鼓鼓囊囊的，双手捧给尚蕙："这是她的花销，请千万收下。"

秦瑞珍点点头，尚蕙接过来。又说几句什么，女人转身看着女儿，叮咛几句，不停地鞠躬，然后走出去。秦瑞珍让两个儿子："你们送这个大婶回家，别出事。"

尚中有些不愿意，但还是和弟弟一起跟着日本女人走了出去。

家中突然多一个陌生人，秦瑞珍只能把房间重新安排。一直以来，都是两个女儿跟着陈千里夫妇住一间屋子，现在，反正也没有洋服做，两个儿子尚中、尚正睡到前厅，尚蕙、尚美和林子睡在原来学徒的屋子。秦瑞珍给两个儿子下死命令:"你姐的屋子,你们两个不准进去,有什么事要进去,和我说。"

尚中撇撇嘴:"怎么对她比对我们还好?"

秦瑞珍点一下大儿子额头:"人家把闺女送咱家来,那是信咱,知道咱是好人家,咱能辜负人家吗?"

尚中还要说什么,尚正拉拉哥哥的衣角:"哥,娘说的对。要不是娘给人家送西服,人家能送咱家来?这是对咱家的信任。"

尚中想想,娘就是这样,看到谁有难,就会出手帮忙。但还是嘟囔一句:"别沾日本人,惹事上身。"

平时不愿说话的尚正这次不肯和哥哥罢休:"没事的,咱院子里拉三轮的张大哥还捡个日本媳妇呢。有一天,他正好看到一个喝醉的苏联士兵要调戏那个日本女人,张大哥看不过去,让那个女的上他的车,拉着就跑。苏联士兵醉得东倒西歪,也没追上他。跑到没人的地方才放下来,结果那个女的就给张大哥跪下,愿意嫁给他,现在过得挺好的,没人去告发。"

尚正这番话得到了秦瑞珍的证实:"是啊,老张家两个妹妹高兴的,家穷,娶不上媳妇。如今多好,两个人过得热着呢!老张拉三轮都一包劲。"

尚中无话可说,只是觉得憋屈。爹拿自己不当事,过去,这个弟弟还算懂事,知道自己是哥哥,什么时候这个家伙也开始来呲自己?

陈千里觉得别扭,尚蕙闲来无事,开始教林子说中文,两个女孩叽叽咕咕,竟然成了好朋友。尚中、尚正哥俩也规矩许多,尤其尚中,不再咋咋呼呼、吆吆喝喝的。能让年轻男人改变的只有年轻女人。

林子从此在家中住下来,她像一个影子,不发出声音。人却飘忽着,只要哪里有活,她的身影一定飘到,一声不响,帮助你干活。尚蕙从小读书,家务都是她帮娘做,但心里是不喜做家务的,工作以后,好多家务活就不太做,只是帮娘洗一家大小的衣服。无论两人在屋里学汉语学得怎样专心,秦瑞珍那面一有做饭的声音,她立刻笑盈盈地站起来,对尚蕙说:"我去帮大娘做饭。"然后飘到灶房,会立刻找到她可以做的活计,快手快脚地干起来。这时候,秦瑞珍就想起自己在姥爷家的童年,从小就知道自己没爹没娘,就知道看人脸色说话、吃饭。林子也是这样的,避难来到一个陌生的中国人家,自然是小心翼翼,生怕出事端,惹人讨厌。秦瑞珍也就格外对她好些,林子用半生不熟的中国话和秦瑞珍唠家常,慢声细语、贴心贴意,常常使秦瑞珍产生错觉,好像自己又多一个女儿。

吃饭的时候,林子一定等所有人都坐下来,自己才肯坐下,细嚼慢咽地,只挑自己跟前的菜吃。有一次做一盘大葱炒肉,一大家子人,很快就吃完了。至始至终,林子没动一筷子。当盘子里还剩不多的时候,尚美的筷子伸到盘子里,尚美是家里老丫头、老疙瘩,爹娘、哥姐都宠着,也就多几分娇气和蛮气,没有人惹她。她做什么,都被看作是可爱的,可以的。

没想到,秦瑞珍用自己的筷子啪地打尚美的筷子一下,肉掉下来:"懂点儿规矩,林子一口没吃呢!"

秦瑞珍用山东话说的,林子是听不懂的,但秦瑞珍的意思她立即揣摩到了,她急忙说:"大娘,我吃饱了。"放下筷子,鞠躬,退回去。

尚美不乐意了,学着娘,啪地一下,也把筷子摔了:"不吃还不行,都给她吃吧,她是你闺女。"

尚美起身要离开,秦瑞珍厉声:"你给我坐下。"

尚美看看娘,娘真生气,她还是害怕的。委委屈屈地坐下,泪水就流下来。陈千里心疼老闺女:"你这是干什么,为这点儿事,值得吗?你也不能对人家比对自己孩子还好。"

尚中也不满意:"就是,娘,你对她好,我没意见,可是……"

"你给我闭嘴!"

尚中立刻把嘴闭上。

秦瑞珍往后看看,确定林子不在,用低低的声音说:"你们都给我好好听着,以后不准对人家闺女耍威风,人家有难求到咱,那是看得起咱。我们家的人不准做凌强欺弱的小人。你们也要知道,人家是拿钱来的,咱家这些日子要不是有这些钱,你们还吃肉,吃大葱蘸大酱吧!"

后面这句话很管用,陈千里不再说话。自己洋服店不挣钱,尚蕙的工资也大幅度缩减,全家就靠尚蕙一个人如何能养活过来?林子妈那天递过来的钱起了大作用。

"以为人家求你？是人家帮咱家。"

所有人都不说话，尚美也不再哭泣。尚蕙拉拉尚美的手："好啦，娘做得对。王宝钏寒窑十八年，对她好的人都得到了报答，迫害她的人也得到了报应。人落难的时候帮人一把，等你自己有事的时候，才会有人帮你呢！"

大姑娘说话，陈千里不再生气。大闺女总是对的，看得总是远的，大闺女是先生嘛。

回到房里，林子正坐在床上做衣服，她在跟秦瑞珍学着做服装，要给自己做一套中国女孩子穿的便装。

尚蕙坐到她身边："林子，刚才对不起，你别和尚美一样，她是个小孩子。"

林子抬头看她："尚蕙，我不生气。你们家都对我很好，真的很好。你和大娘对我的好，我都知道。尚美她是小孩子嘛，我原来在家也是，女儿总要在父母面前撒娇的。没关系的。"

她看着尚蕙，一双眼睛清澈而明亮。尚蕙拉住她的手："在我们家肯定和在自己家不一样，但我们全家人都喜欢你，真的，很喜欢你。要不，你给我家当媳妇吧，你看我两个弟弟，你喜欢哪个？你挑一个。"

林子扭捏起来："尚蕙姐，这怎么可能？我一个战败国的人，我们连国家都没有，你们是战胜国，我们现在才是亡国奴……"

她低下头，轻轻抽泣起来。尚蕙搂过她的肩膀："我们都是老百姓，你是个好女孩，真的，我们都喜欢你……"

这注定是一个不平凡的夏天。林子来家中不几天，子衿来敲门。

刚进驻大连，各种事情千头万绪，他又曾经是大连人，被直接调到司令部做副官，向苏军介绍大连的各种人文风貌、风土人情。

忙出点儿头绪后，他请假，说要回去看看曾经的亲人，上面批他半天假。从大广场（现中山广场）到敷岛广场（现民主广场），不用十分钟的路，他足足走有半个多小时。尤其快到千里洋服店的时候，他几次停住脚步，无数遍地问自己："如果师姐出嫁了，我怎么办？怎么办呢？"另一个声音对他说："不能，师姐不能出嫁，他知道我对她的感情，可是，六年、六年啊……"

六年的时间，可以发生太多太多的事情。师姐，聪明、漂亮的师姐，当然、是的，师姐一定嫁了。说不定有孩子了呢，那孩子应该叫我舅舅。我的金锁说不定就戴在孩子的脖子上。他对自己说："何子衿、何子衿，别想太多，穿越枪林弹雨的时候，你能想到这些事情吗？活着，就已经是胜利。你当年最大的愿望，不就是再看师姐一眼吗？如今，这个愿意终于实现，你应该满足了呀！"

想到将自己带上革命道路的姜鸿，在战场上负伤，被救下来，最终却没有被救活，临终前对他说："子衿，把你带出来，不知道我是做了一件好事还是坏事。如果将来能看到你喜欢的那个女孩子，对她说一声对不起，是我拆散你们……"

想到姜鸿，他的心狠狠地抽搐一下，他对自己说，别想要太多，我已经够幸运，活到今天，能看到师娘，还能看到师姐，应该知足。

他挺挺胸，看看门楣上有气无力、摇摇晃晃的千里洋服店的幌子，敲响了洋服店的门。

从林子来到家中，大门就被关上，一家人只走后门。从院子的大门进来，如果朝自己家来，总是开着后门的家里人远远就会看到。敲门的人一定是陌生人。这些日子，街上抢劫的、强奸的频繁，秦瑞珍几乎不让两个儿子出门，生怕遇到什么祸事，也怕他们年轻，口无遮拦，说出自己家有个日本女孩。家里唯一来串门的人就是章一鸣，他知道这一切，总是从后门进来，和尚蕙在前厅说话。突然有人敲前门，所有人都愣在那儿。是谁？苏联军人？知道家中有日本女孩，找上门来？日本人？不可能！林子父母不会来，再没有谁能来。大爷陈千成？两家已多年不来往。一家人全都来到前厅，望着大门，谁也不说话。

那人似乎不想走，很有耐心地、有节奏地敲门。他似乎知道家中一定有人，是的，家中从来都有人。秦瑞珍让尚中走上前，隔着门问："谁？"

"开门吧，我是何子衿。"

冬日里响春雷也不会这么响。"何子衿"三个字，如雷鸣般炸响在所有人心头。尚中兴奋地喊起来："是子衿哥！"子衿走的时候，他已经十多岁，子衿是他心目中第一个英雄。他哗一下拉开门栓，门外站着穿苏军军装、雄姿英发的子衿。

"子衿哥!"

尚中扑上来,紧紧拥抱住子衿。子衿用同样的热情拥抱这个当年的伙伴。

尚中拉着子衿进到屋中:"爹、娘,真的是子衿哥回来了!"

陈千里激动地从头到脚看着子衿,秦瑞珍已经流出泪水。子衿走到陈千里夫妇面前:"师父、师娘,我回来了!"恭恭敬敬给师父师娘鞠躬,并没有行军礼。

秦瑞珍拉着子衿的手:"孩子,真的是你,真的是你呀!"

"师娘,是我,当然是我。你看,我挺好的,我回来了!"

"快坐下!"

因为不接活,吃饭桌子就放在前厅中间,子衿在一张椅子上坐下,大家团团围住他坐着,七嘴八舌地问各种各样的问题。只有两个人不说话,长大的尚美看着英俊的子衿不说话。当年,子衿走的时候,她还小;现在,子衿站在面前,把少女心中隐秘的青春火焰瞬间点着,她不说话,不错眼珠地看着子衿。子衿眼睛扫一圈周围,没有师姐的影子。他知道大家都想知道他为什么走、他怎样走的、走到哪里、为什么会在这时出现。他必须回答这些问题。

他要讲清楚这些事情,他认真简洁地叙述自己六年的经历。当年,就是那个被日本警察追赶的人,他叫姜鸿,他带我走的,他引我走上革命道路。我跟他到哈尔滨,后来环境艰苦,我们退到苏联境内,参加了苏联军队,这次苏军出兵东北打日本,我们就跟着一起回到大连。

尚中和尚正问的最多,打过仗吗?负过伤吗?姜鸿在哪儿?他微笑着一一回答,但又都是简洁的。他不愿意回想,回想那弹尽粮绝的险境;不愿意正视,正视自己身上的累累伤痕。重要的是,跟跟跄跄、一路走过来,走到今天,重新又走到千里洋服店,走到师父师娘面前。他有些心不在焉,正在这时,尚蕙从外面回家来了。

尚蕙和章一鸣出去玩,章一鸣喜欢游泳、打篮球。苏军到大连,篮球场都是军人的身影,他们只好去游泳,今天又是余涛、章一鸣和尚蕙一起去玩的。回来后,章一鸣送尚蕙到门口,本来不打算进来,可是,远远看到后屋没有人,章一鸣说,你家怎么没人?都到前屋去了,来人了吧?

他们立即想到，谁来了？家中有个林子，总是让人揪心。章一鸣就说，进去看看。两人悄悄走进来。坐在后屋角落中的林子看到他们回来，赶紧站起来，告诉尚蕙："家中来客人，是个故人。"

"故人？"两人互相看一眼，什么故人？

他们刚进到前屋，被尚正看到，立即站起来："姐，你看谁来了？子衿哥回来了！"

"子衿？！"听到这两个字，尚蕙定定地站住，一句话也说不出来。坐在椅子上的子衿站起来："师姐，是我，我回来了！"

他站起来走到尚蕙面前，定定地看着她："师姐，你好。"

她喃喃地念着他的名字："子衿，真的是你，你还活着！"

"活着，活着！"

她伸出手，摸摸子衿的袖子，正正子衿的帽子，子衿一动不动，好像动一动，这一切就会消失掉。六年，每天、每天，没有一天不想再见到师姐的样子，就应该是这样的，泪眼蒙蒙、情意绵绵。不应该的是，师姐身边还有另一个男人，不用说他也知道这个男人的身份。尚蕙的泪水滚滚而下："子衿，我们都以为你不在这个世界了，真是太好了！太好了！"

章一鸣走过来："你好，何子衿，我听尚蕙说过你，你是抗日英雄。我是尚蕙的未婚夫章一鸣。"

子衿定定神，听清楚了章一鸣说的三个字，未婚夫。准备迎接的果然到来了，他伸出手："你好，我是何子衿，苏联红军警备区司令部上尉副官。"

章一鸣微微一鞠躬："在这乱世之秋，还望多多关照。"

"章兄客气！"

秦瑞珍笑着说："今天真是个大喜日子，子衿回来了！谁也别走，我去做饭，留下来吃饭！"

秦瑞珍有些慌张地往后屋走，子衿拦住她："师娘，别忙了。我还有事，公务特别忙，要不早就来看你和师父了。以后有机会我还会来看你和师父的。"

秦瑞珍要挽留，他笑着拒绝："师娘，真的不行。军队纪律很严，批准我晚饭前回去的，工作真的很多。"

尚蕙笑着："娘，别忙了，他和以前不一样，是警备司令部的副官，身在官场，岂能由己？"

"子衿，以后你要常回来。"

"师娘，我会的，只要有时间，我就来看你和师父。"

子衿和大家告别，再次和章一鸣握手，推开大门走出去，所有人都送到门外，只有尚蕙坐在椅子上一动没动。

情绪变化最大的是林子，当子衿刚在门口出现，她以最迅速的动作跑回自己房间，她只恍惚看到苏联军装、帽子，连那个人的样子都没看清。她紧紧缩在一个墙角，把剪裁衣服的剪子放到跟前，如果那个人进来，她只有一拼死活。但是，外面传来笑声、说话声，很明显，他们很熟悉，大家很激动。她站起来贴近门缝，听着大家说话，慢慢明白了，这是一个中国人，和这户人家很熟悉的，心才慢慢安下来。

五、知与谁同

这一夜，千里洋服店的人全部失眠。子衿的归来，揭开曾经的岁月，让他们不得不回头看，往事清晰地回放在每个人脑海中。

尚中比较简单，子衿的到来，尚中只有一种情绪，兴奋，兴奋无比！尚中一直就是个不安分的人，他渴望走出这个家，渴望创一份不同凡响的事业。可他从来就没走出这个家，已经二十多岁，基本没有为这个家贡献过什么。比他大三岁的姐姐，和父亲共同挑起了养家的重担，而这，本来应该是他这个长子的责任。从子衿出走那天起，从看到子衿留言的那一刻起，子衿就是他的榜样，是他的目标。可惜，没有另一个姜鸿，没有人来带他去闯一份伟大的事业。当子衿穿着笔挺的军装站在前厅中间，当阳光洒到子衿身上，当子衿与章一鸣握手，自我介绍：苏军警备司令部上尉副官。那一刻起，他对子衿的崇拜达到了顶点。张本政的维持会已经解散，他要去找子衿，跟着子衿干一番大事业，他为自己的憧憬心潮澎湃、辗转反侧，难以入眠。

尚正喜欢读书，他崇拜子衿，却知道自己是做不了子衿的。想到子衿曾经与日本鬼子对阵打仗，想想都胆战心惊。真是个英雄！他佩服地感叹着，慢慢入睡。

对于日本女孩林子来说，子衿的到来，给自己的安全更多一份保障。初看到子衿穿着苏联军服进来，她浑身打颤，心想父母为自己的安全送到这个中国人家里，没想到，还是逃不出苏联兵的手掌。当明白子衿是中国人的时候，她长长舒一口气。有中国军人的保护，这个家就真的很安全，自己不会被苏联军人抓去做玩物的。安全感陡然升级，她放心地进入梦乡。

陈千里夫妻俩自然无法入眠。陈千里不理解，反复问妻子："你说那子衿，怎么就成了苏联军人，怎么就成了上尉副官？这也太快了，真像书上说的。"

秦瑞珍倒并不惊讶:"他走的时候我就说咱家水浅养不了蛟龙,你不服气。你看那子衿,说话、长相、学识,都是干大事的人,可就是……可就是……"她的样子无比懊悔。

陈千里不解地看着妻子:"可就是什么?还有你没算到的,那可是稀罕事情。"

秦瑞珍摇摇头,想起姥爷常常喜欢说的话:"智者千虑,必有一失。"自己怎么就失了呢?

她看看丈夫:"我知道子衿是做大事的人,可是想想,小日本多厉害,跟小日本作对、打仗,这些年,我一直觉得这个人不在这个世界了。在我心里,认定这个人是没了。谁能想到,他不但回来,还成了军官。如果知道有这一天……我终归是一女人,头发长见识短。"秦瑞珍深深地叹气。

"知道这一天怎么啦?"

"知道这一天就让丫头等他。现在可好,有章一鸣,这俩人这辈子心里别想安生。"

陈千里瞪大了眼睛:"你说子衿和咱闺女……"

"你笨啊,你没看出来两人好啊。从子衿走后,尚蕙连话都懒得说。我就一直安慰她,这个年头,和日本人对着干,多危险,这个人十有八九不在了。尚蕙总算将这事放下了,和章一鸣订婚,可他又回来了。王宝钏寒窑十八年等薛平贵,咱闺女六年没等到,不怪她,怪我这个娘。"

陈千里心里最喜欢最护着的就是大女儿尚蕙,听不得任何人说大闺女不好。"这不能怪咱闺女,他走的时候什么也没说,薛平贵可是娶完王宝钏才走的。我跟你说,这事可不行,许人家章家,出尔反尔,咱家成什么人了?咱闺女成什么人了?唾沫星子也能把她淹死,以后还想做人?"

秦瑞珍瞅一眼丈夫:"我还不知道?要是简单,把章家那面辞了就得了。咱家哪能做出那种事情来?"

夫妻俩意见一致,似乎已经没有什么可讨论的。秦瑞珍还是谈起:"剪不断、理还乱呢,尚蕙什么命啊。生下她的时候,邻居就说长得太好看,是玉女下凡,怕是不好养,活不长。这养大了,果然命不好。"

陈千里不同意:"什么命不好!一女一夫,这就是好命。像他大妈、小大妈那样,那才叫命不好。"

秦瑞珍不高兴:"说那家人干什么,咋拿我闺女和那家人比!"

陈千里不再说话,从上次抽大烟到现在,陈家两兄弟形同陌路,再无来往。

各自掉头睡觉,又都睡不着。

谁也不会想到,情绪最激动、最忘情的竟然是尚美——这个家中的小疙瘩,父母眼中的老闺女。尚美眉眼不如姐姐尚蕙,身材却娉娉婷婷,加上爹娘哥姐一起宠着,撒娇、耍嗲、耍赖,都被大家看成可爱。大家在跟子衿热烈地说话,她躲在后面,感觉胸口像被鼓槌敲的一样,砰砰地响,她甚至能感觉到心脏顶着嗓子怦怦地跳动,她嗓子发干、神情恍惚,想说什么又说不出来。从子衿来,到走、到晚上躺在床上,就这样恍惚着。一想到子衿,就感到脸发烧发红,她用被蒙住头,一会儿笑、一会儿伤感、一会儿向往、一会儿沉醉,翻过来覆过去,几乎一宿没睡,她不知道,这就是一个少女的情怀……

如果平时,睡在旁边的尚蕙会发现妹妹的异常,当然会来关切地询问、安慰。可今天,尚蕙沉醉在自己的情绪中,对周围的一切都失去了敏感。她的大脑几乎空白,她什么也不想,就那样用空洞的眼睛看着天花板,天花板好像一块白色的银幕,将她与他三年中的点点滴滴在银幕上反复地呈现。以为已经忘记,原来全都历历在目,原来都在心的角落里沉睡,他的归来,唤醒了沉睡的记忆。她贪婪地看着,什么也不想,她知道,想也想不出头绪来……

她睡不着,坐起来。前厅里有两个弟弟,没有地方可去,她披上衣服,站起来往外走。林子坐起来,用很小很小的声音说:"尚蕙姐,要我陪你吗?"

她知道林子也没睡,点点头。两个女孩悄悄走出家门,进到院子里。这个大院子,住几十户中国老百姓,大家共用一个水龙头、一个旱厕所。厕所里一排几个蹲坑,早晨的时候,常常十几个女人蹲在一起排泄……

尚蕙慢慢对林子说:"你看,虽然我住在这个院子里,但我除每周给家里人洗衣服,我几乎不到这个院子,你知道为什么吗?"

林子摇摇头。

"因为这个大院子里的人都是下九流的。镶玻璃、拉三轮车、捡破烂、做小买卖的,还有做半眼子的。"

"什么是半眼子？"

"就是自己开门做妓女，男人到你家中睡觉，然后给你钱。"

林子睁大了眼睛。

"林子，你知道吗，我小时候最大的愿望就是离开这个院子，离开这些人。幸亏爹让我读书，遇到子衿以后，我觉得子衿是和我一样的人。可是，他一声不响离开，他为了打败你们日本人离开了大连。现在他回来了，可是，我和一鸣已经订婚，你说我怎么办？"

林子看着她，眼睛中却充满羡慕："尚蕙姐，你不要难过，不管是一鸣先生，还是今天的子衿先生，都是很好的人。你很幸福的，有爱你的爹娘和男人，还有胜利的国家，我好羡慕你。我什么也没有，国家被打败，没有男人爱我，我19岁，从来没遇到男人爱我。"

林子的一番话让尚蕙惊诧，她握住林子的手："林子，你别害怕，你这么漂亮，一定会有男人喜欢的。"

"会有吗？"

"当然会有。你看我弟弟好不好？你嫁给他们中一个，你愿意不愿意？"

林子认真地看着尚蕙："那是不可能的，好人家的男人不会娶战败国的女人。再说，我爸爸说，一旦秩序恢复，就带我和妈妈回日本。"

"哦。是啊，一家人在一起总是好的。"望着林子，她们都从对方眼睛中看到了对生活的渴望和失望。

局势表面平静下来，学校又重新开学了。尚蕙到学校上班，学校与以前明显不同了。日本教师不再来，有一些日本学生还来上学，大部分是男学生。但学校已经不再用日语教学，改用汉语。这样一来，师资力量明显不足，林崇仍然暂代校长，组织学校教学。尤其音乐课、体育课原来都是日本教员，这一下，音乐、体育就开不成课了。他一边自己开课，一边要大家帮助介绍教师。想到弟弟尚正虽然没毕业，但学校已经停课，他本来就爱好篮球，做一个体育教师是没有问题的，尚蕙硬着头皮敲开了林崇的办公室门。

"陈先生，请坐。"

尚蕙简单讲一下尚正的情况，林崇说那就让他来吧，先代课，你也知道，我也是暂代的，等局势安定下来，正式的校长上任，再做最后决定。

尚蕙说没有问题，他现在也是闲在家中，到学校来锻炼锻炼就很好，不给工资也行的。

她表示谢谢后要离开。林崇叫住她："陈先生，我想……"

她看着林崇，等着他说话，这给了他鼓励："我知道，你已经有所谓的订婚。但是，你知道，现在是新时代，你是新女性，爱情是自由的，婚姻是自主的。如果有更爱你的人，你就应该追求新的爱情，而不应该被封建思想束缚住自己的脚步，葬送自己的幸福。"

她看着他，忽然有说话的冲动。从看到子衿那一刻起，尚蕙就希望与人诉说心中郁闷，却无人可说。林子毕竟是日本人，再说，有些事情也并不一定理解。林崇正好是这样一个人，值得信任，值得倾诉，且安全。"林先生，我知道你是从国统区回来的，你是新时代的人。可我，却一直生活在封建的家庭中。"说到封建，她微笑，她觉得将自己爹娘说成封建有点儿可笑。章一鸣是自己选择的，和父母有什么关系呢？对，还是有关系，如果不是封建家庭，就可以与章一鸣分手……

尚蕙脸上阴晴不断，让林崇感到奇怪。尚蕙说我给你讲个故事，她开始说子衿的事情，从子衿从山东来到自己家，子衿跟着她学日语，与子衿每天晚上在前厅里读报、说话、谈理想……子衿去旅顺师范公学堂找自己，回到大连大爷家，将抽大烟的父亲拉出来，救活了母亲也救活了千里洋服店，然后子衿出走。

她看着他："我娘说这个人一定不在了，和小日本鬼子打仗，哪有不危险的？我等他，一直等一直等，等了六年。等到我相信他已经不在的时候，我与现在的未婚夫订婚，可是，他竟然回来了。"

她说到子衿的到来，说到和章一鸣的握手。"林先生，如果可以重来，我会与章一鸣分手，和子衿订婚。可是，我能吗？娘说的是，如果那样做，爹娘还有什么脸出门，还不要被唾沫星子淹死？我怎么对章一鸣张口？这是封建也罢，我信守承诺也罢，谁让你们三个人章一鸣是第一个呢？他排在前面，我已经答应他，我就要和他结婚、过一辈子。你说呢？这些话我对谁说呢？对章一鸣说吗？当然不能。对子衿说吗？也不能。你让我坐下，我忽然想到，我可以对你说，是不是太唐突？一个姑娘家，将自己的心事告诉一个男人，可我觉得，这个时候、这个世界，也只有你能理解我。"

尚蕙泣不成声，却觉得心情轻松了不少。

林崇沉默着，终于，他点头："谢谢你陈先生，把你的故事告诉我。虽然我不同意你的选择，但我尊重你的选择，你一定会幸福的！你应该得到幸福。相比起你说的子衿先生，他是抗日英雄，你却遵从对章先生的承诺，一诺千金的君子风度，即使堂堂大男人也难与你相比。林某佩服至极！"

尚蕙低着头，慢慢站起来，慢慢往外走。林崇喊住她："陈先生，如果将来你有什么为难的事情，请记得找我，我一定会帮你。我们不做伴侣，却可以做一生的朋友。"

她站住，没有回头，点点头："谢谢！"推门而出。

章一鸣又和余涛去游泳。这次，余涛没开他的老爷车，俩人搭出租车到老虎滩。余涛家是建筑商，章一鸣家是粮商。自小，章一鸣父亲章衍行就让儿子向余涛学习。因为是家中长子，下面又是两个妹妹，母亲曹秀英对章一鸣十分溺爱，章一鸣身上就有几分少爷气。余涛则不然，小时候就被家里严加管教，家里请私塾先生一对一教学，初中毕业后，父亲就将他送到北平学习，后来考入燕京大学，大学毕业回到家乡。表面看着也是无所事事的公子哥，但做事、思考又比章一鸣高一筹。章一鸣也知道，什么事情都喜欢向余涛请教。尤其三年前，父亲去天津做生意，他和余涛的交往愈发近起来。

苏联红军进入大连，世道突然乱起来，两人很久没出来玩了。现在已经是十月份，是水温最好的时刻，市面上表面也平静许多，他们来到老虎滩游泳区。苏军大部队就驻扎在老虎滩，即使抢劫，也不会在苏军眼皮底下出手。

游一圈回来，俩人躺在沙滩上休息，余涛转身看看身边的章一鸣，却发现章一鸣也正侧过脸看他。"一鸣，好像有心思？"

"是，不过，我看你好像也有心思的样子。"

仰卧的余涛索性侧过身子："是，我是有心思，但你先说，我听听你有什么心思？"

章一鸣学着余涛的样子，也侧过身来。他慢慢讲述在陈千里家看到的何子衿:"从他对尚蕙的眼神里,我一下就明白了,他喜欢尚蕙,而且是一直在喜欢,甚至可以说,他这次回到大连,就是来找尚蕙的。"

余涛的眼睛中竟然闪过惊喜,他一下坐起来:"那多好啊!"

章一鸣也坐起来:"好什么好!你知道,他穿着军装,和我握手,说他是苏军警备司令部上尉副官的时候,他看着我,根本是在挑战!"

余涛伸出手抓住章一鸣:"那你就退出来,成就他们的青梅竹马,成人之美、君子风度呀!"

章一鸣抽回手,不认识一样地看着余涛:"我成人之美,他为什么不成人之美?这么多年,他一声不响,大家都以为他不在这个世界了。你知道,尚蕙都23岁啦,你想想,她一个女先生,又长得那样,能没有提亲的,能没有君子好逑的吗?她等他,等六年,连我岳母都说这个人不在这个世界了,尚蕙才认识的我。现在,他回来就想重修旧好,没那个道理吧?问题是你,余哥,你怎么想的?当初还是你鼓励我追求的,说美丽的女人很多,有才华的女人也有,但既美丽又有才华的奇货可居,让我不要错过机会,现在你又这样。"

余涛眼睛望着大海深处,望着空中盘旋的海鸥,思绪好像也在空中飞翔。章一鸣看着他:"你好像有什么心事?"章一鸣有些不好意思,只管自己的感受,没有顾及余涛。余涛侧过脸,怪怪地看章一鸣一眼:"一鸣,我让你和尚蕙分手,表面是成就他人之美,其实也是成就你。"

"成就我什么?你今天说话很让人费解的。"

余涛认真地看着他:"一鸣,想没想过离开?"

"离开?到哪儿去?"

"离开大连、离开中国,出洋,到国外去生活。"

"为什么?"

余涛对这个问题已经思考很久,已经做出了自己的决定,他今天约章一鸣游泳,其实是告别。

"一鸣,我在北平待了快十年,在燕京大学读书四年,虽然我不参与政治,但一个年轻人不可能不关注政治。我的朋友中各种各样的人都有,有党国的,也有共产党的,也有洋人教会方面的,他们对于我来说,只是一个信仰、一个派别,并不影响我的生活、我的信仰,所以,我们相处得很好。也因此,我了解他们各自不同的政治主张。说真的,当时有些很激进的同学,向我宣扬共产主义的时候,我心里其实是感觉可笑的,这怎么可能呢!穷人、富人怎么能颠倒过来呢?富人之所以富,自有他富有的道理和能力;穷人之所以穷,也有他穷的原因和必然性。人是有差别的呀!但是,我没有想到,这些苏维埃的坚定信仰者,他们的信仰真的胜利了,苏维埃真的可能在中国实现。"

章一鸣一脸迷茫:"什么苏维埃?"

"苏维埃就是代表会议,他们的理想是共产主义,所谓苏联就是苏维埃社会主义共和国联盟。你待在关东州,不了解中国本土的情况。在本土,有一支军队,他们是追随苏联的共产主义信仰的,是要限制资本的,他们的目标是依靠工农大众来统治社会。"

章一鸣立即捕捉到那个敏感的字眼:"限制资本。"

"限制资本。他们有个理论,有钱人的钱是剥削穷人得来的,所以,要还给穷人。他们用武力从有钱人手中夺去富人的钱,给穷人,给新政权。苏联红军来大连,共产党也会来的,你我的家庭都是有产阶级,是他们要剥夺的对象。"

聪明如章一鸣,立即完全听懂了:"所以,你说要离开。"

余涛看他一眼:"是的,我们家已经准备好,很快会走。我知道你喜欢尚蕙,你不能走。可是,现在你的爱情出现问题了,这倒给你一个机会,你退出来,跟我走吧。你可以重新选择。"

章一鸣一口回绝余涛:"我不选择,我要尚蕙。"

"真不走?"

他摇摇头:"我爹不在家,我娘我弟妹一大家人,我哪能一个人走!再说,我爹在天津,如果在大连限制资本,我可以和尚蕙去天津,找我爹。"

余涛看他一眼,想说你真是幼稚,苏联都进入大连了,还能进不了天津?他做最后一次努力:"一鸣,苏维埃共和国成立后,剥夺原来俄罗斯富人的财产,很多富人流亡到中国,哈尔滨就有很多这种人,北京也有,相对少一些。与其将来被赶走,早走或许是一个更好的选择。"

章一鸣已经沉静下来,余涛所说的事情,在余涛和他讨论的这短短的时间里,他已经无数遍地问自己是否应该放弃尚蕙,是否应该出走。尚蕙笑盈盈的脸庞充盈在他的脑海，两人在一起的时候，尚蕙调皮的神情、幽默的谈吐在大脑中一次次回放。我不走，我要娶尚蕙！

"余哥，我真的不想走，谢谢你讲这些道理给我听，我以后会注意，保护我们家，也保护尚蕙。"

余涛苦笑一下："既然你坚持，我也不勉强。那我走以前，希望你帮我一个忙。"

"你说。"

"你也知道，我们家就我一个，我母亲又去世，我和父亲已经买好下周的船票，先去日本，看看再说，我家在日本还有产业，是我二叔在经营。细软能带的带走，不能带的卖掉。真正带不走的只有房产，那几栋楼总不能背走，一时也找不到合适买主。我把楼的房契和地契交给你，你帮我保存着，假如将来有一天，这个东西还在，我或者我的后代回来，再找你拿；假如，被限制资本，被没收，你帮我把房契地契留好就行，做个念想吧。中国的地契、房契，拿到外国有什么用呢？还是留在家乡吧。我提的这个建议，我爹也同意。"

"没有问题，你放心，余哥，我会好好保存的。你什么时候走？我去送你。"

"要悄悄走，虽然说现在出境还没有什么限制，也不是像白俄那样被驱赶出境，毕竟是狼狈出走，也不是什么好事。这几天，家中该遣散的人都遣散了，下周日晚上六点的船。"

"我去送你。"

他们互相望着，意识到，一起游泳、一起聊天的时光从此终结，两个男人的眼中都有些泪花。

周六晚上，章一鸣和尚蕙到海港去送余涛父子。余涛父亲吩咐仆人将行李送到客舱后，过来打招呼："你们青年人在这话别吧，我先上船。"

章一鸣上前与老人握手："伯伯，再见！"老人微笑着，慢慢走上悬梯，上甲板，站一会儿，进到船里。

三个年轻人看着老人的背影消失，余涛说："是我提出走的，他开始激烈反对，听我说理由后，最终还是同意了，一把年纪，背井离乡，自然惆怅，但我相信我的决定是对的。我不想像那些白俄一样，有一天身无一文的时候再被驱赶出境,我年轻,可以重来,他怎么办?他经不起折腾的。再说,现在走还有一些体面,毕竟是自己主动的。对吧?"

余涛看着年轻的章一鸣和尚蕙,突然说道:"尚蕙,想不想和我一起走?"

"和你一起走?"

"是啊,我认识船长,我再加点儿钱,他会给你们俩安排舱位。"

"这怎么可能?家里都不知道,我们什么也没准备。"

余涛来了兴趣:"如果有准备,你会走吗?"

"我……"尚蕙低下头,她心中真的想过,像余涛这样一走了之,也不错啊,就不用看见林崇难为情,也不用为何子衿伤感、懊悔。但那只是一闪念的想想而已。从小到大,没有离开过大连,从来没想到自己可以出走、走很远,她连本土都没去过呢!

"不用准备,不用告诉家里人。人生需要多少行李呢?我家那么大家业,平时看看,哪一样都是有用的,如今要走,说扔就扔了。况且,有钱,到日本,什么都是可以买到的。你父亲的徒弟何子衿当时走,不是也没告诉你们吗?现在成功地回来,谁会批评他当时不该走呢!人们对成功者是不会谴责的。"

尚蕙还是摇头:"我不是子衿,我不能那么做。"

她求助地看着章一鸣:"一鸣。"

一鸣拥住尚蕙:"您别难为她,我不走,她自然也不走的。"

余涛点点头:"我明白。"

大家都有些沉重,余涛微笑:"不必伤感,我不会壮士一去不复还。如果,我预见的没有发生,我会回来。"

章一鸣也报以微笑:"我会将余家所有不动产证明完璧归赵。"

尚蕙在这以前听说余涛托付的事情,觉得余涛未免小题大做:"余兄,真的能没收房产?"

"一切皆有可能。生逢乱世,要对这个世界即将发生的一切有个充分的估计。当年,满人进北京后,汉人统统被赶出主城区,多少人家世代祖宅一朝换主,几千万汉人头颅落地。辛亥革命胜利后,满人又仓皇出逃,回到他们当年发源的山林之中……苏维埃上台,富人的财产被没收,很多人被发送到西伯利亚。现在，苏维埃政权到大连，将来会发生什么没有人知道。在北平这些年，每当我的不同信仰惹朋友争论的时候，每当他们各自宣称自己的信仰才对的时候，我就想，财富有一天也会带给我灾难吗？我不知道这一天会不会到来，现在我离开，避免可能出现的共产运动。尚蕙，我兄弟章一鸣交给你了，你知道他的缺点吗？"

"缺点？"

"当然，你是因为他的优点才与他订婚，把自己一生托付给他。可是，你要知道，他比较单纯，自己没有害人之心，也认为别人没有害人之心。在这乱世，这可能是要吃亏的。你要对他不离不弃啊！拜托了！"

余涛竟然给尚蕙深深鞠躬。尚蕙愣怔，章一鸣也愣怔。余涛坦然地站起来："如果有一天，我预测的都发生了，你们还有可能出走的话，到日本来找我。"他递给章一鸣一张纸："这是我在日本的地址。记住，兄弟！哥哥走了！"

他拥抱章一鸣，和尚蕙握手，九十度鞠躬，转身走上悬梯。他步履坚定，一直走、一直走，没有回头，一下也没回。

余涛没回头，章一鸣却不肯回去，他定定地站在码头上，眼睛看着大船，直到缆绳解开，船缓缓地驶离码头，驶向大海，到完全望不见。转头看着一直默默陪伴在身边的尚蕙，伸出手，把尚蕙紧紧搂在怀里。他们认识半年多，订婚以来，还是第一次用身体表达他对她的爱。偎依在章一鸣的怀里，能听到他心脏有力的跳动，尚蕙感觉自己被融化，融化在这个男人的身体里。以后，无论怎样，无论谁，林崇还是何子衿，都不能把她从这个男人身边拉开。她想起从小娘教她背的诗：天地合，乃敢与君绝！

章一鸣喃喃地说："余兄让我和他一起走，你怎么办？"

她不说话，她不知道，如果他真的走掉，她会怎样，会难受吗？或许，心里是有点儿希望他走的，如果那样，就可以没有顾虑地牵子衿的手。可这怎么说得出口？既然先爱这个男人，就一直爱下去吧。

一鸣、尚蕙不知道的是，轮船上客房里的余涛，一直站在门边，看着码头上的人，看着章一鸣和尚蕙，贪婪地留恋地看，一直到看不见，一直到泪流满面、泣不成声。

子衿从那次以后，再也没来。大家都以为他是因为章一鸣而不愿来，却不知道，他是真的忙。虽然只是上尉副官，因为他会一些俄语，又会说日语，身份又是俄国军官、中国人，很多事情需要他帮忙。更有一点，大连蛰伏在民间、多年没活动的一些共产党人，此时立即站出来，帮助苏军维护社会治安，保护工厂。在与苏军交往中，常常需要子衿翻译、中间调停，每天忙到半夜时分，早上还没醒来，已经有事情等在那里。子衿本来就是个认真的人，只要他做的事情，就总是尽量做好，也就格外忙。

尚中经常到大广场的苏军警备区司令部门口溜达，远远地望着。他希望能看到子衿出来，只要子衿一出来，他就会上前去喊住他，跟他说自己的理想。他相信，子衿是能帮助他的。他是爹的徒弟，与尚蕙那样的关系，子衿一定会帮自己的。他不敢往跟前靠，俄国士兵持枪把守大门，没有老百姓敢往前靠，他也不敢。说来奇怪，一两个月，竟然从来没看到子衿出来。只有一次，他远远看到一群人走出来，其中有个人是子衿，他刚要往前凑，就看到子衿钻进一辆吉普车，扬长而去。

他坚持来，相信自己天天在门口守着，就不相信子衿能不出来！

子衿终于和另外一个人走出司令部大门，这次，他是负有极其重要的责任的。

早晨刚到办公室，就被通知去司令办公室，有重要事情。子衿立即抖擞精神，他知道一定会有非常重要的任务，否则，不会命令自己去司令办公室。

敲门进去，一个也是抗联的战友已经等在那里，他们彼此会意地点点头，站直在司令面前。司令对两个年轻的中国军官说："今天，要来一个非常非常特殊而重要的人物，蒋经国先生。你们俩负责他的一部分安全保卫工作。到任何一个地方，你们俩要走在前面，对周围的环境进行观察，保证不能有一个局外人。不准任何陌生人靠近他，他身边的都是俄国军官。这次任务是不能出一点点漏洞的。"

两个年轻人立正敬礼："一定完成任务。"

司令从他俩的眼神中看出，他们并不知道，甚至没听说过这个人。"蒋经国先生是你们中华民国总统蒋介石先生的大公子。现在也在中华民国政府里承担重要职务，他此次前来，一定是其父安排的。中华民国是盟国成员，我们无法拒绝他到来。因此，我们要绝对保证蒋经国先生的安全，这关系到和其他同盟国的关系，非常非常重要。"

蒋介石的大公子。子衿与战友互相看一眼，知道这个任务真的是非常非常重要，万万不能出一点儿差错。

这是一次有预谋的访问，当苏军司令部接到通知时，蒋经国已经在国民党党部人员陪同下，来到了警备司令部。

司令部接到上级命令，既要接待好，又不能让蒋经国知道大连的真实情况。

子衿和战友等在走廊里，从会议室里传出的声音，能听出是新任市长迟子祥在讲话。大约半个多小时，门打开，一群人走出来。

子衿知道，今天的任务开始了。子衿和战友被安排在最前面，无论到什么地方，子衿和战友先到达现场，观察后，向后面示意，中心人物才出场。

两人先走出司令部大楼，警觉地观察后，子衿刚要向后面示意，尚中却从广场的紫罗兰花藤下跑出来，冲着他大叫："子衿……"

何子衿一下愣住，什么情况？这个时候竟然冲出来一个人？按照正常情况判断，重要人物出场时有人冲进来无疑是来暗杀的，偏偏今天这个人是尚中。他已经在这儿等了两个多月，终于看到子衿和另外一个人走出来，还没上车，他兴奋至极，老天爷终于给自己机会，这次当然要找到子衿，要和他说自己的想法……

子衿来不及多想，掏出枪对准尚中："尚中，停住！后退！"

面对黑洞洞的枪口，尚中懵住，他停在原地，不知道该如何做。

"尚中，快后退！马上离开！快走！不要过马路这边，过来你就没命了。"

旁边的战友也掏出手枪，甚至要去扣动扳机，子衿一把抓住他的手："他不是刺客。"

因为没等到示意，楼里的人还没出来，却已经看到有情况发生，几个俄国军人迅速跑出大楼，子衿声音都变了："尚中，快回去，快回去！"

看着楼里跑出来的军官的神情，脑瓜子灵活的尚中知道大事不好，幸亏从小在这块地长大，对地形熟悉得很，他转身隐入紫罗兰藤下，朝旁边大树浓密的地方跑去，在大树的掩护下，拐进旁边一条小路，拼命朝前面跑去。

俄国军官跑过来："有人破坏？"

子衿把枪放进枪套，故作轻松："没事。一个老百姓到这儿来玩，好奇想走过来，已经被吓跑。"

一个上年纪的军官板着脸命令："还是不要掉以轻心，再去看看，要保证百分之百安全！"

"是！"

子衿和战友跑过公路，来到大广场里，俩人朝尚中藏身的紫罗兰藤走过去，哪还有人影？确认没有人后，两人走回来，向后面示意，可以出来。

子衿和战友坐在前面的敞篷吉普车上，车队驶向海港客运站，他们的车从旁边进入码头里面。蒋经国提出要看大连的世贸、海港、码头，但苏军军官接到的命令是，凡是军事地带，一律不让他进入。

在码头，蒋经国同陪同他的迟子祥市长边走边谈，能看出他兴致很高，不停地问着什么，迟子祥殷勤地回答着。

从海港码头又到浪速町（天津街）和常盘桥（青泥洼桥）这两个大连最热闹的商业区，因为街上熙熙攘攘的人很多，不能让警卫和蒋经国之间有生人，子衿和战友便靠近内圈一些。他们是最外围，然后是苏联军官，最里面才是蒋经国和迟子祥及翻译。

子衿听到这位总统大公子的说话声，站在浪速町的街道上，蒋经国十分感慨："如果大连现在这种安详的秩序也存在于中国的其他城市，那么我们会认为这是一个巨大的成就。"

离他四五步远的子衿神经极度紧张，尚中扭曲的面孔、惊慌的眼神还在他脑海中挥之不去。蒋经国这句话他听到了，虽然在师父一家人看来，自己是走南闯北，但他知道，除了白山黑水，然后退到苏联，对中国的城市他也并不了解多少。他在心中说，难道我们国家其他的城市不如大连吗？

兴致勃勃的蒋经国询问迟子祥大连附近海域的情况，迟子祥回答说，大连濒临渤海和黄海。蒋经国问，这儿有很多海产品吗？迟子祥连连点头，如数家珍：鲍鱼、海参、大黄花，因为水温适中，这些海产品比南方海域要好吃许多。蒋经国高兴起来："我们去参观一下最近的渔港吧，如果能看到捕鱼就更好了。"迟子祥转身将这个想法告诉俄国翻译。

俄国翻译请示苏联军官，苏联军人想到上司的命令，如果遇到为难的事情，就尽量拖延。于是，他对翻译说，已经快到中午，蒋先生也累了，先回大广场司令部休息一下，然后再说。听到翻译的话，蒋经国笑起来："不累，一点儿不累，今天看到许多过去没看到的东西，大连真是一个有特色的先进的城市。渔港离这儿并不远，我们现在去吧。"

苏军军官听完翻译的叙述，决定满足蒋经国的要求，去参观渔港。他们的车开往老虎滩渔港。子衿的车仍然开在前面，远远的还没到老虎滩渔港的时候，车就被道路中间横着的栏杆挡住。子衿和战友发现，渔港附近，已经有许多苏联军官和自治机构的警察。子衿明白，这确实是一次非常隆重非常重要也非常危险的访问，自己和战友责任重大，是一点点问题也不能出的。想起尚中奔跑的身影和喊叫，他又打个冷战。

他们下车来，对士兵说，有领导来参观渔港。很快，插着青天白日旗的蒋经国的车也开到了，停了下来。蒋经国走下车来。

士兵要求他稍等，过一会儿，里面走出一位苏联军官。子衿说明情况，苏联军官决然地拒绝，说这里任何人不可以进。他们拒绝升起横着的栏杆。

子衿和战友返回来，找到蒋经国后面车上的苏联军官反映情况。军官下车来，走过去，与守卫渔港的苏联军人谈了一会儿。子衿知道，渔港旁边的大院就住着苏联的海军部队，渔港已经变成苏军的海军基地，这里是不准中国老百姓随便进入的。蒋介石总统的儿子，不是老百姓，难道也不可以进吗？

车队停在渔港前。蒋经国面带怒气，他说他在参观海港的时候就发现一些街道被封锁，还布满岗哨。为什么到这里又不让进呢？这是中国的土地，日本已经被打败，中国已经收回了这片土地！

翻译过来对市长迟子祥说了一会儿。迟子祥走到蒋经国面前，连连道歉，说自己忘记了，渔港里面霍乱流行，所以，设置防疫线，不让任何人过，是因为健康因素。

蒋经国依旧沉着脸，不说话，很明显，他不相信这种说法，他坚持要进到渔港里面视察，他认为自己有这个权力。

僵持一会儿，苏联军官领来一个女医生，女医生向翻译解释说，自己是负责放行各个防疫点的医生，对于蒋经国先生进渔港的要求，很遗憾，她无法答应，她要为进入这里的人健康负责，希望蒋经国先生能够理解。

市长迟子祥像一个尽职的管家，跑来跑去两面传话。迟子祥把女医生的意见告诉蒋经国的时候，蒋经国摇头，脸色更加阴沉。他感觉到自己的权威受到了挑战，他坚持要进渔港视察。

苏联军官再次和女医生探讨，没有人知道他们说些什么。女医生转身走进渔港，过大约十几二十分钟，女医生回来，说如果执意要进到渔港里面，必须注射霍乱疫苗。

迟子祥听完后，又去汇报蒋经国。蒋经国干脆地回答："可以。"

迟子祥市长和陪同蒋经国来的国民党党部的人被允许走进渔港。警备司令部安排的军官和子衿他们则被挡住，不允许进去。远远望去，一群新的苏联军人陪伴着蒋经国和他的同志。

这一群人在外面等待足有一个多小时，进到渔港里面的人才走出来。子衿看到，蒋经国已经没有初来的兴致，面无表情坐进汽车，车队向着来的方向开去。

看着蒋经国一行踏上石阶司令部，子衿才长长地喘口气，今天的任务总算完成，他要尽快到师父家看看尚中。想到尚中，又想到尚蕙。那天见一面，已经两个多月，他们再没见过面。尚蕙好吗？她有什么想法呢？子衿突然发现，尚蕙一刻也没离开过他的大脑，只要一闲下来，她就会立即出现。他心里默默地念着："尚蕙，你好吗？"

但是，他接到命令，这段时间，他和战友不准出司令部，准备随时待命，执行保卫蒋经国的任务。

蒋经国再也没来，听说他住在国民党市党部的别墅里，对他的下属进行训话。一直到一个星期后，子衿才被通知，这件事情结束，蒋经国已经离开大连，他们保卫任务完成得很好。

尚中病了。他从大广场跑出来，没有直接回家，拐过几条马路，朝自己曾经读书的松林小学跑去，现在也是尚蕙和尚正教书的学校。松林小学前面是一片中国人居住的民房，他很多同学都住在那儿。多是些二层民居，很多楼里是前后通的，小学的时候和同学捉迷藏，从一个楼道里出来，又窜进另一个楼道，很难找到。那一瞬间，他想到子衿救姜鸿的事情，姜鸿就是进到大院里的厕所，扒下转头跳出去的。他把自己想象成被追捕的革命者，一定不能被苏联人抓到。娘经常说，要小心，别给家惹麻烦。奔跑着的尚中，脑海中竟然思维敏捷，迅速地给自己的逃跑制定着最安全的路线。一口气跑到松林小学前一幢民居楼房，他趴在楼道里面，朝外面张望，一旦看到苏军追来，就立即转向另一幢楼。望了许久，什么也没看到，只是偶然有人从外面进来，看到一个陌生人，会看他几眼。他佯装无事的样子，小学同学有几个住在附近，如果问，就说一个同学的名字，说忘记是哪幢楼了。

不知多长时间后，确定不会有人追来，他走出楼洞，坐到马路边的石头上，放心下来。顿时觉得全身无力，里面的衣服裤子竟然都是湿的。过去的这段时间，是他二十年的生命中从来没遇到过的。他想起子衿扭曲的面孔和吼声："尚中，快后退，回去，马上离开！快走！不要过马路，过马路就没命了。"

过马路就没命了！想起这话，他闭一下眼睛。如果子衿不说那句话，他会冲过马路。冲过马路，就是警备司令部前面宽阔的人行道。上面停着好几辆车，子衿还拿着枪，他旁边的人也拿着枪，他看到那人抽出枪来，也看到子衿握住那人手腕……他打个冷战，如果那人开枪，自己就死了！死了！是的，死了！从来没想到的死的事情，原来竟是那么简单，一个子弹，就能让人死！

苏联红军进入大连以来，一些中国人打死一些日本人，更有一些中国人去抢劫日本人家庭，抢劫商店，结果被苏联军人，还有日本人，手里有枪的日本人开枪打死。原来，他以为这些事情和他没有关系。秦瑞珍严厉地告诉他，不准动别人的东西，如果他敢去拿不义之财，就别想再进这个家。现在，自己也差一点儿死去！没去抢东西，只是想当英雄，想做一番事业，没等做，差一点儿死了。他感到恐惧，当英雄不容易。心底，更增强了对子衿的钦佩。这些年，子衿遇到多少这种事情？他怎样一次次逢凶化吉，活到今天？

尚中站起来，慢慢往家走。他要想一想，自己是不是真能做一番大事，或许，根本就是个小人物，连小事也做不好的小人物。他知道，爹一直想让他继承洋服店，他却压根不想做那些针头线脑的娘们事。当年子衿的到来让他高兴，终于有人喜欢做针头线脑，终于有人愿意接手千里洋服店了，可是，做针头线脑的子衿成为英雄，不屑于做针头线脑的自己没成英雄，还差一点儿成屈死鬼。第一次，尚中开始怀疑自己，究竟能做什么！

他慢慢走回家，家中中午饭已经吃过，秦瑞珍端出饭菜，他连看也没看，进到前厅，一头栽在床铺上。秦瑞珍过来，问他怎么了，难道不饿？溜达也能当饭吃？看看儿子的脸，竟然烧得通红，一摸头，更是烫手。秦瑞珍有些慌，说你怎么发烧呀？快躺下，我给你冲碗姜糖水，出出汗。

一会儿，秦瑞珍端来一大碗红色的姜糖水，吹着，温度适中后，让尚中喝下去。端起碗，想到自己二十岁了，没给家里做什么贡献，白吃饭，让爹爹、姐姐养活，还差一点儿闯祸。如果真的死掉，爹娘，尤其是娘，可怎么活？他知道，娘是偏向自己的，从小就很少让他做活，姐姐很小就开始干活，如果不是爹爹坚持，娘就让姐姐辍学在家做活。可他，学习并不好，却总是让他读书。要是真死了，就看不到娘了！想到这儿，从来没心没肺的尚中流下了眼泪，泪水一滴滴掉进碗里。秦瑞珍知道儿子在外面一定遇到事了，不是打人，就是被人打。可看看儿子，身上并没有伤。用手指戳一下尚中的脑门："知道哭，就长心了。别作了，干点儿正事吧。"

原本以为喝下姜糖水，睡一觉，发烧就会好。这次，尚中的病有点儿蹊跷，退烧后，半夜又烧起来。一连几天，反反复复的。问他什么，又不说。没人的时候，就睁着一双眼睛看天花板。陈千里说中邪了，问他出什么事了，到出事的地方烧几张纸，可他又坚决不说。

子衿不放心尚中，刚一敲门，尚中就在床铺上喊："是子衿，快去开门！"

大家正在惊讶，他怎么就知道是子衿呢？尚美跑过去，拉开门栓，推开大门："真的是子衿哥。"

尚美朝里面喊："爹、娘，真是子衿哥。"

17岁的少女，如含苞的花蕊，娇嫩、妩媚。子衿笑着，上次来的时候，时间匆匆，就只知道那是尚美，并没说话。今天，他认真看看她："尚美，长成大姑娘啦。"

尚美歪头一笑，两个俏皮的小酒窝配着绯红的面颊。这让子衿一时有些迷茫，多像当年的尚蕙。陈千里和秦瑞珍都走出来。他进到屋中，立刻被尚中吸引住了：床铺上的尚中一双眼睛睁得大大地，热切地望着他。几天时间，尚中瘦得像变一个人。子衿急忙走过去，抓住尚中的手："尚中，你怎么……"

尚中用力握他的手，朝他眨眼睛，他立即明白，尚中没有把那天的事情告诉家里。这让他也放下心来，他一路上还在想，怎么向师父师娘解释，怎么就能掏出枪来，真的要打死尚中。他轻松下来，坐到尚中身边。

尚中已经不烧，只是身体虚弱。从进门到现在，两人的手一直握在一起，这让陈千里大大欣慰。这个大儿子不着调，到处晃荡，如果子衿能教教他，真是再好不过。

尚美给子衿端水过来，子衿才放开尚中的手，接过水杯，看着师父、师娘说："本该早来的，可是一直忙，真是抽不出时间。师父、师娘别见怪。"

不善说话的陈千里抢在妻子前面说："见什么怪，你是公家的人，世道这么乱，当然要忙。以后，你教教这个浑小子，让他也走正道。"

秦瑞珍看着子衿，眼里全是爱意："子衿，今天中午别走，我去做饭，和你师父喝一杯。从那个三十晚上，多少年没在一起喝酒了！"

今天子衿很爽快："好。"他拿出自己带的礼物，二斤核桃酥，两个苏制牛肉罐头。那是司令部发给大家的福利，他没舍得吃，留着给师娘带来。

"以后不要带东西，只要来看看，我和你师父就高兴。"

尚中看着他，子衿凑近他，轻声说："一个很重要的大人物，任何人不能靠前。"

尚中点点头。大人物，因为一个大人物，差点儿丢掉小命！

秦瑞珍到后面厨房做饭去了。尚美看着子衿，想说什么，又不好意思说。尚中对妹妹说："尚美，你去帮娘做饭，我和子衿哥说会儿话，好吗？"

"我还要和子衿哥说话呢！我有好多事情要问子衿哥呢！"

子衿站起来："师娘一个人忙不过来，我去帮师娘，一会儿过来和你说话。"

他走出房间，尚中看着妹妹，咬牙切齿："真不懂事，多大了？像小丫头似的。"

尚美一噘嘴："你懂事，好像子衿哥就是为你来的似的，人家是来看爹娘还有姐的！"

秦瑞珍已经把菜在大院的水龙头洗好，端回来。子衿说："师娘，我给你打下手。"

"这怎么行？你快回屋里。"

"师娘，怎么不行？我在外面就常想，什么时候回到大连，再帮师娘做饭，你看，这不回来又做饭了？我知道，有些事情还是回不去了。"

秦瑞珍自然明白子衿想说什么，这也是她想和子衿说的："子衿，要怪你就怪师娘。我知道你是做大事的人，当时，你到这个家来，我就想，将来尚蕙不用找什么有钱人啊，少爷啊，就和你，知冷知热，知道心疼她就好，你们俩本来是最般配的一对。你走后也没有信，尚蕙一个二十多岁大丫头，再不找主就老啦。我就劝她，别等了，这个世道活人多难，况且他还是去打小日本，这个人怕是不在了。我这么说，其实心里想，就是你在，也攀上高枝，尚蕙配不上你。你现在和以前不同，千里洋服店不是梧桐树，落不下你，你是要往高处飞的人。"

子衿望着师娘，眼角已经有许多细细的鱼尾纹。如果没有师娘让自己到前厅接活，跟着尚蕙学日语，看日文报纸，偶遇姜鸿，就没有现在的一切。"师娘，我明白。无论我飞多高，这个家就是我的家，我会一直孝敬你和师父的，你放心。我和师姐的事，这些日子我一直在想，想得头痛。错过就是错过，我们还是没有缘分。"

秦瑞珍感激地看着子衿。"子衿，其实你师姐找的这个男人，也不十分入我的心。孩子倒是不错，也是好孩子，对尚蕙也好。可是，你知道，那个婆婆，是个有名的恶女人。他家开粮店，伙计都说老板是好人，老板娘苛刻着呢！看到谁偷懒，骂起人来隔着院子，大街上都能听到。远近闻名！可是，这一鸣从见到尚蕙，就紧追不放。哎，凭命吧！我也没办法。"

子衿惊讶地看着秦瑞珍："师姐到他家岂不要受苦？"

"我说也是，可章一鸣保证结婚就带你师姐出来单过，不和他娘住一起。如果你早回来半年，就没这事。现在，别说章一鸣，真要反悔，那婆婆能上咱家门上来骂，咱这个家就过不下去了。"

"这怎么行！"

秦瑞珍深深叹口气："有什么办法。我一听说是章家少爷，我就说尚蕙，不行，那个家你不能去。他家买卖不大，派头不小。看他娘那样子，不知道多大生意呢，其实就那么一套院子，后院做点心，前台卖。"

子衿陷入对尚蕙的担心之中，又重新燃起希望："师娘？"

秦瑞珍摆摆手："子衿，没用的。这一女不嫁二夫，都已经这样，没办法改！人活一张脸、树活一张皮，咱不能让人戳脊梁骨啊！"

子衿默然。参加革命这些年，他知道，任何事情都是可以变的，政权都可以变，还有什么不能变？爱情、婚姻当然也是可以变的。可从山东走来的师娘、师父，受师娘师父影响的尚蕙，他们的观念依旧、行为也依旧。他们不肯变，固守着已经过时的观念，坚决不变，他陷入新的无尽的悲哀之中。

尚蕙介绍尚正去学校当教师，暂代校长林崇对尚正很是喜欢，喜欢他做事的认真和能力，让他担任体育和音乐两项教学工作，上午体育课，下午音乐课。尚正很珍惜这个工作机会，他知道在乱世中找个工作不容易，大院里很多家的孩子都在街上晃着呢，哥哥尚中也在晃着。

上午在操场上摸爬滚打，中午洗澡，换衣服，上课时，神清气爽地走进教室，弹着风琴、浅吟低唱，学生、老师沉浸在音乐中。尚正觉得这就是最好的工作、最好的人生。

学校里还是混乱，主要是日本学生和中国学生的混乱。日本教员已经全部不来工作。尽管新政府11月下发了《正确对待日人政策》的文件，对大多数非战争日本人采取争取、团结、保护的政策，妥善做好工作，发挥日本人技术特长，实行再就业和遣送日侨回国诸项工作。工厂里有些日本技术骨干又回到了工作岗位，学校里的日本教师却无法再回来。实施四十多年的日语为主要语言的教学模式随着日本的战败彻底废除。日本教师不来，一些日本学生却回到了学校，他们的父母可能觉得孩子还是应该上学吧。如此一来，中国孩子打日本孩子的事情就经常性地发生。发生的最多地方就是在操场上，一句话、一个动作，甚至一个眼神就能导致孩子们大打出手。幸好尚正年轻，身强力壮，总能在第一时间里呵斥住小孩子，还没有发生太大的纠纷。

这一天，看似平常，却不想正孕育一场蓄谋已久的大仗。有个中国孩子，个小、家穷，有些迟钝，曾经受过日本孩子欺负。头一天，几个中国孩子和日本孩子打仗，这个小孩子在旁边看，看到日本孩子被拳打脚踢，高兴得拍手笑。背着书包回家的日本孩子走到他身边，一伸脚，将他绊倒在地："让你笑！"然后快速跑掉了。几个中国大孩子扶起被绊倒的小个子，当即商量，明天好好教训教训这个日本小鬼子。

放学了，学生背着书包往操场外走，刚走没几步，几个大孩子挡住了头天绊人的日本孩子："今天你别想跑！去，给他磕头，叫他爹，放你走！是现在叫呢，还是挨完打叫？好好想想。"四五个中国男孩子排成一排，挡住去路。已经走过去的几个日本男孩子看到，知道自己同胞要有事，竟然返回来，站在想打人的中国男孩身后。尚正正站在操场上看学生离校，看到这边围着一圈人，知道又要出事，赶紧跑过来，晚了一步，中国孩子扑到日本男孩身上，他们身后的日本男孩又扑到这些中国男孩身上，群殴立即开始。

尚正喊着、过去撕扯着，企图拉开，根本不起作用，叫声、哭声、喊声震天响。大门朝着操场办公室里的老师看到了，都跑出来。几个男老师跑在前面，林崇跑在最前面。看热闹的一些孩子也摩拳擦掌要上，林崇吹响手中的口哨，厉声喊道："谁上，就开除谁！"

校长的喊声镇住了跃跃欲试的孩子，女老师、男老师一起上来，把打得难解难分的中日学生分开。尚蕙也在其中。大家好容易把学生分开，很多孩子身上、脸上都带着伤，愤愤不平地站着。林崇一看，如果就此放开，出学校门可能还是要打的，便宣告："谁再打仗，就开除谁！"

一个高个子男孩喊起来："打死小日本狗！"林崇严厉地制止他："这里是学校，你们是同学！知道吗？同学！"

正在这时，在大街上巡逻的警察看到学校里的动静，走进操场。三个警察，俩中国警察、一苏联警察。

他们走过来，中国警察问发生了什么事。林崇走过去，说只是学生打架，已经没有事情了。没想到，那位戴着少尉军衔的苏联警察却走到尚蕙身边，色眯眯地看着尚蕙："你很漂亮！"

尚蕙的脸一下红起来。苏联红军进入大连后，被强奸、猥亵的妇女大多是日本女人，但也有一些中国女孩子被侮辱。光复以来，尚蕙就没有单独一人在街上走过。开始是章一鸣每天来接她下班，早晨则是尚中送姐姐上班。从尚正到学校工作后，这个任务就交给了尚正。

今天，这位苏联警察光天化日之下，竟然调戏女教师，所有的老师都难忍愤怒，他们对着苏联警察怒目而视，尚正更是第一时间站到姐姐身旁，苏联警察敢有任何举动，他都会一拳挥过去。尽管他是个文静男人，但他记得娘对自己的叮咛："尚正，你可看好你姐，别让她出事，这些作孽的东西，不知道糟蹋多少黄花闺女。你姐可不能出事！"

他的手紧紧握着。同行的中国警察看到这种情况，赶紧捅捅上司，他转头，看到一双双愤怒的眼睛。苏联警察收敛起邪恶的笑容，严肃起来："以后再发生这种事情，你们可以报告到警察局，有警察来帮助你们。"

磕磕绊绊的中国话，大家听得很明白。没有人想惹他，林崇赶紧息事宁人："谢谢，辛苦了，请回吧。我们一定好好教育孩子，以后尽量杜绝学生打仗。"

苏军警察点点头，领着两个中国警察走出操场。学生也呆在那儿，林崇看着学生："你们要记住，你们都是学生，在学校就要认真学习，长知识，将来为社会服务，做一个有能力的人。学生不是战士，操场不是战场，明白吗？"

"明白。"孩子们都低着头。

"好，现在你们往家走，你们一起走，你们是同学，你们像真正的同学那样走路。"

学生们一起慢慢往外走，走到一半，回头看看，所有的老师都站在操场上看着学生。孩子们忽然跑起来，如一阵风，不见踪影。

林崇走到尚蕙面前："陈先生，受惊了。"

尚蕙低下头："我没事。谢谢林先生。"

看到尚蕙低下头，林崇心头一阵悸动。他看到有教师在看自己，他赶紧调整思路："从今天起，我们学校每个女教师上下班都要有男教师陪同。学校要做个分配，根据住家远近，男教师做女教师保镖。"

星期天，章一鸣来找尚蕙。秦瑞珍说，这年头别往外面去，老毛子太臊性，要是出事后悔就来不及了。章一鸣听了尚蕙的叙述，虽然是轻描淡写，还是把章一鸣吓到了。越来越不像话,大白天,在中国的学校,就敢调戏女教师!章一鸣决定要为尚蕙、为大连街女人,甭管是中国女人还是日本女人,做一点儿事。

他知道了尚中那次事件,是后来尚中自己告诉他的。尚中连爹娘和姐姐都没告诉,告诉他,这是两个男人之间的秘密。但因此,章一鸣也知道大广场的苏军司令部不是中国普通老百姓可以随便进的。他要进去一次,为了自己的爱人和姐妹们。

他穿戴整齐,看似随意,其实每一处都是精心安排。旧皮鞋,但擦得铮亮,要让人觉得这是一个有来历的人,不是暴发户,不是抢日本人的东西。

银灰色的便装是陈家送的。陈千里很少做便装,章一鸣第一次来家里时,秦瑞珍出主意作为见面礼送给新女婿。盘扣、锁眼,都极讲究,是秦瑞珍的手工。

他准备一张纸条,上面写着:上尉副官何子衿。好在有子衿的照片,那是子衿来家里时送给师父师娘的。子衿穿着苏联军装,打着绑腿,站在司令部门前,器宇轩昂。

他走近哨兵,哨兵用眼神阻止他。他等在那儿,一个苏联哨兵过来,用俄语问,你找谁。他用刚学会的俄语说:"找这个人。"他递上纸条和照片。

哨兵一看,立即认出子衿来,一摆头,让他进去。

他走进去,在宽大、富丽堂皇的走廊上有点儿懵,子衿在哪里呢?恰好走过来一个人,竟然是中国人。他赶紧迎上前,询问子衿的办公室。那个人指指:"最里面,靠边的那间。"

他慢慢一直走到最里面,是的,子衿在这里只是一个小小副官,当然是在最旮旯的地方办公。他敲门,听到里面有回声:"进来。"

他推门进去,子衿看到他,愣一下,站起来:"你?"

"何兄。"他伸出手,子衿也伸手,他们相握,不热烈,只是应有的礼貌。

子衿明白章一鸣当然不会无缘无故来找他,但为什么呢?他想不通。屋里还有两个中国军人,和子衿一样,穿着苏联军人的衣服。子衿说,我们出去说。

他带章一鸣出来,继续往里走,走到最里面,走廊的尽头。已经没有屋子，只有宽阔的走廊。

"章先生，找我什么事情？"

章一鸣忽然同情起子衿来，在这个庞大的系统里，他只是最底层的一个工作人员，他又能有什么办法呢？但既然到这里，就要达到目的，至少让子衿警觉起来。

他简单地叙述昨天晚上松林小学的事情。说到最后，他有些激动："你知道，最近发生的这种事情越来越多。大白天，在中国的学校，在很多老师面前，这个苏联警察如此猖狂，如果没有人，会怎样？我今天来，是希望你能和你们的领导反映一下，他们是战胜者，但也是占领者。中国也是同盟国之一，也是胜利国家，希望他们尊重这个国家的女人，这些女人是这个国家男人的女儿、姐妹和妻子。还有日本女人，他们的国家战败，难道她们就应该被侮辱？"

子衿的脸色没有多大变化，这是多年革命生涯锻炼的结果，但内心却波澜起伏。尚蕙也差点儿出事，这让他的心狠狠地揪动了，他看着章一鸣："章先生……"

章一鸣一挥手："虽然我们无法做朋友，但我崇拜你的英雄气节，叫我一鸣就可以。在你面前，实在不敢称先生。"

"那好，一鸣。我一定会去反映的。这个事情，延安方面来的人已经多次反映给苏军，他们也在采取措施。你知道，到大连的苏军部队成分非常复杂。这支队伍是攻克柏林的那支军队。军队伤亡很大，有很多监狱囚犯、战场俘虏就地补充队伍减员，直接上战场，有些人还立功成为军官，但他们的本性并没有改变。德国投降后，部队没有整训，直接从欧洲战场开进中国对日作战，不打仗就出现这种事情。已经为此开几次会，也惩罚过几个犯罪分子。因为是从战场上下来的，好像最近在向苏联国内打报告，要求换防。我会反映的，我一定要反映。再这样继续下去，中苏之间也可能会像中日之间成仇敌的。"

"没错！现在，有姑娘家的人白天不敢出门，提心吊胆过日子。"

他们默默互相看着，都想到了那个他们爱的女人。

一鸣想想，说："何兄，想讨教一个问题，可以吗？"

"别说讨教，直说就好。"

"听说苏维埃是共产党国家，是要共产共妻的。真有这种可能？"

何子衿的脸红起来："那是污蔑。共产党是要解放穷人，让穷人过上好日子。"

"要限制资本，要剥夺有钱人的钱？"

何子衿想起最近接触到的共产党的革命道理，展望的未来革命远景："一鸣，我其实也不太明白。你知道，我从大连出走，到哈尔滨，直接参加战斗，后来弹尽粮绝，进入苏联，也是一直在打仗……革命胜利后的具体做法，我还不太知道。"想起一位领导说起剥夺资本家、地主财产，讲起很快要在大连农村实行打土豪、分田地、土地还家的运动，他沉默着。站在自己对面的是一个革命对象。

一鸣想起余涛对自己说的，共产党是要限制资本的。我们都是有产者，是他们限制的对象。他知道，谈话不必继续，他们不是一条路上的人。

"我走了，谢谢你听我说话。"

"我送你。"

他们默默走着，走到门口。一鸣说："留步！"

何子衿点头："保重。"

走出很远，章一鸣回头看看高高在上的苏军司令部，长长吐出一口气。长这么大，这是他做的最冒险最勇敢的一件事情。

六、远走天津

苏军进驻旅大初期，旅大人民在欢迎苏军的同时，对其中少数士兵酗酒闹事，甚至强奸妇女等违纪现象十分反感。当时，中共旅大党组织曾多次向苏军当局提出批评，苏军当局对此极为重视，采取认真破案、严惩不法军人、整顿军纪和从国内调部队换防等一系列措施，到1946年下半年，苏军纪律明显好转。

林子父母来接林子回家，千恩万谢后，林子妈妈又拿出一笔钱，请秦瑞珍收下。秦瑞珍不肯收，说以前给的足够林子的生活费，已经超过，怎好再拿钱？在林子到陈家避难的过程中，林子父亲没露过面，都是林子母亲出面恳求，这次来接女儿，他和妻子一起过来了，他正色道："这不是生活费，这是我对你们的一点感激之意。林子能安全度过这段时光，我们在家中不必提心吊胆女儿会遭遇不测，这份救命之恩不是钱能衡量的，但我希望用钱来表达我的谢意，万请收下。"秦瑞珍沉吟后说："那好吧，我收下。"

一家人又鞠躬又感谢地离去。看着他们走远，尚中高兴起来："这个小日本娘们走了，可以自在了。"尚正不说话，默默地坐在床铺沿上。林子有些喜欢尚正，尚正也有些喜欢林子。俩人从来不说话，偶然碰上，彼此看一眼，就都脸红。这份少男少女的情愫，家里人都看到了，却又都装作没看到。一段不可能的情缘，不开始比开始再结束更好。

形势越来越紧张，各种消息满天飞。先是尚正在林崇的引导下，懂得了很多道理，平时在家很少说话的尚正，经常向大家传达一些消息。苏联红军和共产党是一伙的，国共正在打仗。将来共产党要掌天下，让穷人过好日子。大家听得懵懵懂懂，却都知道，在大连，除苏联红军以外，大连市政府是共产党说了算的。国民党不甘心这座城市被苏军占领，将其交给共产党，为得到这座地理位置无比重要的城市，国民党出手围困大连。

1946年国民党军队向解放区发动全面进攻，11月间国民党军队推进到金县石河驿以北地区，对旅大实行严格的经济封锁，使旅大地区的粮食、燃料、工业原料等来源被切断，造成4万余人处于失业与半饥饿状态，人民要靠吃野菜和豆饼坯才能果腹。直到1948年，旅大地区仍然处于美蒋海陆两方面的军事封锁之中。

大连是个半岛城市，三面环海，一面靠大陆。国民党在金州封锁住，无异于掐住脖子，谁也进不来。海上不准船只靠岸，大连几乎成死城，突然间，粮食、燃料都没了。本来一扭就来蓝色火焰的煤气瓦斯，反复扭也只有小小的一点点蓝色的火苗微弱地颤抖，依靠它做熟饭根本是不可能的事情，后来干脆这一点小火苗也彻底消失。没有瓦斯做饭，只好用炉子，又没有煤，家家都到山上砍树、搂草。最要命的是没有粮食。1947年的春节刚过完，家中就断顿了。物价飞涨，尚蕙开的工资还不够一家人一周的用度。尚正本来就是临时，挣的钱够自己吃就不错。一家六口人，每天每个人都要吃饭，却没有粮食没有蔬菜。多年来，从来都能把家中的用项调配得有条不紊的秦瑞珍也抓狂，看着丈夫、儿子、女儿没有饭吃，她急心火燎，却毫无办法。

政府偶尔供应一点儿粮食，远远不够吃，有时供应的是豆饼，想来是榨油厂过去的陈货，带着浓重的过期的辣气，即使这种东西，也不是常有的。

上山摘野菜成为家中最重要的事，当没有吃的时候，所有的一切都失去意义。陈千里、秦瑞珍领着尚中每天去石道街后面的山上摘野菜。野菜被摘光，就摘树叶。桑树叶、花椒树叶、槐树叶，只要可吃的、不毒人的都摘。

尚中从来没做过这些活计，他不是坐着发呆，就是用自制的弹弓打鸟，偶然会打个麻雀，有一次竟然打到一只野鸽子。

一天晚上，一家人正在围着桌子喝一点点玉米面和野菜做的糊糊，有人敲门，好面子的秦瑞珍以为是何子衿，她不愿意子衿看到家中的困难，连忙示意大家把碗和锅端到后屋，擦擦桌子，才去开门。

进门来的竟然是林子父母，一进门，就连忙鞠躬，说打扰了。尚中嘟囔着："人走了，还来干什么？"

秦瑞珍用眼睛制止儿子的无礼，尚蕙过来询问林子还好吗？夫妻俩忙回答，好，很好。现在，贵国政府去年年末发布《正确对待日人政策》后，就基本没有人来家中找麻烦。尚蕙高兴地说："那真太好了，等有时间，我会去看她的。"

夫妻俩又鞠躬："谢谢！谢谢！太谢谢了！"

大家都在揣摩俩人来的目的，忽然，林子父亲开始解他穿的那件宽大的深蓝色衣服扣，然后露出里面围着腰捆的布袋。林子母亲过来帮助他把腰带解开，竟然是均匀地系在腰上的一袋粮食。"家中有些余粮，如今粮食少，希望不要推辞。"

所有人眼睛都亮起来："是粮食啊！"

秦瑞珍眼睛中涌上泪水："这可怎么好？这是救命的粮食啊！"

林子母亲打开系得紧紧的口袋，里面是白花花的大米。这种大米，已经好几年没吃到了。前几年战事吃紧，日本人规定中国人是不准吃大米的，吃大米是经济犯，只能吃玉米、高粱米和黄豆一些粗粮。

林子母亲解释说，知道粮食吃紧，因为在路上怕被人抢，所以绑在腰上，穿上宽大衣服，才看不出来。

陈千里有些不好意思。林子到家来，他是不愿意的，觉得妻子是妇人之心，那些小日本可怜他们作甚？自己给日本人做洋服，常受到一些混账日本人欺负，这次也让他们尝尝倒霉的滋味。可他当不了这个家，家中大事都是妻子说了算。林子在这个家住半年多，他从来没和林子说过话，连正眼看也没看过。尚蕙给林子的解释是，爹除了干活，在这个家是什么事情也不管的。

放下粮食，林子父亲长舒一口气，告诉尚蕙，他们家要回到日本去了。第一批日本侨民已经在 1946 年 12 月回日本，他们家是第二批，很快也要走。家中还有一些余粮，请陈家派儿子隔几天去一次他们家，也用这种方法将粮食带回来。这些粮食已经存放两年，用花椒、大料拌在大米里才没有发霉。吃的时候，会有一些花椒、大料味，多洗洗就好。

尚蕙把这些话翻译给爹和娘听。秦瑞珍点头，立即商量好，每隔两天去一次林子家，将他家的余粮全部带回来。

送走林子父母，回到前厅，大家围着半袋白花花的大米沉默着。尚中忽然骂道，小日本真他妈不是东西，粮食这么缺，他们家还有存粮！

秦瑞珍看儿子一眼："人不为己，天诛地灭。这年头，谁家有存粮，谁就能挺过来。"

陈千里对着大儿子厉声斥责："你除了放屁，还能做什么？这要不是你妈和你姐收留人家姑娘，对人家姑娘好，能有这些粮吃！混球，不识好人心，就能瞎掰扯！"

陈千里从来没发过这么大火，大家都有点儿愣。秦瑞珍知道，丈夫用这种方式表达对曾经事情的歉疚。

尚蕙拍手："这下我们家有救了，至少能挺一段时间。"

尚美看着大米："妈，我们现在做一锅大米干饭吃好不好？"

秦瑞珍摇摇头："不好，这点儿大米，要是那么吃，几天就能吃完，这得数着吃。谁知道这种日子什么时候是头，什么时候能有粮？"

她拎起米袋子："放我屋里，我看着用，每天只吃一次有大米的饭，晚上吃，省得吃不饱睡不着觉。要细水长流！"

第二天，尚中一早就出门去了。秦瑞珍和陈千里要去摘野菜，却找不到他的身影。陈千里生气地说："一天到黑这么吊儿郎当的，还好意思吃饭？"

秦瑞珍不满意丈夫："怎么不好意思吃？他不挣钱，我也不挣钱，尚美也不挣钱，不挣钱就不好意思吃饭，你当爹的，养儿子没养好，怪他？"

"怪我？我一直在干活，现在没活可干，不是我不干，怪我吗？"

"我没说怪你，你别总说他，他那么大个人了，也是要脸的，你总说他，让他在家里多没面子，这不知跑哪里去了，真要出事，没你后悔药吃！"

妻子的抱怨让陈千里不再出声，他实在不满意这个大儿子，干吃饭，不干活。不干活，能读书也好，将来能挣钱，他连书也不愿读。早知道他是不读书的料，还不如早让他去工厂学徒，当个工人、学个手艺也是好的呀！

一直到下午，尚中才回来，裤子湿到腿部，手里拎着两个大包。秦瑞珍赶紧迎过来："你这是去哪儿了，赶海？"

尚中笑着："嗯，有次和一鸣去付家庄游泳，游到一个海岔子，有很多海虹、海菜。今天退潮，我一大早趁着退潮过去，赶这些东西，又赶紧跑出来。"

秦瑞珍又心疼又惊喜："你个傻孩子，多危险，这要是过了潮水，就出不来了，多危险！"

陈尚中只是呵呵笑，看来，他对自己的收获还是很满意的。

那天晚上，是好久以来家里最奢侈的一顿饭，大米、海菜熬的咸饭，新鲜的海菜的鲜味让一进家门的人都直紧鼻子："什么饭，这么鲜？"

加上海虹、海蛎子，一家人吃得兴高采烈、热热乎乎。

秦瑞珍不让尚中再去冒险，而是算好潮汐，大潮的时候，自己和丈夫、儿子一起去，算在涨潮前，早早出来。

林子家的粮食、野菜、海菜，加在一起，总算度过半年时光。林子家的粮食一粒一粒数也快数光了，冬天来临，海水下不去，一个没有粮食没有烧柴的冬天降临大连。

章一鸣家是开粮店、点心店的，当然是有粮食的。在国民党封锁后，政府就找到他们家，一鸣的娘曹秀英听一鸣说过共产党限制资本的事情，最重要的是，她有个弟弟在金州农村，对她讲过打土豪、分田地的事情，听说有些地主被长工打死，当政府人员到家要求她将粮食卖给政府的时候，她爽快地表示所有粮食都卖给国家，自己家里一点儿不留。没有人相信她真的会一点儿不留，但没有多余的粮食倒是可能的。所以，当家里人提出让章一鸣帮助的时候，秦瑞珍断然拒绝，她不能让女儿还没有进夫家门就让人瞧不起。对这件事，她斩钉截铁："饿死，也不能向亲家伸手！"

国民党的围剿没有丝毫松动，政府号召城市居民到山上开荒种地，自己解决粮食危机。据说，当年他们在延安的时候就是用这种方法打败国民党的封锁，现在，大连人民也要用这种方法打破封锁。

北方漫长的冬天，1947年的冬天，漫长得让人怀疑，冬天已经停住脚步，让世界永远留在这个冬天，春天已经不会来了。

章一鸣接到父亲章衍行的信，让他带尚蕙到天津结婚。想起余涛走时说的话，苏维埃是共产党，共产党是要限制资本的。对呀，余涛可以离开，自己也可以离开，带着尚蕙离开。但他不确定尚蕙能不能跟他走，他知道尚蕙现在是家中顶梁柱，虽然工资已经变得很少，但毕竟那是一份工资。如果尚蕙离开，家里就没有收入了。

娘让他和秦瑞珍谈，说你岳母在家说了算。他带着家里作坊做的二斤桃酥来到尚蕙家。接过女婿的东西，秦瑞珍淡淡地说："谢谢你娘，难为她了，这个时候还拿出这种贵重的东西。"

"大婶，我……"

尚蕙还没下班，章一鸣是知道的，却偏偏尚蕙不在家的时候来，应该是有事情。

"一鸣，有事你就说。"

"大婶……"一鸣诺诺着，他有些说不出口。

"既然来了，还拿着礼，必定是有事，反正也要说的，就说吧。"

想想也是，章一鸣鼓足勇气："大婶，我爹来信，让我和尚蕙去天津，在那儿举办婚礼。"

"哦……"

"大婶……"

秦瑞珍摆摆手制止他："那就去吧，闺女总是要出阁的，早晚都要出，既然你爹让去天津，必是应该去的。"

"大婶，你同意？"

"同意，早晚是你家人，有什么不同意？"

"大婶，我知道……我想，我到天津，挣了钱，就寄回家里，给家里用。"

秦瑞珍笑笑："这年头，能活一个是一个。也不是我一家，大家都这样，挺着吧，天塌下来地接着。"

尚蕙下班，看到章一鸣在，不由得奇怪，说你怎么来了？他们约好，每周日见面的。秦瑞珍说："你天津的老公公让你去天津结婚呢！"

"那怎么行？我走，家怎么办？"

"这不用你管，你个丫头，本来养家就不应该是你的事。"

旁边站的尚中突然说道："我跟姐去，我要出去闯一闯。"

陈千里瞅儿子一眼："你姐去结婚，你去干什么？哪儿都少不了你。"

尚中脸红脖子粗："你们就是看不上我，我什么也不行，我一定要去。"

陈千里刚要说话，章一鸣却很爽快："可以呀，我娘说让我带我大妹妹一敏去。大弟可以一起去的，船上完全能坐下，是按照船付钱，多一个人少一个人没关系。再说，我爹在天津的生意挺大的，到那儿找工作也好找！"

尚中的眼睛放出光芒："娘，姐夫都同意，你让我去嘛！我保证不给我姐找麻烦。"

秦瑞珍看看陈千里，陈千里扭头看外面，遇到难处理的事情，他总是把决定权给妻子。秦瑞珍说："那好，就麻烦你姐夫多带一个人，多一个人也多一份照应。"

"没问题！"章一鸣也对自己要带尚蕙离开这个家感到内疚，也知道尚中一直没工作，带尚中走，可以减轻他的愧疚。

尚蕙却担心地说："娘，我走……"

秦瑞珍打断女儿的话："这个家不用你管，也不该你管。能走一个走一个，能活一个活一个吧。"

尚蕙知道这次出走，对家中是致命的。整个城市断粮断电，家中度日艰难。林子家帮助的粮食，一小把一小把地抓，也终于抓光。自己在大连好歹也还能挣钱，加上尚正，姐弟俩的工资勉强维持家用，尽管不够，也还是有一点的。早就没有人做洋服，尽管幌子还挂在那儿，尽管风吹的时候还能飘飘扬扬，偶然来一个做便装的，工钱也是讲了又讲、压了又压。大多时间，陈千里用一些过去做衣服的边角余料，给家人凑合着做衣服穿。可是，没有了自己的工资，担子压在尚正肩膀上，尚蕙想都不敢想。一家老小，怎么活呀！她想不走，秦瑞珍却咬紧牙关逼女儿走。尚蕙知道，娘从来是这样，自己再难也扛着，不求人。在娘的心里，闺女是人家的人，人家要你闺女去结婚，如果不让走，让亲家怎么看？

她睁着眼看天花板，一夜一夜不睡觉。当她把辞职的决定告诉林崇的时候，林崇满怀遗憾："陈先生，大家一起扛，一定会过去的，政府也在想办法，从山东解放区往大连运粮食，绕过国民党的封锁。"

尚蕙低头，不是自己要去，是章一鸣让自己去。他们沉默着，尚蕙站起来，往外走，林崇也站起来："陈先生，天津现在是国统区，已经……"意识到尚蕙完全不了解战争形势，他转而言其次："你没有去过，很复杂，你要谨慎。"

"我知道，谢谢。再见！"

他看着她，她没有看他，拉开门走出去，泪水流下来。她喜欢学生、喜欢教师的工作、喜欢这所学校，喜欢在林崇这个有激情有能力的校长领导下工作，现在，却要离开……

还有两天就要启程，尚蕙来到大广场，她要见子衿一面。

从子衿回来，他们还从来没单独见过面，都是子衿去家里，和大家一起见面，他们甚至没有单独说过什么，只是偶然的眼神交流，不必说、不用说，已在心中。

尚蕙不想进去找何子衿，她知道大弟尚中来找子衿，差点儿丧命的事情，这儿是衙门，自己一老百姓，怎敢贸然进衙门？她和自己做一赌注，她从中午开始在大广场上徘徊，如果她和子衿还有情分，子衿当能出来，当能在她走之前见上一面；如果没有情分，子衿不会出来，他们将天各一方，或许再无相见。

初冬的大连，有阳光的白天还好，临近晚上就寒气逼人。尚蕙穿着爹给自己做的长长的棉袍，读书的时候，嫌丑，从来不穿；上班以后，最冷的天气里，在娘的唠叨中，她有时会穿，到学校就赶紧脱下来。她对自己说，等黑到看不见人的时候就离开；见到见不到，就在今天下午。

大广场上的树叶基本全都飘落，夏秋时节被浓密的树叶遮住的空地，小径清楚地显现出来。天冷，广场上基本没人，一个年轻女孩，孤单一人徘徊在广场，难免引起怀疑，况且又是在警备司令部的前面。哨兵早就发现了她，只是远远地看着，并没有过来盘查。毕竟是一个柔弱的年轻女子。

但还是有人注意到了她。与子衿同一个屋的军人从外面回来，进到办公室，对子衿说："这么冷的天，一女孩独自一人在广场上走来走去，也不嫌冷。幸亏现在老毛子纪律好一些，要是以前，还不被收拾！"

同事一句话，子衿立刻警觉起来，有些日子没去师父家，莫非……他站起来："我去看看，别惹事。"

他走出来，远远朝广场看去，只一眼，他就知道，那是尚蕙，被压抑在心底的火焰突然就冲出来。他三步并作两步走到广场，尚蕙也看到了他，迎着对方的目光，两人走到一起："为什么不进去？"

"我，我想，你总会出来的！"

"冻坏了，快进去！"

他拥着她，朝大门走去。尚蕙在他半拥半抱的怀中，章一鸣在海港码头第一次把自己拥在怀中的感觉再次包围住她。她脸红心跳，她感到羞惭，怎么能对一鸣以外的男人有这种感觉？子衿不知道尚蕙想什么，只是觉得眼前的景象，让曾经所有的怀念、期望都得到回报，真希望两人就这样一起相拥在一起，走下去、走下去……

走到门口，他朝哨兵点点头，他们一起走上楼梯、走进高大的旋转门。一进门，轰地一下，温暖的热气包围住了她。

她看他，他放下拥着她的手臂。

他带她走到最里面的办公室，章一鸣曾经来过的办公室。进到里面，看到子衿带一个年轻女人进来，同事认出尚蕙的长袍："你是来找何子衿的？"

红潮未退，她红着脸点头。对方却猜到她是谁："子衿，这就是你说的师父的女儿尚蕙吧？"

"是。"

对方伸出手："久仰、久仰。早听子衿说起你，果然貌若天仙，奇女子也。"

尚蕙抽出自己的手，脸色越发地红。同事笑笑："你们聊，我出去办点儿事。"

何子衿让尚蕙坐下，给她倒来一杯热水："喝点儿水，热乎热乎。"

尚蕙却说出心中疑问："你们怎么不穿苏军军装？"

子衿笑："我们已经脱离苏联军队。当时，进入苏联是被日本追得太紧，现在大连光复，我们本来是中国人，我们都要回到大连政府方面工作。你幸好今天来，明天来，我就不在了。"

"真的？"尚蕙在心里说，冥冥之中还是有天意，自己应该和子衿再见一面。

他看着她。她低着头，不看他。

他在揣摩她的来意，他不相信尚蕙会与章一鸣分手，那么，是什么事情让她今天来呢？他想不出来，静静等着她说话。

她想对他说，自己要走了。他们同时抬起头，看着对方。她说出来的却是："对不起！"

他摇头:"我听师娘说过,你一直在等我……"

泪水不听话地流下来,她哽咽:"是,我想你一定会回来,我想,虽然我们什么都没说,虽然你说让我结婚后,那个金锁做孩子礼物,但我知道你心中的想法。要我等你。"

"一直等、一直等。我不是好女子,没有王宝钏寒窑18年的耐力。娘说,再不找,成老姑娘了;再不找,嫁不出去了。娘说,这年头,你可能……"

"我知道,不怪你。我自己也没想到能活到现在,能和你再见面。我们还能像在千里洋服店那样坐着说话,这已经很好很好。"

"对不起!我应该等下去。"

何子衿伸出手制止她:"尚蕙,不要这么想,我是有今天没明天的人。我们曾经好过,就已经很好,我很满足。"

尚蕙吓一跳:"战争结束,怎么会有今天没明天?"

子衿没有说冰天雪地里饥饿、寒冷留下的病根,还有战争中的枪伤,至今折磨他常常生不如死,也没说中日战争结束,国内战争仍然激烈,作为军人,要随时做好上战场捐躯的准备。

尚蕙关切地看着他:"子衿,你要好好活,找个好姑娘,你一定要幸福,你幸福,我才心安。"

他不说话,只是看着她,无限地满足,无限地喜悦看着她。

天渐渐黑下来,夕阳最后一点儿亮色从玻璃射进来,他们在暗色中如大理石般纹丝不动,时间似乎停止在这一刻。

终于,尚蕙抬起头:"子衿,我要离开大连了。"

他一惊,醒过来:"去哪里?"

"天津,一鸣爹让我们去那儿结婚,他那边生意忙,不能回家。"

"哦。"他迅速地开动脑筋:"天津、天津……"

她望着他,以为他不知道天津在哪儿。

"你们从哪儿走?"

"香炉礁码头,一鸣找的船。"

他知道国民党封锁厉害,经常有老百姓从海上驾船出海,有的是冒死打鱼,有的是驾船离开大连。国民党的封锁是只准出不准进,大连政府也对老百姓的出走睁一只眼闭一只眼。

他想了想，说："天津也会打仗吧？"

她奇怪："天津也会打仗？一鸣他爹还说天津没事呢！"

他摇摇头："离开师娘，你要自己保重。"

泪水一下流下来："子衿，我本来不要走，我走，家怎么办？我在家，还能帮帮爹娘；我不在，只剩尚正一人工作，他挣的钱哪够花？一想到我扔下爹娘扔下家，娘真白养了我！"

子衿看着他，一字一句地说："你放心去，家里有我，只要我在，就不会让师父师娘活不下去。"

她抬头看他，本来就是要说这件事，没等说，他已经答应下来。他们总是能知道彼此的想法、彼此的心情。

天越发地黑，他站起来拧亮电灯："师姐，你安心走，我会照顾好师父师娘。"

"谢谢你，子衿。"

"倒是你自己，要照顾好自己。这场仗要打到什么时候，打到什么地方，谁也不知道。"

尚蕙无法理解子衿话里的意思，子衿也不好说，我们是要解放全中国的，天津也是要打下来的。

"尚蕙，如果天津不好立足，你就回到大连，毕竟这里是家。"

"嗯，我知道。这次，我带尚中走，我和娘说，我带他走，将来也要带他回来，交给我娘。"

走廊里有关门的声音，子衿说："我们走吧，明天我就不在这儿工作，所有的东西都搬走了。"

他们站起来，子衿站在门口，看着屋里，她问："不舍得？"

"不，高兴。终于可以名正言顺地为自己国家工作，不再是苏联军队里的中国人。"

他们走出房间，走出大门。在门口，尚蕙望着他："子衿，我们就在这儿分手。有你，我放心多了。要不然，我真不知道在天津的日子怎么过。"

"走吧，我送你。"

俩人并肩走着，从大广场到敷岛广场，十几分钟的路，走走停停、停停走走，也不知道走多久。他们不再说离别的伤感、等待的无奈，俩人回忆起曾经在一起学日语、背古诗、讨论怎样对付日本人的点点滴滴，清冷的夜空中，常常响起尚蕙清脆的笑声……

看到千里洋服店的幌子，他说你进去吧，我们就在这儿告别。

泪眼相望、难分难舍。尚蕙听到屋子里好像有人在说话，她猛然醒悟，面前站着的是子衿，不是一鸣。她睁大眼睛，好像要把他清楚地留在心里。"我走了！"她转身朝家中走去……到家门口，转头，看到子衿依然在原地。她朝他摆手，他也摆手，转身，消失在暮色中。

章一鸣带着未婚妻尚蕙、妹妹章一敏、妻弟尚中离开了大连。

大女儿、大儿子远走天津后，秦瑞珍知道，以后的日子越发地难，没有收入、没有粮食，生活出路在哪儿？秦瑞珍忧虑。陈千里也忧虑，六口人变四口人，少两张嘴，可还有四张嘴要吃饭。尚正也忧虑，有爹有姐姐，他只是辅助家中一点儿，现在，生活的担子要全压在他不到二十岁的肩膀上，他知道自己没有那么大能力，可怎么办呢？

初冬的寒风，吹着千里洋服店已经褪色、起了毛边的幌子，有气无力地。尚正早就要把幌子拿下来，陈千里不让，秦瑞珍也不让，在他们心里，总还有一个想头，说不定什么时候、说不定什么人会来做洋服呢！谁知道呢，这个世界，什么事情都是可能发生的。

家里寒气逼人，秦瑞珍让陈千里把前厅的床铺拆掉，劈成柴火取暖，少烧一点儿，让家中有点儿热乎气，总不能冻死吧。

陈千里知道这是没有办法的办法，他抽出一块铺板，拿到门口，抡起斧头，朝着铺板砍去。要砍第二下的时候，一个声音叫住他："师父。"抬头一看，是何子衿。

陈千里露出笑容："子衿来了？快进家。"

秦瑞珍从里屋走出来："子衿来了？"他们不知道尚蕙去警备司令部的事情，正想着怎样对这个徒弟说，子衿转身看看家里。

"冷吧，到屋里坐吧。屋里没有风，暖和些。"

子衿望着秦瑞珍:"师娘,跟我到旅顺去吧。尚正上班,就让他留在大连,你俩带着尚美跟我去旅顺。"

"跟你去旅顺?你在旅顺当差呀?"

"嗯,我要去旅顺当副区长,今天就走。你们去那儿,我也好照顾你们。"

没有任何考虑,秦瑞珍甚至没问问丈夫,立即答应:"好,跟你去。"

"那好,你们准备准备,简单拿点儿东西就行,反正尚正还住在这儿。"

"好。"

仅仅几分钟,秦瑞珍就决定跟着徒弟何子衿离开生活了二十多年的大连,去女儿读书、她却从来没去过的旅顺生活。

中卷 ⊙ 陈尚蕙

一、魔幻人生

经过两天一夜的航行，船终于停靠在塘沽港。一度，陈尚蕙以为自己会死在海上。船老大是富有经验的老把式，根据他的经验，这几天是没有大风的，可是，第二天中午，天津已经遥遥在望，目标终于快到的时候，海上起风了。也是怪，大冬天的，竟然挂起了南风，两个船夫拼命划，船也不见前进，只是兜圈子，一会儿翘起来，一会儿沉下去。章一鸣和陈尚中还好，两个男人尽管眩晕，也还能坚持，这边，尚蕙和章一敏却吐得山呼海啸。朝着大海，哐、哐一口一口往外喷，回想起这段经历，陈尚蕙说，把苦胆都吐出来了，以为这次真的要葬身大海。章一鸣一会儿照顾妹妹、一会儿照顾未婚妻，忙得团团转。只有陈尚中，从上船就一直情绪高昂，他跑到船老大面前："大叔，用不用我帮忙？我有力气，也可以帮你，你们歇一歇，攒点儿力气再划。"

这艘没有动力的舢板船，由船老大和徒弟俩人划。顺风的时候，一个人划船，一个人休息。按照常理，冬天本来就应该是北风，忽然出现南风，师徒俩也着急。看到陈尚中的热忱，船老大说："告诉你们家俩女的，别叫唤。今儿真要划不到，咱都得喂龙王，最不划算的是我，人死了，船钱还没付呢！"

尚中赔着笑脸回到舱里，告诉姐姐船老大的话。尚蕙已经没有力气说话，她泪水涟涟地看着尚中："我死不要紧，可我答应娘，把你带出来，也要带回去的。"

章一敏也可怜巴巴地看着章一鸣："哥，要是总刮风，我们到不了天津，还能给我们刮回大连吗？"

"不能啊，一会儿就刮北风。诸葛亮能借东风，我章一鸣借不着北风，也不会让冬天刮一天南风，我哪有那能耐？"

正说着，船老大高兴地叫着："刮北风啦！"

下午三点多钟，他们终于在塘沽码头靠岸。

晚上的饭桌旁，尚蕙第一次看到自己的老公公。章衍行中等个，圆脸，一双炯炯有神的大眼睛，饱满的前额。爷俩一样的头型，短短的，几乎看不出长度的黑发，站在一起，不用介绍就会知道这是一对父子。只是父亲比儿子宽大一个型号，儿子比父亲高一头。章一鸣向爹爹介绍自己的未婚妻和大舅子。章衍行的眼睛在尚蕙脸上停留了一下，眼睛亮了一下，就那一下，尚蕙感觉好像已经被他看到骨髓里，她难为情地低下头。一鸣说过，自己爹爹做生意从来没赔过，13岁从山东海阳到大连做学徒，后来自己当老板，26岁时就坐着大马车买下现在大连那套院子，前后左右三十多间房子，做糕点、卖粮食……做什么都挣钱……

介绍尚中的时候，他似乎没看，眼睛飘过，点点头："坐吧。压压惊。两天一夜，真怕海上有什么风险，好了，都过去了，吃饭吃饭……"

章一敏坐在爹爹身旁，满脸的娇媚："爹，吓死我了，我还以为真的要到不了天津，看不到你呢！"

章衍行拍拍女儿的肩膀："这下好了，这几年，我一个人在天津，家里空荡荡的。你们来，家里就热闹了。"

这是一顿温情脉脉的亲人的初会。表面上，每个人都吃得心满意足，尤其是尚蕙姐弟俩。一年多来，从国民党封锁开始，家中就没吃过一顿丰盛的饭。现在，一桌子的珍馐美味，恍如到了另一个世界。可是，尚蕙吃得并不多，她想起爹娘，他们吃什么呢？家中断顿了吧？

尚中也只是吃饱而已。临走的时候，娘扯着耳朵告诉他，不要眼皮子浅，到有钱人家，看人家什么都好，一副没见过世面的穷酸相。吃饭桌上，更别像叫花子似的，只顾吃喜欢吃的，别给你娘丢人，给你姐丢人，让人笑话她！

他吃着自己面前的菜，不说话。好像，这里只有自己是多余的人，死皮赖脸跟来的。"不行，我要出去工作，不能让老章家人看扁。你看那个章一敏，一路上，眼皮子没看我，臭美的样子，老子没本事，也不会看好你！"

房间是早收拾好的，各自一个房间，因为他们俩人没结婚。尚蕙和尚中就睡在各自的客房中。

吃完晚饭，章衍行让儿子和尚蕙到他房间来，有些事情要说。

尚蕙规规矩矩地坐在沙发上，她十分不自在。章衍行表面看来和蔼、和气，不知道为什么，她总想起娘听说章一鸣是章家大公子时说的话："那老东西，是个笑面虎。"

当时，尚蕙觉得娘未免过分，也没见过人家，怎么就下这样结论呢？"娘，你也没见过。"

"没吃过猪肉，还没见过猪跑？市面上都说你婆婆厉害，克扣学徒、打骂学徒，如果不是他睁眼闭眼装不知道，她敢！红脸白脸就是。孩子混账是爹娘惯的，老婆在外撒泼也是男人惯的。"

想起娘说的话，尚蕙忽然觉得，娘说的是。总感觉章衍行眼睛后面还有一双眼睛，每一句话后面还有没说出来的话。

看着长子、长媳，章衍行也是满心高兴。这几年都是一个人在天津，今天，儿子、女儿、儿媳都过来，家终于有了个家样。

但他有话要说："一鸣，你来天津，有什么打算？"

章一鸣答道："不是你让我们来天津结婚的吗？对你的生意我没什么兴趣，你给我点儿资金，我想上股票交易所去做做看。"

章衍行吓一跳："你要去那个地方，卖空做空？不行，我们是本分生意人，不能做那种生意。"

章一鸣倒也无所谓："你问我我才说，你不愿意就拉倒。我做什么都行，什么不做也行！"

曹秀英对所有人都苛刻，只对这个大儿子娇宠有加，放任放纵。

"你呢，尚蕙？"

尚蕙抬起头，迎住老公公的眼神，直视着他："我在大连做老师，如果有学校招老师，我还可以去做。如果没有，我就先在家读读书，我看您老这儿有很多书。"

尚蕙一进门，就看到章衍行房间的书柜里有好多书，四书五经、《资治通鉴》、《三侠五义》、《红楼梦》，竟然还有唐宋诗集。这让她喜出望外。她知道章衍行只念过两年私塾，没有多少文化，没想到家中有这么多书。

尚蕙的回答让章衍行大悦："好，你就在家读书，闲暇时教教一鸣和一敏，他们俩学习都不太好。"

尚蕙看一鸣一眼，笑笑。

这只是开个头，章衍行开始道出自己的计划："时局很乱，大连回不去了。天津也乱得很，国民党和共产党在打仗。叫你们来，第一件事情，就是市长为稳定人心，下个月要搞一个集体婚礼，他亲自主婚，主持十对新人的结婚典礼。在你们来之前，我已经给你们报名了。你娘不在，尚蕙的家人也不在，我们举行婚礼，有很多问题。国家举行集体婚礼，我们不用忙乎，这种形式也挺好，你们有什么意见没有？"

尚蕙看章一鸣，不说话，这种事情，让他表态最好，自己少说话为妙。

章一鸣很高兴："好啊，集体婚礼，挺好玩的，我还没见过呢！"

章衍行说出今天晚上最重要的主题："其实叫你们到天津来，最主要的是咱家以后不在天津做生意了。"

他看一眼儿子、媳妇，果然，他们都愕然，不在天津做，在哪儿做呢！"我要把生意搬到北京去。北京的房子、商铺都已经买好，这儿的房子也已经卖掉，现在住的这套房子，我卖了以后又租回来，每个月付租金。什么时候走，什么时候交给买主。"

章一鸣和陈尚蕙都有些惊奇，这个章衍行，竟然有如此出乎意料的行为。他慢慢解释："天津也很乱，这些年，因为生意上的事情到北京去，觉得还是北京做生意更好。最后我下决心把咱家生意都搬到北京去，以后就在北京住，天津卫不做了。到北京以后，把你娘和你弟妹都接到北京去，咱家以后就在北京生活，我这些年东跑西颠也累得很，不想再挪窝了。"

这是他的决定，他只是通知他的儿子、儿媳，并没有征求意见的意思。章一鸣和尚蕙也没有什么意见好说。钱是章衍行的，他们对做生意都是完全没有想法的门外汉。

尚蕙看出章衍行还有话要说，她感到这最后的话题与自己有关，但她猜不到是哪方面。她静静地坐着，章衍行不说没事，章一鸣不走，她就不动。

果然，章衍行问她："尚蕙，你弟弟这次也来天津，他想做什么？"

"原来是这件事，我应该想到的。"尚蕙心说，随即回答："刚到天津，我们还一点儿不熟悉，他想到外面看看，然后再决定。"

"也好，到外面看看。尚蕙，一个女人闲着不要紧，可以让男人养活；男人不能闲，会闲坏的。"

尚蕙低下头，轻轻说："我知道。"是的，尚中一直闲着，他想做很多事情，但什么事情也没做成。想起大弟，尚蕙觉得脸在发烧，公公一定瞧不起自己弟弟。

"就这样，你们去睡吧。明天，让伙计带你们出去看看。"

尚中生性浪荡，却并不笨。第二天，从姐姐吞吞吐吐地说什么男人是不能闲、会闲坏的话中，他就知道，章衍行并不欢迎自己，自己需要赶快找工作，不能让姐姐为难。走的时候，料事如神的娘就说："有钱人都是一步一步干出来的，越是有钱人，对钱看得越重，要不怎么发财呢！这些年，你在家里白吃白喝，你爹不满意，有娘惯着你。这次走出大连街，可就没有人惯着你了。你姐是到别人家，看人家脸色，吃人家饭。可她是老章家媳妇，吃他家的有理。你可不行，你不能让你姐为难，你要长口气，要挣钱啊！"

"要挣钱啊！"娘的话在他的耳边不停地回响着。

章一鸣他们三人出去逛街，章一敏不去，她要留在家中睡觉。他们在大街上随意走着，看着与大连不同的天津。天津是中国城市，没有那么多日本人。但是，天津有各种各样的人，有很多高鼻子、蓝眼睛的西方人。天津的小吃真多，多得目不暇接。你以为这个好，再一转眼，又看到一样，觉得比刚才那个更好，让人挑花眼。他们看到前面有个摊位围着很多人，尚中以为一定是更好的小吃，便跑过去。

尚蕙有些累，不进去，在外面等着弟弟，章一鸣陪着她。大约十多分钟，尚中从里面挤出来，笑嘻嘻地看着尚蕙。尚蕙问："卖什么的？"

"你猜。"

"我猜不出来。"

"不卖东西，征兵的。"

"征兵？"尚蕙一下睁大眼睛。

"是啊，国军征兵处。"

尚蕙口吃起来："你，你要当兵？"

"对，我要当兵。你看。"

他伸出手掌，里面有一张纸条，盖着红色的大印。

"这是什么?"

"证明啊,拿着这个,到那边去领衣服,然后报到。"

"你报名了?"

"是呀!"

尚蕙一下哭起来:"不行,现在正在打仗,打仗是要死人的,我答应娘,带你出来也带你回去。"

尚中突然严肃起来:"姐,我也答应娘,这次出来,一定要干个样子,当兵,才是我能干出样子的活。我去当兵,我现在去领衣服,然后就去报到,你们回家吧。再见!"

尚蕙定定地站在街中间,大脑一片空白,她不知道怎么办才好。尚中在家时,特别听她的话,有时爹骂尚中,总是自己给弟弟挡着。这么多年,她习惯了,她是弟弟的保护神、挡箭牌。可是,他要去当兵,子弹是不长眼睛的,当兵是要死人的,当年说起子衿,娘说这个人可能不在这个世界了,活着,也是九死一生。

她拉住尚中的手:"尚中,别去当兵,我们回家,你干什么都行,就是不要当兵,你不挣钱也不要紧,姐去教学,养活你!姐能养活你!"

尚中挣脱她的手:"姐,不行,我铁心了,一定要去当兵!大家都瞧不起我,这次,我要干出个样来,让大家看看。你们回家吧,我现在就去报到。姐夫,我姐交给你了,我走了!"

他挥挥手,朝着一处更多人的地方跑去,把怔怔的章一鸣和陈尚蕙扔在街上。

尚中参军,让尚蕙惊慌失措。当初她让尚中跟她来,是想让尚中见见世面,将来还是要回家的。参军是要打仗的,打仗是要死人的。虽然子衿从来不讲他的经历,但偶尔的言语之间,尚蕙知道,他经受过自己想象不出来的艰难和危险,现在,尚中也要去走这条路,尚中不是子衿,他没有子衿的坚强和沉稳,一旦……一旦……想到一旦的可能性,尚蕙万般懊悔,当初不该带弟弟出来。走的时候,娘说你带你弟弟出去,也要把他带回来,可现在……尚中不成才,但尚蕙知道,娘一直是护着他的。娘对自己严格、严厉,对尚中却纵容许多。晚上，章衍行回到家中，听说了尚中的事情，尚蕙从他转瞬即逝的眼神中，看到他松了一口气。他劝尚蕙："男人总是要闯世界的，我和你爹，都是十二三岁就从山东出来闯关东，哪有人照应啊，什么都是靠自己看眼色行事、尽心尽力学来的。尚中二十岁的人，应该做点儿什么。我这个年纪，都自己做了老板，回家娶了你娘，有了一鸣。我看你弟弟也是个机灵人，到军队里，锤打锤打，会出息的。

一鸣也这样劝她，想想，不这样，又能怎样呢！

章一鸣跟着章衍行到铺子里上班，尚蕙留在家中。闲着也没事，尚蕙一头扎进书里，读得废寝忘食、酣畅淋漓。晚上，章家两父子回来，一起吃饭。在饭桌上，她的眼神常常是迷离的，似乎还深陷在书中没走出来。章一鸣一天没看到她，自然要兴致勃勃地讲自己白天的经历，尚蕙却似听非听，心不在焉。

有一次，章一鸣忍不住问她："你怎么回事，我说话你根本没听？"

尚蕙醒过来，不好意思地笑笑："你说什么呢？我好好听，你说。"

"这几天跟着爹做生意，其实做生意并不难，我要是好好做，一定能赚大钱，能比爹强。"

尚蕙望着一鸣，不说话。章一鸣这个问题，还正是这几天她考虑过的问题。读到《红楼梦》里薛宝钗的哥哥薛蟠做生意挣钱的时候，想想自己的爹爹、一鸣的爹爹都是做生意的，就很认真地思考这个问题。如今一鸣问她，她把自己的想法说出来："你不适合做生意。"

一鸣有些生气："我为什么不适合？"他希望自己在尚蕙面前永远是强健的、无敌的。

"做生意，没文化不行，像我爹。他没读过书，幸好有我娘帮着，否则千里洋服店不能做到现在。我爹这些年挣的钱都供孩子读书了，因为他自己没文化，就想让孩子有文化。这一想呢，洋服店就做不大，不能扩展门面，不能多招徒弟，就一直是个小生意人。

"你爹呢，读了两年书，虽说是不多，但做生意却足够。他们会很认真地挣钱、买卖挣毫厘，一点一点地挣。又有做人的底线，童叟无欺、信守条约，慢慢就做大起来。你爹就是这样的商人。当然，还有另外一种，做生意靠家族的势力，像薛宝钗的哥哥薛蟠，读不读书、有没有能力都不重要，大家都愿意和他做生意，因为人家势力强大，有家族做后台。

"你呢，读书比你爹多，虽说是商学堂毕业，可是，你从小被你娘宠着，哪知道挣钱的艰辛？你是大钱挣不了，小钱不稀挣。再说，读书人嘛，总是有些清高的，这一清高，就低不下去，这个生意不能做、那个生意不愿做，那还能挣什么钱？我觉得你还是正正经经到一个公司去，做个职员，做一份专业的工作，或者，和我一样，去做个先生，讲讲怎么做生意也不错。你是商学堂毕业生呀！"

章一鸣看着未婚妻，想不到平时不言语的尚蕙会有这么多想法。他喜欢尚蕙，不但因为她漂亮、温和，还因为她是个女先生。在大连街，能考到公费的旅顺公学堂不是一件容易的事情，要有足够的聪明和能力，尤其女孩子。但与尚蕙在一起，她很少说什么，大部分是自己在说。今天，尚蕙一席话，说到了他的心里。

"照你说，我就不能挣钱？"

"很难。我大爷没读过书，只要能挣钱，什么都做。开烟馆，连弟弟的钱也挣；我三叔抽大烟搞得家破人亡；我爹要不是我娘，也会走我三叔的路。我不相信我大爷就是要害他自己的弟弟，他只是要挣钱。如果挣钱很容易，他也不会做那种伤天理的事情。"想起死去的三叔、回家乡山东改嫁的三婶，还有娘那次绝食，尚蕙的心情低落起来。

一鸣看着她："你就是多愁善感，还看什么《红楼梦》，我听一敏说，你哭得眼睛都红了。以后别看书，也跟我到爹的柜上看看怎么做生意。"

尚蕙一口拒绝："我不去，难得有这么好的机会，可以不做什么，只读书，多难得。再说……"

她低下头，欲言又止。一鸣问："你想说什么？"

尚蕙迎住一鸣的眼光："做生意总是要做一些昧良心的事情。天津现在粮食那么紧张，老百姓都没有粮食吃了，你爹还捂着那么多粮食不卖，等着涨价。我可不行！良心上过不去。"

一鸣替章衍行辩解："一天一个价，那都是钱啊，粮商都这样做，也不是我爹一个。"

"我知道。但是我做不来，我不做生意，我还是想当教员。"

不知是尚蕙的话起了作用，还是对做生意失去了兴趣，一鸣竟然真的去一家电气公司做起了职员。

婚期如约而至。婚礼在一家豪华的大宾馆举行，十对新人，新娘一色摇曳生姿的白婚纱，新郎则是白色西装。婚礼进行曲中十对新人风光无限地站在舞台中央，时任市长走上舞台，做简短的证婚词。最主要的是，每对新人都要牵手走到舞台中间，俩人互相凝眸后，牵手向台下的父母、亲人鞠躬行礼，新郎鞠躬，新娘屈膝。他们是第六对，当轮到一鸣和尚蕙时，一鸣看着尚蕙，用耳语般的声音说："终于结婚了，你再也跑不了了。"

他们牵手面对台下，下面响起热烈的掌声。尚蕙忽然想起爹娘，还有参军的尚中，如此热闹的场面，身旁竟无一亲人，她霎时热泪盈眶。

一鸣以为妻子激动所致，更紧地握住她的手。在后台，一鸣看着尚蕙亮晶晶、泪汪汪的眼睛，真想立即把妻子搂在怀里……

虽然说是集体婚礼，章衍行还是在饭店为一对新人举办了盛大的婚宴。宽敞的客厅里，挂着红色的横幅——章一鸣先生、陈尚蕙小姐新婚志喜。

章衍行多年在天津经商所认识之人，生意上往来的客户，几乎全体到位。这些年，他一人在天津经商，家眷不在，只知道在大连，这次大公子结婚，大家都纷纷来给章老板捧场，顺便也看看章老板的大公子。

相貌堂堂的章一鸣得到了一致的称赞，最风光的却是尚蕙。优雅的举止、略带羞涩的温和，足以吸引所有人的目光。当他们挨桌敬酒的时候，有些年轻人就叫着让尚蕙喝酒，否则不肯罢休。

尚蕙羞红了脸，越发引得年轻人起哄。尚蕙知道，酒是不能喝的，这种场合，不能失态，不能给娘丢人，被人说小家子气。她笑着，每次都用嘴唇抿一点点，有人就越发起哄。章一鸣拉妻子到身后，笑着解释："她不会喝酒，我替她喝。"

好容易应付过来，回到首桌，刚刚坐下来，就有几个年轻人走过来，他们都是章衍行生意人朋友的儿子，看到新娘的羞涩，便要过来闹一闹。

看着足有十多人过来，章一鸣站起来，笑看着大家。最前面的一个先是鞠躬，然后说："今天看到才子佳人，万分荣幸，请接受兄弟敬酒一杯。"

章一鸣接过酒杯，一饮而尽："谢谢！谢谢！"

没想到，那人拿起桌上的酒瓶，拿过酒杯："嫂夫人也是一定要喝的。"

看着后面的人挤眉弄眼，章一鸣知道，这是要来调理他的。他没有多想就答："她不会喝酒，我一人代劳。兄弟可要给这个面子。"

那人回头看看后面的人，有人喊："行，你可不能只喝一人的，我们都要喝。"

章一鸣没有犹豫："来吧！"

他站在那儿，像一面墙，挡在尚蕙的前面。那一刻，尚蕙相信，今后的人生中，章一鸣永远会像这样护着自己。

章一鸣与这些刚认识的兄弟，闹哄哄中，高潮迭起。一个人两杯酒，他不断地喝着、喝着。一轮喝完，又有人提出继续喝的理由，章一鸣照单全收。不断有新理由提出，章一鸣依然是照单全收。不知道喝多久，章一鸣要去洗手间，他看看尚蕙，想想不放心，于是，抱拳对着周围："各位原谅，去小解，马上回来，决不食言。"大家哈哈笑起来，有的说他要跑，有的说他醉了，让太太替他喝。

章一鸣竟然不含糊："我说回来，一定回来。但求各位，我不在不要难为你们嫂子。大家都做说话算话的大男人。"

说完转身去洗手间。尚蕙想说什么又不好说，所有的人，本是陌生的，却又好像熟悉得很，亲热地嫂子嫂子地叫，好像熟得不能再熟的熟人。

幸好有人问尚蕙大连的情况，尚蕙说国民党围困，很困难，大家都没有饭吃。

正说着，章一鸣回来，询问地看着妻子，尚蕙摇摇头，表示没有人难为自己。章一鸣举起酒杯："谢谢各位君子风度，一鸣以酒敬诸位。"一仰脖，一杯酒下肚。

不知道喝多久，到最后，周围的人全都倒下，有的躺在地下，有的趴在桌子上，有的干脆打起呼噜，有的喃喃自语，喝！喝！还能喝！

只有章一鸣站着，得意洋洋看着手下败将，尚蕙安然站在丈夫身后。

从那天起，章一鸣在章衍行的生意圈内声名鹊起：章家大公子，酒量好，人品好，对太太好。

对于章衍行来说，儿子的婚礼办完，也是他在天津的大事已毕。婚礼，既是章一鸣的成人礼，也是章衍行在天津做生意多年的告别礼。在章一鸣和一群年轻人斗酒逞能的时候，章衍行正与自己多年的伙伴告别。有的是真告别，客人中有一些国民党军官，多年生意场上，不可能不与一些权贵交往，章衍行的人生准则两条，不交不如我的人、君子不党。尚蕙曾经质疑公公的人生准则，你总是交比自己强的人，大家都这样想，人家凭什么要与你交往？因为你不如人家呀！这是一个没有答案的问题。尚蕙没敢问，章衍行也从来没想过这个问题。

虽然说君子不党，他却有一批国民党朋友，这些人都是比他强的人。谁都要吃粮食，没有粮食人不能活，正是因为这个理念，他做粮商，做与粮食有关的生意。婚礼中，有一些穿军装、正襟危坐的军人，只是没有以往的狂傲，时局不稳，战场上失败消息频传，人心惶惶。

大家都知道章衍行将生意转移到北京，话别时，有的已经准备撤离天津去台湾，有的则要脱下军装回乡，军人们与章衍行依依惜别，希望日后有再见之日，互相提携，共度乱世。分别的时候，已经是泪花闪闪，欲说还休。

做生意的人，大家是同行，北京、天津并不远，生意上的往来还是要继续的，这种告别是轻松的、友好的、来日方长的。

看到儿子与客人拼酒，章衍行并未多阻拦。自己常年不在家，家中是妻子主内、章一鸣主外，他对大儿子也是高看一眼的。

万事俱备，只欠东风，只等安排好的时间到，一家人就拉上行李离开天津去北京。但一个不速之客，将这一切改变。

章衍行去粮铺看看情况。物价飞涨，很多粮商都捂着不卖，他本来也是这样的。但因为要去北京，就决定把仓库中所有存粮全卖掉。既然要离开，不必为一点儿小利斤斤计较。这几天，粮铺一直在卖粮，全部卖完就关门走人。

来到粮铺，远远地"衍行粮行"的匾额还高高挂在那儿。章衍行心中并没有多少留恋，北京的生意铺垫全做好了，想到很快要将一家人接到北京，结束这么多年的两地牵挂，他加快脚步进到铺子里。

铺子里已经没有几个人，只有一个穿着长袍的中年男人，好像又不是买粮的。他正疑惑，伙计看到他，赶紧回报："老爷，粮食已经全卖完。这位先生说认识你，要见你。"

他一愣，哦？中年男人转过身来，笑眯眯地看着他，他叫起来："衍雄，是你？！"

被叫衍雄的人继续笑着："我一看到衍行粮行，就猜到可能是四哥你开的，无论如何也要见上一面。"

"快进来。"章衍雄是章衍行大爷的小儿子，年龄比他小一岁，按照章家人的大排行，章衍行老四，衍雄老五。小时候经常在一起玩，后来，章衍行出来学做生意，听老家来人说，衍雄跟抗日的共产党走了。这个时候，堂弟突然出现在天津，他明白其中一定不简单，他要听堂弟谈谈时局。

斟上茶，双方坐定，看着对方。他们至少有二十几年没见，少小离家老大亦未还，却在他乡重聚，此时此刻，却都在揣摩对方。章衍行知道，自己一介商人，谁也不能得罪，便问道："老五，早前听说你跟八路走了？"

衍雄警惕地看一眼外面，章衍行会心一笑："放心，我很快要离开天津，再找我，要去北京，铺子还是这个名："衍行粮行。"

"看来四哥做得不错，生意做到北京去了。"

"也不是大，这些年做生意，经常去北京，觉得那地挺好。你四嫂和孩子都还在大连，我想把生意转到北京，把他们都接出来，就在北京过日子。我13岁从山东老家出来，这些年，走过很多地方，觉得北京不错，准备在那儿养老。衍雄，现在时局很乱，说什么的都有。咱们兄弟，你和我交个实底，共产党能打进来吗？"

"当然能，一定会打进来！"

"是吗？"

衍雄放低声音："四哥，刚才看到衍行粮行几个字，我就猜到是你。我决定再紧急，也要和你说一下。共产党是帮助穷人得天下，没收富人财产的。解放区，早就开始打土豪分田地了。全中国解放后，城市也是要开展对资本家的斗争的。你要赶紧想办法，斗争起来是很残酷的，有些老顽固，命都没了。没有命，钱有什么用？"

章衍行睁大眼睛:"命、命没了?!"

"革命,还能不死人?你要赶紧拿主意,到时候被革命后悔都来不及。"

章衍行怔怔地坐着,大脑一片空白。衍雄站起来:"四哥,我走了。"

"别走,中午到我家吃饭,我们兄弟这么多年没见……"

章衍雄摆摆手,声音更低:"四哥,我是打前站的,不能在这儿久待,跟你说这些已经算违反纪律,咱是一家人,我总是要告诉你真实情况。我走,你别送,就当我没来过。"

衍雄警觉地推门,看看周围,走出去,转眼就淹没在人海中,无影无踪,好像从来没来过。

但衍雄确实来过,告诉他资本家是革命的对象,穷人要没收富人的财产,尤其最后那几个字:"命没了,要钱有什么用!"

儿子章一鸣带来了大连的消息,他也知道妻子已经把家中粮食全部交出来,他以为,大连是苏军管辖,北京、天津不会,看来不是这样。他闭门思过,整整两天。打开门的时候,他的眼睛中没有了以往的锐气和精气神,平和而沉静。

晚上,把一鸣、一敏、尚蕙叫到一起,说起看到衍雄的事情,然后说出他新的决定:"你五叔说的有道理,命没了,钱有什么用!北京不能去,我决定马上买船票回大连,好赖一家人住在一起。有钱过有钱人的日子,没钱过没钱人的日子,我小时候就过穷日子,也活着不是?"

这个弯拐得太大,几个人很久没说话。一敏最先表态:"爹上哪儿,我上哪儿。爹说回家就回家呗。"

尚蕙看一鸣,她不太想走,在天津,尚中回来还能找到自己,如果离开,尚中回来家找不到姐姐怎么办?

一鸣看看妻子,正色道:"我不回去。"

"为什么?我不在天津,也不去北京,你不回家,你自己在这儿怎么生活?"

"我有工作啊,我能养活尚蕙。"

尚蕙用很低的声音说:"我可以当老师,不用你养活。"

章衍行有些意外,多少年来,自己在家中是一言九鼎的,说什么就是什么，没有人敢于反驳他。今天他让三个孩子过来，也只是通知他们，并没有征求意见的意思。

"共产党来了怎么办？"

"不是还没来吗？余涛走的时候说过，苏维埃是要限制资本的，可现在，天津还没有。什么五叔，这么多年没见过，他说几句话，你就信？"

"他是我亲堂弟，他是有任务的，他告诉我的是大实话，要不是一家人，人家还不告诉呢。"

"我不走，要走你自己走。我当时来天津，就想在这儿做点事，现在，刚到一个公司，还什么事情都没做呢，就回家？我不回去。你带一敏走，我和尚蕙留下。"

一鸣并没有征求尚蕙的意见，但她从尚蕙的目光中，看到的是鼓励和赞赏。他不知道的是，他们想留下的原因不一样，一鸣想干一番事业来，尚蕙却是怕弟弟回来找不到自己。

儿子挑战老子，这是第一次，尽管章衍行感到不爽，还是忍住了。有尚蕙在，他不想发火，不想让儿媳妇看到自己暴烈的另一面。

几天后，章衍行再次向孩子们宣布他的决定："我已经买好船票，后天就和一敏回大连。你们俩留在天津，这是给你们的生活费。"他拿出一个精致的牛皮黑盒子，打开，里面是红色的天鹅绒里子，在天鹅绒上面整整齐齐摆放着十根金光闪闪的金条。

尚蕙被吓住了，她从来没看到这么多的钱。金根，十条。章一鸣看到过，但也从来没拥有过，那是家里的钱，他只是可以随便花钱，但从来没一下给过他这么多钱。

"这盒金条是留给你们的生活费，这是十根金条。你们只要别浪费，过几年没有问题。要是你们能自己找工作，养活自己，这些东西放出去（高利贷），或者存起来，关键时刻会用得着。这套房子，房租我交到年末，你们可以在这儿住到年末，到日期后就得搬出去住，以后的生活就靠你们自己了。"

章一鸣信心满满："爹，你放心吧，我们能过好的。"

章衍行看儿子一眼，却是不放心的眼神。章一鸣想起什么："爹，你回大连，北京的住宅、商铺怎办？你不说房子都买好了吗？"

"房契都在我这儿呢，放着，以后看看再说。如果真像你五叔说的，富人的财产都要让穷人拿去，我也没有办法；如果不拿，房契在手，什么时候房子都是咱家的。"

尚蕙想起家中被辞掉的徒弟："爹，家里那些伙计和佣人呢？"

章衍行心里说，这个媳妇，知道为别人想，这种人才是做生意的料，可惜不上道，要做教书先生。"都打发了，发了路费，让他们回家。大部分都是山东的老乡，可能都已经走了。"

章衍行用他生意人的缜密，把所有该安排的事情都安排好，该打发的人都打发走。他要回家，回大连，龟缩起来，做一个看起来是穷人的人。

1948年夏秋之交，一个薄雾萧瑟的早晨，章一鸣和陈尚蕙在塘沽港送走章衍行和妹妹章一敏。看着船出发，越行越远，章一鸣拥着妻子走出港口。

章一鸣在妻子耳边说："我要做生意，比爹做得还大。"

尚蕙看着丈夫，充满疑惑："你行吗？你没有经验，你只是个公子哥呀！"这句话，她没有说出来，只是自己在心里暗暗想想而已。

一家人扛着、提着、抬着，乘火车从大连来到旅顺。看着窗外广阔的群山、山角的小屋、小溪，秦瑞珍心说，真不知道，大连还有这么清静的地方。她心里很静，她知道子衿既然叫自己来，必然是可以安身的。以子衿今天的身份，断不会做出不合规矩的事情。

尚正在旅顺读过书，他和尚蕙读的是同一所学校，也是图学校管生活费用，不用家中花钱。做先生挣的又不少。但他只读一年半，光复后，学校解散。刚开始到松林小学教书的时候，还有些理不直气不壮，没有教师证，师范学校没毕业，好在工作努力、能力也好，大家都喜欢这个能干的小伙子，这份自卑才渐渐淡去。

旅顺区政府在白玉山下，旅顺市中心，一幢长长的二层楼，淡黄色砖房。高高的台阶、高高的大门、高高的天花板，一楼没有人住，宽阔的走廊，迎面是红色油漆刷的楼梯上二楼。大门旁边有一耳房，有玻璃窗对着走廊，想来以前也是公家的地方，耳房是看门人住的。耳房里面有两间宽敞的房子，里面基本是空的，应该也是给下人住的。

影影绰绰地，听到二楼有人说话，是听不懂的苏联人声音。秦瑞珍一下懵住，和老毛子住在一起呀！

尚正说，爹，娘，你们别动，等在这儿，我去喊子衿哥。他三步并两步跨上楼梯，一会儿，和子衿一起下来。看到一家人都在，子衿挺高兴："师父、师娘，一楼没有人住，你们就住在门房旁边的屋子里，师娘白天有时间，就打扫打扫房间。有人送来信啊，书啊，你给收起来，上面的人会自己取走。师父，这儿有被服厂，你可以到那儿工作。"

听说有工作，陈千里高兴起来，有工作，还做衣服、干老本行，再好不过。

子衿连连点头："师父有工作，家里生活就没有问题了。"一直站在边上没说话的尚美用热烈的眼神看着他，不说话，就那么热烈地看着。子衿看看尚美，对秦瑞珍说："师娘，这儿住的都是苏联军人，旅顺军管会的人，他们都很守规矩，你们尽管放心，不会有人欺负的。"

秦瑞珍点点头："我知道，你是副区长嘛，父母官呀，哪会有人到衙门来欺负我们？"秦瑞珍还是把心底的怀疑说出来："子衿，你说这上面都是苏联什么军管会的人？"

"是啊，这是区政府嘛。大连是苏联军管地区，所以，政府人很少，主要是苏联管理，中国人做辅助工作。"

"这我不管，那这衙门里，咱老百姓住在这儿，能行吗？"

子衿微笑："师娘，你放心吧。一楼本来是空的，你们住这儿，也不白住，既看房子，又打扫这儿的卫生。我是请示过上级的，他们同意，放心住就是。"

秦瑞珍点点头："哦，也就是，我们这一家给你们看门？"

"师娘，你怎么想都行，你们就放心住这儿吧。"

子衿略微沉吟："师娘，让尚美上学，明天就带她去学校。没事别上二楼，苏联人才是这儿真正的地方官。"

秦瑞珍点点头："放心吧，我有数。"

从这天开始，陈千里和妻子、女儿一家人就住在旅顺区政府的一楼里，这一住就是十年。

一家人安定下来。晚上，一家人睡在一间大屋子里，大家都睡不着。突然间就住到这么宽大的房子里，虽然不是自己的，却可以随便住。长长的宽宽的红色木地板走廊都比以前的家大很多很多。二楼是什么样子、什么人在上面，他们不知道。秦瑞珍反复叮咛丈夫和女儿，千万别上去。子衿给咱带到这儿来，那是多大的面子，咱可不能给他惹一点点麻烦。尤其小女儿尚美，秦瑞珍更加在耳边反复说，别在走廊站着，你一个大姑娘，要知道好歹，来家就进屋里躲着，别出来。

一家人在旅顺正式住了下来，第二天，子衿就送陈千里去被服厂。这是一个给解放战争中的解放军做棉衣服的军队被服厂。几乎全是女工，裁剪的、絮棉花的、缝棉衣棉裤的，没有人说话，大家都在低着头干活。子衿找到一个看似干部模样的人，将师父介绍给人家，说师父是做洋服的。那人笑称，这儿没有洋服，只有衣服，师父能做哪一道工序呢？子衿想想，做西服最难的是上袖子，袖子上得好，整件衣服看着穿着都舒服；袖子上不好，哪怕有一点点问题，穿着看着都不好。就说让我师父做最后一道工序，上袖子、领子。那人说好啊，这道工序最不好做，师傅是大连街的高手，也给大家做个样子。

陈千里从此开始了自己的工人生涯。他做的第一件棉衣，就被做成样板衣服。厂领导让其他工人来参观，让陈千里给大家讲解上领子上袖子的窍门。陈千里说，哪有什么窍门，要用心做，才能做好。你看看这些衣服，这是手做的吗？这是拿脚丫子做的呀！

他在洋服店批评徒弟手艺不好的时候，总喜欢说这句话，在他看来，用手做出的活，就应该像手做的，不像手做的，当然就是用脚丫子做的。

因他是大连街的大师傅，还因子衿的面子，领导没批评他，反倒表扬他，用心给前线的士兵做棉衣，号召工人们向他学习。

工作一天，晚上回到家中，陈千里一副闷闷不乐的样子，秦瑞珍问他工作怎么样，累不累，他也不回答，只是坐在耳房里，用眼睛透过玻璃窗不断瞭着大门和走廊。他在等子衿。

天黑后，走廊的灯亮起来，子衿既没有从二楼下来，也没有从外面进来。陈千里想到明天还要去上班，只好到里屋睡觉。第二天刚走出屋来，看到子衿和几个苏联人、中国人走进来，他不敢喊，尚中那次事件，大家都牢牢记在心里，不可造次。

他僵硬地站着，子衿知道师父有事，朝几个人点点头，走过来："师父，有事？"

一直到那些人走上二楼，拐过去看不到人影，陈千里才开口："子衿，师父和你说个事。"

"师父，你说。"子衿有些紧张，虽然手艺是跟师父学的，但和这个家庭发生的所有联系，都是与师娘进行的。师父从来没单独和自己说过什么。现在，他瞒着师娘来找自己，一定有什么难办的事情。

陈千里不好意思地抬头看着徒弟，又低头："我、我……"

看到师父欲言又止，子衿拉师父到耳房坐下，看着陈千里："师父，你说，什么事情，没关系，你说呀！"

"子衿，我还是想自己开个铺子，不愿和大帮一起干活。那哪叫做活？"

子衿明白，师父留恋自己做老板的时光："师父，现在和以前不一样，解放了，光复了。"

"我知道，可解放、光复，也不能不穿洋服啊，还是要有人做洋服不是？有钱人能不穿洋服吗？那不和穷人一样吗？不可能的！"

陈千里觉得自己说的很有道理。想想大连的党组织还处于地下阶段，并没有在社会公开，子衿婉转地说服他："师父，你想想，你做洋服的时候，你一天做几套啊，咱们师徒几个人，一天做不上一套衣服。是，那是精工细作。可现在和那时不一样，冬天到了，前线军人需要大量棉衣、棉裤，他们要打仗啊！冰天雪地，没有棉衣、棉裤，他们得冻死，怎么打仗？能取得胜利吗？"

陈千里没想到这一层，子衿继续开导他："师父，现在是新社会，和过去不一样了，没有人再穿洋服。洋服是外国人穿的衣服，我们中国人不再穿洋服，我们穿中山装，穿军装，穿中国人自己的衣服。"

他顿一顿，一字一句地说："最重要的，以后没有个人开工厂、开洋服店的事情了。"

"那要做衣服怎么办？"陈千里觉得这个徒弟简直在说谎，不开洋服店，谁做衣服？

"我们要像苏联那样，实现共产主义，大家一起做工，一起挣钱。师父永远不能自己开洋服店了，不可能！"

子衿不容置疑的回答终于使陈千里明白，现在和以前不一样，自己不能再开店了。他忽然想起大哥，大哥开大烟馆的，挣多少昧良心的钱，害多少人？还有三弟，要不是妻子，自己也走上三弟的路。

"那大烟馆也不让开？"

"当然不让开。现在哪有人去抽大烟？"

他自言自语："那我哥的大烟馆也要关门？"

子衿肯定地点点头："大烟馆是绝不可能再开，大爷现在也一定要做别的事情。"

这让陈千里大悦："对，大烟馆都应该关门，太害人。"这让他想起大哥，虽然多少不见，他有些担心："也不知道他现在做啥呢！"

子衿摇摇头，没回答。他也不知道，问题是，到现在，他还没想过这个人、这件事。

"好吧，我听你的。在工厂好好干，把我这点儿手艺传给他们，咱做棉衣，尽量做得好点儿，让当兵的穿着舒服不是。"

"这就对了，师父。"

陈千里以为自己再也不会做洋服，没想到的是，很快他就重操旧业，只是这次是业余的。

楼下来一家中国人看门，以前空旷、苍凉的一楼变得干净、温暖。女人安静、亲切，话不多，但勤快、懂事，把个一楼收拾得干干净净不说，这些苏联军官的家属陆陆续续从遥远的苏联来到旅顺，他们有时也到这儿来，就与秦瑞珍攀谈起来，秦瑞珍常把自己做的菜、饭、包子、饺子送给这些女人，她们吃得高兴，连比画带说，人家知道陈千里过去是做洋服的，于是，便有女人来央求秦瑞珍找陈千里给自己丈夫做洋服。秦瑞珍开始怕陈千里在厂子里干一天活累，不敢答应，但还是把话递给了丈夫。谁想到陈千里一听，立刻瞪大眼珠："做呀，怎么不做？让他们送衣服来，我给他们做。"

"你不嫌累？"

"累什么？不做洋服，我这手都痒痒，现在有活干，我高兴还高兴不过来呢！"

于是，就有军官来找陈千里量衣服、做衣服。一套做好，有人来做第二套、第三套，白天在工厂上班，晚上来家就给苏联人做西装。秦瑞珍坚持不收钱，住在人家地盘，帮人家一点儿忙也是应该。

可老毛子大方着呢，和小日本不能比。给日本人做衣服，剩下的边角布料，那是一点儿含糊不得的，都捋顺、烫平，卷成一卷。如有大片剩料，来取衣服的时候，还要说明是从哪片布料上裁下来的，一点儿不剩地给人家。也有不要的，就当作礼物收下。大多数人是认真地收起来，带回去。苏联人做衣服就完全不同，剩的布料，一大块一大块，从来不要。小的边角余料，更是看都不看。陈千里将布攒起来，找一些相近的颜色，给家人做衣服，不是裁缝是看不出来的。

为表示感谢，苏联人虽然不给钱，却经常送一些吃的来。他们熬的罗宋汤，大头菜、西红柿、牛肉熬的菜汤，黑列巴、白面包，都是苏联军官表示感谢的礼物。比起大连街那些吃不上饭，去海里捞海菜、吃树叶的日子，真是好到天上去了！

读高中的尚美，个头高挑、四肢修长、行动灵活，上学不久就被体育老师看中，让她参加学校篮球队。在老师的调教下，尚美很快上道，成了篮球队主力，每天除了上课，就在篮球场上奔跑、投篮，十七岁的尚美如一朵绽放的花朵，美丽、芬芳、招摇……

子衿很忙，他们很少看到他。自从和苏联军人家属有更多的交往，每当有人送来好吃的，秦瑞珍就会收起来一些，留下来，等子衿来的时候端给他。

秦瑞珍知道子衿胃口不好，就常常熬一些软软的粥，把苏联人送的罗宋汤在瓦斯上炖很久，把甜菜、白菜、土豆、洋葱、胡萝卜都炖得烂烂的，还有白面包，子衿走过的时候，招呼他进屋，端上来，让子衿吃。子衿知道师娘疼自己，也就像孩子一样乖乖地坐在那里，喝汤、吃面包。喝粥、喝汤、吃面包，喝得胃暖暖和和的，不再绞着痛。

不知从什么时候开始，每当子衿喝汤的时候，尚美就会蹭进来，看着他喝，和他说话，问他累不累、工作忙不忙，然后说自己的事情，今天和谁打球，赢或者输。无论说话还是不说话，尚美的眼睛总是脉脉含情地看着子衿，嘴唇微微翘起，像撒娇的妹妹，更像索爱的女子。这让子衿浑身不自在，后背上像有虫子在爬。因此，当秦瑞珍再叫他的时候，他便谢绝："师娘，我不饿，你以后不用为我操心。大家都在食堂吃饭，别人能行，我也能行的。"

秦瑞珍何尝不知道是尚美吓到了子衿。当尚美询问这些天为什么子衿哥不来家吃饭的时候，秦瑞珍好声好语地劝她："老丫头，娘知道你的心事。可你子衿哥现在不是一般人，他是国家的人，和咱不是一类人。人家帮咱，那是可怜咱，那是因为人家念着你姐的好。他和你姐，旁人是比不了的，你也不能比。你可知道？"

"可我姐结婚了，子衿哥还是一个人呢！"

"他是一个人不是一个人，老丫头，和你没关系，你不要做梦，你长得好，将来找个平肩膀的就挺好，你不要在子衿身上浪费工夫，没用！子衿把心给你姐啦。他会结婚，心不会再给别人。你愿意做那个不把心给你的女子？"

"我不相信，现在是新社会，我是新女性。我老师说，新女性就是要敢于追求自己心爱的人。"

秦瑞珍连连咂嘴："啧啧啧，要臊死人呀，大姑娘家家，就说这种话，那还叫姑娘啊！你给我一边待着去！你没看子衿都不过来了，他怕你还不行？我告诉你，要是因为你，子衿再不来，不关照咱家，你爹不敲断你腿！你看你爹闷葫芦，你做出丢人的事情，他就不闷了！"

敲断腿的威胁让尚美收敛起自己的行为，当秦瑞珍再叫子衿，子衿再拒绝的时候，秦瑞珍解释："我说过老丫头了，你放心，她再不过来了。"

子衿惊讶地看着师娘，师娘什么都知道，师娘心里明镜般。想起自己娘，如果娘活着，现在该多好。师娘却知道自己的心，他怔怔地站着，秦瑞珍不说话，也陪他站着。他脸红起来："师娘，我吃。"

二、天涯无路

与旅顺终于平静、安稳的生活相比，从章衍行和章一敏离开起，一鸣和尚蕙夫妇就被卷入一个巨大的漩涡，漩涡飞速地旋转，他们甚至来不及犹豫、思考，就砰然摔落。

送走父亲和妹妹，夫妇俩一起回家，这是从他们认识以来，第一次在一个没有朋友、没有亲人的地方单独相处。

回到家中，章一鸣还沉浸在自己可以自由支配这笔财富的兴奋中："你说，我做点儿什么生意好？"

尚蕙看看他，显然经过了深思熟虑："一鸣，你没做过生意，现在又有工作，还是等等看，什么时候看准机会再做吧。爹不是说这些金条，可以留作我们不时之需吗？先别动，我明天就去找工作，咱俩都工作，养活自己总是可以的，先别动这笔钱。"

"那让钱躺在那儿睡大觉？只有做生意才能让钱变成更多的钱。"

尚蕙不同意："兵荒马乱的，还是看看吧。做生意可以赚钱，更可能赔钱呢。"

想想自己也真不知道做什么生意好，一鸣不再争辩："那你把它放好。"

尚蕙将金条放在自己从大连过来时的手提箱里，在最下方，上面放上衣服，严严地遮住。她有种感觉，很快要有变化，还有几个月，房子就要到期，他们要从这套房子里离开，拿起皮箱就走。有这些金条，生活应该是无须犯愁的。

第二天，一鸣上班，尚蕙从报纸上寻找招聘广告，看到一个太太招家庭女教师，想想自己的条件，做一个女人的教师，自然是没有问题的。于是，照地址找了去，在一栋洋房门前，她按响门铃，一个看样子像乡下姑娘的来开门，问找谁。她说这儿招家庭教师？姑娘说，你等等，我去问问。一会儿来开门，说先生请进吧，少奶奶在客厅等你。

拐过走廊，是一个不大的客厅。客厅里脂粉气很浓，粉红色的窗帘、粉红色的桌布，家具倒都是精致的红木。一个漂亮的少妇迎着她站起来，一张嘴，一口天津卫口音。

"您是先生？"

"是。我姓陈，陈尚蕙。报纸上说您要招家庭教师。这是我的毕业证。"尚蕙去兜里拿毕业证。少妇拦住她："陈先生，不用，一看你就是文化人。"

两人坐下。小姑娘上茶，退出去。尚蕙是第一次给有钱人家阔太太做教师，自然陪着小心："太太，您贵姓。"

"贵什么呀！我叫李三丫。"

"李三丫？"

尚蕙差点儿笑起来，这哪里是太太的名字，明明是丫环的名字。

李三丫看出尚蕙的疑惑，一摆手："我哪里要学什么文化，识什么字，都快三十的人，还学识字？那都是小孩子的玩意儿，我都应该是小孩子他妈呢。"尚蕙暗暗惊讶，这哪像是阔太太？

李三丫看出她的惊讶："妹子，我不叫你什么先生，一看你就是个菩萨相，是个好人。我不是人家大太太，我是老爷的外室。"

李三丫爽快地讲起自己的经历，从小家穷，六岁时候就被父母卖给杂技班子学杂技。19岁那年，被同样姓李的老爷看好，赎身做了外房。

小大妈也是这样的，被大爷赎身，娶回家。可惜，李三丫没有小大妈的命，只能是做外房。

想想穷人家女儿也不容易，家穷，演杂技，多危险的行当。她们的出路在哪儿呢？忽然间，尚蕙对自己一直瞧不起的小大妈有些同情和怜悯。她脸上变化的表情，被李三丫迅速地捕捉到了。这种女人，是极其敏感的，你对她欣赏还是同情、轻蔑还是鄙视，她自然看得分明，心中也对尚蕙有几分好感。

尚蕙心想，报纸上说好的，一周两次课程，一块大洋，自己也不能白白拿人家钱。"你既然叫我一声妹妹，我就叫你李姐。李姐，我们从什么开始学？你是先学习认字，还是先听听古代先贤的一些事迹，增长知识？"

李三丫笑起来："妹子，我什么也不想学，是老爷嫌弃我没文化，嫌我说话粗俗，要我学文化，给我打的广告。你就陪姐姐说说话，好不好？这个家，老爷不来，就我一人，闷都闷死了。"

尚蕙奇怪地问："你家人不在天津吗？兄弟姐妹，也可以来陪陪你啊。"

李三丫撇撇嘴："陪什么呀！当年六岁把我卖掉，我什么都不懂呢。我老家山东，可山东具体地方我都不知道。要说亲，反倒是师父、师兄弟姐妹亲。可自从我出戏园子，师父生气，和我断绝了关系，师兄弟姐妹也不来往了。"

她声音低沉下去，想想自己，尚蕙不由感同身受，人虽然文化程度、出身不同，但亲情是一样的。自己跟一鸣来到天津，尚正来信说，爹娘被子衿接到旅顺去生活，心中稍稍放心。否则，自己真是一个不孝女。

想起小大妈，又想起大妈，她看看李三丫："老爷为什么不娶你回家呢！"

这一下勾起了李三丫的愤怒："别提了，大婆不让啊。你不知道，因为我，大婆闹的啊，天翻地覆！第一次，把我家砸得稀里哗啦。老爷生气了，说如果再闹，就再娶几个！她才老实点儿。妹子，你说，为一个爷们儿，值得吗？哦，他一个老爷们儿，有钱，就该你一个人霸占？"

尚蕙不由得笑起来，这也是一种说法。一个男人有钱，女人都认为不应该由一个女人霸占。尚蕙笑起来："李姐，你真有意思。虽然你没读书，但你在社会上见识多，也有很多自己的道理呢！"

"哪有道理，我就是看那大婆在我面前气势汹汹的，好像比我大多少似的，你不就是早遇到他，早娶回家吗？他要是早遇到我，我不就是大婆吗？"

"恨不相逢未嫁时？"

"是哦，为一个爷们儿，哦呀！你看看！你看看！"

尚蕙越发地笑起来，笑李三丫的坦诚，笑她的简单和逻辑。

没有主题、没有负担的谈话，时间过得很快，只一会儿工夫，两个小时过去。尚蕙起身告辞，约好三天后再来。

第三天，当尚蕙按响门铃时，姑娘把门开开，竟然说："快进来，少奶奶在等你。"

"等我？"尚蕙有些奇怪。

进门一看，不由愣住了！地上放着大大小小的箱子，李三丫站在地中间：

"妹子，我还以为走以前看不到你了呢！"

尚蕙惊讶得说不出话，发生了什么事情，等自己什么事情？李三丫突然哭起来，尚蕙拉她坐下，断断续续地听明白了。老爷一家要离开天津去台湾，大老婆坚决不准老爷带这个外室，一直封闭消息，不让李三丫知道。这位老爷还算是重情，昨天晚上派伙计送来一张船票，今天下午的船，要李三丫乔装一下，别让大老婆认出来，也不在一个舱房。让李三丫进到舱房就不要出来，到台湾后，老爷自会派人来照应她。

"你们家要去台湾？！"

李三丫恨恨地诅咒："你说那大婆怎么就那么坏？我挡她什么？老爷多来一次，少来一次，我从来不挑剔。老爷不让我生孩子，我就不生孩子。我真是除花老爷几个钱，什么也没碍着她。就这样，走，还要把我扔下，扔了我，我怎么活呀！老胳膊老腿，难不成还让我去演杂技？最毒莫过大老婆心啊！"

忽然想起正题："妹子，咱俩认识一场，我总是要再见你一面。这是你的工钱，给你。"

她手里握着一块大洋，在手里握一会儿了，暖乎乎的。尚蕙推辞："姐，你要去台湾，人生地不熟的，需要钱，这个我不要，你带着吧。"

她把一块大洋放到尚蕙手里："妹子，我上哪儿都能活。小时候从家里出来，家里有没有人、有什么人都不知道。这些年，原来戏团里的人也都不来往了，咱俩算这次才见两次面，也是咱俩的缘分。你不嫌弃我，叫我一声姐，我喊你一声妹，也算咱俩的缘分，留个念想吧。"

丫环进来催，说黄包车来了。尚蕙我说帮你。几个人一起把大包小包抬出去，装到车上，穿着高筒皮靴、裘皮大衣的李三丫坐上车，朝她和小姑娘挥挥手，三轮车夫蹬车离开。

看着车走远，尚蕙问小姑娘："你去哪儿？"

"我回乡下娘家。"

"我走了。"

小姑娘点点头："我也要走了。"

怅然地走在路上，尚蕙审视自己，一鸣拒绝跟他父亲回大连，这一步究竟是对，还是错。

想起离开大连的余涛、回到大连的公公和小姑、刚认识一星期不到的李三丫,都在出走,当然是要在这乱世之中找到一个安全的避风港。自己和一鸣该不该走呢?真的有遮风挡雨的避风港吗?

回到家中,发现门是虚掩的,尚蕙有些奇怪,记得自己出门的时候好好锁上的,难道有人来偷东西?她登时一身冷汗,想到那一盒金条。推门进去,没有人,进到客厅,竟然看到一鸣躺在沙发上发呆。

"一鸣,你怎么在家,你不是上班去了?"

一鸣瓮声瓮气地回答:"公司关门,东家撤回日本了。"

尚蕙失声问道:"你失业了?"

一鸣看她一眼,似乎责备她大惊小怪:"这是早晚的事情,你没看到,到处都是要离开的人,工厂、公司都在撤离?听说要打大仗,共产党要打进来,日本老板还不赶紧跑!"

尚蕙默默地坐下,本来想把李三丫的故事讲给丈夫听,现在一点儿兴趣也没有了,李三丫只是逃离队伍中的普通一员而已,走的人,哪个没有故事呢?李三丫的故事算什么!

一鸣忽然想起来:"你不是去给那个资本家小老婆上课吗?这么快就回来了?"看一眼尚蕙寥落的神情,一鸣坐起来:"难不成她也走了?"

尚蕙点点头:"是的。她的大老爷在最后关头,慈悲心大发,昨天晚上给她送来船票,今天的船,和大老爷同一条船,只是不在同一个舱房。"

一鸣笑起来:"都走了,我们俩是不是也该走呢?我们往哪儿去呢?"他们互相看着,一脸的迷茫,往哪儿走呢?

李三丫的工作结束,尚蕙继续找工作,她看到报纸一版下方有条广告,招聘打字员。这是自己擅长的,在学校就学过打字,成绩还很好,第二天就按照报纸的地址找过去。竟然是一处军营模样的地方,门口有哨兵把岗,来来往往进去的人有很多穿军装的,也有穿老百姓衣服的。尚蕙踌躇着是不是这个地方、该不该进去的时候,哨兵问她:"小姐,请问找谁?"

她扬起手中的报纸:"这儿招聘打字员?"

"进大门左拐,第三个门。"

"谢谢!"

她走进去，身边的人走路都匆匆忙忙的，神情严肃。尚蕙有些紧张："这儿是兵营，还是军部，军队和老百姓混杂在一起，这究竟是什么地方？"

按照哨兵的指引，她敲敲第三个门，里面有人应声："进来。"

屋子挺大，靠窗的地方放着打字机，旁边有两个中年男人、两个中年女人。进门的地方两张长椅子，椅子上坐着几个女孩。

里面人没有一个抬头，只是传来声音，不知道谁说的："来应聘打字员吗？"

尚蕙低声说："是。"

"排队吧。"

她坐到最后的位置上，一个女孩站起来，走过去，在椅子上坐下，对着打字机开始打字。坐下、站起、离开，不到半个小时，轮到了她。走过去，也是坐下，有人递过来一张报纸："请把这张报纸上头题新闻打下来。"

看着报纸，她熟练地打起来，虽然打字是在学校学的，毕业好几年并没打过字，可再坐到打字机面前，一切还是很熟悉，很顺手。她顺畅地打着，忽然有个男人说话："小姐，可以了。"

还没打完呢，看来我不合格，他们不要我。尚蕙失望着。当年，在学校打字，她是同届同学中第二名呢！

"你被录取了。"

她惊讶地抬起头："我被录取了？就这么简单？"

一个年龄稍大的男人微微一笑："打字员会打字就可以，本来就不复杂嘛。"

男人又说："后天下午，海港码头，到这个番号的军队来。"他递过来一个卡片。尚蕙看着卡片，那是一个军队的番号。"打字员上码头做什么？"

"你不知道？我们招人到台湾去，后天出发。"

尚蕙越发迷惑，怎么好像进到迷宫里？没有询问就要去台湾，和李三丫一样去台湾？

"那我家人呢？"

"家人？什么家人？"

"我丈夫。"

男人皱起眉头："小姐，我们是招未婚的。"

"你们没说啊，对不起，我不合格。"

原来卡在这儿，报纸上为什么不声明，让自己白跑一趟？心里想着，尚蕙从椅子上站起来。这时，一直沉默的两个女人中的一个看尚蕙一眼："小姐多大？"

"24岁。"

"你说没结婚就好呀。到台湾谁还能回大陆查你结没结婚？怕是回不来了！"

一贯沉静的尚蕙惊得说不出话来，让自己撒谎！

另一个女人笑笑："小姐，你自己一个人来，就是未婚。再不走，就走不了了，共产党的军队马上要打过来！请你考虑好，如果你愿意来，到时候一个人到这个地点来。"她用手指指尚蕙手中的卡片，"用这个卡片，你就可以换一张去台湾的船票，这个船票，现在是千金难买，有钱也买不到的。我们是军队，特殊待遇。"

走在回家的路上，尚蕙看着路人，看到不同的男人、女人，每一个都让她想到同一个问题："他会去台湾吗？她会出国吗？他会离开天津吗？"头痛，却没有答案。每个人都急匆匆地走着，每个人都有自己的秘密。尚蕙过去是没有秘密的，所有的秘密都可以告诉娘，娘会帮她拿主意。可现在，娘不在身边，心中的事情向谁说呢？自己当然不能去台湾，扔下一鸣一个人去台湾，太可笑，那是绝不可能的。自己一走了之，一鸣怎办？留在天津，用那十根金条做生意？他不会挣钱的，余涛说过，他太单纯。他哪有公公的老辣，不交不如我的人，那么多的达官显贵都是他的朋友，都是比他强的人。不走，俩人都失业，怎么过呢？真的就要动用那笔钱，那是他们最后的资本，如果赔掉，就什么都没有了！愁肠百结，没有答案。走到快到家门口的时候，她从兜里拿出那张写着部队番号的小卡片，一下一下撕着。不会扔下一鸣自己去台湾，也没有必要告诉一鸣，曾有过那么一点点的犹豫，想去呢！她的脸烧起来，这哪里是淑女啊，竟然想扔下丈夫自己走。卡片在她手里一点点撕碎，变成一把纸屑，她轻轻扬出去，纸屑在空中飞舞、飘落……调整好心态，她推开家门。

一鸣正无聊地翻着书，看到妻子回来，连忙帮助尚蕙脱下大衣，接过手提包。尚蕙知道他想问什么，自己却不想说，看着一鸣眼巴巴的眼神，摇摇头："不行，只招三个人，应聘的有三十多，没等轮到我已经招满。"

一鸣笑："我就知道，哪有那么容易就找到打字员的工作，现在还能招人的，一定是有实力的大公司，待遇优厚，去应聘的人自然多。"

"就是。做饭了吗？我饿了。"

"做好了，只是没有菜，吃点儿咸菜吧。"

"能下饭就行。"

开粮行的章衍行临走的时候给他们留足了口粮，尽管困难，饭是有得吃的。比起大连的没有粮食，实在是好太多。

下午，一鸣在看书，尚蕙继续在报纸的招聘广告上搜寻。她能感到，一鸣的眼睛时不时地瞄向她，她知道一鸣想说什么，一鸣要拿那笔钱做生意。不行，只要有一点点路，就不能用那笔钱，想也能想到，以后的困难多着呢！她继续在密密实实的小广告里寻找，终于看到一则招聘秘书广告，性别不限、年龄不限，但要有高中以上文化。"一鸣，这儿有一个招聘秘书的广告，明天我去看看"。

章一鸣过来仔细看过："招三个打字员你都没排上，现在人家招一个，不可能的。"

"今天有点儿晚，明天我早点儿走，说不定能排上呢！"

一鸣拥住她："尚蕙，我不想让你抛头露面，挣钱养家是男人的事情，还是我去做生意吧。"

她温和地笑笑："我从来没想过让你养活，我好歹做过老师，不管什么时代，学校总是要开的，老师总是需要的。我不相信找不到工作。"

"那我也不能让你养活啊。我是个大男人啊！"

"什么我养活啊，你也可以做老师啊。将来，实在找不到工作了，你也去做教师，挣口饭吃是没有问题的。"

尚蕙在心里暗暗祈祷，老天爷，让我明天找到工作吧，让我去做这个秘书吧。眼前飘过那张撕碎的卡片飘飘洒洒的纸屑，看着身旁的一鸣，她再次确认自己的选择是对的，如果没有自己，一鸣很快会把钱花光，成穷光蛋。

第二天早晨，尚蕙早早起来，出门，按照地址找到了招聘处，竟然是一家民居三层楼的二楼。她沿着高而窄的楼梯慢慢往上走，心在一点点往下沉：这样一个地方，能有什么大公司、大老板需要秘书呢？

她敲门，门开处，一个还算清爽的中年男人站在面前，尚蕙说："我是来应聘秘书的，我姓陈，陈尚蕙。"

"陈小姐，请进！请进！"

这是一个有三十多平米的大房间，房间里一排全是书柜，里面有各种书。房屋中间是一张足有两米多长的大桌子，桌子上放着打字机、书，很多写字或者没写字的纸张凌乱地放在桌子上。

"陈小姐，请坐。"

尚蕙迟疑地坐下，看着对面的男人："您？"

"我是天津民社党总秘书长崔浩熊，我们认识一下。"他伸出手，尚蕙也伸手，轻轻握一下。

"民社党？"

本来就不了解内地的政治情况，也听说共产党、国民党，可还有什么民社党，自己真的是不知道。

"小姐不知道民社党？"

尚蕙摇摇头，难为情地低下头："我是从大连来的。"

"哦……民社党是中国民主进程中一个不可或缺的党派……"

他要继续说下去，尚蕙却并不想知道民社党是谁，她对政治不了解，也不感兴趣，她要知道的是，这个秘书做什么工作，多少工资。又一想，还没做工作，就问待遇，有点儿难为情。做几天再说。

工作倒不累，打打字，抄抄报表，整理整理文件。

尚蕙不好意思问，崔浩熊也不好意思说。快到一个星期时，早晨上班前，和章一鸣表决心："今天，我一定要拉下脸来，问一下我的报酬！一定！我不能白干呀！"

快下班时，她鼓起勇气："崔先生，报酬是多少呢？我现在失业，希望尽快能有收入。"

"哦，是这样的，陈小姐。我现在正在积极工作，为民社党积攒政治资本，等国民党新的党代会召开时，我们就有资格成为在野党，那时候，我们就可以在政府里有一席之地，天津的民社党就会在天津的政治舞台上有重要的位置。那时，我与你就是民社党的党魁！"

尚蕙试探着问："您的意思是不是说，暂时来说，做这份工作是没有报酬的？"

"是的，陈小姐，我们现在需要有饱满的热情做好工作，在未来的政府中才能谋得位置，到那时候，什么都会有的，金钱、权力，我们是在为未来奋斗。"

尚蕙失望地望着崔浩熊："对不起，我只想找一份工作，我现在需要一份有工资的工作。"

她站起来，对这位民社党天津总秘书长深深地鞠躬，决然地从椅子上站起来，转身朝门口走。

"陈小姐，你再好好想想，我们要想到未来，不能为眼前利益放弃未来！"

尚蕙笑笑，坚决地拉开门走下楼梯。

回到家中，一鸣看她的神情，就知道结果不妙："还是没抹开面子？"

尚蕙苦笑："这是一个妄想狂，国民党都在往台湾跑，他还在那儿想着开新的国民党大会，还想谋得一席之地，想当党魁。"

尚蕙笑起来，想想刚才崔浩熊高谈阔论的样子，越发地生气，竟然气得笑起来。都什么时候了，大家都在逃难，他还在妄想新的党代会。

一鸣有些不明白："究竟怎么回事？"尚蕙只好详细地说起自己应聘的情况。听完妻子的叙述，一鸣却陷入沉思。

尚蕙去做饭，吃饭的时候，一鸣还在想什么的样子。尚蕙问："你觉得他不是妄想症？"

"他说的也不是完全没有道理，你想想，乱世出英雄，这个乱世，谁知道究竟会怎样？最后的结果谁也不知道。余涛去日本，尚中当兵，我爹回大连，李三丫去台湾，你能保证哪个是对的，哪个是错的吗？先跟着崔先生干一阶段，不挣钱也没关系，等局势明朗后，说不定真能到政府里谋个职位。"

尚蕙没想到，同样的问题，他们两人竟然能得出不同的结论。想想，反正一鸣在家闲着也是没事做，如果到崔先生那儿先干着，至少不用天天打那笔钱的主意。"你愿去你去，我反正不去。一分钱不挣，白赔工夫，有那时间，还不如在家读几本书呢。"

一鸣兴致高起来："行，明天我去看看，如果他有新秘书我就回来，没有的话，我看看。"

尚蕙话里带棒："去吧，他是总秘书长，给你封个秘书长，大家都是官。"

"真能进政府里，当官也是正常的呀！"

尚蕙觉得一鸣不可思议，却也不反对他到那儿暂时做点儿什么，做事总比不做事强，闲是会把人闲坏的。这朴素的传统的一念之差，让一鸣付出整整二十二年的代价。如果说尚蕙这一生有什么懊悔的话，就是在这一刻，她没有阻止一鸣的天真和妄想。

第二天，一鸣去崔浩熊的办公室，崔浩熊热情地接待了他，俩人相见恨晚，相谈甚欢。崔浩熊许诺，将来天津民社党做大后，在新的联合政府里，他是天津民社党的党魁，一鸣就是民社党的总秘书长，他现在的职位由一鸣来做。

一鸣忙起来，每天早晨早早出去，帮着崔浩熊起草各种文件，表达各种政治态度，提出各种政治构想。两个空想家，坐在天津的一幢民房里，对窗户外面的世界听而不闻，一心构筑自己将来在新政府里的位置。

梦总是要醒的，因为交不出房租，在一鸣工作一个多月后，崔浩熊被房东赶出来了。他们俩站在街上，崔浩熊对一鸣说："章先生，你帮我把这些文件送到我家里，我再继续出去寻找合作伙伴，追求事业的道路上不可能一帆风顺，我们要坚信我们的理想，绝不半途而废。"

一鸣却不再做梦，他说："崔先生，很高兴这些日子与你的相处。我们的理想怕是永远实现不了的。听说共产党很快要打天津，我们还是先保命吧。"转身离开，留下在原地错愕的崔浩熊。

手中的钱基本花光，尚蕙和一鸣商量，决定按照章衍行走时的主意，拿出一根金条，找到过去他们相熟的放贷老板，将金条放出去，每月二分的利息。这份利息，可以保证他们有一份不算富裕，却也过得去的日子。

俩人小心翼翼地拿出一根金条，尚蕙遗憾地说："你看，这样就不好看啦，这十根金条是一个整体，现在，整体被破坏，不完美了。"

章一鸣并不以为然："尚蕙，你放心，我们将来会有更多的。我爹怕我乱花钱，只给我这些，他手里还有呢，将来还会给我的。"

尚蕙摇摇头："你没听爹说，这都是以前换的，大家都在把财产换成细软，越来越难换，价格越来越高。"

拿出一根金条，剩下的九根依然安安静静地继续睡觉。

一天晚上，两人正要吃饭，忽然听到敲门声。他们互相看一眼，自从章衍行走以后，这个家基本就没有人来。现在离年底还有二十多天呢，房东来收房也早点儿，能是谁呢？他们警觉地互相看看，最近，国民党在街上到处征兵，凡是壮年男人一律必须去当兵。有的男人在街上走着，就被征兵队伍拉走，也因此，一鸣几乎不出门，家里需要什么，也都是尚蕙上街买。难道，抓兵抓到家里来了？他们是有准备的。尚蕙用眼睛示意一鸣到储藏室里藏起来。

外面的敲门声很有耐心，继续敲着，不高不低。看丈夫藏好后，尚蕙走到门前："谁呀！"

外面立刻叫起来："姐，是我，尚中，快开门。"

尚蕙一下打开门，门外站着一个全身戎装的男人，是尚中，真的是尚中，刚到天津就参军走的尚中！

文静的尚蕙激动地扑到大弟怀里："尚中，真的是你，真的是你呀！"

半年多没见的姐弟俩紧紧拥抱在一起，听到欢乐的声音，储藏室的章一鸣也走出来。

一鸣把尚中拉到灯下面，反反复复地看着："尚中，真的是你！我还以为……"

"以为我死了？"

尚蕙眼泪汪汪："尚中，你一定吃不少苦。"

一鸣认真看着尚中肩膀上的杠杠："尚中，这是你的衣服吗？"

尚蕙不明白丈夫的意思："看你说的，不是自己的，他还能穿别人的衣服？"

"尚中，连长啊，参军半年，就当连长？坐火箭上来的？"

"连长？"对军人肩牌所标志的官衔完全没有概念的尚蕙看着弟弟，"尚中，你当了连长？"想起一贯喜欢恶作剧的弟弟，想想弟弟才参军半年多，竟然穿着连长的衣服回来,尚蕙明白丈夫的想法,自己也有点儿相信,总是想做点儿事的尚中,总是认为自己能做大事的尚中,因为虚荣,弄一套别人当官的服装穿回家。

对于姐姐和姐夫的怀疑,尚中依然笑着,却有些僵硬,没有了曾经的潇洒和不在乎。

捧着姐姐递过来的热水,尚中很认真很享受地喝一口:"这年头,安安静静地喝一口热水也是难得啊!"

姐姐和姐夫浓重的疑惑并没有散去,尚中叹口气:"不是坐火箭上去的,是在死人堆里爬上去的。"

"死人堆?"

"我们只培训两天就上了战场。战场,战场就是死人的地方,炮火连天,尸首遍地。一场仗打下来,一个班能剩一半的人就是胜仗。死,很正常;没死,是幸运,是捡便宜。我打的第三场仗,全班最后只剩下两个人,都是新兵,我比那个新兵大一岁,我就当了班长,和别的排、连编到一起,不断地死人,不断地提升。一场仗打下来,我还活着,我现在的营长说我精气神够用,让我跟着他打。不断地打仗、死人,升官,就升到现在的连长。半年时间,每一天都在刀刃上跳舞,每一天都可能没有命。今天能回来看到你们,是祖宗保佑。"

坐在尚中旁边的尚蕙,伸出手搂住弟弟。在尚蕙的肩膀上,尚中抽搐着哭起来,他抑制不住地哭、似乎积攒了太多太多的泪水,止不住地流……半年来的惊恐、死亡像电影一样从脑海中经过,一个个兄弟的面孔从面前闪过,他们都倒下了,自己竟然活着,连他自己也没想到。

尚中终于平静下来,擦擦眼睛:"没想到,我还有眼泪。身边的兄弟一个个死去,根本不知道流眼泪,也不知道害怕,只是端着枪、杀杀杀。我竟然没死!一定是咱妈咱爸天天念叨我,保护我吧。没有点儿神灵保护,能活下来是不可能的。"

"负伤没有?"

"小伤记不得有多少,大伤还真没有。所以,我们营长说我是个机灵鬼。"

"这次回来就不走了?"

面对尚蕙的问题,尚中欲言又止,想想,反正也是要说的:"姐,姐夫,我就是回来看看,营长只给我三小时假,我马上就走。"

"到哪儿去,还去打仗?"尚蕙失声叫起来。

"不打仗,我们要跨海到对面去。"

"去台湾?!"尚蕙尖声叫起来。

尚中看一眼姐姐,心想,姐姐对局势还挺了解,猜到自己要去台湾,既然如此,也不必隐瞒。

"对,今天晚上的船,我们营乘船去台湾。本来是不给假的,我对营长说,到天津,我无论如何也要回家看看我姐姐、我姐夫。这一走,不知道什么时候回来,我得和他们说一下。"

"营长和我是过命的兄弟。有一场仗,我们整个连几乎全死了,只剩一个班的兵力,当时他是连长,他说,我们这几个人,这一辈子再不分开,我们是换命的兄弟,比亲兄弟还亲呢!"

"不行,我不准你走!我从大连带你出来,咱娘说,你带你弟弟出去,也要把他带回来。我不带你回去,给娘怎么交代?"

"你告诉娘,我不能不去。如果我今天晚上不归队,营长就会受到处罚,我就是背叛我的兄弟!"

"那也不能不要爹娘。尚中,你一个人去台湾,人生地不熟,家里人都不在跟前,你怎么活呀!"

尚中竟然微笑起来:"姐,人长大后,不一定非要和家人生活在一起。我在家里这么些年,谁瞧得起我?我做过什么让爹娘露脸的事?我知道,大家背后都叫我混子、少爷!可我不是少爷命,咱家也不是养少爷的家呀!在战场上,出生入死,可我行,我真是打仗的料。一场仗打下来,活着的人就都是过命的兄弟,真比亲兄弟还亲。我和尚正从来没像这些兄弟那么亲过,尚正瞧不起我这个哥,我心里明白。"

"你……"尚蕙没想到大大咧咧、嘻嘻哈哈的尚中心里有这么多事情。"姐,我现在是连长,如果我不回去,我这个连的兄弟还有什么脸?连长临阵逃脱,他们能不能上船都成问题!"

尚蕙蛮横地阻止弟弟:"不行,反正你不能走,如果你要走,我今天就不活了!"

尚中看着姐姐,脸冷得像一块冰:"姐,我知道你对我好,爹每次训我,你总给我帮腔,可我总是要自己活人的。二十多年,我从来没像这半年活得像一个人,从死人堆里爬出来,找到一个活着的兄弟,帮他包扎好伤口,一起搀扶着走,不用说话,就比亲兄弟还亲。我们这个连现在的兄弟都是这样的,你不让我回去,让他们怎么看我?我活着和死了一样!"

"不行,你不回家,娘能伤心死!你不准走!"

尚中忽然从沙发上滑下,跪下:"姐,你既是我姐,现在也是我爹我娘,兄弟给你磕头,原谅我这个不孝子。我是一定要走的,如果你不让我走,就是让我死!"

尚蕙也从沙发上滑下,跪在尚中面前:"大弟呀,你只为你那些兄弟想,难道不为爹娘想,不为你姐想?"

"姐,咱娘好几个孩子,就当没生我吧。我这些兄弟只有我一个大哥,我们都说好了,到台湾就拜把子,大家不求同年同月生,愿求同年同月死。走到这一步,走也要走,不走也要走。我陈尚中不负爹娘就要负兄弟,我是不能负兄弟的,和他们在一起,我敞亮、我是个人,我被他们敬重!"

尚蕙还要说什么,一旁的一鸣制止她:"尚蕙,让尚中去吧,那么多人在等他,大男人齐家治国平天下,尚中是个大男人,你让他去吧。别拦他。"

一鸣把姐弟俩扶起来,尚蕙一直在流眼泪,尚中站起来:"我得走,不能耽搁。"他走到门口,转过身,又一次跪下:"姐姐、姐夫,尚中就此告别,爹娘面前,就请姐姐代我行孝。"

尚蕙已经哭成泪人,说不出话来。尚中看了尚蕙一眼,决绝地推开门、关上……

尚蕙失声地叫着:"尚中……尚中……"

尚中也去台湾,尚蕙这才感到,台湾与自己如此之近,前几天,如果自己按照小卡片的地址去码头,自己不是也去了台湾?她忽然有种想法,注意一下各种招聘广告,再有可能去台湾的招聘,就和一鸣一起去。有招聘女打字员的,也有可能招聘男工作人员的呀!俩人一起去台湾,就可以和尚中在一起,到那儿后，给家中去封信，告诉爹娘，自己和弟弟在一起，等机会再带弟弟一起回大连。这是一个多么可行的方案！她为自己的想法激动，觉得实在是个好主意。她没有告诉一鸣，每天每天，仔仔细细、认认真真地看每一个广告，哪怕只有一句话，也认真地揣摩，是不是去台湾的。没有，再也没有那种广告，就想起中年女人说的，等过几天，共产党打过来，你想走也走不了了。

一鸣的话给了她一点安慰，尚中可能就是当兵的料，做别的不行，做军人却如鱼得水。在死人堆里能爬出来，在一场接一场的战争中能不死，这得多机灵多勇敢！

眼看到年底，俩人必须搬出这套住宅，好在走的人很多，好多房子成空房，只剩给人看房的佣人，房价还便宜。他们在靠近郊区的地方，一个大杂院里，用很少的钱租一套民房，用一根金条的利息，两人过着简朴的生活，倒也过得去。尚蕙想等时局平静下来，工作后，就把那一根金条也拿回来，放回去，那是章衍行给他们的财产，要好好保存着，留待不时之需。

简单的铺盖、家什收拾好，明天就要搬家。晚上，有人敲门，他们想应该是房东来收房。其实，早就说好的，搬家那天早晨，房东来拿钥匙就可以，这么着急呀！

章一鸣去开门，却站在门口不动。爹爹章衍行粮行中原来的四个伙计吕勇、张连成、王林谷、戚成堂，一个挨一个站在门口。

"你们，你们不是都拿了遣散费回家了吗？你们……你们……"

"大少爷呀！一鸣少爷呀……"

听到声音，尚蕙走过来，竟然是公公粮行曾经的伙计。隔着章一鸣的肩膀，他们连连向尚蕙点头："少奶奶、少奶奶……"

章一鸣挡住不让他们进来，凭着直觉，章一鸣知道这些人到家中来一定是要钱，自己可没有钱给他们。

"一鸣，让伙计进屋说话吧。"

这些人又是点头哈腰，又是感谢："谢谢少奶奶，少奶奶真是好人，看着就面善，菩萨心啊！"

妻子的请求，让章一鸣不得不让开门口，四个人走进屋里，看看沙发上的东西："大少爷，你这是要搬家吗？这房子真的卖了吗？"

章一鸣打断他们："你们怎么到这里来了？有什么事情吗？"

"大少爷呀！"几个人打开话匣子，争着抢着说。一鸣和尚蕙很快听明白了，拿了章衍行的遣散费后，大部分人回了老家，这几个人却没有回山东老家，有的把钱邮一些给家里，有的拿钱去自己做生意，有的用这笔钱在天津过起日子来。他们说不是不想回家，是不知道回家能做什么。这些年在天津做生意，要回到农村去做农活，已经不习惯，再说，有的家眷已经到了天津，孩子都在这儿读书，老家没人。现在手里没钱了，他们来找少东家，想让少东家领着自己再继续干。

尚蕙觉得不可能："他哪会做生意？"

高个子吕勇连连摇头："少奶奶，你不知道，老东家说过，少东家聪明着呢，是做生意的料，将来自己老了，生意要全交给他的。"

"我爹真那么说？"

"当然，你问问他们。"

一直没怎么说话、看起来老成一些的戚成堂开了口："大少爷，这些年，我一直跟老爷进货，老爷经常说，大连的家就因为有大少爷才放心的，要不然，那一大家子，交给太太一个女人，哪能放心得下？老爷对你期望大着呢，老爷说过，到北京以后，你上手，他把家业都交给你。"

这几句话一鸣听着挺受用，爹平时从来不说自己好，没想到，背后还是很看重自己的。

戚成堂是这四人的中心人物，他凑近一鸣："大少爷，咱不能就这么不做呀，老爷原来的生意伙伴不能不要啊。有你在，咱们继续做起来，衍行粮行的牌子不能不要啊。只要你说一声，你什么不用管，只在家指挥，下面的事情全是我们兄弟替你跑，你就放心吧，咱稳赚不赔的。"

一鸣看尚蕙，尚蕙摇头，戚成堂转向尚蕙："少奶奶，你可不能拦着，发大财的机会你不能错过呀。"

尚蕙想想，说："既然那么好挣钱，你们几个做就是，不用一鸣呀！"

他们面面相觑，吕勇涎着脸："少奶奶，咱没钱啊！做生意得有本钱，我们都是穷光蛋，老爷给的钱花光了，哪有本钱做生意！"

一鸣想想，说："这样，你们先回去，我和尚蕙考虑考虑，再给你们回答。"

吕勇还想说什么，戚成堂摆摆手："少爷，行，你考虑吧，我们哥几个也不打扰你，就在你家门口等着。"

尚蕙失声说："天这么冷，在外面怎么行？"

戚成堂苦笑："穷人贱命，有什么行不行的。少爷，你千万想好，现在整个天津卫都没粮食吃，谁有粮谁就是爹呀，钱放在那儿咱不挣，那不是傻瓜吗？我保证，挣的钱我们哥四个每人只给一份就行，那六份都是你的，挣钱多了，老爷的粮行就可以依然在天津卫竖起大旗呀！"

尚蕙说："这么冷的天气……"

戚成堂摆摆手："我们没事，别说一晚上，等几天我们都能等，只要能挣钱，我们能等……"

戚成堂主动开门走出去，其余人尾随着走出去。门被轻轻关上了。

一鸣把门关实，用手示意尚蕙不要说话，两人走回里屋。尚蕙不解地看着丈夫，不明白他怎么如此小心翼翼的样子。

"做也要做，不做也要做。"

"你会做生意吗？"

"你没看出来吗？"

"这些人已经穷疯啦，现在是给我一个面子，领他们做生意。如果我一口拒绝，他们是什么都能做出来的，乱世，盗贼蜂起，没有钱，什么事情都能干出来。"

"他们能？"

尚蕙全身抖起来，从戚成堂眼睛中偶然闪过的狡黠，她看出来，四个人中，他是主心骨。

"那，那怎么办？"

一鸣倒很镇定："他们说的也没错，现在天津卫最缺的就是粮食，明天，我们搬家，然后我带他们去关外进粮食，我爹曾经和我说过，关外几个老关系，赚钱是没问题的。如果坚决不做，这几个家伙红眼了，什么事情都能做出来。"

这在尚蕙的人生经历中是没有的，想起娘说过，人没有钱就像傻子，是什么坏事缺德事都敢做的，杀人也是可能的！

一鸣搂过她来："你别害怕，没事，有我在。明天我们搬家，那十根金条，把它缝到你大衣兜里，我拿着皮包，好像贵重东西都在皮包里。我要用这个皮包试探一下，他们是想弄点儿钱还是真想让我带着做生意。你记住，大衣一定要穿在身上，金条的空盒子放到皮包里就可以。"

尚蕙点着头，完全六神无主了，这是她没想到的结果，凭空冒出公公的前伙计，必须做生意，否则别想跑！世上还有这种事情，做不做生意不是自己说了算，是伙计说了算！

第二天，是搬家的日子。

早晨一鸣打开门，门外站着四个伙计。大个子吕勇站在最前面，戚成堂站在最后。一鸣笑笑："大家进来吧，上路口叫两个三轮，帮我搬家，我们再好好商议做生意的事情。"

"好嘞！"欢呼声中，叫三轮的、搬东西的，一会儿就把不多的东西搬到三轮车上，尚蕙坐在一辆三轮上，一鸣自己没坐三轮，他提着皮包和伙计一起走路。他叮咛妻子，车到地方卸下东西，等我们，随后就到。

看着一鸣手不离皮包，戚成堂知道，真货在皮包里，他使一个眼色，大个子吕勇紧紧挨着一鸣走着。好在路并不远，很快来到了新家。这是一个大院子，院子里有几十户人家。

行李放在大院子门口，尚蕙站在行李中间。看到妻子，一鸣放下心，很多洋楼已经是人跑楼空，可大院里依然是满满的人住着，没有钱，往哪里跑呢？乱世里，穷人想跑也是跑不掉的。这里人多，他们想下手也不容易。四个大男人帮着很快把东西搬到屋子里，这套民房里三间屋子，中间是灶房，两边各有一间。邻居一家四口，男主人本来是在电影院工作的职员，现在没有人看电影，失业在家，只好将一间房子租出去，弄点儿钱养活家人。是尚蕙在报纸上看广告，男主人看这两人也是正经人，立刻就同意将房子租给他们。

看到新房客搬来，女主人过来和尚蕙说话，说尚蕙的大衣漂亮。尚蕙说，真冷啊，又把两只手抱在胸前。女主人说生火做饭会暖和些，尚蕙连连点头，双臂紧紧抱在胸前。

戚成堂皱皱眉头。要说他们就是想害人也不对，四个没钱的人凑到一起，想起这个法子，他们还真的想让一鸣带他们做生意。只是说到如果一鸣坚决不做怎么办的时候，戚成堂放一句狠话："那就做了他，没钱，咱哥们儿活不下去啊。"

其余三人没说话。跟着老东家干十几年，临走的时候，老东家给每个人都发了钱，现在要对少东家下手，这是人做的事情吗？戚成堂知道他们想的是啥，说："只要他拿出钱来，领着咱做生意，什么事也没有。就看他小子知不知趣，上不上道！"

在新家安置下来，一鸣立刻给父亲过去的客源地发去电报，问有没有粮食，得到答复后，他先打去五吨粮食的支票，他想得很明白，让四个伙计去河南取货。只要粮食进天津卫，他不会像章衍行那样几斤、几十斤的卖。他一下子批发给天津卫的粮商，自己少赚一点儿，但快，几次下来，就可以让手上的钱翻番。

当他取金条的时候，尚蕙没有阻拦，她知道，现在就是不时之需，在这乱世之中，能保住生命就不错，钱花了以后还可以挣。

一鸣拿出四根金条，折换成大洋，打给客户，然后给四个伙计路费，让他们去河南取货。四个人高高兴兴地出发了，一鸣在家等货到。

十多天后的一个下午，四个人满脸惊慌地站在一鸣眼前。章一鸣看着他们说不出话，知道出事了，他还是问一句："对方没给粮食？我钱发过去了。"

戚满堂大哭："大少爷，给了，运货的马车队都走到天津卫的边上了，遇到了八路军，把粮食全没收了。"

一鸣呆呆地站着："没收？为什么？"

"他们说要打仗，说这些粮食不能给国民党吃，让他们有劲打共产党。少爷啊，我们磕头作揖，说我们都是穷人，是给东家做活，才放我们小命啊，差一点儿就看不到大少爷和少奶奶了。我说咱怎么也要回天津卫，告诉少爷，咱不能让少爷以为咱卷钱跑了，那咱还是人吗？"

看着他们破衣烂衫、满身疲惫，一鸣苦笑："爹说过，以后不能做生意，我不信，看来，还是爹说得对。"

"少爷，怎么办呢？怎么活人啊！"

"我也没办法，我这儿还有这些铜板，给你们将就将就。"

四个人拿着钱，千恩万谢地离开。

1949年1月14日。

天还没黑，远处响起隆隆的炮声。院子里的人都走出来听声音，静悄悄地，没有人说话，听着雷鸣般的炮声在空中一个跟一个炸响。突然，一声惊天动地的炮声好像就炸在附近，有人喊一声："大炮炸过来了！要攻城了！"

人群刷地散开，回到家里，邻居看到他们，男主人说赶紧跑。一鸣问往哪里跑，男人说后院有个防空洞，都去那儿。

俩人穿好衣服，随着邻居一家跑进防空洞，大家挨挨挤挤地坐在地上，幸好，临走的时候拿一条毯子，坐在上面，隔着潮湿。

炮声几乎响一夜，外面的夜空也被爆炸的火药照亮，没有人说话，大家都沉默着。偶然听到一声叹息和孩子的哭声，很快也被家长呵斥而停止。

天亮了，炮声稀疏起来，零零散散的，听起来也很远。忽然，防空洞的门被推开，几个穿黄军装、端长枪的年轻男人出现在门口，一个年轻小兵喊："班长，这里有人！"

一个同样年轻的士兵走过来，头探进防空洞，朝里面的人看看，笑笑，说："我们是解放军，是人民军队！"

说完，他回头对小兵命令："这里是老百姓，继续往前搜，一个也不能让他们跑掉！"

"是！"几个人往外面跑去。

大家继续沉默着，没有人说话。过了一会儿，一位老人说："咱出去吧，总留在这里也不行。看来，他们不动老百姓。"

还是没有人动，老者站起来："我先出去，该死活不了，该活死不了。"老者跨出防空洞，过一会儿，有人跟出去，大家站起来，一个跟一个走出防空洞。冬日的天津，凛冽的寒风中透着硝烟的呛人气息，但看起来一切都很平静，不是平静，是寂静。过往早晨的喧嚣和热闹没有了，整个城市静悄悄的，好像没有人一样。人们回到自己家，一鸣和尚蕙也回到那个租住的小屋中去。

1949年1月15日，天津解放；1949年1月17日，塘沽解放。

回到家中，一鸣想想，说："我上街看看，打一夜仗，军队进来会怎样？"

"别去，遇到抓壮丁的把你抓走。"

"那老爷子说得对，该活死不了，该死活不了，你不能总是不出门吧？"

一鸣朝院子外面走去，尚蕙胆战心惊地跟在后面。院子里不止他们一家，好多人都站在院子里，平时那个没有门的几米宽的院子入口，如今像是一堵高大的墙，把院子和大街隔成两个世界。外面是怎样的呢？胆壮的男人慢慢往院子外蹭，胆壮的女人跟在男人后面。没看到谁第一个迈出院门的，只是看到迈出院子的人没有后退回院子，也没有叫声，而是慢慢走出去，不见回来。后面的人也跟着出去，很多人也都出去。道路上铺着薄薄的白霜，在房子门口，在树下，一个个穿黄棉袄、抱着枪的年轻军人互相靠着，沉沉地睡着。他们一定是过度疲劳，在寒冷中竟然睡得很香，有的还发出轻微的鼾声……

大家互相看看，一位老者说："天下变了，这军队不骚扰咱们，还不错。"

老百姓站在军人面前看着军人睡觉，不知是寒冷还是感到自己被人注视，有军人醒过来了。站起来的军人朝老百姓憨厚地笑笑，然后推醒身旁的伙伴，很快，在人们的注目中，部队列队集合，往前面走去。

天津解放，发安民告示，要老百姓照常生活，解放军是人民的军队，是来解放人民、帮助人民过好日子的。好日子会有的，可眼下，日子越来越难过。有钱的人离开，没走的也不再做生意，百废待举、民不聊生，大家都不知道将来会怎样。尚蕙再去取那一根金条的利息时，老板将金条退回来，说新政府不准放高利贷，抓住是要杀头的。

新政权想尽办法恢复生产，让人们活下去。可问题实在太多，积重难返，没有工作，没有收入，漫长的冬天怎么过？没有人知道。

四个伙计又来到一鸣家，他们阴魂不散地徘徊在周围。这次，他们没有进家里，而是站在门口，戚成堂对一鸣说："大少爷，你出来一下好吗？借一步说话。"

一鸣要出去，尚蕙看着她，一鸣知道妻子想什么，说"没事，这儿人多，不会有事。他们也是想挣点儿钱，你放心吧。我不出院子，就在外面说说。"

好一会儿工夫，一鸣才进家来，伙计们没有跟进来。一鸣说："这些人又想个挣钱的路。"

"多少钱我们也不挣，咱俩出去找工作。"

"找工作？"章一鸣苦笑，"你看满大街都是找工作的人，哪有工作给你呀！以前还有个阔太太找你学点儿什么，现在，有钱人能跑的跑，没跑的，谁还敢雇人？那是资本家，是剥削阶级。"

章一鸣压低嗓音："这次的生意差不多行！"

"什么生意？"

"上边外倒腾大烟。黑市上卖的价格特别高，十倍的毛利。"

尚蕙睁大眼睛："你，你，你想倒腾大烟，你……"

一鸣知道妻子想什么："你放心，我不会抽的，倒腾回来卖，我们要过日子啊，没有钱，怎么过日子？那几根东西，能用多长时间？得挣钱啊。"

"挣钱也不能挣那个钱！"

"好，你说不挣就不挣，咱俩就熬吧，看能不能熬出头？"

嘴里说着，一鸣还是暗暗做好一切准备，当尚蕙和邻居女人去街上买菜时，一鸣将所有金条绑到自己衣服上，跟着伙计们离开天津，去了边外。他给尚蕙留下纸条："尚蕙，我只做这一次，无论如何也要做一次。挣到钱，就洗手。这次一定会挣钱的。"尚蕙看着空空的盒子，知道这次自己终于也成了穷人、彻彻底底的穷人。

人生地不熟，到哪里去找一鸣？尚蕙提心吊胆地在家等待，从结婚以来，虽然生活中波澜起伏，但俩人还从来没离开过。这一下，一鸣跑到关外倒腾大烟，尚蕙有种感觉，一鸣这次不但挣不到钱，甚至可能有生命危险。她已经不指望丈夫挣钱，只是每天祈祷丈夫能平安归来，平安，是的，平安就好。

每天在等待、祈祷中挨日子，几乎要绝望的时候，两个多月后，一鸣终于回家，四个伙计也一起回来。

一进门，四个伙计就齐刷刷给尚蕙跪在地上。尚蕙愣愣地看着，虽然知道一定是生意失败，可为什么要给自己下跪？一鸣也回来了呀！

一鸣像老了十岁，胡子、头发都长长的，纠结在一起，也不知道多少日子没洗脸，衣服、裤子已经看不出原来的颜色。

四个伙计齐齐地跪着，尚蕙正色地说："是你们一次二次拉一鸣做生意，现在生意赔了，难道还要他的命不成？你们就是跪到黑，一鸣这次也没办法跟你们做了，他的钱输光了，你们还想要他的命吗？"

还是戚成堂说话："少奶奶，我们哪还有脸拉少爷做生意，我们在这天津卫也待不下去，求少奶奶赐给我们哥四个一张船票，今天就离开天津卫，再也不回来了！"

这些人要自己再出钱，可自己哪还有钱呢？她看着一鸣："我有没有钱，你们少爷不知道吗？钱都被他拿去做生意了呀，你们看看，这个家还像有钱的样子吗？"

一直不说话的张连成忽然哭起来："这可怎么办？在这天津卫再待下去，非要饿死不成！回家还能土里刨食，在这怎么活人啊。死也要死在家里啊，这可怎么办啊！"

一鸣一句话不说。尚蕙明白，他们要走，可是没有船票钱，咬咬牙，她从自己耳朵上摘下一只金耳环，那是来天津结婚前娘给的，娘说，你去天津结婚，这两样首饰就算娘给你的陪嫁。

"我这两只金耳环，给你们一只，你们用它换船票吧。剩下一只，我们俩还要生活。我只能帮到这儿。"

接过那只金耳环，四个人连忙磕头，一边说着："少奶奶菩萨心肠，将来一定会得观音菩萨保佑，好人有好命。少奶奶大恩，永远不忘……"

四个伙计推开门永远地离开。一鸣仍然不说话，脸色灰白。尚蕙烧了热水，说洗洗吧，人活着就好，还以为你回不来了呢！

一鸣不说话，像雕塑一样呆呆地，眼睛里慢慢流出泪水，自言自语："完了，全完了。一切都好好的，本来万无一失，可就给军队发现，全搜去了，全搜去了，一点儿也没剩！"

尚蕙想说，贩卖大烟本来就是犯法，能不搜去？她没说，她要给一鸣留面子。章家大少爷走到这个份上，也真是丢尽面子。

1950年的新年，他们靠卖家里的物件勉强度日。他们终于知道什么叫艰难度日，什么叫度日如年了。可卖的东西越来越少，工作却依然渺茫。原来尚蕙想得很简单，什么社会都要办学校，办学校就需要老师，自己做别的不行，当老师总是可以的。她天天看报纸，希望能找到招聘教师的广告，可报纸现在不登广告。只好自己去学校，当她站在学校领导面前，说自己想当老师的时候，却总是被婉转拒绝。想当老师的太多，从旧社会过来的读书人别的做不了，只能当老师，需要的老师又是有限的。

最糟糕的是，尚蕙发现自己怀孕了。老中医告诉她，已经怀孕四个多月。

当她把这个消息告诉一鸣的时候，一鸣愣了一会儿，终于做出那个不想做出，却一定要做出的决定："尚蕙，我们回家吧。"

"好啊，回家吧！尚正说学校现在很需要老师，我们俩都可以去做老师的。"

回家，尚蕙一直想回家，一鸣却不肯，他觉得自己没混出个样子来，无颜见江东父老。可当明白自己在天津不可能混出样子，却可能沉沦，甚至不能给即将出生的孩子一个安稳的家的时候，他决定回大连老家。

卖掉另一只耳环，买了两张船票，他们带着简单的行李踏上回家的路程。站在船上，望着茫茫大海，俩人心情复杂。只是，他们没想到，天津的经济秩序已经开始好转，只要再坚持几个月，就会在这个城市找到工作，就会在这个城市安家立业。在最后的关头没坚持住，也就失去了另一种人生的可能。他们更没有想到的是，本来以为落魄之后会对失意的孩子张开怀抱欢迎他们的家乡，泼给他们的却是亲情的异化、比冰天霜雪更冷的漠然、比国仇家恨更直接的非难。

三、一种相思

怀着六个月的身孕,尚蕙心中充满哀伤。落魄而归,回家怎么对爹娘交代?尚中没回来,她不知道如何对娘讲,撒谎是不行的,娘什么人?从小到大她没对娘撒过谎。尚中经常撒谎,每次他一撒谎,娘就看出来。娘喜欢说的是,一张嘴就看到你小舌头。除如实相告,没有别的办法。

摸摸自己的肚子,她越发哀伤。孩子,孩子,你在这个时候出生,爸爸妈妈都没有工作,谁来养活你?想起公公婆婆,想起赔掉的金条,不知道为什么,尚蕙有一种预感,迎接自己的可能不是笑脸。

她甚至不希望船靠岸,要面对爹娘的询问,怎么回答呢!

船还是靠岸了。事先给家中写信,告诉了日期。爹娘和尚美在旅顺,应该是尚正来接自己吧。一鸣提着箱子,扶着妻子,从悬梯上慢慢走下来,走出码头,就听到欢呼声:"大姐、姐夫,这边!这边!"

他们一起朝发出声音的地方望去,是尚正。他穿着蓝色的半身大衣,分头,朴素却有朝气。又一个声音传来:"大哥,嫂子!"

一鸣的弟弟章一修,走的时候,他还是个少年,现在已经长成了大小伙子,和一鸣同样的身高、模样,只是比一鸣多几分腼腆。

两个兄弟立刻拿走章一鸣手中沉重的行李。尚正兴奋地看着尚蕙:"姐,听说你怀孕,爹和娘可高兴了,嘱咐我来接你。娘说,这么远回来,一定要注意,别动胎气。"眼泪忽然就不争气地流下来。终于不用再恐惧,不用再担心,家里有爹娘有兄弟。

"姐,你怎么了?"

"我没事。咱家都好吧?爹娘都好?"

"都挺好的,听说你要回来,他们可高兴了。姐,大哥没回来?"

在家信中，尚蕙一直没说尚中的事情。"嗯，没回来。回家以后再说。"

尚正点点头。尚正就是这样，懂事、谨慎，不多言多语，心里明镜般。

到有轨车站跟前，他们站住，章一修说："坐有轨电车吧。"

章一鸣是想叫出租车的，妻子怀孕，乘电车人多。他不知道新社会已经取消了出租车。但他没说出口，自己兜里没有钱，一修要坐有轨车，也只好这样。

尚正帮助他们上车："大姐、姐夫，什么时候回旅顺？"

没等一鸣说话，尚蕙告诉弟弟："你星期天放假，我们坐星期六晚上的火车回旅顺。"

"好，我给子衿哥去电话，告诉爹娘。"

"好。"

尚正站在站台上招手。想起要看到爹娘，尚蕙的心里热乎乎的。

乘有轨电车到桃源街下车，他们走回八一路126号——章一鸣出生、长大的地方。可以说，他熟悉这里的一草一木，闭着眼也能走回家。一边走着，他贪婪地看着两旁的街道。离开这里不到三年时间，但好像已三十年，曾经的时光恍如昨天，章家大少爷，如今的落魄浪子，想到终于回家，不用租房子、不用没钱花，所有的麻烦所有的苦恼都没有了。他脚步快起来，当意识到妻子走不快的时候，他歉意地笑笑，搀扶着尚蕙慢些走，心却已经回到家中。

天黑下来，走到大门跟前，过去高大、沉重的大门已经拆掉，尚蕙心想，是不是也像自己家那样，大门被拆下来烧火取暖，章家也不是以前，也是落魄相？她的心往下沉。门槛还在，足有一尺高的黑色的门槛如过去一样，走路已经不太方便的尚蕙有点儿吃力地抬起脚，跨过门槛。章一修嘱咐他们，注意，别碰着东西。过去敞亮的足有两米宽的门楼里靠墙的地方放满东西，煤、木柴、筐，留给人走路的过道不到两尺宽，尚蕙心里诧异，以前这些东西都放在东厢房里，现在怎么放到了门洞里？

杂物充斥，不能两人同行，只能一人独走。一鸣让尚蕙走在前面，尚蕙摇头，让丈夫走在前面。这是丈夫的家，也应该是自己的家，但她还没在这个家住过，心头，有一丝说不出的恐惧。

门楼里黑黑的，一鸣嘟囔一句："东西放门楼里做什么？"他一边往前走，一边回头扯着妻子的手,防备妻子碰到东西摔倒。

穿过黑黑的门楼,来到院子里,院子里也是黑的。拐过去,后排的三间正房里透出灯光来,那是家的光亮。

章一修喊着:"我哥和嫂子回来了!"屋子里涌出来公爹章衍行、婆婆曹秀英、小姑章一敏,还有一个年轻的矮个子年轻人。路上,章一修已经说过,一敏已经结婚,女婿是复原军人,在造船厂当工人。

寒暄过后,章衍行说先吃饭,吃完饭再说,这么远,也都累了。饭桌放在炕上,章一鸣让尚蕙坐到炕里,说炕里热乎。曹秀英脸色冷冷地:"家里男人还没坐,媳妇倒坐炕上,有这个规矩吗?"

章一鸣看着母亲,一时有些缓不过劲:"尚蕙怀孕了!"

"哪个女人不怀孩子!"

尚蕙对一鸣摆摆手:"我没事,你们先坐吧。"想起娘告诉自己的,那种人家规矩多,你去那样的人家,要守本分,别让人笑话。

一鸣没想到过去对自己百依百顺的母亲会对妻子这么刻薄,他愣了愣,尚蕙递个眼神给他,让他不要在意。这个眼神被曹秀英看在眼里,怒气越发地上升。

因这不愉快的前奏,晚饭在几乎沉闷的气氛中进行。倒是一敏的男人牛守仁喜欢说话,问天津这个,天津那个。一鸣问他去过天津吗?他兴奋起来,啪地一下把筷子放在桌子上:"我打过天津!"

"哦。"章一鸣不再说话,闷头吃饭。看到没有人响应,牛守仁也不再说话。曹秀英冷冷的脸更让饭桌沉闷而压抑。自始至终,尚蕙坐在炕沿的边上,几乎无语地吃完这顿将近三年才重逢的家宴。

吃完饭,尚蕙主动地帮助曹秀英将碗筷收到灶间。一鸣想让妻子早点儿休息:"妈,我和尚蕙去楼上住。她身子笨,早点儿休息。"

"哪有什么楼上?"

"怎么没有楼上?"当年,章衍行用三十块大洋买的这个院子,中间是天井,围着天井,前后两排房子加上二楼和厢房,有三十多间房屋;后院是工厂、仓库,家人住在二楼,前面靠街的是卖场,卖粮食和糕点。

章衍行告诉儿子,在他和一敏回大连以前,曹秀英就把这个大院子全都捐献给国家了，然后自己又从政府租几套回来。现在他们住的后排三间正房，东厢房是一修住着，靠街的六间房子三间是结婚的一敏住。其余的全是搬来的新房客。"怪不得门楼里堆满杂物。"一鸣想到最重要的问题："我和尚蕙在哪儿住？"

章衍行说你们就住里面一间，我和你娘住这边一间。现在是新社会，都要过艰苦朴素的生活。原来自己不在家的时候，爹娘把房子捐给国家，但给一修和一敏各自一套房子，却没有自己的房子。一鸣有些生气，尚蕙摇摇头，一切都木已成舟，说也无用。

"好吧，那我们去那屋休息。"

两人刚要走，曹秀英一声呵斥："先别走，我有话说。"

一鸣尚蕙收住脚："娘，你有什么话说？明天再说行吗？尚蕙……"

曹秀英啪一下手掌拍在炕沿上："肚子里多块肉，怀个孩子了不起啊？哪个女人不能！耍什么大小姐威风！"

章衍行为难地看看儿子，又看看老婆："秀英，要不……"

"你给我闭嘴！今天晚上不把事情说清楚，谁也别走！"

尚蕙看到章衍行脑门上的青筋一跳一跳，公公是要面子的人，在自己面前从来都威严而矜持，没想到，婆婆根本不买他的账。

曹秀英的声音有些缓和："章一鸣，你给我说清楚，你爹给你那一盒黄鱼还剩多少？都拿出来。"

章一鸣惊恐地看着娘，他没想到，回到家第一天晚上，娘就会盘问自己。过去，自己花多少钱娘都不管的，只要问娘要，娘就给他花。章家大少爷是只管花钱，不管花多少的。

"娘，我……"他的支支吾吾，让曹秀英认定了自己的想法："是不是都被你老婆昧下来了？陈尚蕙，今天，你把吞下的黄鱼都给我吐出来！"

尚蕙彻底傻掉，原来，赔掉的钱婆家人以为是自己吞掉了。她看着一鸣，希望一鸣出来说出真相，他相信一鸣一定会说的。章一鸣低着头："娘，和尚蕙没关系。"

"你给我闭嘴！怎么没关系？那十根大黄鱼啊，那是一大笔钱啊，你做什么生意能把十条大黄鱼全赔光？不是她昧下是什么？"

"我……我……"一鸣的犹豫再次让曹秀英坚信,是儿媳妇留下了那笔钱,小户人家孩子见钱眼红!

章一敏跳到尚蕙跟前:"嫂子,你别装无辜,这个钱肯定是你吞的!我哥怎么可能去做生意?他从来也没做过生意,就能一个人跑去做生意?明摆着是你背后出主意,吞下这笔钱。我在天津住那么长时间我还不知道,我哥什么事情不听你的?你不同意,他会去做生意?肯定是你让他去,然后偷偷昧下钱,对不对!告诉你,这笔钱不是我哥自己的,是咱家的,拿出来大家平分,不能你们自己独吞!"

看着章一敏,尚蕙觉得不认识眼前这个小妇人,这是在天津整天围着自己、恭维自己,听她讲故事,不讲就噘嘴的小姑吗?这是那个被自己瞧不起,脑子笨、手笨,不会学习也不会做活的笨小姐吗?原来她这么凶悍,做帮腔的能力如此强!泼脏水如此机灵!想象力如此丰富!

尚蕙万般委屈,她想哭,忽然想到娘说的,遇到不讲理的人就不能跟他们讲理,因为是讲不出理的。尚蕙挺挺腰:"这个钱我一分没拿,一分没花。我自己的耳坠还被你们章家的伙计要去做路费。我陈尚蕙对着灯说话,如果我花这笔钱,我昧下这笔钱,我不得好死!如果谁要污蔑我,看我一个女人软弱、好欺负,想栽赃我,也不会得好!"

她使劲忍住,没有把那个死字说出口。

"我要睡觉。"尚蕙挺着肚皮走出屋子,把气势汹汹的一家人留在屋子中。

陈尚蕙的一番话让章家气焰骤减,曹秀英却完全不相信尚蕙的说法。在她看来,这种起咒发誓的事情根本不能说明什么,为了证明自己清白的手腕而已。当年自己克扣工人工资、抬高粮价时,什么时候还不是起咒发誓说假话,那能当真?她撇撇嘴:"等着,我还不信,拿我的钱,想不吐出来,骗我曹秀英的人还没生出来呢!"

章一鸣看着母亲,惊讶得说不出话来,这是自己的母亲吗?他知道,娘是严厉的,但那是对别人、对工人、对邻居,可娘对自己,从来都是溺爱的,在自己身上,娘从来没拒绝过,今天这是怎么了?娘对自己的妻子破口大骂,她是孕妇啊。

他想说重话,却说不出口,憋出的还是那句话:"娘,尚蕙怀孕了!"

"我眼又不瞎,我不知道她怀孕?以为大肚子就可以吞我章家财产?别做梦了!"

这番疾风暴雨,是章一鸣没料到的、没有思想准备的。将爹的钱都赔光,他觉得自己无能,却并没有思想负担。只要回到家,一切都没问题。家里有钱,娘手里有钱,可娘为什么会这样?章衍行看出儿子的疑问:"一鸣,也别怪你娘,咱家日子也不如从前。咱们在天津的时候,你娘怕出事,把这个院子交给政府,生意也不做,一家人坐吃山空。我在天津做生意的钱都投在了北京,置房产、商铺,到北面订购粮食,这些钱也都打了水漂。哎!"

"章家完了!"曹秀英气鼓鼓地,"寻思还有这点儿浮财,这下好,全没了!"

曹秀英手又一次啪地拍在炕沿上,震得章一鸣一惊。他认识到,这个家已经不是以前的家。

好一会儿,章一鸣才来到东屋,尚蕙已经躺下。章一鸣挨着妻子躺下,他知道尚蕙没睡,碰碰妻子:"你别放在心上,我娘就那样,刀子嘴豆腐心,她人挺好,我从来没见她发过这么大火!"

尚蕙在黑暗中笑笑:"刀子嘴也能杀人的,张嘴就说我把十条黄鱼昧下,诬陷我贪你家钱。豆腐心?没看出来。真比窦娥冤,可惜不是六月,老天有眼,应该下大雪。"

一鸣为自己母亲辩解:"她看咱们这么一副穷样子回来,以为我们乱花钱呢,生气,以后不会了。"

尚蕙不说话,沉默一会儿,说:"你娘可以生气,问题是你,为什么不告诉你娘是怎么赔的?"

"我说了,她不信!"

尚蕙想说你说的不真诚,支支吾吾的,像说假话一样,你娘当然不相信!你要是像我这么信誓旦旦,让你娘相信,就不会这样。她不想说,她从来没对一鸣说过重话。娘对爹也不满意,但娘说要给男人面子,没有面子的男人活得就没有人样。想起婆婆对公公咆哮:"你给我住嘴!"多么厉害的女人,对大老板的丈夫都不给面子,怎么会给自己一个儿媳妇面子呢?想到这儿,尚蕙心里轻松了一点儿,困意袭来,慢慢睡着了。旁边的一鸣却根本无法入睡,今天晚上他才知道，娘对钱看得有多重。自己赔掉的十根黄鱼，娘多么心痛！怎么办呢？怎么办呢？他不断地问自己，却根本没有答案。

本来和尚正约好，尚正周日休息的时候，三人一起回旅顺家。有头天晚上的交锋，第二天早晨吃完早饭，回到屋里，尚蕙就告诉一鸣要回旅顺家。一鸣说不是说好周日一起回去吗？今天我要去同学找工作。"尚正上班不能回，你该做什么做什么。旅顺我又不是不认识，我自己回去，我想我娘。"

一鸣看看尚蕙的肚子："你挺个大肚子，一个人我不放心。"

"有什么不放心？我娘生那么多孩子，还不是该做什么做什么？我小户人家姑娘，没那么娇贵。你娘说的，不就是肚子里多块肉？谁没生过孩子！"

没等丈夫回话，尚蕙拎着包走出来，对着东屋喊一声："娘，我回我妈家，过几天回来。"说完，推门就走，等那边曹秀英反应过来，想说点儿什么，尚蕙已经走出大院子。意识到媳妇已经出门，她恶狠狠地撇下一句："吞到肚子里，我也要给你抠出来，和我斗，嫩点儿！"

乘有轨电车、火车，快到中午的时候，尚蕙到达了旅顺。对这儿，对这座小城，她太熟悉了。她径直走到旅顺口区政府，看着面前的二层楼，想起自己临走时托付子衿照顾自己家的事来。这是子衿对她的回答。如果没有子衿，想不出来爹娘怎么度过那段时光，没有钱没有粮食，怎么过啊！子衿，尚蕙默默地念着这个名字。想起子衿就在这里，她感到一阵温暖。春天的旅顺，满城飘着槐树花迷人的香气，她深深吸一口，有家的地方空气都是甜的。

她慢慢走上外面的石头台阶，五六级的台阶，她走得很慢，娘在吗？娘好吗？娘会怎样对自己？自己把尚中弄丢，娘会骂自己吗？越想越沉重，原来着急地相见却变成胆怯而犹豫，大门是开着的，任何人都可以从这里走进去。空旷的一楼大厅阳光射不进来，没有灯，光线很差。她一步一步走进去，尚正说过，家就在耳房旁边的房子里，她朝旁边望过去，秦瑞珍走出来，尚蕙忘情地喊着："娘……"

秦瑞珍怔一下，立即走过来，上上下下看着尚蕙："尚蕙，你回来了？快让娘看看！"她拉着尚蕙走到门口有光线的地方，看着女儿："真是我闺女，我还以为你要等到礼拜天回来，心里还骂你没娘呢！"

思念、委屈、歉疚、愤怒，种种情绪，在这一刻终于喷薄而出："娘——"

从来都沉静、隐忍的尚蕙惊天动地地喊一声娘，哇地哭起来。

"这是怎么啦？你有身孕，可不敢难受，快，进屋去！"秦瑞珍扶着女儿进到屋子里。坐在床上，尚蕙的泪水如决堤一样，不断地流下，擦了又擦，泪水一直涌一直涌。秦瑞珍看着女儿，知道闺女一定受了大委屈。家里是老大，虽然说陈千里一直惯着她，但她懂事，所有的事情上都让着弟妹，再委屈也不抱怨。不知道哭多长时间，尚蕙低声抽泣着。秦瑞珍握着她的手："这得受多大的委屈，我姑娘才能哭成这个样子！从小到大，在家受多少委屈，过了就过了。姑娘啊！我早说过，你那个刁婆婆不是东西，是不是她给你气受了？"

尚蕙聪明，像秦瑞珍，什么事情看一眼就知道原由。今天尚蕙一哭，秦瑞珍就猜到是她婆婆发威。尚蕙慢慢从炕上起来，给秦瑞珍跪下来："娘，对不起，我没把尚中带回来。"

秦瑞珍扶起女儿："肚子这么大，下什么跪。这是他的命，不关你事。"转过头左右看看，"尚蕙，你寄信来一说他当兵这事，我就和子衿说，他说以后不要提尚中。现在解放了，当过国民党兵的不少都抓起来啦。"秦瑞珍的声音低低的，像是怕人听见。尚蕙心头一震，从昨天晚上回到大连，婆婆的刁难、娘的谨慎，使她明白，很多事情变得和以前不一样了。

"娘，我知道了！"

"你那婆婆怎么虐待你了？"

尚蕙诧异起来，自己什么也没说，母亲就知道是婆婆虐待自己。她慢慢说，说一鸣如何一次次赔钱，如何将十根黄鱼赔光，最后，自己的首饰都送给章家伙计做了船票。

"这个黑锅让你背，那个曹秀英，她不知道他儿子什么东西吗？她儿子的公子哥习气不是她惯出来的吗？他这是怪你没拦住他儿子，他不舍得说她宝贝儿子，所以把一口恶气出在你身上。"

"娘，你说我婆婆知道怎么回事？"

"她比狐狸都精，她怎么不知道？不过，大概她想还能剩一点儿，没全赔光，让你拿出来，你拿不出来……哎，真是命！"

他们不知道的是，在尚蕙惊天动地的一声娘的呼喊中，声音传到楼上，被子衿听到了，他立即知道是尚蕙回家了。他兴冲冲地从楼上下来，想去看尚蕙，却正好听到尚蕙的哭声。他站住，愣在门口，听着尚蕙的叙述、师娘的叹气……尚蕙不知道，自己泪水哗哗的时候，另一个人也热泪盈眶，然后默默转身离开……

看到女儿情绪渐渐平静下来，秦瑞珍握住女儿的手："尚蕙，娘和你商量一件事儿。"

"娘，你说。"自己的手握在娘的手里，尚蕙觉得所有的委屈都值。虽然心中也敬重娘，但却很少得到娘的爱抚。娘太忙，弟妹多、家里事多，自己是个不惹事的女儿，娘说自己是个让人放心的孩子，所以，对自己的亲近和关照就少，比起来，对尚中、尚正和尚美来说，自己得到娘的关照是最少的。如今，看着娘关切的目光，尚蕙心情平静下来。

"钱没有不要紧，钱是人挣的，有人就能挣钱。娘嫁给你爹以前，哪知道还要为钱发愁？你姥爷当家，念我是没娘的孩子，生怕我受委屈，什么事情都向着我。嫁给你爹才知道，钱要自己去挣。虽然咱家没有大钱，可也没亏着你们这些孩子。你和一鸣都是读过书的人，找工作不难。尚正回来说，学校现在还有人说你教学好，让尚正给打听打听，找个工作不难。是不？"

"嗯。"尚蕙点头，娘说得没错。

"闺女，还有，就是你在章家受气这件事，等你爹和妹子回家，还有子衿，就别对他们说。你爹最疼你，听说你受委屈，还能不上火？还有子衿……"

没等娘说完，尚蕙就点头："娘，我明白，我不会对他们说。"

秦瑞珍爱怜地看着女儿："哎，这都是命。有的时候我也想，你说一女不嫁二夫，可这男人要是不着调，还能等死啊！你三婶不嫁二夫就得死。跑了、嫁了，孩子也救活了，自己也能活人，有什么不好？以前那些理，在新社会都得改改。当初要是敢这么想，娘就不该让你嫁给章一鸣，现在说这些有什么用！"

尚蕙知道娘想的什么："娘，你说的，这是我的命。一鸣妈那样，不怪一鸣。"

"在这个家里，以后少不了你罪受，只怕这是轻的。"

"不要紧，妈，我不怕她。你说得对，我有手有脚，我能养活自己，大不了我出来自己过。"

秦瑞珍拍拍女儿的手："还有我呢，你弟妹都大了，有娘呢！生孩子娘帮你看，不会耽误你工作。"

"娘……"握着娘的手，尚蕙又一次泪水涟涟。

看着女儿，秦瑞珍又想起什么："还有一件事难死我了，就等你回来帮我捋这团乱麻。"

尚蕙看着娘，想不出来还有什么事情能难住娘。"子衿到现在也没成个家，我看他也不是一定念着你，他就是忙，再也是看不上吧。你想不到，尚美这个死丫头，心里念着子衿。我说她，她表面应着，可心里一点儿没放下。我知道，子衿不会喜欢她。人说，能娶大家奴，不娶小家女。尚美让我和你爹惯得没有样，小家小户的，骄横得不得了，可她偏偏喜欢个不骄横的。你说怎么办，这次你来家，找空说说她。我说她，她不敢反，可心里不服着呢，我还看不出？你说她兴许行，这个家，你要是说不服她，就没有人能说了。"

尚蕙听得一愣一愣的，尚美喜欢子衿，这怎么可能呢？想想也是，怎么不可能呢？尚美19岁了，什么不懂呢？

"好吧，我试试，不知道尚美能不能听我的。"对于这个任性的妹妹，尚蕙心里也没底。

娘的话，让尚蕙心中平静许多，等晚上陈千里和妹妹尚美回家，已经装得没事人一样，一家人欢欢喜喜吃团圆饭。

吃完饭，天还亮着。想起娘的托付，尚蕙对妹妹说："尚美，咱俩出去走走，多少年没来旅顺了。"

"好啊，姐姐，今天晚上灯光球场有篮球赛呢，我们去看。"

"听娘说，你篮球打得好着呢，还是前锋！"

尚美骄傲地笑："我们学校经常和苏联军人打混合赛，有时候我们女生也上，我们女生一上，苏军就让着我们校队，我们就赢，所以，男生喜欢让我们上。"

"真行，什么时候你打球，我也去看看。"

和妹妹一起走在街道上，街道上偶然有人走过，大多是苏联军人，看到尚美，有的亲切地打招呼，有的吹口哨表示亲近。

"很多人认识你？"

"打篮球呗,我经常参加和苏联军人的混合赛,打的人少,看的人多啊!"

夕阳下的尚美,修长的身材、长长的腿,走路都有弹性。弯弯的眉毛下是一对晶莹闪亮的眼睛,粉色的脸蛋透着青春的光芒。望着妹妹,尚蕙有些走神:"这么美丽的尚美,子衿不喜欢,他喜欢谁呢?莫非……"她的脸烧起来。

"姐姐,你想什么呢?"

"没想什么,尚美,你真好看,学校里一定很多男生喜欢你吧?"

"哼,他们喜欢我,也得我喜欢他们呀!"

后面传来声音:"尚美。"

俩人同时回头,尚美兴奋地叫起来:"子衿哥,是你呀!"

子衿笑着,看着尚蕙。尚蕙收起思绪:"子衿……"

"什么时候回来的?"

"昨天回的大连,今天就回家看你们。"

他笑着,不说话,眼睛里全是关切和询问。忽然,尚蕙改变了主意,她要先和子衿谈谈。如果子衿能喜欢尚美,为什么不可以呢?多好的人啊。尚美又年轻又漂亮,虽然任性点儿,但娘会帮子衿管着她,再说,子衿是个大哥哥,也会让着妹妹。

尚蕙转身对着妹妹:"尚美,你先回家,我和你子衿哥哥说说话,好吗?"

尚美不愿意:"你们俩说呗,我不插话就是,要是不让我听,我就走在你们后面,你们小点儿声音就行啊。"

"尚美,我们在外面时间长,娘会担心,你回家告诉娘,我和你子衿哥在一起。回家!"

尚美倔起来:"我不回家,我在后面走,我不听还不行?"

子衿看着尚美:"尚美,听你姐姐话,你是好孩子,听话!"

子衿一说话,尚美不再出声,生气地一扭身子,转过身,背对着他们。二人相视而笑,朝前面走去。

默默走着,谁也不说话,子衿抬起头:"你还好吗?"同时,尚蕙也抬头看他:"你还好吗?"

俩人一起笑,尚蕙先说话:"我还好,我在天津……"她把自己和一鸣在天津的狼狈,尤其一鸣做什么赔什么,到大连后婆婆对自己的非难,全都告诉了子衿。只是，已经没有哀怨也没有眼泪，像在说别人的事情，像在回忆一件好笑的事情。"你看，她自己儿子把钱赔光，做娘的非说是媳妇昧下，大概当娘的都这样吧。功劳是儿子的，错误都是媳妇的。"本来答应娘谁也不说的，可以不对爹说不对弟妹说，但她不想欺骗子衿，她不应该欺骗子衿。

他看着尚蕙，眼睛中渐渐蓄满泪水。

"子衿，你别这样。我都想开了，今后可能会遇到更难的事情，不是也要过下去吗？比起你们打日本，这都不算什么。"

他点点头："你这样坚强，很好，很好。"

"你放心吧，我是我娘的女儿，多难的日子我都会好好过，为我的孩子。"她轻轻抚摸自己的腹部。

"这就好，这就好。"

"子衿，你呢？说说你。"

"非常忙，忙得团团转。苏联红军现在纪律比以前好很多，但是还是会有矛盾，我就像个消防员，哪儿出事，立刻冲出去灭火。你知道，前几天，中央领导来旅顺慰问苏联军人，拿很多好酒，有茅台。苏联人嗜酒如命，结果一个苏联高级军官喝得太多，心脏骤停，没抢救过来。苏联有规定，死在外国的军人不能运回本国下葬，这几天就忙着这事，总算入土了。今天下午，尚美读书的学校，一个苏联孩子和一个中国孩子打仗，两帮人，也就是说两国人都上手了，中国人孩子打伤了苏联人孩子。人家不让，我去找，后来大家想个办法，让那孩子去大连躲躲，干脆别回来，等过些日子转学到大连。我们又道歉又赔偿。看着每件事都不大，可关系到苏联老大哥，关系到中苏关系、中苏友谊，就都是大事！被误会被埋怨，是正常的，都要忍！忍！"子衿用拳头在胸前上下比画。尚蕙扑哧笑起来，子衿也笑。

尚蕙同情地看着他，知道她和子衿彼此说的这些话，都是对别人不能说的，都是只有他们俩人才能敞开心怀说的。

"子衿，你不能总一个人，你也应该有个家。"

子衿明白，这是今天尚蕙和他说话的重点，也明白她让妹妹回避，是要谈妹妹的事情。他坦然地看着她："不想成家。"

"为什么，你那么年轻？"

"你不知道，战争已经将我的身体，可以说彻底摧毁了。"

"彻底摧毁？你说你身体不好？"

"当年在冰天雪地里和日本作战、周旋，虽然保住了命，身体已经不行，我的胃已经坏掉了。"

"你可以治啊，到医院去看病。"

他微笑着，他的笑容如温暖的阳光照在尚蕙身上："当然治疗，所以今天还站在这儿。可我知道，随时可能出问题的。"

尚蕙忘情地抓住他的胳膊："子衿，别吓我，你看起来很好的，怎么会病得这么厉害呢？听说苏联医生水平很高，你让苏联医生给你看看。"

他听任尚蕙抓住自己手腕，不动，如一尊雕像，在阳光下放光。尚蕙慢慢收回手："子衿，不是真的，对吗？"

"是真的，当然，还有另一面，我不会再喜欢别人。"

"可是，我不值得。"

"我知道，如果我身体很好，如果一切都正常，也许我会认真考虑，但现在，何必牵连别人？所有的问题让我一个人承担就好。"

尚蕙的泪水流出来，真奇怪，在天津那么久，经历那么多事，除尚中离开外，她几乎没流过眼泪。今天回到家，在娘面前，在子衿面前，泪水一个劲不争气地流。

"尚蕙，别哭。我们都没有办法选择自己想要的生活，原来我曾想过，在师娘师父身边，和你一起经营千里洋服店，那就是我最好的生活。可姜鸿改变了我，我向往那种生活，向往做一个英雄，向往你佩服我。现在，这些都做到了，却是有代价的。我不会喜欢别人，我会一个人到最后。我娘给我的金锁还在师娘那儿，是吗？"

"在。"

"等你生下孩子，那个金锁就是我的礼物，你一定要让孩子戴着金锁拍一张照片，送给我。"

尚蕙泣不成声，只是点头。

"尚蕙，别难过，我现在还好好的呀。说不定，我还能活不少年呢！"

"一定会的，一定会的！你知道的，尚美喜欢你。"

"我知道,她是个好姑娘,我不适合她。"

尚蕙泪眼蒙蒙:"子衿,如果你不喜欢尚美,我不强求,我回大连帮你找个好姑娘。"

他决绝地摆手:"千万别,不要再谈这个问题,这件事在我的生活中已经不存在,早就不存在!"

"子衿,希望你不是因为我,我没有那么好,也不值得……"

"这是我的问题,不关你的事。"

夕阳下,他们互相定定地看着对方,站成街头的两尊雕像。

四、吟啸徐行

章一鸣以为到旅顺一定会因尚蕙在章家受了委屈而被岳父岳母数落，没想到，竟然没有人谈这件事，这让他长舒一口气。只是临走的时候，秦瑞珍对他说："一鸣，我把闺女交给你，你多操心。老婆受委屈，是男人无能。"岳母从来不说重话，但每句话后面都有意思，让你去咂巴。他连连点头："我知道我知道，您老放心，不会有事的。"秦瑞珍心想，女婿，毕竟是外姓人，说重不好，轻了没用。好在，一鸣是知道轻重的，要没有这起码的品行，当初决不能让闺女嫁给他。

又回到八一路126号那个沉闷的院子、令人窒息的家。这次，章一鸣事先做足了功夫，说妻子再有两三个月就要临产，烦请爹娘多多关照。章衍行背后也和曹秀英说，尚蕙怀的那是章家第三代第一个孩子，咱怎么也要让她好好把孩子生下来，钱重要，人命总比钱重要吧。虽然嘴上强硬，但这次看到尚蕙，听儿媳妇问她一声"妈，你好"，用鼻子哼一下，权作回答。

到家的当天晚上，吃完晚饭，章衍行把前院的章一敏夫妇也叫过来，宣布章家几个规矩。章衍行从天津回来后，被一家建筑公司招去做材料员，章一敏结婚后到一家标准件厂做工人。这父女俩已经从资本家老爷、小姐变身工人阶级。章一鸣在同学帮助下，去大连六中做历史教师，章一修正好在六中读书，哥俩变成师生关系。

一家人到齐，章衍行一改往日温和面孔，神色严峻："一鸣两口子也回来了，咱家现在都聚齐了，我有几件事要嘱咐你们，你们听好。第一，你们以后在外面，对任何人不要提起天津的事情，如果有人问，就说在那儿给人当伙计，解放后就回家了。第二，以后不准带任何生人到家中，咱家不准来外人。这个家，除自己家人，任何同学、同事都不准带到家里来。你们听明白了吗?"

尚蕙立即明白了公爹的做法,新社会,资本家是人民敌人,他不想让别人知道自己在天津是资本家。婆婆把房子都捐出去了,也是开明人士。尚蕙不由得在心里暗暗说,公爹可真是老奸巨猾。日本人时候做生意吃得开、天津国民党当政做生意也吃得开,现在共产党执政,竟然成为领导阶级中的一员,还是吃得开。名副其实三开。

她不做声,一敏丈夫大大咧咧地说:"那我战友、工友到我家来,我不让来,那也太不仗义吧?"章衍行脸色沉下来:"你那些战友、工友实在要来,只在前院你自己家,不准领到后院来,这个家我当家,谁也不准领生人来。"

谁也不说话,章衍行点名:"一鸣,你听明白了?你喜欢交朋友,你那张嘴以后要有个把门的,别乱说话,什么做生意把黄鱼赔干净的事,不能乱说!"

"我知道。"

"还有尚蕙。"

"我知道。"

"这不是说说,谁要破坏这个规矩,就别在这个家住。"一鸣、尚蕙明白,这个规矩主要是针对他们夫妇的。但他们倒也理解章衍行的做法,谁也不希望灾难降临到自己家中,想想当年母亲总是叮咛孩子别惹事,子衿如果不是怕给家里带来麻烦,当年说不定也不会走,如果那样,所有的结局都不一样了。她有些跑神,一鸣捅捅她,章衍行也正看着她。尚蕙看看公爹:"爹,你放心吧,我明白的。"

章衍行点点头:"我知道你们都是懂事的孩子,这就好,这就好。"

还有几个月要临产,本来章一鸣让尚蕙在家中待产,尚蕙却不愿意,说自己身体很好,可以做事。让弟弟尚正去问问,有没有学校需要临时教师,自己可以代代课。已经是中山区教育科副科长的尚正很快给姐姐送来信息,尚蕙曾经工作的松林小学,现在的民生小学有位女教师休产假,又是五年级语文、数学,正找不到人带班,听说尚蕙回来,愿意让尚蕙去。想到又要见到林崇,尚蕙有些打怵。她问弟弟林崇还是校长吗,尚正连连摇头:"姐,你不知道,林崇早就南下,1949年就离开学校了。走的时候,他还和我说,等看到你,代他问候你呢，他说你是他看到的最有修养最有才气的女孩子。"

"林崇南下了？"

"嗯，他的来历有点儿奇怪，他本来就是从北平回来的，一光复就当校长，后来就到政府部门工作，你走不长时间，他也南下了。"

林崇不在，这让尚蕙放心，也有些怅然。如果当年不去天津，会怎样呢？她无法回答这个问题，世界上本没有如果，如果真有如果，自己的人生可能完全不同。

走一个大肚子又来一个大肚子，在学校老师和学生的疑惑中，尚蕙走上讲台。一站到讲台上，似乎教师灵魂附体，尚蕙登时变得自信。上午一节算数课、两节语文课。打开熟悉的课本，拿起熟悉的教鞭，看着熟悉的眼神，曾经的生活扑面而来。她想哭，幸福快乐地哭，她镇静一下自己："今天我给同学们讲带分数……"小学算数中最难讲的带分数，在她的讲解下，枯燥的分数成了活的物体，她情感充沛地讲着，孩子们吃惊这个大肚子老师竟然把一个晦涩难懂的、他们以为不能学会的带分数讲得趣味十足。这一刻，尚蕙感觉自己浑身充满活力，脑筋澄清明亮，每一个概念、每一道题在她面前都变成活的有趣的事物。当她停下讲课，布置完课堂作业时，下课铃声响起，她愉快地告诉孩子们："下课！有什么不懂的地方可以问我。"

她有些费力地走到讲台下面的椅子上坐下，毕竟，六个月的身孕是有重量的，这才感觉腿有点儿发胀。

她坐下看着围上来的学生："你们听懂了吗？带分数是分数里面比较难的一节。"

一个女孩子大声说："老师，我们听懂了，你讲得真好。"

学生的表扬，让她疲劳顿失。这节课，她很认真地备课。这是自己回到大连第一次讲课，说好是代课。讲好，以后自然成为正式教师，讲不好呢，虽然她对自己的讲课水平自信，但谁又知道呢，毕竟离开了三年？三年，一千多天，没有讲课，没有学生，当踏上讲台，张开嘴、发出声音的时候，她就知道，扎实的知识功底依然在自己身上，没有随着时间消失而消失。这是我的饭碗，这是我的未来。她在心里说。

语文课更是顺畅，这是两节连在一起的作文课，讲习作文是她的强项，本来就是一个文学爱好者，在旅顺师范公学堂学习的时候，就是学校有名的才女。所谓才女，不过是语文成绩好，作文总是范文而已。当她绘声绘色地给孩子讲怎样写出一篇好作文时，所有的学生都微微张着嘴，睁大眼睛看着她。这个大肚子的女老师，讲课怎么这么好听啊，这么有意思啊！第三节课是学生写作文，她在学生课桌中间慢慢走着，看着学生写作文，突然，一个男孩举手，她让他站起来发言。男孩子说："老师，你坐在凳子上吧，我们谁有问题，就到跟前去问你，你别累坏了。"

"上课时候，老师是不应该坐在椅子上的。"

男生涨红脸："可是，老师，如果你累坏了，就不能上课了。"

学生们七嘴八舌地嚷起来："老师，你坐着吧，我们保证不调皮、不说话……"

她笑着，从心底里笑着："好，我坐着，谁有什么问题，到前面来……"她坐到椅子上，安静地看着自己的学生。或许，她只能和这些孩子相处几个月，生孩子后，就不再教这个班级。那时候，他们就是六年级的学生。但是，这些学生会记得自己，哪怕只讲一课，也要让学生记住老师、记住知识。这是她进入教育行业时给自己定的工作原则。

曹秀英不再谩骂，章衍行的劝说起了很大作用："你这嗷嗷的高声大气，一旦动胎气，那可是咱的孙子啊。生个大孙子，那十条黄鱼就算她昧下，早晚也是咱孙子的。"曹秀英想想也是有理，当娘的再坏，对儿子是不会错的。想想章一鸣，她不再出声。如果这笔钱花在孙子身上，就认吧。

旁边听着的章一鸣心中祈祷，尚蕙呀尚蕙，你一定要生个男丁，这要是女孩，娘还是要没完没了呀。

临盆的日子到了，正上课的时候，尚蕙感到肚子一阵阵痛，那是从来没有过的像涌浪一样一波一波的疼痛，她知道这是胎动。在学校的时候上过生育课，知道生育的一些知识。离预产期还有三天呢，本来一鸣让她不要上班，她坚持上班。心里说，在家看你妈妈那张脸，还不如上班看学生的笑脸让我心情好呢！

她坐到椅子上，很镇静地对学生说："到办公室找老师来，说我要生孩子。"

全班学生腾地站起来,有女生跑着去办公室喊人,个子大的男生围在她身边:"老师,我们扶你去医院!"

她微笑着摇头:"不用!"

很快,几个年轻老师跑进教室,她笑着告诉同事:"我要去医院,这节课不能上了,找人代课。"

"陈老师,我们扶你走,你真行,竟然上课到要生!"

"我没事,多做运动对生育有好处。不用慌。"

她的镇静感染着年轻同事,扶着她慢慢走出教室,走到门口,她回头叮咛学生:"老师不能给你们上课了,你们要好好学习语文,写作对将来很有用的。"

有女孩哭出来,学生杂乱地喊起来,有的喊:"老师,我们还要你教……""老师,我们想你……"

在同事的陪伴下,几个人慢慢走到附近的铁路医院,大夫做检查后对她赞赏道:"不错,宫口刚开……"

躺到产床上,尚蕙心情很平静,这个孩子,从孕育开始到现在,一直处于动荡之中,大大小小、连续不断的动荡,现在终于可以平静下来了。工作,可以养活孩子。是的,一定要给孩子一个自己的家,一切都会好起来的。阵痛开始,如果说刚才是轻轻的涌浪,现在则是滔天巨浪,哗哗地冲击着她瘦弱的身体,五脏翻江倒海,她两手紧紧抓住产床旁边的栏杆,密密的汗珠从额头渗出来,开始是细密的小珠珠,不断地渗出,变成小小的水流从额头流下来,白色的枕头湿一大片……接生的助产士看着她:"你怎么不叫唤?叫一叫能缓解疼痛,生孩子的女人都叫的。"

眼睛已经被汗水和头发眯住,她摇摇头:我不叫,我不叫。医生不知道,尚蕙的心里想的是,在师范读书讲到生育这一课的时候,老师带他们到医院参观临产妇女。一个日本女人躺在床上,被巨大的疼痛袭击,也是一脸汗水,却一声不吭。当时的日本男老师说,看,坚强的女人生孩子是不叫的,生育是上帝赋予女人的天职,应该欢喜地迎接生命,叫是懦弱的。你们支那女人生孩子就喜欢叫唤。尚蕙的牙咬得嘎吱嘎吱响,她在心里说:"我也可以不叫,我们也可以不叫，我一定不叫。"

助产士感到恐怖，有一个竟然抹起了眼泪："求求你，叫唤几声，没有人笑话你的。"

尚蕙微微笑笑："没有人能帮我，叫又能怎样？反正也是要我自己承受，我不叫，我能不叫……"

当疼痛到近乎昏迷的时候，尚蕙突然感到咕咚一下，身体一下轻松，接着，听到一声震动天地的喊叫，那是初生儿对这个世界的宣言："我来了！"她深深地舒一口气，睁开眼睛，大夫双手擎着初生的生命给她看："你的孩子，女孩。"

她笑着："女儿，你出生了，我做妈妈了。"大夫给孩子做处理去，她闭上眼睛，这才感到，身体虚脱得一丝力量也没有。她喃喃地说："我没有叫，我行的。"

一周后，尚蕙出院。住院期间，尚正来看过姐姐，娘说等出院回家后去章家看喜。一鸣来几次，看不出高兴也看不出不高兴，只是叮咛她好好休息，养好身体。

出院这天，一鸣来接尚蕙，一鸣抱着孩子，尚蕙在旁边看着女儿，粉嫩粉嫩的小脸，五官精致，一个美丽的女孩。她给孩子起名青青。

在桃源街下车，他们慢慢走回八一路126号。迈进足有一尺多高的门槛时，尚蕙在心里对自己说：怕什么呢，不就是一个恶婆婆吗？不就是一个没有文化没读过一天书的女人吗？我不和你打，因为你不配！我要和你一样，那是欺负你，侮辱我自己！

走出大门洞，进到院子里，霎时明亮起来，他们走进家中。没有人迎接，一个人没有。尚蕙知道，东屋里是有人的，现在是晚饭时候，下班的、放学的，都在家。三人进到西屋，把女儿放下。尚蕙亲着女儿的脸蛋，女儿轻轻地哼哼起来，尚蕙解开包袱："哦，原来是青青拉屎了！"她把尿布抽出来，抓到一起，递给一鸣："把尿布洗一洗。"

一鸣捏着鼻子接过来，长这么大，还从来没做过这种活。看看丈夫的样子，尚蕙笑："你是爸爸呀，以后要学着照顾女儿。她饿了，我要给她喂奶。"

尚蕙坐到炕上，解开衣服，将奶头塞到女儿嘴里，女儿急不可耐地吮吸起来。一鸣拿着包着孩子屎的尿布，走到外屋，刚要弯身拿脸盆，东屋传来震天的骂声："手掉了？让汉子洗粑粑褯子，汉子是洗褯子的人吗？咱这老章家伤天理呀，让汉子洗褯子？！瞎腜百臭的，让汉子洗，这还有没有规矩呀！"

一鸣拿着包着屎的尿布愣在地中间，洗也不是，不洗也不是。洗，娘不让；不洗，媳妇不让。

尚蕙在西屋喊丈夫："拿进来吧，我自己洗。"

一鸣转身进到西屋，为难地看着尚蕙："我……我……"

"没事，放那儿吧，等我喂完孩子我自己洗。"

吃晚饭，一家人围着桌子坐下吃饭，一鸣问曹秀英："妈，尚蕙吃什么？"

"桌上有什么吃什么！"

"坐月子，不是……"

"生个破丫头片子，还想吃好的，天下有那么多好事吗？爱吃不吃，不吃不饿！"

一鸣给妻子盛一碗苞米粥，拿一块饼子，一碗炒土豆片，端到西屋："你在这儿吃吧。"看着一鸣为难的样子，尚蕙点点头："放那儿吧。"

一鸣放到炕边，站着，不知道该回去吃饭，还是陪妻子吃饭。

"你去吃饭吧，我一会儿就吃。"

如得到大赦，一鸣转身走出西屋。

看着丈夫的背影，尚蕙问自己，一鸣应该怎样做呢？听婆婆的，还是听自己的？婆婆是他娘，不听娘的话，那不是大逆不道吗？即使是一个蛮不讲理、胡搅蛮缠的娘，也要听不是，谁让你摊上呢？这样想着，心里稍觉舒服一点儿。她一口一口吃下生育后回家的第一顿饭菜，苞米粥、玉米饼、土豆片。

等东屋的饭吃完，她拿起女儿的尿布，拿着自己的洗脸盆，到院子中间的水龙头去洗尿布。

正在接水的时候，旁边屋子的姜大婶走过来："她大妹子，你出院了？"

尚蕙温和地笑笑："嗯，住六天呢！"

尚蕙蹲下刚要洗尿布，姜大婶拦住她："这可不行，刚生完孩子，手不能碰凉水，会生病的。"看一眼章家的屋子，嘟嘟嘴，"大妹子，你放着，我给你洗。"

"姜大婶，不用，我能洗。"

东屋的窗被推开，高亢的喊声从窗里传出来："你算什么东西，用你装好人？老章家人都死啦，你来充明官二大爷？真不要脸！"

姜大婶僵在那儿，她没想到，在这个世界上，曹秀英是不会给任何人面子的。尚蕙连忙说："姜大婶，你快回家！"用眼睛示意，"别管我，我没事！"

姜大婶脸色通红："这，这，怎么能这样？"

"回去吧，别惹她。"

姜大婶转身回家，一边走一边说："没见过这种刁娘们！"

接下来的几天，所有事情尚蕙都自己做。一鸣下班回家，上东屋和娘说完话，刚上这屋亲亲小青青，那边屋里就响起骂声："一个臊丫头片子，把你魂扯去啦。"一鸣只好出西屋进东屋。

生下孩子第十天，秦瑞珍带着鸡蛋和小米来看女儿。一进院子，东屋西屋的曹秀英和尚蕙都从窗户上看到了她，尚蕙连忙下炕穿鞋，迎着母亲："娘，你来了？"

秦瑞珍端详着女儿："瘦了，人家生孩子都胖，你怎么瘦了？"

尚蕙高兴地看着母亲："尚正说你过几天来，我还想呢，哪天来？这么快就来了！"

将娘引到西屋，娘俩坐下，秦瑞珍看着外孙女："真俊，像你，将来还是个美人坯子。"

娘俩逗着孩子，秦瑞珍想起还没见过亲家，就说："我去那屋看看你婆婆。"

尚蕙抓住娘的手，泪水就流下来："娘，她那个人不会说好话，你别往心里去，就当耳旁风，吹过就算。"

秦瑞珍捏捏女儿的手："你放心，我有数。"

秦瑞珍挑起窗帘："亲家母，我来看喜啊。"

曹秀英站在地中间："哎呀，可不敢当，哪还有什么喜啊，一丫头片子，哪有喜呀！"

秦瑞珍笑着，一字一句、慢条斯理："亲家母，现在是新社会，丫头怎么啦？丫头不是人吗？你不也生丫头吗？你生丫头的时候不是喜事是丧事吗？你自己不是丫头吗？难不成你裤裆里还长个把不成？不然，哪来那么大底气骂女人！"

曹秀英愣在那儿，她知道，这个亲家母低声软语的，却并不让人，说自己生丫头是丧事，说自己裤裆里长把！她想像骂尚蕙那样开骂亲家，她抬头看看秦瑞珍柳叶眉下一双亮得晃人的眼睛，忽然觉得，这个对手可能不太好惹，定不会像她女儿那样，无论自己怎么骂也不还口的。她吞下去了已经涌到嗓子眼的难听话。

两双眼睛较量着，谁也不说话，冷冷的对峙后，秦瑞珍转身走出去："我要去看我外孙女，不和你说话。"

中午，曹秀英做好饭菜，算招待秦瑞珍，尚蕙从生孩子后第一次坐到饭桌前。秦瑞珍却真正地吃惊："亲家母，月子人的饭做了吗？吃什么呀！"

"好米好面都有，就是不能做给你闺女吃，生个丫头片子有脸吃吗？"

"你们老章家也算是有名有姓的人家，就做出这种混账事？我不吃了！留着你家的好米好面你自己吃吧！"

秦瑞珍放下筷子，拿起装鸡蛋的空筐走出门。尚蕙追出去："娘！"

秦瑞珍看着女儿："你这是什么命？一鸣就让他娘这么虐待你不声不响？"

"他没等说一句，他娘说十句，全院子都能听到，谁也不敢说话，谁说骂谁。"

秦瑞珍擦一把眼泪："你等着，我回家和你爹商量商量，接你回家。"

"真的，娘？"

"娘能骗你？不过按规矩，姑娘不可以在娘家坐月子。"

"我知道。"

"我走了，你好好照顾自己。"

"娘……"尚蕙哽咽的声音让秦瑞珍越发心痛。

秦瑞珍呜咽着走出了八一路126号。

乘下午车回到旅顺，到家时，尚美已经做好饭，正等她回来吃饭呢。一看秦瑞珍的脸色，陈千里不由奇怪："尚蕙和孩子好吗？"

本来想吃完饭再说，可在章家所受的刁难和屈辱让一贯沉静的秦瑞珍无法沉静："尚蕙那个婆婆真不是个东西！"她简单叙述了今天在陈家的遭遇。

"那你怎不把闺女领回来？"

秦瑞珍本来以为丈夫会拘于旧规矩不愿女儿回来，就叹口气："有讲究的，闺女不能在家坐月子。"

陈千里噌地从炕上下来："什么他妈的臭规矩？现在你马上回去给我把闺女领回来！"

看到丈夫同意，秦瑞珍知道不用再说什么，心里反倒敞亮了："这时候哪还有车？让你闺女走回来呀！明天就去领。"

陈千里气呼呼地坐下："我告诉你，如果我闺女出什么差错，看我能放过你！曹秀英，世界上这么狠心的女人，我多好的闺女，嫁给她家，她虐待我闺女，不得好死！"

秦瑞珍冷笑："起咒发誓有什么用？好人不得好报、祸害一千年！这世道哪有公平的？这都是你闺女的劫，咱能帮多少帮多少，明天我就去领她回来。"

陈千里从来唯妻子马首是瞻，今天这事却大发雷霆，倒给秦瑞珍一个安慰。丈夫这一关过去，让女儿回家坐月子，别人爱说什么说什么去，闺女的安危才是最重要的。

那天晚上，全家人谁也没吃饭。

秦瑞珍第二天早晨乘车到大连，先去中山区教育科找到儿子尚正，给他说这事，让他请假和自己一起去接姐姐回家。曹秀英那个女人不好对付，真有什么撕扯，有儿子在，要保护好外孙女。

娘俩进到大院，从大门洞刚一拐过来，正在炕上喂奶的尚蕙隔着玻璃看到了，她欢声叫道："娘！"

母子俩走进门，曹秀英正在灶屋做活，看到娘俩进屋，谁也没同她打招呼，直接进西屋："姐，我和娘来接你回家坐月子。"

"我知道。我包好青青就走。"炕旁边是两个已经包好的布包，原来，尚蕙早做好准备，她知道爹一定不会让自己在这儿受虐待的，爹一定会让娘来接自己。

尚正拿起两个大包，尚蕙抱着孩子，一家人走出来。尚蕙站住，看着曹秀英："娘，我回我妈家坐月子。"

什么时候这样不被人搭理过？曹秀英又发飙："什么人这么不懂规矩？到

我家里来从我家领大活人走,陈尚蕙是我章家媳妇,说走就走啊!"

尚正一步跨到她跟前:"不说走就走,还要你同意啊!你家是地狱,在这儿待下去,好人也会疯掉,出事你负责吗?你再说一个不字,我去派出所,告你虐待儿媳妇!不看我姐夫面子,现在就去派出所叫警察把你抓起来!"

尚正现在是教育科里最年轻的干部,风华正茂、气宇轩昂。曹秀英听儿子说过,尚蕙的弟弟在教育科做副科长,自己的工作还是他帮忙的。她是知道分寸的,对什么人应该说什么话,看客下菜碟,她是绝不会搞错的,气焰登时低下来:"那就回家吧。省得我忙活伺候月子。"看着一家人走出门,还是不甘心,跟上一句:"这媳妇回娘家坐月子,可没这个规矩。"

尚蕙回头,看婆婆一眼:"婆婆在月子里不是骂就是摔,有这个规矩吗?"

"姐,走,不用理她。"

一家三口走出院子,走出黑洞洞、阴森森的八一路126号。

尚正把娘和大姐送到火车站,自己回单位上班。

一回到家,秦瑞珍就让尚蕙躺到早就准备好的炕上,不要再下地,别受风。即便是温暖的六月天,随便一个穿堂风,也容易让女人受病,跟随一辈子的。

隔窗望着大街上蔚蓝的天空,看着身边甜睡着的女儿,尚蕙知道,自己又安全了。只要在娘的身边,就没有人可以欺负自己。

晚上,陈千里下班回来,一进门看到妻子在大厅,就问:"闺女回来了?"

秦瑞珍努努嘴:"娘俩都睡着。"

陈千里蹑手蹑脚地走到屋跟前,朝里看着,恰好尚蕙醒来,赶紧掀起被子:"爹!"

陈千里走进去,小声小气地阻拦:"别起来,躺着!"哈下身子,仔仔细细看着外孙女:"真好看,像你,俊!"

"爹!"尚蕙的眼泪刷地下来,从医院回到章家几天,每天都要被曹秀英高声大气辱骂,如今,因为自己回来,因为青青睡觉,一家人说话都压着嗓子,走路都踮着脚。

"别哭!别哭坏身子,坐月子不能哭,对眼睛不好。回家就好,重新坐月子,爹让你重新坐一个月月子,一定坐足一个月。"

尚蕙心想：这个世界，最疼自己的是爹，最懂自己的是娘，这还不够吗？凭什么让一个和自己没有任何关系的老太太疼自己呢！她疼她自己的儿子就好。她和爹一起低头看正在熟睡的章青青，静谧而温馨。

章青青的哭声，吸引着二楼上的苏联军人，他们纷纷来看这个中国小女孩，然后，有热心的送来面包、饼干、糖块，还有小衣服。对于当时的中国老百姓，这些无疑是难得的奢侈品，这给产后身体虚弱的尚蕙带来了身体复原的能量。女儿的哭声，也引来了何子衿。

那天晚上，他刚从外面回来，就感到有些不对头，空气中弥漫着一份说不出来的气息，淡淡的奶香味、若有若无的温馨，他想："尚蕙回来了。"

他朝侧面的房屋看去，正在外屋吃饭的秦瑞珍已经看到子衿，她走出来，笑着告诉子衿："尚蕙回家了。"

"满月了吗？"

"哪有？才11天。她那个混账婆婆，因为生个女儿，天天折磨她，你师父让我去给领回家，也不管什么闺女不能在家坐月子的旧规矩。"

子衿脸变色道："折磨尚蕙？"

"可不是？天天骂，不给做月子饭。你说坐月子里，受这种折磨，还能不落病？"

子衿脸色严肃起来："可以去控告他，政府会管的。对这种旧社会的腐败风气，妇联可以对她进行教育！"

秦瑞珍知道子衿是可以做到的，想想，那毕竟是尚蕙的婆婆："哎，好赖一家人，还有一鸣呢！再坏，也是他妈。"

"师娘，我可以看看孩子吗？"

"好啊，在那屋。"

秦瑞珍走到里屋，推开屋门，对尚蕙说："子衿来看你。"

"让他进来。"尚蕙正躺在床上读小说，她放下书，笑着对他说："子衿……"

他走进屋子，看着孩子，青青刚吃完奶，舒适地躺着，一双黑黑的大眼睛滴溜溜地砖着，不知道看什么。子衿端详着孩子："好漂亮的小女孩，像你。"

尚蕙笑着，忽然就泪水盈满眼眶，她极力忍住，不让泪水掉下来，可还是一滴一滴跌落……

他不看她，低声问："你受气，一鸣呢？难道他不管？他任他母亲放肆？"

"他也说，但一点儿力量也没有。他妈骂起人来，整个大院子都能听到。邻居姜大婶看我可怜要帮我洗尿褥子，她也把人臭骂一顿。"

子衿抬头看看她："这种人应该对她进行革命，这是社会的毒瘤。"

尚蕙低下头："子衿，谢谢你。"

"你以后怎么办？总不能一直住在娘家。"他忽然热烈地说，"要不，你到旅顺来工作吧，这儿的学校也很需要教师。"

尚蕙摇摇头："你别担心我，我没事。娘说，她到旅顺的时候，在大连有套日本房，等回家，如果还那样，我就搬出去自己过。工作已经定下，我上次讲课那个五年级班级，有个老师带班。但孩子和家长都要求我回去上课，等再开学，他们六年级，正好我也上班。"

"哦，你要保护好自己，不要再受婆婆的气，这是新社会，谁也不准欺负人。"

"我知道。家丑不可外扬，怎么说她也是一鸣的娘。"

"你就是心眼太好、太善良，容易被人欺负，真让人不放心。"

尚蕙笑笑："你放心，我不会让人欺负的，不过因她是老人，给她面子而已。当然，这个面子是有时间、条件限制的。我有自己的底线。"想起尚蕙在陈千成开的大烟馆对大妈的表情，子衿知道，退无可退的时候，尚蕙会反击。

一时静场。

尚蕙打破安静："你的身体还好吗？"

他抬起头："不太好，上个月痛得厉害，只好休息两天。医生说要静养。你知道的，旅顺这个特殊地区，和苏联红军在一起，一点儿问题不能出的，怎么可能静养？"

"那怎么办？"

"没关系，我会注意。"子衿站起来，"以后有时间再来看你，反正你也要住一段时间。"

"产假46天，在章家已经住十天，爹说要重新坐月子，做足一个月呢！"

"我知道，师父最疼你。你好好休息，我上去了。"

"你要注意身体。"

"你放心。"

他深深看她一眼，转身走出房间。正要上楼，身后有个声音喊住他："子衿哥。"

"尚美，有事啊？"

尚美少女的胸脯起伏着，脸色绯红："子衿哥，我姐姐已经结婚，都生孩子了，你为什么还要喜欢她！"

正是吃饭时间，大厅里静悄悄的，没有人影："你乱说什么？你姐姐回家，我去看看孩子，一个很可爱的女孩子。"

"我当然知道，上次大姐回来，你们俩让我回家，你们俩说些什么？大姐回来告诉我，让我以后不要找你。子衿哥，我要嫁给你。"

子衿愕然立在那儿，一时不知道怎么说好，大胆的尚美，竟然说出这种话，让师父听见，非揍她不可。

"姐姐结婚还占着你，真不像话。子衿哥，你要不答应我，我就告诉姐夫，说姐姐和你好。"

子衿的脸色沉下来，他没想到，尚美这个光复后长大的女孩如此直接如此大胆。"尚美，如果你这样做，我就永远不理你。你怎么能那样对待你姐姐？尚蕙对你有多好，你不是不知道，遇到好看的衣服，她自己不舍得买，都买给你穿。她买一件新衣服，你喜欢，立刻就拿来。可你却要破坏她的幸福，你这样做，对得起师父师娘，对得起你姐姐吗？简直可恶！"

尚美低下头："谁让你不理我？我那么喜欢你，对你那么好，你从来都不搭理我。要不是姐挡着，咱俩早好了！"

"尚美，你姐姐不让你找我，还说什么了？"

"没说什么，就说让我以后不要再找你。"

"你姐姐没告诉你，我已经有未婚妻吗？"

尚美的眼睛瞬间睁大："你有未婚妻？我大姐没说啊！"

"她怕你难受，我的未婚妻在哈尔滨，她的工作很忙，我们很少见面，但我们已经商量，过段时间，我们就要结婚。"

"你骗我，我大姐怎么没说？你一定是骗我。"

"我不骗你，我只是不愿意说这件事。一说，大家就要问哪里人、做什么工作，多大年龄。我真的很忙，不愿喋喋不休地说自己的事情，你不理解这种心情。自己喜欢的人是放在心里的，是不愿拿出来说给别人听的，你懂吗？"

泪水流下来，尚美说不出话，转身跑开去。

望着尚美的背影，子衿有些内疚。跟着姜鸿到哈尔滨后，自己接受过地下工作者的训练。虽然后来并没有做这份工作，但如何蒙骗敌人是懂得的，没想到，今天竟然用在尚美身上。他在心里说："尚美，对不起，子衿哥不会娶任何女人，也不会喜欢别的女人。"

尚美气呼呼跑回家中，坐在炕上生闷气。秦瑞珍看到她和子衿在说话，知道小女儿又去找子衿了。她正色看着女儿："我跟你说过，不要去找子衿哥，你这个孩子怎么不知道好赖？"

尚美的眼泪流下来。秦瑞珍有些奇怪："太阳打西边出来了！我老丫头还会哭？子衿说什么话，惹你这么伤心？"

"娘，子衿哥说他有未婚妻……"尚美放声哭起来。秦瑞珍立即明白，子衿在用这种方法拒绝尚美。

"丫头，哭什么？子衿是讲究人，他才告诉你。如果不告诉你，还让你天天瞎想，你不更亏？你长得不差，哪里还找不到一个男人啊，用得着在一棵树上吊死吗？"

尚美不说话，把一张俏丽的小脸哭成了花脸。

尚蕙在娘家这段时间，章一鸣星期天休息的时候，就坐火车到旅顺来看望妻子和孩子，开始时有些不好意思。想想，本来应该在婆家坐月子的妻子回娘家来，让他觉得自己很没面子。可是，全家在秦瑞珍的劝说下，都装作没事人，似乎都不知道这件事，似乎回娘家坐月子是一件很正常的事情。一鸣也愿意到岳母家，一家人说说笑笑，如今又有小天使章青青，更是笑声不断。尤其小姨子尚美，因为子衿的关系，她与尚蕙别别扭扭的，但对新来的外甥女却宠爱有加。只要尚美在家，青青一定在尚美身上，背着、抱着，青青娇嫩的笑声让一家人的脸上都洋溢着笑。一鸣暗暗想，或许女儿回自己家后，女儿的笑声也会让娘喜欢的。

名副其实坐足一个月的月子后，一家人要回大连了。走出大门口，一鸣说:"爹娘,我们走了,你们回去吧。"

陈千里欲言又止,秦瑞珍平静地看着他:"一鸣,尚蕙在你家,你就是他最近最亲的人,有什么做得不到的地方,你担待点儿。她也是爹娘手上捧着长大的孩子,谁都拿她不当人,你可得拿她当人。"几句话说得挺重。一鸣满脸通红:"娘,你放心,我知道。"

休完产假,离放暑假只有不到二周的时间,尚蕙到学校上班。校长找她谈话,说下学期还接原来的班,接着教六年级。

尚蕙上午间操时间到托儿所去给青青喂奶,青青躺在小床上,看到她,一双小手伸出来,嘴里发出咿咿呀呀的声音,她轻轻抱起女儿,解开衣服,奶头塞到女儿嘴里,小嘴迫不及待地咕咚咕咚喝起来……

中午吃饭的时候,她打开饭盒,里面是一个玉米面窝窝头,一块咸菜疙瘩头。饭盒盖开着,她起身去倒热水,坐下要吃饭,看到几个同事都在看她,她知道大家在想什么,遮掩也没用,越遮掩,大家越好奇,不如敞开让人家看。一位中年男老师说:"陈先生,你是哺乳的女人,午饭吃这样,身体怎么受得了?奶水也成问题呀!"

尚蕙笑笑。她不知道该说什么,说婆婆不好,她不习惯;说家中困难,似乎也难说出口。她不习惯说谎话,又不愿意在单位说自己家事,只好什么也不说,低着头啃着窝头。其实,早晨拿饭的时候,她看到一鸣和公公章衍行的饭盒里都是大米饭和刀鱼,而她与他们都不同。

晚上,回到西屋,她问章一鸣:"你看到我拿的什么饭了吗?"

"我知道,要不明天,咱俩的饭出门换过来,我吃窝头,你吃米饭。"

"你去东屋和你娘说,大家都工作,都挣工资,应该吃一样的饭。"

章一鸣不动:"你去呀!"

"你去说呗。"

"那是你娘,这是在你家!我不因为我是喂奶的女人要求特殊,我只要求公平,要求和你爹和你拿一样的中午饭。"

"咱俩换不一样嘛。"

"不一样,你娘那么疼你,让你吃窝头,她该多难过?我怎么能让她难过。如果吃不起,大家都不吃;吃得起,大家都应该吃。你去和你娘说。再说,你们家眼睛多着呢,真换饭,你娘知道,能把房盖骂掀开!"

章一鸣有些生气,那是我娘,你怎么能这么说她?就算声音大点儿,也不至于把房盖掀开,你教语文的,会形容,用到我娘身上来。他想批评尚蕙。

尚蕙站在地中间,一双丹凤眼挑起来,灼灼放光。章一鸣还从来没看到妻子这样较真,这样不通融。

"好吧,我去。"

章一鸣去到东屋,站在地上,看着曹秀英,说不出口。曹秀英看着儿子:"一鸣,有事?"大儿子是她的心尖肉,一想到儿子要听另外一个女人的话,那个女人昧下自己的钱,还生个丫头片子,她就生气。

"娘,尚蕙说中午饭大家都应该拿一样的饭。"

"她说什么?"曹秀英大吃一惊,这个陈尚蕙竟然敢对自己提意见。她惊讶得不相信:"你再说一遍。"

"尚蕙说中午饭大家都应该拿一样的饭。"

曹秀英的大巴掌又一次拍到木头炕沿上,一连拍好几下:"谁也别想给我当家,这是我的家,我说了算!想在这儿过,就这样,不想在这儿过,给我滚!"

"娘,你这是做什么?"

两只巴掌一起拍在炕沿上,冲天的骂声再起:"啊呀,过不去啦,有人要给我当家呀!这家过不下去啦!"是哭、是喊、是骂,没人分得出来。

章衍行给儿子使个眼色,章一鸣赶紧退出来。娘以前不是这样的,难道就为那十根黄鱼就这样恨死尚蕙?说过是做生意赔掉,可娘就是不相信,有什么办法呢!

他回到西屋,尚蕙已经坐在炕上,正抱着青青,两手捂住青青的耳朵。"女儿,别听,别震聋你的耳朵。"孩子惊恐的眼睛看着妈妈,大概她也奇怪,人的声音怎么会如此巨大?

一鸣坐到炕沿上:"都是你,非要说,我娘的脾气你也不是不知道,这些日子你也看到,谁能当她的家?我爹都没用。"

"我总要为自己的权利争取吧,现在是新社会,虐待媳妇是不行的,你娘知不知道?我不去告她,是我看你和你爹面子,并不是我怕她,我希望这一点你和你妈、还有你家所有人都应该明白！兔子急眼也是要咬人的！派出所可以以虐待罪拘留她。"

尚蕙转身躺到女儿身边，留一个后背给他。一鸣觉得自己真是里外为难，说娘说不得，说媳妇也说不得。第一次，他感到了结婚带给自己的负担。是的，负担，如果没结婚，那十条黄鱼赔了就赔了，以前自己打麻将也经常输钱，娘从来没说过自己。有妻子就不行，娘不相信尚蕙没吞这十根黄鱼。又生一个女孩，尚蕙你也是，就不能生个男孩？生个男孩，就不会这样。

接下来那段时间，尚蕙没再要求自己的权利，她每天带着两个小窝窝头，一块咸疙瘩头午饭。曹秀英很得意自己的成功：小样，想当我的家，给我当家的人还没出生呢！

放假了。一大早，尚蕙吃完早饭，就开始包青青，一鸣凑过来："要出门啊！"

"嗯。"

"回旅顺？我和你一起去，我看爹在军港那儿钓鱼，我也想跟爹学钓鱼。"

看丈夫一眼，尚蕙笑笑："不回家。今天单位同事小于结婚，我们几个女同事都去。"

"你自己去，抱青青去干啥！"

"我不抱青青，谁看她？拉屎撒尿，你能管？你娘又要骂，不给你添麻烦。"

背上包，抱起女儿，走出西屋。章衍行和曹秀英都在东屋，尚蕙站在灶屋地中间，对着东屋，高声喊道："爹、娘，我和青青出去，我们走了啊！"

没等回音，她抱着孩子走出家门、走进院子，拐过去，走进黑暗的大门洞，跨过一尺多高的大门坎，头也没回地朝有轨车站走去……

从进到这个家门起，尚蕙还从来没这么大声说过话，听到尚蕙的声音，坐在炕上的章衍行和曹秀英都一愣，接着，从窗户看到儿媳妇抱着孙女离开，曹秀英撇撇嘴："啊呀，了不起的，生个丫头片子，还抱出去显摆！真不知道三两沉二两轻。"

从桃源街乘车到站前，尚蕙抱着女儿下车，朝天津街走去。心情极好，她慢慢走着，看着街道两旁的店铺，对这儿她极其熟悉。从小就常到这儿逛街，后来长大，无论买什么东西，都不在自己家跟前买，都要跑到这儿，大连最繁华的街道上，逛街为主，买东西为辅。娘曾经说她，兜里也没几个钱，逛什么街？真是傻丫头。可她就是喜欢逛天津街，哪怕什么也不买，逛一次天津街，就觉得心情舒畅，有什么不高兴的事，逛完街也烟消云散。以后就要住在这条街上了。走到霓虹电影院，她站住，看着高大的广告牌，自己在这里看过很多电影。现在，自己要住到电影院跟前。她用脸去蹭女儿的脸："青青，以后我们住在这儿，等你长大，妈妈带你来看电影，好不好？哦，好呀！当然好，电影多好看啊，是不是呀！"

这时候，什么曹秀英、章衍行，甚至章一鸣都变得不重要，重要的是自己和女儿有了自己的家。

继续往前走，天津街水果商店对面的一条马路，保安街44号。这幢楼虽然没来过，但娘一说，她就知道是哪儿。每次逛天津街，都从这儿路过，只是没拐过来而已。

这是一幢四层楼。一楼、二楼的门面对着保安街，三四楼要走旁边的门。一楼没有住户，很像旅顺娘住的区政府，空荡荡的前厅，旁边屋子是长海县驻大连办事处。黑黑的、窄窄的、陡陡的楼梯，她抱着女儿一个台阶一个台阶地往上走，抬头看，前面有亮光。终于上到顶，上到二楼。长长的楼梯、长长的走廊，两套房子，娘的房子是紧靠楼梯这间。

抱女儿的胳膊有些酸，她还是坚持抱着，腾出一只手，从包里掏出红毛线绳系的钥匙。这是离开旅顺的时候，娘给自己的。说如果在章家过不下去，就上这套房子里住。四六年，大连进行房屋重新分配，穷人住洋房的时候，自己家分到了这间屋子。娘说原来想留给尚中结婚，现在尚中不回来，尚正什么时候结婚还不知道呢，你就去住吧，过几天舒心日子。

把钥匙伸进锁里，啪，锁头打开了，从门鼻里抽出锁头，她轻轻推开门。娘说得没错，家具是齐全的，大衣柜、五斗橱、圆吃饭桌、四把椅子。她扫视着房间，因为年久无人居住，房子里积着厚厚的灰。两个大拉门，四扇拉窗。她轻轻拉开，还好，因为有拉窗隔着，里面没有多少灰，倒是空中吊着一些灰网。她把灰网简单扯下来，把女儿放到拉门里的铺上。

用抹布擦了擦一把椅子，坐下来。"青青，妈妈也要休息休息！"

太激动太兴奋,刚坐下,尚蕙又站起来,环视整个屋子,青青也睁着滴溜溜的双眼东看西看,似乎在奇怪这是什么地方。

"青青,这就是咱俩的家。莫听穿林打叶声,何妨吟啸且徐行!我们自己前行,不用看别人脸色!"

她亲着女儿的面孔:"女儿,我们可以在这里任平生。怕什么呢?有什么可怕呢?在天津那样的日子都过来了,还怕她曹秀英吗?是不是,女儿?"

青青咿咿呀呀地回答她,尚蕙笑起来:"你说什么?说我们母女俩观点一致啊!"

她再一次亲吻女儿的面孔。

最重要的是要马上去买一个瓦斯头,她要自己开火做饭。尚蕙忙起来,抱着孩子去买米买面买菜买锅,和女儿在保安街44号很认真地过起日子来。

晚上吃饭时间没回来,一鸣还沉得住气,他想妻子一定是在同事家玩得高兴,所以回来晚;一夜没回来,他又想,应该是回旅顺娘家去了。

第二天,他去尚正工作的教育科,问尚正知不知道他姐姐去哪儿,是不是回旅顺了。尚正说没有啊,这个星期天自己回的旅顺,姐姐没回家呀。这一下,一鸣有些慌神了,开始寻找妻子和女儿。去同事、同学家,能想得起来的,都去问,都没有。他去旅顺,陈千里上班不在家,秦瑞珍一个人在家,听说女儿不知去向,却问他:"是不是你娘又给我闺女气受?"他说没有。"没有,她怎么会离家出走?尚蕙不是不讲理的人,只要能过下去,她不会离开家的。在天津你穷成那样,她都没把你扔了!"

一鸣生气,这个丈母娘也有些过,嘴里就溜出来:"受气就可以不要丈夫不要家啊!"

秦瑞珍看着女婿,她不太喜欢这个人,当时就不愿意女儿嫁给他,弄得好像自己家高攀似的,可女儿偏偏被他那副公子哥的样子迷住,竟然就喜欢上了。"一鸣,受气不应该离家出走,如果活不下去,不离家出走也没有办法不是?谁都要给自己找活路不是?"

"娘,你是不是知道她俩去哪儿,你告诉我好不好?"

"我不知道。一鸣,我告诉你,如果这娘俩没事就好,有事我是要问你家要人的！我好好的闺女，丢了我能罢休吗？"

知道在这里问不出结果，一鸣只好回到大连，像个没头苍蝇一样在街上乱窜，能想起来的尚蕙可能去的地方挨个找，都没有。

有一天，他正在街上乱走，忽然看到了陈千里原来的徒弟沈铁柱。他连忙上去打招呼，然后问人家看没看到尚蕙。本来只是问问而已，沈铁柱怎么会知道尚蕙在哪儿呢？偏偏沈铁柱真知道。他知道师娘这套房子，前几天在那儿看到尚蕙，知道她已经搬过来。"尚蕙啊，她搬到保安街那个日本楼里啦，你没去啊！"

"在哪儿？"

沈铁柱告诉他地方，章一鸣说声谢谢，就急忙朝着尚蕙的家赶。沈铁柱摇摇头，这章家大少爷怎么这副模样？难道和尚蕙……

一鸣看着面前黑洞洞的楼梯，妻子就在这上面，自己建立了一个家。他一步一步走上去，没上到楼梯，就听到尚蕙和青青的笑声。在家里，尚蕙从来没这么笑过。他站在门前，定定神，敲门。尚蕙竟然没问谁，径自过来打开门，看到他，也不惊奇："你来了。"

他进去，一个很像家的家，什么都有，最重要的，是有笑声。女儿看到他，伸出小手，他走过去抱起女儿，只有一个星期，女儿好像长大许多，会笑了，两个深深的酒窝，两只笑眯眯的眼睛。

"你出来也不告诉我。"

"告诉你，你会同意吗？"

"走，回家。"

"回哪个家？"

"回八一路家？"

"我哪儿也不回，这就是我的家。"

"我是老大，我怎么能不和父母一起过呢？你不要难为我好不好？回家，我和我娘说，以后不要骂你，中午饭也拿一样的，我保证！"

尚蕙从一鸣手里接过孩子，将孩子放到拉门的中铺上，让孩子自己玩，站到章一鸣面前："一鸣，我告诉你，如果你愿意和我继续过，你就出来到这个家过；如果你不愿意，你要和你娘在一起过，我没意见。你考虑好再做决定，我不强求你。"

"你说什么？你要……"

尚蕙点头："是的，你是老大，如果你离不开你娘，就回你家住，我没意见。我不会再回你那个家，肯定不回去，但我不勉强你。你怎么做，随你。"

她不再说话。一鸣站到尚蕙面前："你要和我离婚？"

"如果你不能和我和孩子一起过，如果你认为你妈妈那样对我是对的，如果你也要像你妈妈那样对我，如果你是一个没长大离不开妈的男人，我会离婚。"显然，尚蕙想了很久，一条递进一条的理由，当有一个理由解决不了的时候，她想到了分手。

他怔怔地站在地中间，脑子一片空白，怎么会这样？好好的，尚蕙竟然要离婚！婆婆给媳妇一点儿气受，这不是很正常吗？我中间说说，你忍一忍不就完了吗？忽然，一鸣想到子衿，那个如不散的幽灵一样飘荡在他们中间的男人："因为另外一个男人？"

她站到他面前，尚蕙知道丈夫会想到子衿，她坦然盯着他的双眼："你知道，不是的。如果是那样，就不会有今天；如果是那样，我就不会和你结婚，不会跟你去天津。结果，尚中丢了。你这样说，是侮辱我，也是侮辱你自己。"

"既然都不是，那你跟我回家。我娘是刀子嘴豆腐心……"

尚蕙脸色绯红，厉声喝道："错！你娘是刀子嘴豆腐心？你可真能为你娘开脱！如果是豆腐心，就不会在我大着肚子进你家门的第一个晚上，骂得我狗血喷头，理由是莫须有的，你知道那十条黄鱼去了哪里。如果是豆腐心，就不会在我要给孩子喂奶的时候让我吃窝头和咸菜。她是刀子嘴刀子心，她想杀了我，也杀了我们的孩子！我离开家，是保护我自己，更是保护青青，我不能让青青在骂声中长大，在仇恨中长大！"尚蕙两眼冒火，一鸣从来没看到她这么强悍、这么愤怒。

他看看妻子，妻子并不看她，转身逗女儿玩。一鸣突然明白，尚蕙毕竟是尚蕙，外面温和甚至有时懦弱的尚蕙是有另一面的。

"你不用着急做决定，你回去吧，女儿要睡觉。"

尚蕙站起来，摆出送客的姿态。他刚一出门，门就在身后关上，没有犹豫，没有留恋。关得严严的，一丝缝隙没有，整个楼道陷入一片黑暗中。他愣怔地站着，知道门不会再为自己打开，只好轻一脚重一脚地走下楼梯，走出一楼大门，在阳光下，他意识有些恍惚，怎么到这个地步？

章一鸣没有回八一路，他顺着天津街茫无目的地往前走，走到火车站前的广场花园，花园里几乎没有人，长条凳上也一个人也没有。找一张凳子坐下，他要好好理理自己的思绪，他不明白，和尚蕙怎么会走到这一天。

当年，章家大公子，谁不认识？开着粮行、点心铺，天津还有生意。日本要倒台前几年，已经露出颓势，物资紧张，粮食供应也紧张，连日本教师生活都处于困难之中，可自己家的蛋糕、点心，从来没断过。有时看老师可怜，就给老师带一些去，也因此，老师对自己都是客气几分的。多少女孩喜欢自己，多少人家托人来求亲，一个也没成过。他想找一个漂亮女孩，曹秀英却要找一个有钱人家的女儿，娘俩的意见从来没在一个女孩身上统一过。永远是儿子喜欢娘反对，娘喜欢儿子反对。他知道娘宠自己，所以也从来不驳娘的面，二十岁，还没有定下人家。

有一次，路上碰到一中学同学周文，说起妻子工作的学校，来个旅顺师范学堂毕业的女孩，又漂亮又有才气。

"什么才气？"

"文章写得极好，小学就在报纸发表过文章。说真的，一鸣，旅顺公学堂的女孩子你可别小瞧，哪个都不白给，况且在这些女孩中又是出类拔萃的。这些女孩子不像我们富裕人家子弟，读书是应理应分的事情。那可是百里挑一考出来的。"

他不说话，心里有些动。

"怎么样，见个面看看？"

"家穷，我娘是不会喜欢的。"

"一鸣，你什么都好，就是什么都听你娘的不好，男子汉大丈夫，齐家治国平天下，岂可没有自己的主张？家穷怎么了？朱元璋当年还是和尚呢，师范也不都是家穷女孩，有的好人家女孩就想当老师，穷人家孩子能考出来，还喜爱诗文，我看比那矫揉造作的大小姐好许多呢！这样，别说看男女朋友，只说去玩，你星期天去我家玩，让我老婆通知那女孩也去，你看如何？"

"行,看看。"

那天去周文家,一进家门,就看到一个女孩在和周文的儿子玩,在玩剪子、斧头、布。男孩伸出拳头,她慢一拍,伸出自己的剪子。"我输了,你赢了!"

看到来人,女孩站起来,周文装作没事人似的:"一鸣,怎么想起到我家来?"

"我走到这儿想起你在这儿住,好久不见,来拜访拜访老同学。"

"快进来。"

尚蕙静静地站在那儿,微笑着,脸微微地红。周文给彼此做介绍,说正好,我们凑一局打牌吧。

"好啊!"

尚蕙再一次脸红:"对不起,我不会,你们打吧,我要回家!"

老练的周文连忙阻拦:"陈小姐,别走,听说陈小姐极有才华,在报刊发表过文章呢!"

她又脸红:"只是偶然而已。我哪知道发表文章?老师帮我寄到报馆去的。"

"不要打牌,我们聊聊天,难得今天遇到陈小姐这样的才女,一定要讨教讨教。"

尚蕙的脸越发地红:"你在北平读大学呢,大学是我的梦想,但我知道,永远不可能实现。"

"为什么?以陈小姐的才华,完全可以去北平考一所好大学呢!"

她摇头:"我是要养家的,供弟弟妹妹上学。"

她看一鸣一眼,大概是奇怪他怎么不说话,就这一眼,让一鸣怦然心动,莫名其妙,自己的脸也发起烧来。

"陈小姐在报馆发表的什么文章啊?"

"快别提,很普通的小文章,写春天的景象,很幼稚的。周先生,以后不要说这件事,真是不足一提,都是别人瞎传。"

他们聊起来,尚蕙说自己还是喜欢宋词,说唐诗属于男人,宋词属于女人,尤其李清照的词,说出了多少女人无法与人说的情怀。

"陈小姐也喜欢李清照？"

"不算太喜欢，有些感情是我无法理解的，大家小姐嘛，总是伤春悲秋咏雪的。'一种相思，两处闲愁，此情无计可消除，才下眉头，却上心头。'我们普通人有相思，可是无闲愁，没有时间啊，要工作要挣钱要养家还要读书……"她轻轻笑起来，低低的笑声像山涧水流进一鸣心中。

尚蕙还是先离开了，说出来时间太长，休息一个星期天，要帮娘做活，不能在外面玩一天。

尚蕙一走，三个人开始讨论。周文问一鸣喜不喜欢。一鸣不说话，周文妻子反问："这还看不出来？最能聊天的一鸣今天不说话，为什么？当然是怕说错话，为什么怕说错话？当然是喜欢陈小姐，怕说错，陈小姐不高兴啊！"

周文说你总要给我一个态度，如果喜欢，我老婆明天就告诉她说昨天那个不速之客章一鸣看上你了；如果不喜欢，我就什么不说，就当一次真正的偶遇。

"我明天自己和她说。"

第二天，尚蕙下班的时候，看到手拿花束、光头的一鸣。尚蕙问他为什么把头发剃去，他说再不用追求女孩，不用讨别的女孩喜欢。就这样，俘获了尚蕙的心。

当一鸣告诉娘自己喜欢尚蕙以后，听说尚蕙爹就是一个开小洋服店的，曹秀英不同意。一鸣说如果娘不同意，我就不娶。这辈子，娶就娶尚蕙，否则就不娶。曹秀英只好同意，这是儿子第一次独自做出决定，曹秀英没等看到尚蕙，已经存下芥蒂。

往事一幕幕闪过，想起天津，自己去做生意，十根黄鱼一根一根赔出去，每次问尚蕙要黄鱼，她都不愿给。当最后做生意赔得一无所有，几个伙计跪在地上，尚蕙拿下自己的耳坠时，他是不愿意的，自己家也没钱，给他们，我们怎么过？

伙计走后，他埋怨尚蕙："不应该把耳坠给他们，我们也没有钱。"

"他们比我们更可怜，我们还有衣服、家具什么的可以卖，他们什么也没有呀！"一鸣有时奇怪，家境并不富裕的尚蕙，做起事来却似大家女子。尚蕙告诉他："娘说过，碗边饭吃不饱肚子，我们留一个耳坠也解决不了所有问题，倒能帮助他们回家。我去找工作，谁坐天下，总是要办学校的，只要办学校，就需要老师，我一定会找到工作的。你也会！"

如果不是尚蕙，想不出自己在天津怎么混下去，能不能像街头的流浪汉那样伸手要饭。可是，回到大连，娘那样对她……一直想向娘认真解释，也尝试解释过，可娘就是认为自己在撒谎，在护着尚蕙，是尚蕙吞掉了那十根黄鱼，有什么办法呢！娘就是认为，所有的错误都在尚蕙，不在自己，有什么办法呢！她是自己的娘啊，尚蕙让自己在两者中间做一个选择，该选择谁？能不要娘，还是不要尚蕙？！

他弯下腰，抱着头，呜呜地哭起来。忽然，他想起尚蕙的话："你娘是刀子嘴刀子心……"他对着天空，好像妻子在空中："尚蕙，你说的不对，娘是刀子嘴豆腐心，但是对你……"是的，对尚蕙，娘真的是刀子嘴刀子心。他不愿意承认，那是娘啊，这个世界上对他最好的人啊！尚蕙让自己选择，这怎么选啊！他抱着头，想着，想得头开始痛……

终于，他对着天空说："尚蕙，我不离开你，当时要你，就是要一辈子的，一辈子的呀！"

他回到家，默默地收拾东西。曹秀英过来看着儿子："找到那娘俩了？"

"嗯！"

"怎么不领回家来？"

"娘，尚蕙不回来，她要自己过。"

"自己过？就她那样，能自己过？！"

"能的，尚蕙能自己过，过得挺好的。"

曹秀英的声音高起来："你告诉她，她要离开这个家，就别想再回来，再回来，我打断她的腿！"

一鸣像不认识一样看着曹秀英，许久，说："娘，你真那么恨尚蕙？她做什么事情，让你那么恨她？她没生儿子，可女儿难道不也是我们家的后人吗？你真敢打断她的腿？你做不到，何必说得那么严重？"

"小家小户小丫头，见钱眼开！你爹的黄鱼都让她吞了，你还替他遮掩？"

"娘，那些黄鱼是我做生意赔掉的，和尚蕙没关系。"

"娘恨你就恨在这儿，一点儿没骨气，喜欢一个娘们儿，就什么都向着她，替她瞒娘。你有那本事？一下赔十条黄鱼，借给你十个胆子，你也不敢，我还不知道我自己生的儿子？"

一鸣知道，和娘是说不明白的，他不想再说。历史上皇家有千古之谜、老百姓家有窦娥冤。尚蕙就是窦娥冤，娘根本不想知道真相，她只相信自己想的真相。"娘，我们自己过，以后，我有时间会来家看你。"

曹秀英愣住："你要去和那娘俩过日子，不要娘？"

"不是不要娘，是要和老婆孩子一起过，你不也是和我爹一起过吗？爹当年不也不要我爷吗？"当年，一鸣的爷爷从山东家过来，被曹秀英堵在门口，不准进家。章衍行只好给爹买了返程回山东的船票，送回老家。

儿子的话，让曹秀英哑然。在这个家，没人敢说曹秀英的不好，今天，她最疼的儿子来揭自己疮疤。一鸣知道自己说得有些重："娘，尚蕙是我老婆，青青是我女儿，我怎么能扔下她们呢，我岂不是枉为人夫人父？"

他捆绑好两个大包，往肩膀上一甩："我走了，我们一家在外面自己过日子！"

看着儿子的背影，曹秀英想大声骂人，可家里没人。章衍行上班去了，放假的小儿子出去玩了，没人听她的骂声。习惯使然，她还是低声骂一句："你个小妖精，把我儿子勾引去，我这辈子和你没完！"

胸前胸后两个大包袱，章一鸣扛着走在路上，招来路人侧目，人家把他当成了刚下船的山东老客。走着走着，竟然步伐越来越轻松。想想从小到大，一直在爹娘的保护下长大，章衍行从天津离开时，还怕儿子离开爹寸步难行，可现在，这两个大包袱里只是尚蕙、孩子和自己的衣服、被褥，没有爹娘的一分钱，就这样开始自己过日子。章家大少爷自己顶门过日子，没用家里一分钱，这件事，想想都觉得稀罕，这怎么可能呢？这不可能确确实实发生了！想起尚蕙，想起一双滴溜溜黑宝石般的眼睛看着自己的女儿，他心里一阵热，女儿，爸爸一定给你好日子过！

即使大白天，因为一楼没有窗户，又总是关着大门，保安街44号永远是黑暗的，在黑暗中，他一步步爬楼梯，站在家门口，是的，这就是自己的家，和尚蕙与女儿的家。

章一鸣敲门，门立即打开，尚蕙站在门口，平静地看着他，好像她知道丈夫一定会来一样。她看他一眼，什么也没问，他什么也没说，费劲地放下包袱："所有的衣服都拿过来了。"

青青躺在床上，咿咿呀呀地叫，伸着两只小手。尚蕙走过去，要抱女儿。女儿挣脱着，依然伸着小手，尚蕙瘪嘴："看看，爸爸刚来，就不要妈妈了呀。"章一鸣问女儿："要爸爸抱？"刚两个多月的小青青不说话，依然咿咿呀呀地伸着一双小手，他走过去，小心地抱起女儿，青青一双大眼睛眨也不眨地看着他，好像在问："你是爸爸吗？你不走了吗？"

女儿的眼光，让章一鸣的心一下柔软起来，他用自己短短的胡茬轻碰女儿的脸颊："好孩子，爸爸不走，我们一家人以后永远在一起！"

尚蕙微笑着，她知道丈夫会来的。他放不下自己，放不下女儿。他们才是一家人。

五、归去来兮

1950年下半年，全国开展了一场普及每个家庭的宣讲新婚姻法运动，没有工作的家庭妇女都被召集到街道学习新婚姻法。秦瑞珍喜欢到街道开会，她喜欢新社会，没有小日本、没有抽大烟、没有失业，孩子们都参加工作，生活虽不富足，但平静、安稳。听着街道干部一条一条宣讲婚姻法，觉得真是有道理，男女平等、婚姻自由、一夫一妻……天真是亮了，每一条都是有道理的。

忽然，听到后座传来抽泣声，声音越来越大，后来简直盖住了宣讲人员的声音，大家都转头往后看，一个四十多岁、穿月白色便装的中年妇女在哭。宣讲人员是个年轻的学校老师，她停下来，走到妇女面前："大婶，你有什么苦楚，讲出来，新政府给你做主！"中年女人一把抓住女老师的手，紧紧地不肯放松："姑娘，俺16岁就被老爷买到他家，要是按你说的，老爷还能要俺吗？大婆本来就不待见俺，这一下还不撵俺走？那俺可怎么活啊！"

秦瑞珍不认识这个女人，旁边的女人悄悄告诉她："小婆，一家俩老婆，一天到黑伺候那两口子，政府让她分开，还不是救她？她还不愿走，真没觉悟！"

年轻女老师轻轻握住女人的手："大婶，你别哭，旧社会我们穷人被欺负，现在新社会，我们可以自己养活自己，离开他家，你可以参加工作，做一个自立的人啊！"

女人茫然："自立，俺怎么自立？俺什么手艺也没有，俺能干什么工作？俺一直都是他养活，俺只会做家里活，那又不挣钱！"

"人民政府会帮助你的，大家说，是不是？"

听讲的女人一起喊："是！"

女人擦去眼泪，神色依旧茫然。

秦瑞珍忽然意识到，新婚姻法对穷人是一百个好，对富人可能不好，那些财大气粗、娶三妻四妾的有钱人再也不能为所欲为，只能留下一个老婆。那……那……忽然想到丈夫的哥哥陈千成，他也俩老婆啊，吴淑清和顾云儿，只能留一个！解放后，两家虽然少有来往，但尚正每年过春节都代表全家去大爷家拜年。事情过去好多年，毕竟是兄弟，两家人保持着表面的和睦。

解放后，大烟馆很快停业，靠着开烟馆积攒下来的财富，加上过去的烟馆房子租出去，陈千成一家过着不错的日子。这一下可要二选一，选王宝钏还是新娘子？想到吴淑清当年说过的话，谁也别想让我离开这个家。秦瑞珍有些替她担心，现在不是陈千成让你离开，是政府发令让离开呀！岂不便宜了陈千成，倒可以借机赶走大老婆？秦瑞珍不由担心，吴淑清怎么办？老了老了，难不成要被扫地出门？

从来都认真听讲的秦瑞珍第一次溜号，她不断地想着吴淑清、丈夫的大嫂、自己的妯娌，虽然双方不来往，可扯筋连骨的关系还是让她为吴淑清担心，陈千成会留谁，吴淑清还是顾云儿？

平时开完会，大家很快就解散，各自回家忙自己的，谁家都是一堆活。今天却不同，会散人却没散。有的围着老师询问，要是家里有两房、三房的怎么办，真的就不让过吗？以后不再娶不行吗？有的围在一起议论，张三李四王二麻子……似乎每个人都认识几个有钱人，每个人都知道谁家有几个老婆，这不像浮财，没有把柄，还能藏一藏。这是藏不住的，那是大活人啊。第一次，秦瑞珍感到国家的法律与自己如此之近。

秦瑞珍没参加议论，她慢慢走回家，想着吴淑清的事情。

晚饭的时候，一家人在一起吃饭，尚美闷头吃饭，谁也不理。自从尚美亲口说出对子衿的感情，遭到全家的反对，被秦瑞珍严厉禁止后，所有人都成了尚美的敌人，她用沉默表达自己的愤怒。陈千里本来就话不多，别人不说话，他是不会挑话题的。所以，一顿饭常常没有人说话。

秦瑞珍慢条斯理地说自己今天去开会的见闻，丈夫和女儿都没有反应。新社会，颁布法律好像和他们也没什么关系。秦瑞珍奇怪这爷俩的迟钝，告诉他们："他大爷家这次要有事啦！"

从陈千里抽大烟那次以后，家里很少再提陈千成。爷俩几乎一起问："什么事?"

"刚才我说的什么,你们没听见,以后要一夫一妻制,一个男人只准娶一个老婆。"

陈千里仍然迷糊:"娶一个就娶一个,以后不娶就是。再说,那是有钱人的事情,和穷人没关系,新社会没有有钱人,想多娶几个也不行,没钱。"陈千里还笑一下,觉得自己的想法很正确。

秦瑞珍瘪瘪嘴:"说这半天,你也没听明白。什么叫一夫一妻?就是以后所有人家都只能有一个男人一个老婆,有几个老婆的要休掉,只留一个。开会的时候,有个人家的小老婆当时就哭起来,要是被休,没有手艺,也没有钱,怎么活人?"

陈千里放下筷子:"现在就要休啊?"

"你以为呢?"

想起吴淑清在自己学徒的时候虐待自己的事情,陈千里嘟囔一句:"报应,那个女人做坏事太多,终于遭到报应了!我当年抽大烟,还不是她想过继咱家尚正,挖个坑让我跳,好让我在迷迷糊糊的时候按手印?要不是尚蕙去……"

"尚蕙?要不是子衿跑到尚蕙学校,尚蕙能知道?"

"是、是!"陈千里连连点头。

尚美却对谁离开陈千成更感兴趣:"当然是小大妈走,她原来是妓女,是大爷用钱买来的,是无产阶级。这次,她可以得到解放,离开资产阶级的大爷!"

陈千里轻易不骂人,尤其对女儿,这次却拉下脸:"放屁,什么资产阶级?那是随便说的吗?"

尚美不高兴,推开饭碗:"不吃了。"

女儿离开,陈千里看着妻子:"国家章法上没说不走行不行?"

"不行,一家只能有一个老婆,这叫一夫一妻,是国家的法律,谁也不能违法!"

陈千里愣许久,憋出一句话:"这新社会真厉害,管外面还管家呀?娶几个老婆都要管!"

"当然,其实不管也行,没有钱,怎么娶那么多老婆?"

陈千里看妻子一眼，心里奇怪，这个新婚姻法怎么让老婆那么高兴？看来，不让男人多娶老婆，这个法律更被女人喜欢。

讨论结束，这件事再没有人提起。意外的是，吴淑清却找到了旅顺。

临近五一年春节，秦瑞珍正在家中给章青青絮棉袄，孩子长得快，她想有时间多给青青做几件棉袄，反正早晚要穿，将来尚正、尚美的孩子也可以接着穿，小孩子的衣服没有什么新旧的。

突然，外面有人敲门，她有点儿奇怪，陈千里是不敲门的，孩子回家都在门口就喊，娘，我回来了。谁呀，还文绉绉地敲门？忽然，一激灵，一个名字跳出来，吴淑清。尚正、尚蕙回来的时候，大家还说过这件事，不知道会是怎样的。尚蕙和秦瑞珍一致认为一定是吴淑清被扫地出门，那个宣称谁也别想让她出这个家门的吴淑清，恐怕是要被逐出家门的。

秦瑞珍下地开门，果然，门口站着吴淑清。相比曾经气焰嚣张、打扮妖娆的吴淑清，今天的吴淑清判若两人，眉宇紧蹙，穿着也极朴素，只是外面那款小牛皮大衣能看出一点儿昔日的优越。

"你？大嫂，快进来。"

一声大嫂，让吴淑清登时泪奔："她二嫂啊，我没有脸进你家门呀。"

秦瑞珍心里亮堂堂的，知道自己的猜测被证实。她天性善良，不会在别人倒霉的时候再踏一脚，终归都是陈家媳妇，多年的妯娌。

坐到炕上，两妯娌互相望着。

"你们……"

吴淑清放声哭起来，秦瑞珍没有阻拦，让她哭吧。四十多奔五十的人，被丈夫休掉，心里有多少委屈，不用说也能想出来。

吴淑清凄凄惨惨、抽抽搭搭地哭很久，慢慢叙述自己的境遇。新婚姻法公布后，街道干部就找他们家谈话，让陈千成只留一个老婆，留谁，可以自己选择，政府并不干涉。家中骤起波澜，奇怪的是顾云儿既不哭也不闹，说让我走我就走，不让我走我就留在这个家。吴淑清说那你现在就走，马上就走。果然，真走了。一天早晨，吴淑清起来，发现家里安静得有点儿奇怪，一点儿声音也没有，出来发现桌子上一张纸，陈千成用他那歪歪扭扭的字写着："我俩走了，回老家，你不要来找我们，这是政府的规定，我也没办法。"

在她睡觉的时候，陈千成带着顾云儿，带着细软，悄悄地永远地走了。可这还不是今天她来的主要目的，她之所以来是因为不但她被休，女儿尚凌也被休回家了。尚凌本来就是给人做小，竟然是七姨太。婚姻法出来后，大老婆命令后来的六个小老婆全部滚蛋，尚凌就这样回到了娘家。

吴淑清一把鼻涕一把泪："瑞珍，我们娘俩命怎么这么苦？我这儿是大老婆被休，闺女家就是小老婆，娘俩一个命啊，我这是作孽呀！"

秦瑞珍心里想，你可不是作孽？嘴上却变成："这也是没办法的事情，你们娘俩好好过吧？要不怎么办呢，这是国家的法律啊，谁能怎么办？老百姓除了遵守，敢有二话？"

吴淑清擦擦眼睛："可不是想好好过嘛，这些年，看那两口子在我跟前放骚，天天来恶心我，现在眼不见心净，我也想开了，只好这样！"

"还有什么，没有钱？"

吴淑清摇摇头："那倒没，这些年，我能不偷攒体己吗？还是你那侄女，你说眼看过春节，出阁的闺女不能在娘家过年啊，破规矩这家还不得遭殃啊，我就想来求求你，怎么也给尚凌找个人家，不管好赖，只要有个过年的地方。"

"给尚凌找人家？"

"是呀，她二婶，这个事你一定得管，那是你侄女呀！我这些年就认识一些大烟鬼，上哪儿找个能过日子的人啊！"

秦瑞珍倒是真想出一个人选，陈千里的徒弟沈铁柱老婆死好几年，他一个人拖拉着一个儿子过日子，也是紧巴巴的，再也没找人。可七姨太尚凌能看上一个被服厂的工人？想想，新社会大家不都是做工吃饭吗？人家干部也没有人敢娶你这个七姨太呀！除了给工人当老婆，也没有别的什么路好走。这样想着，秦瑞珍就说起沈铁柱的情况。没想到，吴淑清十二分地愿意："我知道，千里手下的徒弟一定是正经人，要不也不能在你家干下去，你调理出来的人没错，行，她二婶，你赶紧去找这个徒弟，再有不到一个礼拜就过年，让她赶紧带尚凌回家。"

想想这个忙无论如何也是要帮的，那是陈千里的亲侄女呀。等天黑陈千里下班就赶不上晚班的火车了，秦瑞珍说："你等等我，我把饭做好，放在锅里温着，等他爷俩回来吃，我这就跟你去大连。"

用扫盲班才学的字给陈千里留张纸条："去大连有急事。"秦瑞珍和吴淑清就赶往火车站。

从火车站下来,秦瑞珍安慰吴淑清:"你回家吧,我都来大连了,就一定帮你,我去闺女家,今天晚上就去沈铁柱家。"

吴淑清千恩万谢、又真诚忏悔地回自己家去了。

看到娘来,尚蕙吓一跳,以为家里出什么大事了。听完娘的话,笑起来:"娘,你一说我就知道你一定会管,你呀,看人谁有钱,就离人远远地;看谁遭难,就想帮一把。"

秦瑞珍叹口气:"人家有钱,我不愿去烦人家,小家小气地巴结别人,你娘这辈子就没巴结过谁。可人家有难,帮人一把,也是积德不是?"

"是,娘,今天晚上我陪你去铁柱哥家。"

沈铁柱本来住在尚蕙旁边的院子里,后来搬到胜利桥左面一个大院里,有十几户人家,一家一间、两间。沈铁柱和另一家住在三间房里,中间是灶房,各自半间。院子里黑咕隆咚,知道铁柱住在这儿,却不知道是哪间房。问院子里一个小孩,说北面那间就是。这么冷的天,中间灶房的门竟然没关,从里面冒出一团团蒸汽,显然是有人在做饭。果然,推门进去,正是沈铁柱趴在炉子前拿个扇子猛扇。看到师娘和尚蕙进来,惊得话都说不出来:"你……你们,师娘,你怎么来了?"

秦瑞珍说:"找你说个事,你先忙,把饭做好。"

沈铁柱说好,我再加点儿煤。

进里屋,一个十多岁的男孩正坐在桌子边上看书,看到来人,赶紧站起来,一脸茫然,不知道什么人在这么黑这么冷的天到自己家里来做什么。

沈铁柱进来,擦擦炕:"师娘、大小姐,你们就在这炕沿坐会儿吧,我家也不来什么人,连把像样的椅子都没有。"

秦瑞珍一看,知道沈铁柱又当爹又当娘的日子也不容易,可这种事情也不好当孩子面说。"让孩子先到别人家坐会儿,我跟你说件事情。"

沈铁柱让儿子到对面邻居家玩一会儿,儿子听话地出去了。"师娘,什么事情啊,让您大老远地从旅顺跑来,师姐也跟过来,我可有点儿受不起。"

简单地说下尚凌的情况后,秦瑞珍说:"你一个人过日子也不容易,让尚凌过来，好歹也能帮你一把。尚凌心不坏，自己又没有孩子，能把你儿子当自己的一样。"

从秦瑞珍开始说起，沈铁柱就睁着一双眼睛，微微张着嘴。秦瑞珍说完，他还是有点儿没明白过来："师娘，你说的尚凌，就师父哥哥那个漂亮闺女，资本家阔太太那个尚凌？"

"是啊。"

"她能上我这个家，给我儿子当后娘？"

"怎么不能？这都新社会啦，哪还有什么资本家？都是工人阶级当家做主。你现在是被服厂工人，就是国家主人，她嫁给你是她的福分。"在街道里学习的一些新词，秦瑞珍终于找到了用的地方。

"我倒没什么说的，她要愿意来，我巴不能呢！她要过不了这个日子，再走，我也不拦着……"

"走什么走？这是缘分。师娘知道你本分，才说和这件事的。"

用很大劲，沈铁柱大声说："好，我就再找一个老婆！"

千叮咛万叮咛，第二天让沈铁柱去领尚凌回家，给孩子再找一个妈。秦瑞珍和尚蕙才离开铁柱家。

走在又黑又冷、凸凹不平的院子里，尚蕙紧紧挽着娘的胳膊，不时提醒娘注意脚下的坑坑洼洼。走出院子，柏油路上有昏暗的路灯，将两个人的影子拉得很长很长。秦瑞珍有些担心："不知尚凌能不能过这种日子，从小娇生惯养、骄气十足的资本家姨太太要给一个穷工人做填房。"

尚蕙很肯定地回答娘："能过！"她想起在天津东躲西藏、靠卖东西过日子的岁月，想起在八一路126号被虐待的日子。

秦瑞珍点点头："人啊，只有享不了的福，没有吃不了的苦。再不好，有个男人疼着，也比在家里天天听她娘唠叨强，是不？"

"嗯。大娘那张嘴，谁也受不了！"

第二天，沈铁柱下班后回家换件干净的衣服，去吴淑清家，进到屋里，给吴淑清行个礼："师娘，我来领师姐。"

吴淑清上上下下看看他，转头喊女儿："尚凌，我和你说的新主来了。"

正在和面的尚凌洗洗手，走进屋子，低着头不说话。吴淑清发话："跟他去吧，好好过日子，你这也算有主的人，还有儿子，这下成了全乎人。去吧。"

尚凌到炕上拿起早就准备好的包袱，这才抬头看一眼沈铁柱："走吧。"

几年没碰女人的沈铁柱眼睛贪婪地看着尚凌，转身跪下给吴淑清磕头："师娘，你放心，我会好好对师姐的。"

吴淑清盘腿坐在炕上，连连点头："我知道，你好好待她，你就是我儿子，我将来死了，你给我摔盆。你的儿子就是我的孙子，这个家将来就是你们的。"

沈铁柱领着陈尚凌走出房门，回自己的家。

对于妻子做的这件事，陈千里没说好也没说不好，只说她瞎操心。秦瑞珍反驳，我愿意操心，是吴淑清找到了我。当年有钱的时候，多少人围着，现在没钱，男人也没了，连个拿主意的人都没有，找到我，能不管？再说，那尚凌不是你侄女？

陈千里甩出一句："铁柱那小子，胆敢对她不好，我饶不了他！"

秦瑞珍笑："总归还是你侄女，扯筋连骨的，再看不上，也疼不是？"

尚凌和铁柱过上了寻常夫妻的寻常生活，和大多数劳动人民一样，仔细地算计，艰难地生活着。事情过去有几个月，尚蕙突然收到一封山东来信，看看信封上的署名：陈尚蕙转陈千里弟收。地址是山东省荣成县北柳村。尚蕙知道这是一封大爷寄给爹的信。想来不知道陈千里的地址，倒是知道尚蕙工作的学校，陈千里又不识字，索性寄给侄女代收。

陈千成也是不识字的，这显然是一封别人代写的信。

千里弟、瑞珍弟媳：见字如面！

我于一月份回到老家，一切都好。家中成分被定为下中农，也是穷人家。我现在住在家中爹的老宅，千里弟当年为迎娶弟媳所盖宅院，也由我代管。弟媳当年陪嫁家具，我暂用。我和顾云儿都已年迈，又多年未从事体力劳动，就将所分土地给本家兄弟代耕，每年只给我们口粮即可。

回到老家才知道，顾云儿也是穷苦人家出身，她的哥哥和弟弟都参加革命，现在都是军队和政府官员。解放后回来找自己姊妹，这次我们回家，兄弟们听说，都回来看我们，并给予不少照顾，因此，村干部也对我们高看一眼，很照顾。

吴淑清与我夫妻情分虽已尽，想到她和尚凌在大连生活，定有很多难处。千里孩子都成才为人师，如有可能，望对她们娘俩有些照顾，我也感激不尽。

旧社会，我做过对不起你们的事情，想来惭愧。新社会，我会安分守己，安度晚年。

兄陈千成即日。

看完信，尚蕙呆呆地坐着，小大妈原来是革命干部家属啊。开大烟馆，害了无数人，连自己兄弟都被害死的大爷现在正安度晚年。这才是现实版放下屠刀、立地成佛呢！

青青一周岁时尚蕙给她断了奶。趁着星期天，和章一鸣一起把青青送到旅顺去，由秦瑞珍带。

尚正也和他们一起回家，全家人到齐，小青青成了大家的宠儿，一会儿在姥爷怀里，一会儿在小姨怀里。一岁的孩子，正是好玩的时候，她咯咯地笑着，笑声让家中充满温暖。

尚蕙拿出大爷的信，读给爹和娘听。秦瑞珍经过扫盲，也能看个大概。但夫妻俩让大女儿读信读报，很久就这样。于是，一家人静静地听尚蕙读信，小青青也懂事地安静下来，睁着一双大眼睛，看着妈妈读信。

读到"兄陈千成即日"，尚蕙抬起头："就这些，很多内容。我总结归纳一下，第一，回到山东老家，一切很好；第二，咱家的宅子被我大爷占有，娘的家具也被我大爷使用；第三，人家不干活，把地给别人种，每年只要口粮就行；第四，最重要一点，顾云儿是革命家属，是革命干部的姐姐妹妹，我大爷现在是村里座上客，谁能惹革命干部的亲戚呀！"

尚美抢过话："小大妈命真好，旧社会当妓女，被有钱人喜欢，从良不用吃苦；新社会，还有哥哥弟弟罩着，也不用干活。真有福啊！"

秦瑞珍说："什么人什么命，人家是娘娘命嘛！真有福的是你大爷，在大连街，恨他的人多着去呢，被他害得倾家荡产的也不少，现在回山东，这些事情一笔勾销，有顾云儿家人罩着，谁能来翻这些事情？顾云儿是旺夫的娘们儿。"

尚正笑："应该是顾云儿有福，解放前就从良，要是不从良，被政府收编，还不知道怎样呢！"

终归是自己哥哥，陈千里恨吴淑清，也怪哥哥，却从来不说陈千成，这次也不说。"他过好就行，我就那么一个哥哥，你们不准用不恭敬的话说他，那是你们大爷！咱家的房子和东西，反正也放在那儿，让他用，权当给咱看着。"

妻子和孩子面面相觑，不再议论。

陈千里看着尚蕙："子衿病不轻，你回家来就该去看看。人家有恩于咱家，他不图报，咱不能真就不报。"

尚蕙愣住："子衿病了？"看到章一鸣的神情，她稳稳神："住在哪家医院？什么病啊？"

秦瑞珍叹气，慢慢说起来。自从苏联驻军旅顺，各级领导就经常性地到旅顺来，慰问啊，访问啊，参观啊，中苏友谊啊，谁来都要喝酒，苏联人喜欢喝酒。子衿自然是要陪酒的，胃本来就有病，终于病倒进了医院。

章一鸣看着妻子："你去看看吧，爹说得对。"想起在天津时，如果自己能遇到子衿这样的贵人，可能会有不一样的命运。

尚蕙感激地看看丈夫，站起来："我现在就去，尚正，你和我一起去。"

尚美站起来："我和你去。"

陈千里呵斥女儿："哪都有你，你去做什么？不准去。"

"我就去！"尚美转身对着陈千里，似乎要拼个鱼死网破的样子。陈千里不由愣住。这些年，只有尚美一个孩子在身边，自然有些惯，可没想到，竟然当这么多人顶撞自己。陈千里刚要发火，尚蕙拦住他："爹，就让尚美去吧，我也有个伴，有我在，你放心就是。"

想想有稳当的大闺女在，陈千里不再吭声。

姐妹俩走在路上，并不说话，各人想各人的心事。

进到医院，走到病房跟前，尚美站住："姐，我不进去，你一个人进去就行。"

尚蕙不由奇怪:"你哭着抢着要来,又不肯进,为什么?"

尚美微微一笑:"我不打扰你们说悄悄话,姐,我只想让你问问子衿大哥,他喜不喜欢我?娶不娶我?今天最后一次,我要一个明白的答复。"

尚蕙也干脆:"好,我给你问明白。"原来以为尚美也是要进病房的,可以免除自己的尴尬。她忽然觉得,其实,她更愿意单独和子衿谈谈,一鸣都能理解自己,自己何必有什么负担呢!

她轻轻敲门,听到里面说:"进来。"

推开门,子衿正躺在床上打吊瓶,枕边放着一本书,《资本论》。子衿惊喜地看着她:"师姐,你怎么来了?"

他要起身,她赶紧走过去:"别动。"

子衿瘦了,颧骨高高、下巴棱角分明。尚蕙眼泪一下涌上来:"你怎么瘦成这样?"

他笑着解释:"瞎忙。"

"我娘说你喝酒多把胃弄坏了。"

"我知道自己胃不好,尽量少喝。可是,你知道,那种场合,哪个官都比我大,咱是最小的,不好意思不喝。还是身体不行,老毛病。"

"到什么程度?"

他似乎不想隐瞒,坦然地看着尚蕙:"打日本的时候,饥一顿饱一顿的,加上经常在雪地里行军打仗,胃就搞坏了。那时年轻,也没当事,谁知道越来越厉害,可能阎王爷要带我走。"

"瞎说,怎么会!"泪水再次涌上眼睛,她拼命忍住,她不想在子衿面前流泪。

子衿正色看着她:"师姐,我的病我有数,这次抢救回来,下次就不一定有这么幸运,我做好准备了,随时将我交出去。"

"子衿,你怎么说这种话?胃病养护很重要,只要按时吃饭,自己注意,是不会有事的。"

"我知道,所以我活到现在啊!"

尚蕙把话朝结婚上引:"回大连这些年你太累,一心在工作上,又忙又惊险,身边又没有人关心,谁也不行,好身体也会弄糟。"

何子衿知道她想说什么，微微一笑："有没有人关心都无关紧要，整天在外面东跑西颠，关心也是没用的。"

"至少回到家里有一碗热汤热饭。"

他还是笑："热汤热饭食堂还是有的，食堂给不回来的人留饭。再说，师娘也经常给我做呢。"

"子衿，你不能总这样。"

子衿看着她，深深地看着，好像要看到心里："师姐，很多事情你觉得很重要，其实并不一定重要；很多事情曾经看着不重要，过后想想应该是很重要的。"

"我和尚美一起来的，她在外面不肯进来。"尚蕙还是不好意思说自己的妹妹要嫁给人家，今天要有个准信。虽然不是自己，她也难开口。

今天，子衿出奇地坦率："我知道尚美的想法，我和她说过，她不相信，总认为我把她当孩子不说真话。师姐，我不会结婚，我这个身体，随时可能垮掉，我不要拖累别人。到大连这些年，你应该知道，无论领导还是同事，关心我个人问题的很多，都被我拒绝了。尚美是个好女孩，她应该嫁个健康的好男人。"

尚蕙诧异地望着子衿，想不出他怎么会说出这样一番话，不娶尚美可以理解，可是，不结婚就……

没等她反应过来，子衿好像对她，又好像自言自语："为什么一定要结婚呢，心里有人，喜欢过，爱过，就可以，不一定非要结婚的。"

泪水一下就流出来："子衿，我不值得你这样。"

他依然微笑："为什么不值得？你知道我什么离开大连吗？"

"不是姜鸿引导你走上革命道路的吗？"

子衿点头："是啊，那是一个契机。姜大哥让我把千里洋服店作为他们的联络点，帮助他们转送情报，被我拒绝了。师娘说过，大家都要保这个家周全，我不能给这个家带来一点点不安全的因素，如果因为我这个家被日本人毁掉，我还是人吗？当我拒绝姜鸿的时候，他很失望。他要走掉的时候，我想起听到王继祖对沈铁柱说的话，这下，这个蛤蟆能吃上天鹅肉了！说这话那次就是师娘躺在床上不吃饭，我去旅顺找你，我俩把师父从大烟馆找回来的那个晚上。我知道,我在他们眼里就是一个癞蛤蟆,你就是那个天鹅,一股气直冲大脑,我要离开,我要证明,我不是癞蛤蟆。我喊住了姜大哥,提出跟他走……"

尚蕙愕然,子衿参加革命的动机竟然是为了她。她看着她,苦笑:"子衿,我被你理想化了,我哪里是什么天鹅?现在连丑小鸭都算不上,芸芸众生中最普通的一个人。"

"在我心里,你永远都是那个白天鹅。在林子里打游击的时候,真苦啊!有句歌词唱,火烤胸前暖,风吹背后寒。虽然我不是什么富贵人家出生,但也没受过那种苦啊!姜大哥被日本人打伤,临终的时候对我说,不知道带你出来是对还是错。很长很长的时间里,我常想起姜大哥这句话,对还是错,谁又知道呢?"

沉默,久久地沉默着。他们不说话,沉浸在曾经的回忆中。

子衿打破沉默:"听说苏联红军要带我们进入大连,我就想,如果你还没结婚多好。可是,所有的如果都是美好的愿望,有几个如果能实现呢?看到章一鸣对你那么好,我想我应该替你高兴。后来,有人帮我介绍女朋友,也有女同事向我表示好感,不是他们不好,是你太好。"

尚蕙泣不成声。她想起子衿回来的时候,自己也曾后悔,但娘说,订婚就不能悔婚,那会让人笑话,被邻居笑话。如果不听娘的,如果能不在意别人……可是,哪里有如果呢?!

何子衿有些累,他看着尚蕙:"师姐,你别难过,回到大连,虽然又见面,可我们哪里还有机会说说心里话?像我学徒时候那样,天天晚上坐在一起读报、说话?今天病倒,才有这个机会,我把心里话说出来,心情畅快多了。师姐,你和一鸣好好过吧,只要你幸福,我就幸福。"

想起尚美热烈的眼睛,尚美还想劝劝子衿:"子衿,男人女人都是要结婚的,大家都是这样做的,很多事情真的没有为什么,只是因为老辈就这么做,后来的人也这样做。你不结婚,我会歉疚一辈子,是我剥夺了你的幸福。如果你不愿意我歉疚,就娶个女人。你不喜欢尚美没关系,我帮你介绍我们学校的女同事,有好多很好很好的姑娘。"

他眼睛含笑看着尚蕙:"我知道,等等看吧,如果我的身体允许,我也许会。现在，暂时不必。工作上的事情太多，哪有时间和精力？我明天就要出院，要开展'三反''五反'运动，一个人当两个人忙呢！"

护士进来撤吊瓶，说有区领导来看望他，知道房间里有人，没有进来，等在外面。尚蕙赶紧站起来，低头看着子衿，子衿躺在床上，接住尚蕙的眼光，他们对视着。子衿说："你要保重。"

"你放心。"尚蕙走出病房。

姐妹俩一起往回走，一路沉默。快到家门口的时候，尚美忽然说："你不应该去看他。"

"为什么？"

"他心里有你，看你一次，就更放不下。"

"你为什么不努力让他心里有你？这很难吗？你年轻又漂亮，你知道吗？我多希望他能娶你，能结婚！有一个他的家！"

尚美几乎是在喊："年轻漂亮有什么用？你先在他心里占好位置，别人挤不进去！你都结婚了，还占着他的心，你太过分！"

一贯从容冷静的尚蕙也生气，想不出尚美怎么能这样想问题："不是我占着位置，我早出来了，是他不肯放我出来！"

"哼！"尚美转身跑走。尚蕙呆在原地发呆，她想不明白，本来想好好告诉尚美，子衿有病，不想连累她。多好的托辞啊，怎么不说出来呢？对，回家告诉娘，让娘告诉尚美，总是要断了尚美的这个念头才好。

六、爱本无疆

听了大女儿的话，秦瑞珍心里更添一份担心，子衿的病真的那么严重，影响到他娶妻生子，这可如何是好？这几年，她已经把子衿当成儿子一样看待。尚蕙、尚正乘晚车回大连，睡觉的时候，她来到尚美的房间，坐在小闺女身边。正躺着的尚美猜到娘要说什么，转身朝着墙，把一个后背留给娘。

秦瑞珍叹口气，这个老丫头，惯得没有边，没大没小的。这要在过去，哪个孩子敢对娘这样？她开口说："尚美。"没等往下说，尚美回话："你不用说，我知道你要说什么！"

秦瑞珍真生气了："你知道我要说什么？你真是越来越少教，娘和你说话，你给我个后背。"

尚美坐起来，眼睛红红的，看样子哭过："你不就是要告诉我，子衿哥不喜欢我，让我以后不要去打扰他吗？这个你说过很多次，我耳朵都听出茧子了。姐今天回来去看子衿哥，还不又是这一套？"

秦瑞珍看着小女儿，也为女儿难过，还是把尚蕙告诉自己的话婉转传达给了尚美。听说子衿身体如此之差，尚美难受得泪水涟涟："他就是累的，又没有人疼。"

"是啊，谁疼也不如有个老婆知冷知热。"秦瑞珍同意女儿的观点。

尚美忽然正色对秦瑞珍说："娘，你放心，我再也不去缠子衿哥了！"

事情这样顺利，秦瑞珍倒没料到，她如释重负："这最好，我姑娘长得漂亮，多少小伙子喜欢呢！今年高中毕业后就去大连，让你哥和你姐帮你在大连找个工作，再找个对象。"

"我才不用他们，我自己的事情自己做主，谁说也不算！"

秦瑞珍伸出手指："你就作吧，皮肉紧了，什么时候惹你爹揍你一顿，看你还敢作。"

尚美认真看看娘，泪水又盈满眼眶，一声不吭，转身躺下，把后背给娘。秦瑞珍摇摇头，这几个孩子，最不服管教的是大儿子尚中。即使尚中，什么时候敢对娘不恭敬？这个老丫头，越来越过分！小时候，外公对自己很严厉，常说，能娶大家奴，不娶小家女。这丫头，不能惯，否则到婆家被人瞧不起。尚美这几年生生被自己惯成任性、蛮横的小家女。她摇摇头，站起来走出女儿的房间。

对着墙的尚美听到娘走出去关上门的声音，侧身趴到床上，放声哭起来。她激烈地放纵地哭着，似乎憋屈很久的泪水，终于肆无忌惮地顺畅地流出来。从子衿再次回到大连，一身戎装出现在自己家中，情窦初开的少女就无可救药地爱上了这个子衿哥哥。如果说，那时的爱还是朦胧的、感性的，一家人搬到旅顺后，她的爱变得无比坚强、无比自信。那么多男孩子喜欢自己，为什么子衿哥哥不喜欢呢？她相信子衿哥哥总有一天会发现自己的美丽自己的好，可子衿永远是远远地、冷静地、没心没肺地对她。她在心里喊："子衿哥，我喜欢你，你不喜欢我，我去找喜欢我的人了！"

所有人不知道的是，今天与姐姐尚蕙去看子衿，是尚美做的最后一次努力。她明白，这个世界，除姐姐外，没有人能说服子衿爱自己。如果姐姐也说服不了，她要真的放下。当尚蕙在病房里迟迟不出来时候，尚美仰脸向天，不断问自己：子衿哥能答应吗？答应！不答应！答应！不答应！当说到不答应的时候，她会微微笑，好吧，你不答应吧，我要让你们都吓一跳，我要让你们全体后悔！她说的你们，有子衿有姐姐还有自己的爹娘。心中另一个男人形象——尼科诺夫渐渐清晰起来。

他们是在一场球赛中认识的。一个月前周六的晚上，旅顺高中联队和旅顺苏联驻军联队在部队的灯光球场举行篮球联赛。每当有这种男女混合联赛，球场上观众总是人满为患。

旅顺高中联队以三男两女出场，两女，一个陈尚美，一个是她的好朋友孙莲花。尚美一米六九，比柔弱的女性多一点儿运动的矫健；孙莲花只有一米六二，但她的奔跑速度是最快的，灵活得像个猴子。常常球本来在高大的苏联军人手中，可她会从军人的后面、肋下出其不意地窜出来，如跳高运动员般跃起，将球抢在手中，这时候，陈尚美一定及时赶到，孙莲花不用回头，一个后传，球一定飞到陈尚美手中。这时候，一群男人，无论苏联军官，还是高中男运动员，都会放慢自己的脚步，笑着让出位置，看尚美迅捷猛跑，漂亮的三步上篮，球进了。于是，操场上响起雷一般的掌声，苏联人、中国人，都为这俩女运动员的潇洒、利索鼓掌。尚美的大名在旅顺几乎人人皆知，只有她的爹娘不予理会。他们觉得女儿在操场上出头露面那是伤风败俗，自己又无力阻止，于是采取眼不见心不烦的鸵鸟政策。只是陈千里、秦瑞珍在街上，常常会遇到苏联军人礼貌地向他们问好，热情地帮他们拿东西。他们一直认为苏联军人是热情的，有礼貌的。他们不知道的是，这只是少部分原因，更重要的原因是，他们是美丽的陈尚美的父母，才得到更多的尊重。

很多苏联军人向尚美表示过爱慕，她从来都是扬头而去，她心里只有何子衿，容不下别的男人。那个晚上，在她又一次向子衿热情地表白，同样被认真而冷漠地拒绝后，她在球场上以疯狂的速度奔跑，狠狠地投进每一个球。或许太用劲，入筐的球常常又弹出来。球赛结束的时候，旅顺高中队以七分之差输给苏联军人队。她把外衣甩在肩膀上，和孙莲花一起往家走。这时候，尼科诺夫站到她面前。

他戴着上尉军衔，高高的个子，笔直的身材，蔚蓝色如海洋般的眼睛。他热烈地看着她："你好，你很棒，你很漂亮！"

苏联军人都这样帅气，很多苏联军人这样恭维自己，这些都没让尚美感到意外。意外的是，他竟然说一口能让人听懂的中国话，这让尚美好奇。"你的中国话说得不错。"

他笑，露出一排雪白的牙齿。"我在军舰做轮机长，有中国海军在军舰上学习，我教他们技术，他们教我中文。"

"哦，我说我不认识你。"

他又笑："我是海燕号军舰轮机长尼科诺夫，我们认识一下。"

尚美有些不情愿地伸出自己的手，那么多苏联军人向自己表示好感，自己可从来没给他们好脸色。可今天，脑海中又闪过子衿无奈又不得不应付自己的样子。她伸出自己的手："我是旅顺高中球队的。"

他毛茸茸的手紧紧握住在他这个轮机长手中显得很小的尚美的手。旁边的孙莲花看着，瘪瘪嘴。尚美的脸腾地发起烧来，她试图收回自己的手，可这双手太有力，篮球比起军舰还是轻许多。他微笑着："告诉我你的名字。"

"陈尚美。"

他的手松开，慢慢地复述这三个字："陈——尚——美。"

"很美丽的名字，高尚、美丽。"

尚美差一点儿笑出声来，心说你这个老毛子可真会联想。我们这一辈犯尚字，我哥我姐中间都有个尚字，和高尚有什么关系呀。可她没说，毕竟，尼科诺夫身上逼人的英气还是让她心跳有些加速的。

孙莲花看尼科诺夫眼中只有尚美，自觉无趣，一挥手："尚美，我回家了，你和苏联老大哥好好说话吧。"

尚美连忙转身喊女伴："别走，咱俩一起走。"

"我才不呢，你不嫌我，他还嫌我呢。我那么不识趣吗？"

尚美还要喊孙莲花，尼科诺夫拉住她："不麻烦她，我送你回家。"

尚美想挣脱，很快又放弃，轮机长的手太有劲，她根本挣脱不出去。她转身看着他，月光下，尼科诺夫的身影清晰而迷离。蔚蓝色的眼睛让她无法移开双眼，而那蔚蓝色眼睛中放出的光芒更是燃烧着少女的心房。她感到全身如起火般的在燃烧，全身在发热，额头上竟然渗出汗珠，手也湿淋淋的。高大的尼科诺夫低头看着尚美，尚美抬头看着他，他们在彼此的眼睛里看到了自己。

那双眼睛太灼热，尚美全身越发地燃烧，她低下头，想起子衿，心中不由有一丝怨气，子衿哥，你从来没这么看过我，我就那么不值你认真地看一次吗？哪怕一次也好！

他们走到马路的拐角，尚美说我家就在前边，就到这儿，我自己可以回家。尼科诺夫低头看她，她抬头看他。忽然，尼科诺夫低下头，将自己的嘴唇按在尚美的嘴唇上。19岁的尚美，尽管情窦已开，尽管那样认真地无所顾忌地爱着子衿，却还从来没有爱的任何生理方面的经验。她惊慌失措，她想推开尼科诺夫，但已经推不开，尼科诺夫钢绳一般有力的胳膊将少女紧紧箍在怀里，厚厚的嘴唇不由分说地吻住尚美的嘴唇，尚美在抵御在反抗，忽然，几乎没有间距的两张脸中，尼科诺夫睁开双眼，对她笑着："太美好了，是吗？"然后，再一次深深地深深地吻下去。这一句"太美好了，是吗"，如钥匙，轻松地打开少女的心扉。她放弃抵御放弃反抗，全身柔软如一条灵动的蛇，任尼科诺夫久久地热烈地吻着，她不逢迎却已接受的姿态尼科诺夫立即感觉到了，他更紧地拥少女入怀，更深地吻下去……

这一吻，终于开启了尚美少女情怀，他们深情互吻着，不知道吻多长时间，当尼科诺夫终于将嘴唇从尚美的嘴唇离开时，尚美已经泪流满面。

尼科诺夫有些惊慌："尚美，你怎么了？你不高兴吗？你生气了？"

尚美慢慢站起来，摇摇头："我要回家。"

尼科诺夫点点头："我送你回家。尚美，我爱你，你嫁给我好吗？"

她惊讶地看着他，他们刚刚认识，仅仅互吻一次，他就要自己嫁给他，知道了这件事，爹娘能气死。娘说的，皮肉紧了，小心你爹揍你！爹可真能揍自己，虽然到现在为止，爹还没揍过自己，但小时候看爹揍过大哥，是真揍，鞋底子啪啪地乱打。爹不轻易发火，一发火，可就是家中的漫天大火。要嫁给老毛子，这个火信子，还不足以在家中引起一场大火吗？

她摇头，还是那句话："我要回家。"

尼科诺夫站在月亮下，很郑重地对着尚美："我两个星期才能下一次军舰休息，再见你，要半个月以后，你认真想想，我真的喜欢你，我要娶你。"他说得很重，一定是跟中国同行学的。

已经到家门口，尚美凄然地看着他笑笑："你是老毛子，我爹娘是不会让我嫁给你的。"转身走上台阶。

尼科诺夫在身后用坚定的声音说："我一定要娶你，两周后，我还在灯光球场等你。"

尚美朝后面摆摆手，推开大门，走进去。大厅里静悄悄的，爹娘都睡下了。尼科诺夫却还站在大街上，看着那扇大门，回头看看周围："哦，是这个地方，如果你不在灯光球场，我就到你家里找你。"

现在已经到尼科诺夫所说的晚上。想起尼科诺夫，想起他的吻，从嘴唇散开渗透到全身每个细胞的战栗……她喜欢那个感觉，两个星期以来，她甚至渴望再次拥有那个感觉，即使如此，现在子衿松口，她依然会义无反顾地回到子衿身边，哪怕子衿不吻她，她甚至怀疑，子衿是不是会做出这个动作来。他太正经，他永远板着脸，他永远在忙工作……

尚美决定去灯光球场会尼科诺夫。爬起来，穿好衣服，跑到水龙头前洗洗脸，梳梳凌乱的头发，脸上雪花膏都没搽。对着镜子照照，粉白色的脸庞嫩嫩的，尽管哭过，眼睛依然是亮晶晶的。嘟起粉色的嘴唇，她哼一声，用手指点着镜子："真是奇怪，那么多人都喜欢我漂亮，子衿哥为什么就看不到呢？"想一想，就怪大姐！想一想，还是不对。怪自己晚出生，如果比大姐出生早，不就可以和子衿哥好？再想，还是不对，娘说过，大姐出生的时候，爹找算命的说，大姐是天上玉女下凡，太漂亮太聪明，活不长的。可大姐不但活下来了，还招那么多人喜欢。原来，是自己命不如大姐。既然是命，就认吧。尚美叹口气："爹呀娘呀，既然我怎么也不如大姐，就找个也把我当玉女的老毛子吧。"

尚美转身走出门，爹娘在屋里逗青青玩，这个外甥女有些认生，在哭着找妈妈。爹和娘在围着她转，哄她呢，没顾到外面的自己。尚美蹑手蹑脚地走过大厅，轻轻推开大门，转身掩上大门。冬日的旅顺，在海风的吹拂下，并不太冷，凉丝丝的空气反倒让人清醒，尚美朝着部队的灯光球场走去。篮球比赛早就结束，尼科诺夫如果回舰艇，就证明他不是诚心；如果没走，想到他的吻，尚美的脸烧起来。

远远望去，球场上空无一人。今天的比赛是苏联红军队对阵旅顺工人篮球队。尚美心想，没有我和孙莲花的篮球比赛有什么可看的？她知道，有很多人就是来看她和孙莲花的。每当自己接到孙莲花的传球，上篮投球的时候，都有排山倒海的欢呼声和口哨声。她慢慢朝篮球场走去，心里很矛盾，希望尼科诺夫在，证明他对自己的感情，又希望他不在，结束这一切。尚美心里明白，如果真和一个老毛子好，在家里掀起的波浪不会比爱上子衿小。她心里有些报复地想，哼，叫你们不把我当事，我偏要做个大事吓吓你们！吓谁呢？吓爹还是吓娘？想起娘，她有些内疚。娘对自己多好，这样做，会让娘伤心的。想起娘伤心，尚美也伤起心来。心情一激动，她转身往回走，回家，别惹娘伤心。

刚一转身，却看到面前站着一个人，她"啊"的一声叫起来！那个人已经将她拥入怀中,用那操纵军舰的铁手将尚美紧紧拥在怀抱中,用半生不熟的中国话说:"我知道你能来,我下决心等你到天亮,你看,天刚黑你就来了。你是不是要考验我?中国同事说中国姑娘喜欢考验男人。"

尚美挣脱他的怀抱:"你把这件事情告诉你的中国同事了?"

"是啊。"

"完了,完了!这下糟糕了。"她任性地用手捶打着尼科诺夫的胸膛。尼科诺夫却低头看着她,任她打,不阻止也不回击。

她停下手,抬头看着他:"他要是说出去,我就完了,我爹非揍我不可!"

"他不会说出去的。"

"你怎么知道?"

"他问我你答应嫁给我了吗?我说没有。他说那就不能说出去,说出去对你的名声不好。"

"他是这么说的?"

"是啊,他还警告我,不要再说给别人听,要为你的名声考虑。"

尚美松一口气:"有这么懂事的好人,你的同事是个好人。"

"他是个好人,他是你们中国第一批由我们苏联培养的海军军官。你们以前是没有海军的。"

尚美点点头:"那就好,那就好。"

朦胧的月色照着尚美的脸庞,当她仰头看尼科诺夫,微微张着的红唇、笑意盈盈的神情,让尼科诺夫情不自禁地将自己的嘴唇再次按上去。这次,尚美没有拒绝,19岁的少女,安然接受这爱的雨露,她浑身懒洋洋地,所有的毛孔都张开,接受这爱的雨露的滋润。

他们吻着,天昏地暗,忘掉一切。忽然,尚美感觉到尼科诺夫的手在移动,从背后移到胸前,他在解自己的衣服扣,她警觉起来,一把推开这高大的男人。尼科诺夫惊讶地看着她,不解为什么推开自己。尚美的性启蒙是从娘对一些不规矩女孩的斥责、轻蔑开始的。秦瑞珍常常用惋惜的口吻说:"可惜,好好一朵花被糟蹋了!"懵懂的尚美并不知道糟蹋的具体含义,但她已经感觉到,身体是女孩的隐秘,不到结婚的时候是不能让男人解开自己衣服扣的。

"你要规矩一点儿。"

尼科诺夫有些委屈:"我不规矩吗?"

"当然,我们现在只是男女朋友,不是要结婚的,不结婚你不能动我的……"

她有些害羞,低下头。

他有些失望:"不结婚就不能吗?"

尚美坚定地点点头:"是的,你要和我好,必须答应我的条件。"

"什么条件?"

"我们要保密,不能让任何人知道,不能让我家里人知道,也不能告诉你的同事和朋友,更不能告诉苏联人。"

"还有什么条件?"

"明年我才高中毕业,我不喜欢上学时就谈恋爱,等我工作才可以。反正就是要保密,保密到什么时候我也不知道。你不同意就算拉倒。"尚美转身要走。

尼科诺夫抓住她的手:"我同意,我全都同意。"

"真的?"

"当然真的。"

他再次吻她。

回到家中,爹娘和青青都睡下了,尚美轻轻推开大门,走回自己房间。躺在床上,看着天花板,想着尼科诺夫的吻,想着他硬邦邦的双臂,不由微笑起来,子衿的身影变得模糊起来。

尚美的改变让一家人高兴,这个不省油的老丫头终于安分下来。没有人知道,周末去灯光球场的尚美不但是打球、看球,更是去约会一场场月光下的异国之恋。

时间按部就班地走着,一家人在旅顺、大连两地过着平静的生活,二年后,尚蕙给女儿青青又生下一个弟弟章砥。俩人工作都忙,章一鸣建议把章砥送给母亲照顾,章砥是章家第一个孙子,曹秀英自然是欢喜的,对大孙子也应该是不错的,不会有章青青那样的命运。生完孩子上班后的一个星期天,俩人一起回到八一路 126 号,踏进黑洞洞的大门,走过放满东西的狭窄过道,进到院子里。明亮的太阳下,又走进这座院子,中间的共用水龙头、西面放出难闻味道的旱厕、院子里晾晒的衣服,与当年出走时没有丝毫改变,时间在这里停止走动,过去的事情好像就发生在昨天,又恍如隔世。没有时间感叹,章一敏从前屋后门出来,喊一声:"哥、嫂,你们回来啦!"

这是一声和解的信号,尚蕙应了一声。尚蕙是一个记仇的人,谁对自己好,她记着,然后用双倍多倍的好去报答;谁对自己不好,她也记着,她不报仇,只是从心里蔑视对方,从此将其打入黑名单,永不相交。尚蕙淡淡地笑着,对这个小姑没有一点儿想继续谈话的表示。

进到灶屋,曹秀英正在择菜,看到两人进来,站起来:"回来了!"

站到地中间,尚蕙礼貌地对她说:"娘,你好。"又进屋,对章衍行说:"爹,你好。"

"好!好!"章衍行应着,从儿子手中接过孙子,看着白白胖胖的章砥,连声称赞:"这大胖小子!"

看到老婆进屋,赶紧让老婆看:"他娘,你看你这大胖孙子。"曹秀英看一眼,用手摸摸脸蛋:"挺结实的。"

孩子缓解了久不见面的尴尬。一家人坐在一起说话,尚蕙还是浑身不自在,坐一会儿,她推辞说自己有作文要批,明天要上课,要先回去。

走出院子,站在大街上,做着深呼吸,身心轻松下来,听到后面有人喊自己,回头一看,是公公章衍行。她不明白公公有什么事情找自己。章衍行对着儿媳妇,欲言又止:"爹,你有事?"

"我看到报纸上时常登你的文章,你写得真好。"

"哦。也不算好,写着玩的。"生活安定下来以后,尚蕙尝试着给报纸写些小文章,抒发自己对新社会的爱,抒发女性自立的快乐。尤其喜欢写些学生的事情邮寄给《中国少年报》,没想到很被看好,被聘为《中国少年报》的特约通讯员,并给她寄了一大张该报的标志,每次投稿的时候,撕下一张贴到信封上,就会被更快地编辑、刊登。这些事情都是工作之余做的,章一鸣一定回家告诉了公公婆婆。可是,公公也不至于追出来说这件事啊,应该是有别的事情。她看着章衍行,等着他继续说真正的理由。章衍行脸红红的,吭哧许久:

"你知道,现在正在开展'三反''五反'运动。"

尚蕙一下明白了,睁大眼睛:"涉及你吗?"

"我现在做材料员,是管理人员,也在之内。我做材料员,在材料使用上是精打细算的。前不久,一座楼房盖成,我计算的红砖只多出六快。大家都说,从来没有像我算得这么准确的材料员。这倒没问题,可是,咱是从国统区回来的,也是怀疑对象。我平时小心翼翼,领导对我挺好的,让我写一份自传。你知道,我哪有那个文化底子?我想请你帮我写个自传,行吗?"

"我?"

"是、是。你文笔好,帮我一个忙。"章衍行用恳求的语气说。

看着面前的章衍行,在天津坐洋车的老板形象出现在自己面前。离开天津时他给儿子和媳妇把生活安排得周详,她知道应该帮他这个忙。"好的,我帮你写。"

章衍行立刻将手中的一个大信封递给尚蕙:"这是我自己写的自传,时间上的事情都按照这上面写就可以。在天津那段事情要尽量往低写。"

经历几次运动,尚蕙已经有经验:"爹,你放心,我会好好写,写好让一鸣送回来。"

章衍行长长舒一口气,这件事不知道他准备多长时间、有多为难才让儿媳妇帮这个忙。"我知道你是好孩子,你娘的事情别放在心上,她没文化,别和她一样。"

"我知道。"不愿意提过去的事情,提到这个事情,尚蕙仍然对章衍行不满意。她常常奇怪,你一个大老板、大男人,这个家明明是你养着的,可为什么对自己老婆的蛮横无理就束手无策呢?想到这里,尚蕙有些瞧不起眼前的公爹,她转身离开。

回到家,丈夫儿子都不在家,尚蕙坐下来,认真地看章衍行的自传,基本是一个年代录。少年离家,跟着同村远房堂哥做生意,开始在烟台,后来在青岛、沈阳、营口、秦皇岛、大连、天津……17岁开始自己单独做生意,20岁娶妻生子,24岁买下八一路这套院子,34岁到天津开辟新生意。看着章衍行的简历,尚蕙忽然觉得自己受的那点儿苦不算什么。她决定抓紧时间把这份自传写出来,不是万不得已,章衍行是不会求尚蕙帮忙的。好像知道她会在家写自传，章一鸣八点多钟，在父母家中吃饱喝足才回家，看到桌子上放着整整齐齐的信纸，章一鸣翻一下："写好了？"

"嗯。"

"吃饭了吗？"

"没呢！"

"我给你做。"

"不用。家里有剩馒头，吃一口就行。"

章一鸣迫不及待地一页页看着，看完："你把爹在天津那段经历写成了做小生意的，很艰难的？"

"是啊，不这么写，还写你是坐洋车住洋房的大老板啊！"

"对，穷人才没有麻烦。"

吃着剩馒头，就着咸菜，尚蕙明白，这份自传对章衍行来说，会是一份清白录，也算是对他当年在天津照顾自己的一个回报。

如尚蕙所料，因为这篇自传充满感情色彩地对万恶旧社会的批判、对做小生意艰难的描写，在章衍行谨言慎行的配合下，他一生平安。

平静的生活还是被打破了。尚美高中毕业后，到一家商店做服务员，她与尼科诺夫的恋情渐渐被人们知道了。风声传到家中，秦瑞珍询问尚美，她总是抵赖，说很多男人追自己，难道娘不知道吗？谁让你把我生得好看呢！秦瑞珍想想也是，就不去理会，只是催着尚正和尚蕙快点儿在大连给老丫头找工作、介绍对象，让她离开旅顺。人选还没找到，铺天盖地的消息传来，苏联红军要撤出旅顺，回国，回苏联去。开始时消息还是秘密的，老百姓不太知道，但秦瑞珍感觉到，子衿忙得两头不见人影，过去，过一两周，他会到师父家坐坐，和师娘聊聊天。可一连多天没见他的面，偶然在大厅看到，也是匆匆忙忙和别人在一起，一边走一边说事。这时候，秦瑞珍总是知趣地躲到一边去。

接着，旅顺来很多中国军人，来的时候是穿陆军军装的，过些日子，都改成海军军装。人们都说这些人是接替苏联海军镇守旅顺的中国海军。

终于，在一个春天的晚上，尼科诺夫吻完女友，看着女友的眼睛，尚蕙沉浸在清新、凉爽、万物生长、大地蒸腾着暖洋洋的阳光余热的氛围中，她脸颊绯红、双唇鲜艳，绽放着让男人无法抗拒的笑容。尼科诺夫一字一字地告诉她："尚美，我要走了。"

尚美一惊，醒过来："你要走？去哪儿？"

"回家。"

"哪个家。"

"苏联的家，我是苏联人，当然是回苏联的家。"

尚美无法理解，从她到旅顺，就看到苏联军人在这儿，苏联军人和旅顺，在她心目中是一体的。从来没想到，苏联军人其实不是中国人，他们有一天是要离开的。

她结巴起来："为、为什么要走？"

尼科诺夫耸耸肩："我怎么知道？我们是军人，只有服从命令的份。领导让我们在最快的时间里教会中国海军操纵军舰，然后就要离开。"

"什么时候走？"

"五月的任何一天，等待命令，命令一到就走。"

她几乎喊起来："下个月？"

想想，她笑起来："你骗我？"

他们在一起的时候，尼科诺夫几次要跨过防线，都被尚美坚定地拒绝。现在，尚美认为尼科诺夫是想用这个理由，达到一个男人的目的。

尼科诺夫十分严肃："不是骗，是真的，我们加快速度教中国海军掌握技术，随时听候命令。命令！你不知道，军人是服从命令的。"

尼科诺夫逼近尚美："尚美，我们认识也有两年多了，你今天要认真地告诉我，你爱我吗？"

尚美的脸腾地红起来，什么爱呀，多难听，让娘听到，非骂自己不可！这么难听的话也好意思说出来？可是，她真的要好好想想，她喜欢尼科诺夫吗？当初，只是因为子衿，是报复，也是摆脱，反正因为子衿的冷漠和尼科诺夫的热情，她与他走到了一起。她已经习惯了这个老毛子坚实的肩膀、铁棒一样的胳膊，还有深深的吻。她习惯了生活中有这个人，这个人让她任性、让她感觉到被爱。因为他的缘故，世界变得有意义。看天天蓝、看水水清、看人人可爱。如果没有他呢？她问自己，没有他呢？没有他，自己会回到那个委屈的、蛮横的、总惹事、让家人犯愁的老丫头吧？她打个冷战，心里对自己说："我喜欢他，我是喜欢他的。"

尼科诺夫在等着她回答，尚美迎住尼科诺夫的眼光，一字一字回答他："我爱你。"

尼科诺夫用自己一双毛茸茸的大手把尚美光洁的手握在自己手中："我带你走，跟我去苏联。"

"去苏联？"

"是的，去苏联，跟你爹和娘说，你跟我去苏联。"

"不行，娘不会同意的，我家我娘说了算，我娘说要给我在大连找对象。"

尼科诺夫有些泄气："那你还是不爱我。"

她眼泪汪汪："我是爱的，可是，我不能去苏联。你不能不走吗？"

"不能，军人要服从命令，我是一个下级军官，当然要服从上级命令，下个月就要离开中国离开旅顺，这是不能改变的。"

"那，怎么办呢？怎么办呢？"尚美急得要哭。

尼科诺夫一字一字地说："你回家和你爹和娘说，你爱我，我也爱你，我要带你去苏联。如果他们不同意，你就说，爱情是最重要的，谁也不能阻拦爱情。"

尚美睁大眼睛看着对面的男人："谁也不能阻拦爱情？"

"当然，谁也不能！"尼科诺夫斩钉截铁。

"如果他们坚决不同意呢？"

"我就强行带你走！"

"强行？"

"是呀，谁也不能阻拦爱情。"尼科诺夫重复着自己的观点。

"不，不可以强行。那样，爹娘该多伤心啊。你不知道，他们也爱我，很爱很爱。"尽管第一次跟尼科诺夫学会说这个爱字，尚美这时候却觉得这个字最能表达她此时此地的感情。

她想很久："我回家和我爹娘说，如果他们同意，我就跟你走；如果不同意，我就不去。"尚美低下头。

尼科诺夫几乎在咆哮："你不爱我！"

"不是不爱，是爱，可我也爱我爹我娘啊。"

"女人是要跟男人过一生，不能跟父母过一生，你的幸福由我决定，你和我在一起才会幸福。"

"可是，可是……"

尼科诺夫勉强笑笑："说不定他们会同意的，补给舰上也有一个苏联军官爱上一个中国姑娘，那个姑娘家已经同意姑娘跟他走，你爹娘也会同意的。"

"真的？"

"当然真的，等你走的时候就会看到他们的。"

"我回家和我娘说说，你听我消息。我给哥和姐写信，让他们来家，让姐劝劝爹和娘，好吗？"

"星期天吗？"

"是啊，让他们星期天回来。"

"那我也来吧？"

"你不要来，你不是两周才下一次军舰吗？"

"爱情问题是个大问题，我和领导请假，领导会给我假的，特殊时期特殊政策嘛！"

"你不能来，娘不喜欢你们老毛子。"

"不，他们会喜欢我的，他们看到我，才会放心地把你交给我；没看到人，怎么会放心呢！"

尚美觉得尼科诺夫说得也有道理："要不，下午你在灯光球场等我，如果他们同意，想见你，我带你回家；如果坚决不同意，你就不用去。"

尼科诺夫吻她："你知道最重要的是什么，怎样才能让他们同意吗？"

"什么？"

"你的态度！你要坚决表示，你爱我，非常非常爱，他们就会同意。"

尚美想想："好吧，我就说我非常非常爱你。"

尼科诺夫将尚美拥到怀里："谁也不能阻拦爱情。"

尚美喃喃地重复着："谁也不能阻拦爱情……"心里却在想，爹娘呢？他们也不能阻拦吗？他们把我养大，我的事情都得他们做主啊。你们苏联人怎么会明白中国的事情呢？！

　　第一次，尚美给尚正、尚蕙写信，说自己有重要事情，请他们这个周六晚上务必回家。尚正和尚美都想到妹妹的重要事情，一定是处男朋友。娘让俩人在大连给妹妹介绍对象，其实一直在物色着呢，只是特别合适的一时还没找到，但终归是会找到的。他们放在心里，却没有着急。现在妹妹来信，一定是在旅顺谈恋爱了，会是什么样的人？各自猜测着，都服从这个妹妹的命令，周六晚上坐车回家。

　　闺女、儿子一起回家，秦瑞珍有些奇怪，听尚蕙说出缘由，更加奇怪，老丫头闹什么幺蛾子，我和你爹什么不知道，你们俩都回家来了？

　　下班回家的尚美看到哥姐都奉自己之命回家，心里踏实不少。她真的怕爹揍自己，虽然住在政府大楼的一层，每天看着苏联人出出进进，爹对苏联人却并无多少好感，背后人前都叫人老毛子。秦瑞珍嘱咐他多少次，人家有的懂咱们的中国话，你让人听到多不好。他却反驳："本来就是老毛子吗，你看那手上的毛多长。"苏联人不是第一次来旅顺，过去的战争阴影依旧在人们心中发酵，来来去去的苏联军人也习惯了这个沉默的看门老头，在他们眼中，这家人就是看门的。

　　尚美悄悄拉尚蕙一下："姐，你出来，我有话跟你说。"

　　尚蕙跟出来，看着妹妹。尚美其实比尚蕙漂亮，高高的个子、弯弯的漆黑的眉毛、一双会说话的眼睛、高高的鼻梁、一生气就嘟嘟的红唇，无疑是正宗的美人胚子。可就是不知道比尚蕙少点儿什么，一点儿矜持、一点儿书卷气、一点儿诗情画意？

　　尚蕙笑着看妹妹，等妹妹说话。这让尚美有点儿奇怪："姐，你知道我要和你说什么？"

　　"当然是你有男朋友了，你还能有什么事？"

　　"你说的，我就不能有别的事情？说不定我也在报纸上发文章，在杂志上发诗歌呢！"尚蕙曾经在《中国青年》杂志发表一首长诗，很多人都知道，家人当然更是骄傲。

　　"快说，什么样的人？"

尚美看着姐姐，不说话，泪水涌上来，慢慢盈满眼眶，长长的睫毛一眨，那泪水如珍珠般滚落下来。这让尚蕙发慌，本能地问："尚美，快说，怎么回事，你被人欺负了？"

"不是。"

"那你为什么哭？"

"他要走了！"

"谁要走了？往哪儿走？"

吊足了姐姐的胃口，尚美才慢吞吞地告诉姐姐，自己爱上了一个苏联军人尼科诺夫。在军舰上做轮机长，苏联军人要回国。

如听神话故事一般，尚蕙不相信尚美会爱上一个老毛子。可骨子里浪漫的尚蕙竟然觉得这很美好。"你们真的相爱吗？"

"我们都好二年多啦，一直没告诉家里，就是怕你们不同意，尤其咱爹，听说和老毛子好，还不揍我！"

"尚美，他是你爱上的第一个男人。"

尚美激烈反对："不是第一个，第一个是子衿哥，如果子衿哥喜欢我，我谁也不爱。"

"你和子衿那不是爱。"

"那是什么？"

"是崇拜。与男女之间的感情是不一样的。"

尚美又嘟起嘴："就你们是爱？姐，我知道，你心里最瞧不起人。就你是爱情，我就不是爱情！"

尚蕙不和妹妹拌嘴，拉住尚美的手："尚美，你不知道，真的，姐知道。他既然要回去，也没办法，放心，我和尚正会帮你找一个好的男朋友。"

尚美一甩手："谁要你们找？我就要和他好。"

"可他要回国呀，该不是你想跟他走？"

尚美一跺脚："就是的，要不是我干吗叫你和哥回来？干吗把你叫出来？就是让你帮我说话，让爹和娘答应我跟他去苏联。"

尚蕙陡地睁大眼睛："你要跟他去苏联？"

"是啊，要不找你们来家做什么？咱爹就信你的话，你说什么他都听，今天你要帮我说话。"

　　看着妹妹，自以为聪慧、善于幻想的尚蕙无论怎么想，也想不到自己的妹妹在放弃子衿后能弄出这么大动静，和一个苏联军人好上，还要跟人家走。

　　尚美撒娇，姐姐比自己整整大一旬，平时对姐姐有什么要求，只要撒撒娇，都是能达到目的的。今天，她又使用了这一招。

　　尚蕙摇头："今天这个事情我怕帮不上你。你不了解爹，爹不会同意，他老脑筋，在大事情上他有他的主张。"

　　"如果你们全都不同意，我就和他私奔，让你们找不到我。"

　　尚蕙的嘴张得老大，任性的妹妹，这次真是任性到巅峰，私奔？

　　"尚美，这不行。"

　　"姐，他人真的很好，要不我领他来咱家你们看看？"

　　"不用，千万别，这和他人好不好没关系。就冲他是老毛子，咱爹这一关就过不去。"

　　尚美冷笑："姐，如果那样，我马上就和他离开这个家，真的私奔，我不是说说玩的，我会做出来的！"

　　"不要，让我想想。"

　　"你说，咱爹知道这件事会怎样，会打我吗？"

　　"会愤怒，会暴跳如雷。"

　　尚美知道姐姐说的是可能的，她对爹的估计还是不够充分，表面上，家里家外都是娘做主，爹是不管事情的，遇上大事，爹是要管的。那年，娘去大连看月子，姐被婆婆虐待，娘没有把姐领回来。爹知道后，就大发雷霆，说要是闺女有个好歹，就不让娘活。想到这儿，她害怕起来。爹要是拿棍子打自己，腿打断了，想私奔也奔不了了。

　　尚美抓住尚蕙的手："姐，这个事情交给你，我躲出去，躲到孙莲花家，以后再说。"

　　不等尚蕙说话，尚美转身走出大厅，一眨眼工夫就消失不见。

　　看着尚美的身影，尚蕙没有追赶，妹妹不在跟前，或许能好一点儿。否则，爹当时就起身要揍尚美，事情就更难办了，干涉婚姻自由的大帽子是少不了的。解放后，有多少家长因为儿女婚事被教育，那还是轻的，重的还被单位狠狠批判呢。

尚蕙叮咛娘吃饭时不要问为什么今晚全回来,只说想青青,所以就约尚正一块儿回来了。秦瑞珍感觉到这姐俩在商议事情,撇撇嘴说,你别和尚美妖妖道道的,她能有什么正事?

吃饭时,尚蕙说妹妹单位加班,有个同事有事,让她顶个晚班。一家人安静地吃完饭、娘刷碗的时候,尚蕙陪着娘,悄悄把事情告诉了娘。秦瑞珍一听,手中的碗咣当掉到地上,愣怔一会儿,眼泪流下来:"这个不安分的老丫头,到底整出大事了。尚中跑海那边,连个影都没有。她又要跑,这个家怎么就留不住人?!"

"娘,你别这样,闺女总是要嫁人的。其实远近都一样。"

"谁说一样?在跟前,经常能见到,心里放心。瞅着,你爹非打断她腿不可!看她能跑到哪儿去?"

"娘,你想想,尚美喜欢子衿,子衿不愿意,咱们大家给劝住了。现在她喜欢一个苏联海军,我们再不同意,她会恨我们的。她不幸福,在跟前看着,就幸福吗?"

"什么幸福?老百姓过一份平安日子就不错,还要幸福?过两天平安日子烧的!"

"娘,你说的,女大不中留。尚美的性子也烈,硬碰硬是不行的。"

秦瑞珍同意:"硬碰硬是不行,尚蕙,只有你去和你爹说,你爹这辈子,就信你这一个孩子,大事上,我说都不好用,你说好用。你去说吧,你能说服你那个倔爹,我就认,谁让我生个犟种闺女呢!"

娘俩互相看着,尚蕙知道,只有自己去说,别人说是没用的。娘不行,尚正也不行。

"娘,我试试。"

吃完晚饭,娘抱起青青,对尚正使个眼神,儿子跟着娘走出房间,尚蕙留下来。她搬个小板凳坐在陈千里脚边:"爹,服装厂活累不累?"

"干活还有不累的?有活干就不错,哪有挑肥拣瘦的本钱。"

"爹。"尚蕙握住陈千里的手。这双手,做了无数的衣服,养活了一家人。

爹的腰都弯了，那是累弯的。"

陈千里看着女儿："我这辈子，最知足的就是你们姐弟都不做粗活。旧社会，我挣钱不买房不扩大洋服店门脸，钱都用来供孩子读书，这条路走得还是对的。"

"可不是？咱家幸亏爹。"

"唉，生就要养嘛，当爹妈的都一样。"

尚蕙把脸趴在爹粗糙的大手上，觉得好温暖。她知道，这个世界最爱自己的就是爹，比娘比章一鸣都爱，没有任何先决条件的爱。"闺女，今天你怎么回事？章一鸣给你委屈受了？"

"不是。爹，有的时候，孩子不争气，做出让爹娘生气的事情，你不要真生气。孩子长大了，有自己的想法、做法，和老人观念不一样。"

陈千里警觉起来："是不是尚美有事？"

尚蕙惊讶陈千里的敏感，平时看起来不说话，其实家里的事情瞒不过他的眼睛。

"爹，我和你说个事情，你不要生气。"

"你说。"

尚蕙慢条斯理、轻描淡写地说尚美的事情。陈千里不动声色地听着，竟然没暴跳如雷、没大动肝火。

尚蕙说完，看着陈千里。

陈千里深深叹口气："是真的？"

"爹，你知道啊？"

陈千里又叹口气："厂子里早就有人说闲话，说看到尚美和老毛子搞对象。开始我也不相信，后来想想，要是真的呢？人家说他们总是在礼拜天晚上往一起凑。我跟你娘说出去溜达，就上她那个商店跟前去，结果就看到俩人腻歪在一起。"

"你怎么不阻止他们？"尚蕙有些不理解爹，如果早点儿阻止，就不会发展到今天这个地步。

陈千里更深地叹口气："说起来，尚美的命也不好。喜欢一个子衿，可子衿心里没有她，从光复，子衿到咱家开始，那时她多大点儿啊，就是个孩子，就喜欢人家。这么多年，白搭多少心思？好容易又喜欢一个男人，**就让她喜欢吧**，也别太委屈我老丫头。那老毛子我看过，人不错。长的不错，对尚美也是真好。就他看尚美那眼神，就知道他是真喜欢我姑娘。你别不信，一鸣对你都没有那个眼神，那是真喜欢，喜欢到骨头里。"

尚蕙惊讶得说不出话来，爹竟能有这个胸怀，爹是真疼孩子真疼闺女！

她小心翼翼地往下说："爹，你听说了吗？苏联军人要回国，**撤离旅顺**，回苏联去。"

"我知道，这些日子厂子里都在传这件事。那个小子也要走？哎，老丫头的命真是不好，终归还是被甩。"

"爹，没甩，那个军人说要领咱家尚美走，尚美怕你不同意，怕你打她，不敢在家，让我和你说呢！"

"他真要领老丫头走？"

尚蕙拼命点头："他们还商量，如果你实在不同意，就要私奔呢。"

"傻丫头，我同意，我同意！"

完全出乎尚蕙的意料，她问："爹，回苏联是出国，出国就很难回来，你不想她？"

"想是想，可她过得好，就不想，倒觉得挺安稳。那年，你和尚中去天津，我也想啊，可知道你们在那儿不用挨饿，不用过苦日子，就觉得挺好。现在尚中不在家，如果在家的话，他当过国民党兵，还不知道怎样呢，这样一想，他不回来也挺好。咱们这个日子，过得紧巴巴的。解放前，我常羡慕那些有钱的大买卖人，可你爹没本事，又要供你们上学，哪还有钱扩大生意？解放后，想想，幸亏钱都供你们上学了，要是像你老公公家那样，还不也都交给国家？有的资本家在'三反''五反'中，连命带钱都丢了！穷是好事啊！可穷日子过得能舒心吗？你娘这一辈子，跟着我，精打细算过日子，也难为她，找我这么一个没本事的人。

"那个苏联兵，我打听过，是个轮机长，也是有手艺的人，能过上好点儿的日子，远就远点儿吧，我看不看到都不要紧，心里有就行。早晚我和你娘都要走，闺女总是要跟自己的男人过日子不是？"

尚蕙的脸趴在陈千里手上，泣不成声。多少年，没和爹讲这么多话，只以为爹没有什么说的，只以为木讷的爹只知道干活，偶然发发脾气，没多少想法。爹呀爹，你是世界上最好的、最疼闺女的爹！

陈千里抚摸着女儿的头发："哭什么？我和你娘都老了，能陪你们几天？！你们过好就最好，我们不重要，不用操心我们两个老东西。"

尚蕙仰脸看陈千里，爹老了，纵横交错的皱纹、佝偻的肩膀，曾经强大的爹已经是名副其实的老人。

因为陈千里的大度，原来以为非常复杂、几乎不可能解决的问题瞬间不成为问题，反倒成了陈家一大喜事。姑娘找到一个爹娘满意的女婿，当然是好事。尚正自告奋勇，跑去告诉妹妹。开始尚美还不相信，以为是哥哥骗自己回家，听尚正说得绘声绘色，爹爹早已发现这件事，只是没说穿而已，说只要闺女过得好就行。尚美抱着哥哥的胳膊又蹦又跳。回到家中，尚美一下扑到陈千里怀里，嗲声嗲气地喊爹，一把鼻涕一把泪地哭花了脸，这次是高兴的哭。一家人只是笑。

又选个日子，尚蕙、章一鸣、尚正都从大连回来，尼科诺夫正式上门认亲。

尚蕙觉得这件事应该让子衿知道。无论从哪个角度说，子衿都应该知道。这些年来，子衿已经是这个家庭的成员，什么大事情，娘都要和子衿说的。有时间到家里坐一会儿，没时间，在一楼大厅里，只要看到子衿经过，秦瑞珍一定要和他说几句。子衿的话，娘总是信的。

一家人和尼科诺夫在聊天，尚蕙悄悄走出来，待在大厅的耳房里，留神着大厅里的声音，每当进来一个人，就仔细看看是不是子衿。每到周六的时候，子衿回来，也是要朝师父家这面多看几眼，他知道，尚蕙如果回来，一定在周六，周日下午就回大连。

他刚进大门，尚蕙在耳房就看到了，走出大厅："子衿。"子衿站在自己面前，吓尚蕙一跳，离上次在大厅里看到，也就一个多月，子衿却发生了更大的变化，一张脸瘦得简直皮包骨头。高高的颧骨，只有两只眼睛依然炯炯有神。

"你怎么瘦成这样？"

他摸摸自己的脸："最近太忙，事情太多……"

尚蕙真想用手去摸摸他的脸，多壮实的子衿，竟然瘦成这样！

"今天晚上回来的？"

"嗯。"

"有事？"

"子衿，尚美和一个苏联兵好上了，是一个军舰的轮机长。"

子衿一下睁大眼睛，苏联军人要撤离，个别与中国姑娘好上的，这是撤离中的一个问题。内部开过会，对这个事情，不鼓励也不反对，由当事者自己选择。

"师父同意吗？"

"爹同意。"

他有些奇怪："师父这次这么开通？他不是一个开通的人啊。"

"爹说，从光复你回来，尚美还是个小丫头，就喜欢你，喜欢这么多年也没喜欢上，也算委屈。这次好容易喜欢上一个，就让她喜欢吧。"

子衿沉默，师父是这样想的。"我对不起师父。"

"不关你事，我就是来告诉你，尚美非要跟那个老毛子走，那个老毛子又非要带她走，今天我们都回来，算正式认亲。在里屋呢，你不进去看看？"

稍一踌躇，子衿摇摇头："我不去了，替我祝贺尚美。她是个好姑娘，她们这些姑娘将来都是中苏友好的纽带。"

尚蕙笑："你越来越会说官话，她哪知道什么中苏友好，只是那个小子对她好，她就感动得一塌糊涂，就要跟人家去，哪有那么高的政治水准。"

看到子衿打哈欠，尚蕙赶紧说："你很累吧？休息吧。"

"那好，这几天都是半夜睡觉，一大早就起来。"

"快去吧。"

"好，我上去了。"

何子衿朝楼梯走去，步伐沉重。师父说得对，尚美是个好姑娘，尚蕙更是。回到大连这些年，身边也有一些好姑娘，她们来了，又从自己身边走开。这时候，他忽然发现，尚美其实在自己心里是有位置的，只是一直没有时间没有心情认真想想而已。尚美也要走了。他摇头，什么时候，还有心思想这个？明天，对，明天，中国人民志愿军三兵团副司令曾绍山带领的先遣队就要到旅顺，筹备接收苏军防务和驻守旅顺事宜，自己要负责接待工作呢。于是，大脑瞬间被工作填满，个人生活立即被压缩到几乎看不见的角落。

1955年上半年，旅顺成为全中国的政治焦点，中央、军委的领导频繁视察。

苏联军人更是组织八个报告团，深入工厂、农村、学校第一线做报告："关于苏联国民教育""苏联军队是人类的解放者"等。陈家所有人都听到了这些报告。

与苏联军人做报告相对等，中国的全国劳模纷纷聚到大连，李顺达、王崇伦、王海、赵仁虎和一些战斗英雄也来大连，给旅顺的苏联军官做报告。

2月末，双方举行交接仪式；4月15日，举行交接签字仪式。整个旅顺、大连，都在欢天喜地地准备送别在这儿驻军十年的苏联红军，迎接自己国家的海军。

虽然陈家人也都听到了报告，对于他们来说，最重要的还是老丫头要远嫁。没有送别的喜悦，有的是淡淡的离愁和伤感。给老丫头准备些什么东西？尚正和尚蕙一起给妹妹买一件纯毛呢大衣。秦瑞珍拿出自己巧妇的本事，把家里的老底翻出来，给女儿做下里外三新的棉袄、棉裤。粉色的缎子面，摸一下，滑滑的；看一眼，美美的。

衣服做好那天，秦瑞珍对尚美说："你姐在天津结婚，咱家什么也没拿。什么时候想想，都觉得对不住她，可谁让她摊上那么个乱日子呢，饭都吃不上，哪还有心思给她做嫁妆？两个丫头，结婚都不在跟前。你二哥如今有女朋友了，这个婚是一定要在咱家结，说什么也要认真办一下。现在你要嫁那么远，妈还是看不到你做新娘，这也是我和你爹的命。来，把这衣服穿给娘看看，像不像新娘子。"

尚美听话地一一穿上，站在娘面前，秦瑞珍左看右看："我闺女这一打扮，多俏丽，比那些苏联大妈好看多了。这小腰、这嫩生生的脸。穿给你爹看看去。"

尚美穿着新棉袄新棉裤去里屋给爹看，陈千里摘下老花镜，从上到下看看："好，好看，我老丫头真是好看，那老毛子有眼力，没看错。"

尚美终于知道，离家的日子一天天逼近，从搬到旅顺，家中只有自己一个孩子，爹娘把所有的爱都给了自己，现在，要离开爹娘，尼科诺夫保证说，将来可以回来探亲的。她心里没底，真能回来吗？那遥远的飘渺的陌生的国度，自己就这么跟一个男人去？尚美心里有了丝丝的恐惧甚至懊悔。

看着爹娘围着自己看，听他们赞美自己，尚美扑到爹怀里，放情地哇哇地哭起来。陈千里和秦瑞珍这些日子只是一直在忍着，装出高兴的样子来。秦瑞珍无论做什么事情，一想到老丫头要走，走那么远，走到自己这辈子不可能去的地方，泪水就止不住流下来，但在丈夫和女儿面前，仍然装作没事人一样。

陈千里毕竟是男人，心里也不舍，却没那么哀伤，甚至有一点点庆幸。苏联人有钱啊，生活好啊，天天吃的都是面包、喝的是罗宋汤，有肉有菜的，闺女到那儿能过上好日子。家里，一年到头，除过年过节吃点儿细粮，都是苞米面饼子。他把这个想法和秦瑞珍说，秦瑞珍也同意，说就是不知道那个什么诺夫能不能永远对咱姑娘好。陈千里倒想得开，嫁给中国人就保定对咱闺女好？你看看尚凌，倒是嫁个中国人，到末了，被人家休了，还得再嫁一次。我看那小子，眉眼周正，眼光也清亮，是个好人样。

"你什么时候学会看相了？"

"那还用学？活这么长，什么人的相貌是好人样子、坏人样子，一眼看去，都是八九不离十的。"

"那倒是。"秦瑞珍点头。

正式撤离开始，2月末，彭德怀、宋庆龄、贺龙、聂荣臻一些国家领导人和苏联红军的领导在旅顺市中心建设的中苏友谊塔奠基后，3月1日，就一拨一拨开始撤离。尼科诺夫是第一批，军舰已经交给中国海军，他们已经回到陆地的军营等待撤离。

撤离的日子终于来到，早上八点的火车，他们六点就要到车站，苏联军方给姑娘们单独安排一节车厢。一大早，尼科诺夫就来到陈家，尚美的行李已经送到车站，尚美只背一只平时的书包。所有人都回家来，一家人在大厅告别，尚美不让他们上街，她不愿意别人看到爹娘掉眼泪。陈千里和秦瑞珍站在大厅，陈千里挥挥手："走吧，老丫头，记着给家里来信。"

尚美已经哭成泪人。走到门口，又返回来，扑通跪下来："爹，娘，我走了。"尼科诺夫也学着尚美的样子跪下，用中国话说："爹娘，你们放心，我会对尚美好，我会让她过上好日子。"

秦瑞珍说："走吧，早晚也要走，走吧。"

尚美低着头往外走，已经五岁的青青早早被告知小姨要出门，这个时候，却忽然放声大哭："我要小姨，我要小姨。"在尚蕙的怀里乱踢乱蹬，尚蕙抱不住，章一鸣接过去。尚美转身要过来抱青青，陈千里吼一声："还不走？快走！不用惦记我和你娘！"

尼科诺夫走过来，给一家人鞠躬，拉着尚美的手走出大厅。章一鸣抱着孩子，尚正和尚蕙追出门去，看着俩人上了苏联的军队吉普车，绝尘而去。何子衿站在楼梯拐弯处，远远地看着这一幕。尚美走出大门，他缓缓转身回到楼上。陈千里两口子没有送出来，雕像般站在大厅里，大厅里只有青青低低的抽泣声，喃喃地嘟囔："我要小姨，我不要小姨走。"

许久，尚蕙搂着秦瑞珍的肩膀："娘，进屋吧。"一家人默默地进屋。

尚美是最早离开的，那段时间里，几乎每天都有苏联军人离开。住在办公大楼多年的苏联军人很多都吃过秦瑞珍包的饺子，穿过陈千里做的衣服，要离开了，他们对这位中国老妈妈也是依依不舍，有的送来小孩玩具、孩子衣服，青青是最高兴的，人高马大的苏联人的玩具也是大的，无论是光头的男娃娃，还是烫着金色卷发的女娃娃，每个洋娃娃都比我们的玩具大很多，已经五岁的青青抱着这些大玩具乐得合不拢嘴，一会儿抱起这个，一会儿抱起那个，然后又把它们围成一圈，让所有的玩具做她的孩子，听她的指挥。对于小姨的离开，她哭过闹过便不再想，她不知道小姨的离开，是陈千里夫妇这一生的挂念和心结。

轰轰烈烈的撤离一直到5月8日才全部结束，这一天，欢送地点改到大连，十万大连人在斯大林广场召开欢送大会，送别苏联红军。

5月末，旅顺口苏军纪念塔竣工，苏军指挥部举行最后的告别招待会。本来，这些事情与陈家是没有关系的，但因为子衿，他们对这些国家大事给予了高度的关注。

苏联军人走后，大楼里陆续住进来中国海军军官。这些军人大多数家属还没来，他们有些生活琐事，就常常找秦瑞珍帮忙，钉个衣服扣子、买点儿小东西，甚至抽烟没火柴，也会来找秦瑞珍借个火。和这些中国军人相处，秦瑞珍感觉轻松许多，就和自己的孩子一样，坦然而关切。

尚美走后，来信说一切都很好，跟丈夫到夫家见过公公婆婆，只住几天，因为丈夫仍然服役，她也随军去了部队。后来，尚美生孩子，还寄来过照片，一个美丽的混血女娃娃……

中苏决裂以后，家里人不再给尚美写信，尚美也不再来信……

七、子衿遗言

从苏军开始撤离起，子衿就每天工作到很晚，常常半夜还不回来。秦瑞珍看着心疼，常对陈千里叨咕，说子衿都瘦得走形了，铁人这么熬也不行啊。尚美走后，夫妇俩更是天天盼着都快点儿走完吧，让子衿歇歇。

5月末，苏军撤离完毕。一天晚上，子衿从门口进来，秦瑞珍赶紧从耳房走出去，子衿心疼地说："师娘，你还不睡？以后不要等我了。""子衿，老毛子不是都走了吗？你还那么忙？你得歇歇呀！"

"咱们的海军刚来，事情也不少的，等等吧，过些日子安排妥当，能轻松些。"他朝秦瑞珍露出无奈的笑容。

"师娘，我上去了。"

"早点儿睡。"秦瑞珍暗暗担心，子衿会累倒的。

秦瑞珍不幸而言中。两个月后，他终于晕倒在去开会的车中。正是7月末，尚蕙放暑假，回来住娘家。子衿办公室里一个同事跑来告诉秦瑞珍，何区长晕在车里，住在部队医院。秦瑞珍有些慌神，和尚蕙商量一下，决定让尚蕙在家看孩子，她自己去医院看护。一进病房，秦瑞珍眼泪就掉下来，子衿深陷的大眼窝，下巴硬邦邦地突兀着。

子衿用微弱的声音说："师娘，你来了？"

秦瑞珍走过去："你说你，这是活活累的呀！"

子衿没反驳，他像一辆上足油的汽车，一直在开足马力、奋力疾驶，当终于停下时，已经伤痕累累、千疮百孔，再也无法奔跑、无法拼命。

"师娘，我没事。"

"还说没事。你说你自己不爱惜自己，别人就没看出来你身体不行？你们这些人！"

"大家都忙。"

秦瑞珍开始忙起来，打来水，给子衿洗脸洗手，子衿不让，秦瑞珍说："你这打着吊瓶呢！你不用难为情，你就是个孩子，要不是孩子，能不知道照顾自己身体吗？"

"师娘，你还拿我当孩子。"子衿的脸红起来。从娘离开算起，二十多年，他已经不习惯被人照顾，从来都是自己照顾自己，一个人决定所有的事情，包括人生大事。似乎上帝生下他来，就是让他照顾别人。

秦瑞珍想说："要是娶个媳妇，我也就不用操心。"话到嘴边又吞回去，想想自己两个女儿，她叹口气。

子衿知道师娘心里的想法，有意分散师娘的注意力，问："师姐在家？"

"在呢，过暑假，她回来住几天。学生9月1号开学，老师8月15号开学。还能住半个月吧，下午让她来照顾你。"

"姐夫一起来的？"

秦瑞珍叹气："没有，尚蕙想章砥，可不愿去婆婆家，让一鸣把孩子抱回家玩几天，一鸣送儿子回去，在家住些日子。"

子衿没说不同意师姐来，没说不要麻烦。秦瑞珍心里有个感觉，子衿的病恐怕不太好，有些话要对尚蕙说。好似有把手狠狠地拽着心口窝，痛得秦瑞珍有点儿喘不过气来。

尚蕙去菜市场买蚬子，做疙瘩汤，装到饭盒里，领着青青到医院来。没直接去病房，而是去科主任办公室。上次看到消瘦的何子衿，心里就有些担心，她要问问主任，子衿的病情如何。

敲门、问好后，尚蕙说明了目的。主任是个四十多岁的军医，他问尚蕙，是子衿的亲人吗？尚蕙说是，他的亲生父母都不在，我们早已过成亲人。军医点点头："既如此，我就坦诚相告。我们怀疑何区长得的是胃癌，一种现在很难治好的病。"

"确诊吗？"

"还没有，下周，沈阳部队医院有教授来讲课，我们会上交这个病例，让教授帮助我们确诊一下。希望家属有个思想准备。"

尚蕙点点头："我知道了。"

走出办公室,眼泪止不住地流下来,上次看到子衿的样子,心里就害怕,果然有大问题。青青仰脸看着她:"妈妈,你怎么哭了?是因为大舅吗?"

已经五岁半的青青像个小精灵,那么小年纪,就能看出大人的神情高兴还是悲伤。"妈妈没事,青青,一会儿我们去看到大舅,不准说妈妈哭过。记住了?"

"我不说。"

尚蕙摸摸青青的脑瓜,女孩子要那么聪明做什么呢?笨一点儿,其实也挺好,笨人烦恼少。她们来到病房,敲门进去。看到尚蕙,子衿的眼睛亮起来:"师姐来了。"

尚蕙走过去:"给你做的疙瘩汤,喝一点儿。医生说你应该吃流食。"

子衿的眼睛闭一下,他知道尚蕙一定问过医生自己的病情。

看到女儿来,秦瑞珍交代女儿一些事情,说上午区领导来人,本来要安排人来照顾子衿,我说不用,我们家来照顾就行。领导同意了,以后就咱俩换班。等你回大连,我就自己来。

尚蕙点点头:"你带青青回家,我在这儿照顾子衿。"秦瑞珍带着青青走出了病房。

尚蕙转身打开饭盒,慢慢地盛饭,她背对着子衿,不看他。泪水还在往外涌,她用力将泪水忍住。转过身来,装出笑脸:"吃饭,我来喂你。"

"吊瓶打完了,我自己吃。"

"好吧。"尚蕙不勉强,饭放在病床旁边的小柜上,拿出小勺,递给子衿。他侧过身,慢慢喝疙瘩汤。他们不说话,子衿慢慢地喝着,这是尚蕙第一次单独给他做饭。在哈尔滨,在深山老林里,在苏联,他无数次想过自己和尚蕙的寻常生活,像普通男女一样,做饭、吃饭、工作,却没想到,这第一顿饭是自己躺在病床上的。

不知道喝这碗疙瘩汤用多长时间,十分钟、二十分钟,抑或半小时,或者根本只有几分钟,他们默默地享受着两人单独相处的这一刻。

子衿说:"真好喝。"

尚蕙收拾着碗筷,然后去水房洗干净,回来坐到椅子上。他们不说话,许久,尚蕙抑制住情感,不让自己的声音发颤:"为什么这样糟蹋自己的身体?"

子衿笑笑："我和你说过，病根早就种下了。能活到今天已经是命大，姜鸿大哥，还有很多兄弟都走了，可我还活着，活着回到大连，活着看到师父、师娘，还有你。"

尚蕙双手捂住脸，双肩抖动……护士进来送下午的药，尚蕙站起来，背对着护士，擦干眼泪，她告诉自己，不能哭，一定不能哭。

看着护士走出病房，她坐下："主任说，下周沈阳部队医院的教授要来他们这儿，到时候会给你会诊，你不要灰心，会治好的。"

"我不灰心，我也不害怕。尚蕙，难得我们俩能有机会这样单独在一起，我有几件事要嘱咐你。"

"等你病好你自己去做，不要让我替你做。"

"我的病不好呢？我的病不会好了。"

尚蕙的声音高起来："你不能自己先就失去信心，你不应该是这样的人，你说的，那么艰难的环境都过来了，还有什么过不去呢！"

子衿苦笑："这次是真过不去，阎王让你三更走，四更都不行。这不是信念、意志、坚强能解决问题的，其实，你也明白，不是吗？"

尚蕙再次崩溃："子衿，我能做什么，你说，我能做什么？"

"听我说。"

"你说，我听。"

子衿有些累，喘粗气。尚蕙过来帮助他躺下，躺到枕头上。"你不着急，有的是时间说，这些日子我每天都来这儿看护你。"

"我怕老天爷不给我时间，说完才放心。第一件事情，我在这个世界上有血缘关系的亲人就只有一个老姨。解放后，我去山东老家看过他们，给过他们一些钱。山东老区现在仍然很贫困，我一个人，没有花钱的地方，除了孝敬师父师娘，解放后这几年攒下几百元钱。我不在，这些钱寄给老姨，供老姨的孙子外孙子读书，告诉他们，一定要读书。"他从贴身的衣服兜里拿出一个铝钥匙链，一大一小两把钥匙："这把小的是我办公桌钥匙，里面有存折。"

尚蕙不接："现在还不用做这些事情，等专家看完再说。"

他用央求的眼光看着尚蕙："师姐，提前做好准备。如果我病能好，钥匙还给我。"

尚蕙只好接过来。子衿像是自言自语："老区的日子还是很难，很多孩子不读书，可还是要读书的，你说呢，师姐？"

尚蕙哭得说不出话，只是点头。

"我给老姨留一封信，这笔钱除读书外，别的事情都不可以用，婚丧嫁娶都不能用。如果怎么用这笔钱意见不一，最终由你来决定。如果将来孩子读书想报考学校，不知道报哪个好，也让他们找你，你帮助他们选个合适的学校。这些，我都写在信里。"

尚蕙泪流满面地点头："我一定会的。"

"第二件事情，我本来想把师父师娘当爹娘孝敬的，现在看来我不能再给二老尽孝。我走后，区政府会让他们搬出去，我已经和区长说好，给安排一处房子，离车站近一些，你回家也方便。区长说已经找好，在白玉山脚下。"

一直忍住不出声的尚蕙哭出了声音。

子衿伸出手："师姐，你别哭，我只是安排，说不定没事呢！"

尚蕙用双手紧紧握住子衿的一只手，多么希望，自己的双手能把子衿从病魔手里拉回来。

"第三件事情，就是我那把金锁。当年我留给师父师娘的信里说，做你的嫁妆。回到大连后，有一次，师娘拿出来还给我，说这是你爹娘留在这个世界上唯一的物件，还是留在你身边好。金货，值钱是其次，也是两位老人的心愿，能辟邪，你好好保存着。这件东西就又回到我手里。"

这件事尚蕙听娘说过，娘和她商量，说你们去天津，怕路上遭人抢劫，所以就没给你。现在子衿回来，爹娘留给孩子就这么一个物件，咱不能留着，还给人家好不好？尚蕙点头应允，说娘想得周到，如果带到天津去，章一鸣做生意赔那样，还不也赔进去？幸亏没带。

"这件东西还是留给你，做个念想。咱俩什么事情也没有，可我就是忘不掉你。我走后，金锁还在你身边陪着你。"

尚蕙越发哭得厉害。她的双手握着子衿的左手，她趴在自己的手上哭，眼泪掉到手上，通过手指缝流到子衿手上。子衿却不哭，双眼澄清，语调平缓，似乎这是他深思熟虑许久、早就准备要做的事情。

他累了，尚蕙起身倒水，扶着他起来，慢慢地喝水，喝完水，躺下。子衿看着尚蕙："师姐，还有第四件事。"

尚蕙点点头，还有什么事情呢？还能对谁放不下呢？

子衿不看尚蕙，双眼看天花板。

尚蕙等着他说话，莫非第四个问题是关于自己的？

他看她一眼，尚蕙起身，帮助他喝几口水。他平缓着自己的呼吸。尚蕙的泪水又涌上来，曾经多么健康的何子衿，曾经多么能干的何子衿，现在，竟然连多说话的力气都没有。

他终于慢慢地开始说："师姐，最后一件事，也是最难的，我放心不下你。"

"我？"

他点点头，脸色肃穆、严厉。

"你放心，我会好好的。我现在离开一鸣家自己过，我靠我自己的能力养活自己，也养活孩子。一鸣本就是个公子哥，现在他家不给他钱，可他花钱的毛病依然如故，他挣的钱基本是他自己花，这个家是我养活的。"

他伸出手，尚蕙用双手握住他的手，他抽出来，反过来握住尚蕙的手。"师姐，斗争很残酷，你是不是没有思想准备？"

尚蕙吃惊地看着子衿，不知道他怎么会说出这么一句话，斗争很残酷，什么斗争？国家的斗争？党内的斗争？和自己一个教师、一个老百姓有什么关系呢？

子衿的思绪飘到很远："你们看我是党的干部，一定是最可靠的，其实不是这样。你们不知道，五零年到五一年的镇反运动中，有人揭发姜鸿姜大哥是叛徒，我是姜大哥带上革命道路的，说我是姜大哥埋伏在革命队伍中的特务。证据就是我们那次被日本人发现行踪，明显有人告密，在队伍中，会说日语的只有姜大哥和我。"

尚蕙惊呆了，不知道子衿还曾经有过这种被怀疑的经历，他们竟然谁也没察觉。他是怎么过来的？一个人扛过来的。

尚蕙静静地听着，他不知道子衿还会说出什么。"姜大哥是和日本军人作战时牺牲的，那次行踪暴露，其实是一个老百姓告密，为挣日本人的赏银。这件事情当时就有定论，可不知谁竟然把这件事牵连到姜大哥和我身上。我找组织做了说明。组织经过到黑龙江外调，到那个村子去寻找当时的人，他们家人还在，档案都有记载的。在等待外调那段时间，我被软禁在楼上，我告诉师娘说我出差，其实我哪儿也没去，就在楼上自己的房间里。你能想出来对我打击有多大，从此我小心翼翼，拼命工作，再也不敢以自己是年轻的老革命自居，稍不小心，老革命会变成反革命。"

怪不得身体垮下来！这种灭顶之灾，再坚强的人也难以抗争！

子衿的神色很平静，似乎在回忆一段和自己没有相干的事情："本来不想说这件事的，带到坟墓里，不让你们为我揪心。我要说的是，人和人是不一样的，大多数人是普通人，很少很少的人是圣人，圣人离神灵比较近，他们会帮助你脱离苦难。我那次也幸亏一个市领导，当时就说，我了解何子衿，他不可能是奸细。但是，圣人太少太少，我有幸遇到一个。小人也不多，小人是离魔鬼比较近的人，一个小人，就足以将一个好人送进地狱。我就是得罪小人，被他诬告的。我无能力惩罚他，能做的就是离他远点。"

尚蕙终于呼出一口气："这种小人离他越远越好。"

"师姐，你身边也可能有这种小人。"

"我？"

"小人并不是因为你得罪了他他才害你。小人看到你比他强，看到你的能力，他就会生气，就可能去害你。我和那个人其实并没有工作交往，只是表面看起来我似乎上升的前途比较好，他就生气，就要除去我。"

忽然想到身边的同事，尚蕙一下明白了子衿的苦心："我明白了，我身边也有这种小人。教书能力不行，挑事能量巨大。"

"你的性格又容易得罪小人。"

"我什么性格啊？"

"你高傲，你容易瞧不起别人。你不说话，但你的眼神能让人感到你对别人的轻蔑。"

尚蕙低下头："我对不喜欢的人就不招惹，也不说话，难道这也不行？那要怎样呢？"

终于说到正题了："师姐，你和姐夫都是从国统区回来的人，很容易给你们捏造一个污点，到哪儿去找证人呢？我那次找到了，如果找不到呢？以后在工作中一定要小心,对任何人都不要掉以轻心,不要看轻任何人,对所有人都要报以亲近的眼光,姐夫也是这样,你要叮咛姐夫,要小心,千万要小心。我们的政权刚建立,有人搞破坏,就要反破坏,我住院以前刚开会,给大家打预防针,要搞肃反了。"

"什么是肃反?"

"肃清反革命。1951年的镇反后,据说还有没肃清的反革命分子,要搞肃反,你和姐夫都要万分小心。"

尚蕙听得心惊胆战,但又觉得不可能搞到自己头上,自己是多么的革命啊!自己的诗歌、散文都是歌颂新社会的呀,自己是欢欣鼓舞地喜欢新社会,男女平等、男女同工同酬,这是多么好的社会呀!

"肃反运动还没全面铺开,本来不应该告诉你,如果不躺在床上,我也不会说,我已经违反党的保密原则了,为你平安,就违反一次吧。你和姐夫不能出事,你们还有青青、章砥。师姐,说这些是告诉你在单位一定要谨慎。"

尚蕙再次流泪满面:"子衿,你要真想保护我,就好好的,养好病,好好工作,活着,长久地活着。"

子衿闭一下眼:"我何尝不想活,可阎王不让啊!"

他们默默相互看着,子衿说:"我心里的事情都说完了,放下所有牵挂,随时听候阎王爷召唤,一个人来一个人去。"

尚蕙又一次恸哭。

第二周,沈阳的专家来旅顺,据说看完以后的意见是:太迟了,哪怕早半年,还可以手术,切去四分之三的胃,留下四分之一,仍然可以生存。现在,整个胃都是癌细胞,手术已经没有意义。

医生告诉子衿不必手术只要保守治疗就可以的时候,他就知道了结局。对于死亡,他并无太多恐惧,他平静地等待死亡的到来。

以后的半个多月,尚蕙一个人承担了照顾子衿的任务,秦瑞珍在家带孩子、做饭。上班的日子到了,娘俩商量,只好让秦瑞珍来照顾子衿,尚蕙把青青带回大连。

回到家,一鸣带着儿子章砥也刚回家,因为天天带章砥洗海水澡,爷俩都晒得黝黑黝黑,青青有点儿怕,躲到尚蕙身后不肯出来。尚蕙让她叫爸爸,她不肯叫，倒是和章砥比较亲，很快两个孩子就跑到一起玩起来。曹秀英看孩子的方法就是让孩子坐着，哪儿也不准去，什么也不准干，这使三岁的章砥老实得出奇，早上起来就找一小板凳坐好，如果没有人叫他，就那么一直坐着。这让尚蕙奇怪，一个男孩子，怎么会如此安静？

她告诉青青，带弟弟到街上玩。弟弟比你小，你是姐姐，要爱护弟弟、保护弟弟。听着妈妈的嘱咐，青青第一次知道自己原来还要对一个比自己小的生命负责。她很认真地点头："妈妈，我一定保护好弟弟，不让别人欺负他，谁欺负他，我就打谁。"一个打字，说得清脆响亮、掷地有声。章一鸣看看女儿："咱家真是奇了怪了，男孩子老实得像女孩子，女孩子厉害得像男孩子。"

晚上，躺在床上，尚蕙慢慢说子衿的病情，又说子衿安排的后事。章一鸣静静地听着，一声不吭。从一开始，章一鸣就知道子衿这个人，当子衿真的出现后，他和子衿很少的几次接触，使他由衷佩服这个人。章一鸣是个高傲的人，一般人看不上。在他三十多岁的人生中，他佩服过两个男人，一个余涛，1945年去日本，另一个就是子衿。在关键时刻，敢于自己决定和别人不一样的人生，这才是真正的男人。他相信尚蕙对自己的感情，更相信子衿的气度。所以，尽管子衿常常出现在他们生活的话题中，却从来没影响过他们的夫妻感情。

"你怎么不说话？"

"子衿是个人物，可惜老天不容人。他委托你山东的事情，你要办好。"

"我知道。"

"他说的对，我们是国统区回来的人，是要小心。"

尚蕙偎依进丈夫的怀抱，他紧紧搂着她，似乎感到山雨欲来。

两个孩子刚刚熟悉，章砥还是被送回奶奶家。尚蕙建议让青青上学，到9月1日开学，就五周岁零八个月。虽然早点儿，可青青像个精灵似的，也不知道谁教的，一百个数早已会数，伶牙俐齿的，教她认字读课文，都学得甚快。

1955年的9月，不到六岁的青青成为小学生。

开学那天，尚蕙用在商店里买的四块白色手绢，给女儿缝了一件连衣裙。红色的凉鞋、雪白的连衣裙，青青像一只蝴蝶奔跑在校园里、教室里，还有教师的办公室里。放学后，不放心她一个人回家，尚蕙就让女儿到办公室，在她的大椅子旁边放一把小椅子，青青坐在上面做作业，做完作业，就看着妈妈备课、批改作文。在家里爸爸很严肃地提醒她，办公室里不准说话，影响妈妈和老师备课，以后就不准你进办公室！她牢牢地记着。为了不让孩子孤独，尚蕙让女儿看语文课后面的课文，不懂的地方问妈妈，不说话，把书送到妈妈面前，指着上面的字。开始的时候，尚蕙就放下自己的工作，告诉女儿这个字读什么，后来发觉这也很麻烦，就在晚上的时候提前教青青学拼音，学会拼音，就可以自己读出拼音上面的字。青青学会了拼音，就不再去烦妈妈，一个人拼音读字。老师还没教的时候，她已经把没学的课文学会，顺畅地朗读下来。青青成了尚蕙办公室的开心果，大家都喜欢这个漂亮、聪明的小女孩。

开学以后，每个星期天，尚蕙都带青青回旅顺，自己替娘看护子衿，让娘在家休息一天。每次看到尚蕙来，子衿脸上就露出笑容，那笑容是真诚的，尚蕙知道，子衿一定希望自己天天能来，可是，工作，什么能比工作重要呢！那是自己的事业，也是自己在这个世界安身立命的保障啊。

他们不再说不高兴的话，他们最喜欢说的，就是回忆。回忆晚上在一起读书、读报，回忆子衿穿着苏联军官军装出现在千里洋服店，回忆陈千里对徒弟的严格，对做活的认真、严谨，所有的回忆，都温情脉脉，都美好情深……

子衿一天天越发地虚弱，尚蕙和娘约好，一旦有问题，就去区政府找秘书，让他们给尚正电话，让尚正通知自己。每一天，下班回家的路上，尚蕙都会暗暗庆幸，今天没事。每天，都希望子衿能坚持到自己星期六晚上回家。终于，在一个星期三的下午，尚正到办公室来，告诉姐姐："子衿哥不行了。"

尚蕙向领导请假，又给一鸣去电话，让他到办公室接青青。姐弟俩乘长途公共汽车赶往旅顺。到车站，他们直奔医院，区政府来不少人，看到尚蕙，点点头，给她让出一条路。尚蕙走进病房，娘和几个医生在，他们看到她，点点头，有个医生说，他在等你。大家都离开，娘握着子衿的一只手，尚蕙握住另一只手，子衿呼吸已经微弱，尚蕙凑到他头前："子衿，我来了。你放心，你要我做的事情我都会做好，等放假，我和一鸣一起去山东老姨家，亲自把钱给他们，我要告诉他们，你的愿望就是让他们好好读书。"

子衿微笑："师姐，谢谢。你要好好活着，活着……"

尚蕙泣不成声:"我会的,你说的我都记住了。我一定好好活着。"

何子衿闭上了眼睛,年仅 35 岁。

送别何子衿第二天,区政府办公室主任找到秦瑞珍:"大娘,有件事情……"

秦瑞珍点点头:"我知道,是搬家的事情。我孩子都不在,我们两个老家伙……"

对方却说:"大娘,我们找人帮你搬的,不用哥姐回来。"

"那也好。"

几名戴着蓝色飘带帽子的海军战士,抬的抬,搬的搬,没一会儿工夫,就把一个家搬到车上,几分钟开到白玉山下,一排民房中的两间房子。临走的时候,秦瑞珍站在大厅里,对着楼梯,好像看到子衿从上面下来,笑呵呵地对自己说:"师娘……"

秦瑞珍擦擦眼睛,知道再也看不到子衿了,她叹口气,转身走出去。

这排房子是解放后政府盖的大院,一排十几个门。每个门里是两间房子,靠里面是一间南北通透的有十几平米的大屋,外面一间从中间隔开,里面一间小屋,外面一间做厨房。房子就在白玉山脚。旅顺本来就是山海相依的地方,出得门来,几十米远的地方就是白玉山。大院外面是马路,马路对面是旅顺文化宫,文化宫对面是公园。想想子衿说的,离火车站近,尚蕙他们下车回家方便。子衿知道自己将走,还把一切都安排得妥妥帖帖,想到这儿,秦瑞珍的眼泪又涌上来。

从子衿的遗物里拿到存折和金锁,这次秦瑞珍没意见,说这个东西看来就该是你的,你拿回家吧。留着是个念想,将来青青结婚给她,也是个拿出手的物件。一个信封里放着存折和一封信,信是子衿写给小姨的,说明这笔钱的用途,如果因为用途发生争执,由尚蕙决定这笔钱的使用方式。

存折上是 600 元钱。尚蕙知道,这是一笔巨款,尤其对于农村人家。当时尚蕙工资是 58 元,章一鸣工资 62 元,两人的工资加起来一个月 120 元钱。章一鸣的工资是不给尚蕙的,他从小过惯了有钱人的生活,花起钱来总是大手大脚，常常是到月底，尚蕙工资花完，问他要，章一鸣从兜里勉强掏出十几元钱，20元钱的时候都少。尚蕙每个月存定期存款5元，一年60元。家里总是入不敷出，她不是一个会算计的女人，更不会精打细算，受秦瑞珍影响，又总觉得"碗边饭吃不饱肚子"，不会也不在小钱上节省，家中的钱就总是紧的。看到子衿攒了这么大一笔钱，不由感叹，他一定早就对小姨家孙男弟女的教育有想法。自己一定要帮助他实现这个遗愿。

把钱取出来，尚蕙决定去一趟山东，章一鸣说我陪你去，这么大一笔钱，你一个女人带着，别出事。

十一放假，事先写信给小姨。船到烟台，小姨的大儿子在码头接他们，乘公共汽车。在汽车站，小姨二儿子赶着马车来接夫妇俩。到小姨家，说起子衿的去世，一家人又是一番唏嘘、一番流泪。小姨孩子都知道大连有个两姨哥哥做官，给家人留下一笔钱。为欢迎尚蕙夫妇的晚餐，所有孩子都到齐整了。小姨有五个孩子，两男三女，五个孩子又有23个后代。吃完晚饭，大家坐在一起，尚蕙拿出子衿的信读一遍。读完信，她看着这些子衿也应该叫哥姐、弟妹的庄稼人说："今天，我替子衿来，一是将这笔钱送给你们；二也是大家讨论一下，讨论出一个方案，这笔钱怎么花。"

大哥先表态："有什么讨论的？加我妈和我爹，正好六家人，每家一份。"

老二不紧不慢说出了自己的看法："我和大哥是儿子，平时家里活也是我们俩干得多，我们俩应该多分一些。"

大哥连连点头："在理、在理。"

尚蕙终于明白子衿为什么要那样严肃、郑重地把这笔钱作为第一件事情，让自己来解决。她看看三个女儿，想听听她们的意见。三个女儿沉默着，气哼哼地不说话。两个儿子很坦然地抽着呛人的旱烟，坦然地等待他们的建议实施。

尚蕙看一眼一鸣，一鸣点点头，她知道一鸣鼓励自己说出看法。其实是子衿的决定。

小姨也不说话，看看老伴，再看看儿子，叹口气，不说话。

尚蕙放下信："大家都听了子衿的信。这是子衿的遗嘱，是必须执行的。也就是说，这笔钱，就是给小孩子缴学费，长大考到外面上学的学费、生活费,别的不可以用,婚丧嫁娶都不可以用。按照道理讲,子衿是小姨的亲外甥,当年是小姨把子衿送到大连,他却没让这笔钱来给小姨、姨夫养老,为什么?他希望你们的下一代能多读书,能有更好的前途、更好的生活。刚才两个哥哥的意见,说得虽有道理,但是与子衿的遗嘱不符合,这笔钱不能分到各人家随便花,这笔钱必须有人保管,花的时候大家一起决定。"

三个女儿抬起头,面露笑容,似乎很赞成这样做。

尚蕙问小姨是否同意,小姨想想,说:"子衿说的不会错,就按子衿说的办。"

大儿子不高兴,瓮声瓮气地问:"那要是谁家孩子不喜欢读书,不上学,不就花不着这笔钱?"

尚蕙点点头:"大哥说得对,只有上学读书,读大书的孩子才可以花这笔钱。读书多,花得就多。"

"这不合理。"

一鸣插话:"兄弟,这不是我们的意见。这笔钱是子衿兄弟的,他临终前反复叮嘱一定要把这笔钱花在教育上,你刚才也听到了,我们是遗嘱执行人,不能违背他的决定,答应走的人的事情就一定要做到,否则犯大忌。"

老二说:"我们没文化,你们俩有文化,可子衿哥也没说这笔钱具体怎么花,只说花在教育上,你们说怎么花?"

一鸣示意尚蕙,尚蕙点点头:"具体说,第一,每年开学的时候给上学的孩子缴学费,可以用这笔钱,保证咱家孩子不因为没有钱读不上书;第二,孩子考上离开家的学校,无论是中专还是大学,每个人每年可以用50元钱;第三,给所有孩子的钱,都需要你们五家人每家派一个代表,大家签字同意,然后去信用社取钱;第四,你们选一个信得过的人保管存折。"

大姐说:"让小妹保管存折,她家日子好,小妹夫人品也好,又在城里做事。"

大哥不乐意:"他家日子好,孩子聪明,将来肯定能上学,还要花这些钱?我家孩子笨,日子又不好,反倒花不上这个钱,这不讲理。"

最小的女儿站起来:"我表个态,本来今天俺家的不让俺说话,说咱不要这笔钱,也别惹你哥姐不乐意。既然子衿哥为咱家好,给孩子读书缴学费,咱不能辜负子衿哥一片心意，我来保存存折，我们家孩子上学不用这笔钱。"

尚蕙高兴起来："这很好，这就简单了，大家还有什么意见？"

二姐小声问："丫头、小子都一样吧？"

尚蕙点头："一样，不分年龄，不分男女。只要是读书缴学费的就可以用这笔钱。考到外面的一年50元。"

又反复讨论很久，一个个细节提出来，解决掉，快半夜的时候，总算达成协议。存折由小妹保管，每年到上学的时候，上学的孩子可以从这笔钱里拿到学费。考出去的可以一次性得到50元钱。

尽管两个儿子有些不愿意，在尚蕙、一鸣的坚持下，最后也只好同意。

事情解决，尚蕙想立即回去，小姨问她，想不想去北柳村看看，那是秦瑞珍的老家。其实尚蕙走的时候问过秦瑞珍，用不用回老家看看。秦瑞珍叹口气说算了吧。我姥姥、姥爷、大舅都走了，熟悉的人不在，回去做什么。

没想到，小姨夫却怂恿去，说大姨有个儿子住在原来的老宅里，赶集的时候还能看到，还说起来秦瑞珍。尚蕙用眼睛征求一鸣的意见，一鸣耸耸肩。这是一鸣的标准动作，这个意思就是算了吧。尚蕙突然明白，他们并没带多少钱，除船票，手上没有多少钱，几十年的老家，哪能空着手回去？

小姨看出来，把尚蕙拉到一边："不要紧的，在子衿的钱里拿出一些来买点儿礼物。这件事，你里里外外忙乎，小姨也没有什么感谢你的。"

尚蕙的脸阴下来："小姨，不可以，绝对不可以！子衿委托我，信任重于山，我怎能自己用？我成什么人了？子衿定的规矩不能破，如果破了，我就不来山东，直接把钱寄给你们，你们随便分了就算了。这是给孩子读书用的，让下一代不再做睁眼瞎，让他们走出家，让他们有前途，让他们将来像子衿一样做大事！"

小姨的脸红了："哎，读书人就是不一样，什么事都有个讲究。"

和小姨的小女儿一起去把钱存上，叮咛又叮咛，夫妻俩返回大连。

和娘说起山东一行的经过，秦瑞珍叹口气："你做得对。发财才能还家，光宗耀祖，没发财还家也没人理不是？我也没想让你回去。"尚正笑，娘没读过书，对人生的看法却都无比正确。

转年回旅顺过春节的时候，尚正和尚蕙商量，俩人都在大连，爹娘在旅顺，来回走也不方便，不如回大连。尚正结婚后住在妻子柳碧云的家里，单位分给他在民主广场的一套房子还空着，正好让爹娘住。和老人一商量，觉得也是。陈千里的手艺业内人都知道，找一家服装厂调过来。过完年，就把陈千里和秦瑞珍搬到大连，房子还给房管所。

陈千里夫妇重新回到大连，最高兴的是青青。从小在姥姥、姥爷身边长大，在她心中，姥姥、姥爷远远重于爸爸妈妈。

从陈千里夫妇回来后，放学后的青青不再去妈妈办公室，她像一只小鸟一样飞到姥姥家，进门就喊："姥姥，我来了。"青青性格与隐忍、安静的尚蕙完全不同，她像一只叽叽喳喳的麻雀，张扬、热情，人没到，声音已经先到。

秦瑞珍就笑："外甥女来了，你听这个声音，像什么大人物似的。"

一只脚跨进门槛，另一只脚还在门外，就问："什么是大人物？"

秦瑞珍想想，说："就是做大事的人，就像你子衿舅舅那样的人。"

她挺挺胸膛："长大我也要做大人物。"

秦瑞珍用手指点着青青的脑壳："一个丫头片子，做什么大人物。你呀，能像你娘，将来做个老师，教小孩，姥姥就心满意足。别找什么长得帅的、有钱人家的，像你爹，中看不中用。找个本本分分的人，过本本分分的日子。"

青青大声嚷："不，妈妈在报纸写文章，妈妈说那是作家，我也要当作家。"

陈千里和秦瑞珍一起笑，陈千里说："别说，这丫头，灵气不次于尚蕙，我看能行。"

秦瑞珍说："那好啊，你娘写那几篇小文章，顶多算个小作家，你要有本事就当大作家。写书，那种厚厚的书，你妈一天到晚捧着看的大书。"

青青打开书包，拿出笔记本做作业，抬起头，很认真地告诉姥姥、姥爷："我要做大作家。"

新年的时候，每个班级都要举行庆祝活动，老师号召同学们准备各种节目，青青问尚蕙，自己应该准备什么节目。尚蕙想想，答："妈妈给你写一首儿歌吧，你在晚会上朗诵好不好？"

"好啊！好啊！"

尚蕙用一个晚上，给女儿写了一首儿歌。青青邀请同桌男孩和自己一起朗诵，那个男孩高兴地答应下来。老师检查完所有节目以后，决定把青青和同桌的儿歌作为第一个节目演出。

尚蕙给青青做一个花冠戴在头上，花冠上是一只翩翩起舞的彩色蝴蝶。在暖气充足的教室里，头戴蝴蝶花冠，白上衣、花裙的青青和白上衣、蓝色短裤的同桌男孩走到教室中间。

男孩先朗诵："小艾小艾你快来，咱们俩来摆碗玩。你淘米我切菜，米要淘得白，菜要切得细。油要搁得少，饭要喷喷香。"

青青充满感情地朗诵道："小虎小虎你真坏，这样的好饭菜，为啥不请客人来？"

"小艾小艾你真傻，再蒸一蒸，再煮一煮，送给咱们的解放军叔叔。"

男孩女孩，你一句我一句，天真、浪漫、率真、情切。他们的朗诵得到了热烈的掌声。尚蕙没有看到女儿的表演，但青青老师高兴的叙述让她想到，女儿有朗诵的天赋，应该送她去少年宫学习朗诵。

在少年宫的表演班里，青青如鱼得水，很快就被老师钦点参加全市少年儿童会演，演出话剧，青青演剧中小英雄的妈妈。

尚蕙和章一鸣去观看女儿的演出。青青穿着象征农村妇女的对襟衣服，脑后挽着一个大大的发髻，黑色布鞋、黑裤子，看着如农村小媳妇般的女儿，夫妻俩轻轻笑，七岁的孩子演一个小学生的妈妈，她怎么能找到感觉？小英雄被杀害后，青青在儿子的身体旁大放悲声，当杀害小英雄的地主被押到时，她站起来，用充满怒火的眼睛看着地主，铿锵有力地训斥："恶霸地主、血海深仇啊……"

尚蕙握住一鸣的手："青青演得还真像。"

一鸣有些惶恐："她可别当真，这是演戏，入戏太深就糟糕了，她太小，怎么一脸杀气？"

尚蕙轻轻笑："怎么可能？戏里戏外，她能分不出来？我也会告诉她。"

"反右"开始。从开始的时候大家扭扭捏捏地不好意思提意见，到在领导的鼓励下畅所欲言，甚至有的义愤填膺，学校里一名年轻男教师说起小学教师工资低，导致自己到现在没有女朋友，一时失控，竟然潸然泪下。尚蕙和一鸣却自始至终没说一个字、一句话。无论领导怎样启发，甚至点名，都笑着摇头。

他们记着子衿临走时的嘱托，国统区回来的人，很容易被怀疑。直至风声鹤唳，那个发言抨击小学教师工资低的年轻男教师和几个老教师被打成右派，夫妻俩心惊胆战之余难免有些暗自庆幸。每天晚上回到家，彼此都要看看对方，不用说话，一个轻松的眼神，一个微微摇头的动作，就一切尽在不言中。平安，平安是这个家庭最重要的目标。

"反右"结束，被打成右派的教师离开学校。没有人知道这些人去了哪里，也没有人问他们去了哪里。自身难保的时候，人们也只能关注个人的安危。尚蕙和一鸣知道危险终于过去，沉默使自己平安无事。

日子在平静中徐徐前行，1958年暑假的一天，尚蕙带女儿去看爹娘。中午，忽然下起大雨，风夹着雨，树木在风雨中摇晃，天色大暗，如夜晚一样。半个多小时过后，天放晴，天空如被洗过，道路被冲洗得干干净净，空气中蒸腾着温馨、温暖的气息。尚蕙走出房屋，站在院子里，呼吸着雨后的气息。青青跑过来："妈妈，我要到学校去。"

"放假你去学校做什么？"

"我们班级种的向日葵，刚才的大风大雨，会不会把它们刮倒啊，我要去看看。"

尚蕙看看身边的女儿，还不到七周岁，已经有集体观念，班级种的向日葵，她已知道关心。"好啊，你去吧，妈妈在姥姥家等你。"

"好。"青青欢快地答应一声，穿上粉红色水鞋，跑出门去。尚蕙心说，班级最小的女孩关心集体，明天会被老师表扬的。青青是不是想让老师表扬呢？很多学生做一些事情，目的只是获得表扬。表扬，是孩子们最向往最喜欢得到的荣誉。

快吃中午饭的时候，青青才回来，衣服、水鞋都溅上斑斑泥点。她一进门，就对着尚蕙嚷嚷："妈妈，去好几个人呢，我们班长也去了。"

"哦。"

她很认真地看着尚蕙:"妈妈,我觉得班长很了不起。"

"为什么了不起?"

"我们三班种一块向日葵,二班也种一块向日葵。原来,他们班的向日葵长得比我们班向日葵高。班长还嫉妒他们长得好呢,说不知道用什么肥料,问他们班长,也不告诉我们。你猜今天怎么样?"

"怎么样?"

"二班学生家住得远,没有来。我们班住得近,去好几个人。大家一看,我们班向日葵长得矮,都没倒,他们班向日葵长得高,被风吹倒在地上。大家说二班不能和我们比了,他们的向日葵被风吹倒了。你猜怎么样?"青青说话又快又急。

尚蕙笑起来:"你像说绕口令一样说向日葵,妈妈猜不出来。"

"真没想到啊,我们班长说如果不扶起来,二班的向日葵就站不起来了!她领我们把二班倒下的向日葵全都扶起来。是不是很了不起?"

尚蕙点头:"了不起,这是集体主义协作精神,很了不起!"

青青点头:"我也觉得了不起,我就没想到要帮助二班扶向日葵。"

尚蕙安慰她:"你还小嘛,再说,你不是班干部,不在其位不谋其政。想不到也正常。"

"我应该向班长学习吗?"

"应该。"

这件事在尚蕙脑海中转着,她觉得可以写一篇不错的散文。晚上,在灯光下,她提笔写下标题"向日葵笑了",不大一会儿工夫,一篇散文写好,检查一遍,稍微做一下修改,又用稿纸抄一遍。信封贴上《中国少年报》特约通讯员专用邮票,放到包里。第二天早晨上班的时候,路过邮电局,她把信封投进邮筒。青青已经习惯看妈妈往邮筒里送信:"妈妈,你又投稿吗?"

"是啊,这次写的是你们班长帮助别的班级扶向日葵的事情呢!"

"真的呀!太好了!"她拍手跳起来。尚蕙心中感叹:"这个女儿,心中有多少情怀要表达?总是快快乐乐、蹦蹦跳跳。好好培养,女儿会有大好的前途。"

不久,《向日葵笑了》在《中国少年报》刊登。再后来,这篇散文被收入小学语文教材。尚蕙没想到的是,那竟然是她寄出的最后一篇自己的文稿。

劫难终于还是不期而至。那天特别热，过了七点，章一鸣还没回家。尚蕙让女儿先吃饭，然后睡觉。青青嫌热，不肯进拉门睡觉。尚蕙说你要不睡觉，我在这儿批作文等你爸爸，你坐在旁边看书，不准说话。"好哦，好哦，我保证不说话。"

尚蕙看女儿一眼，让她不睡觉读书，就高兴成这样，真是乐天派。不像自己，小时候就像受气包。

她开始批学生作文，做六年级班主任，教两个班级语文，批改作文成为最大的工作量。上午上课，下午备课，几乎没有时间批改作文，只好拿回家批。几乎每天晚上，尚蕙都要在灯光下批改一摞作文。这已经成她的工作习惯。一进入批改作文模式，她就进入学生所描写的世界中。她一本一本批改着，忽然听到旁边传来均匀的呼吸声，青青已经躺在她的床上睡着，旁边放着她读的书——《赵一曼》。她把女儿抱进拉门里，看看表，九点半，不由担心起来，开什么会，这么晚还没开完？她穿上衣服下楼梯，想去迎迎丈夫。

尚蕙摸索着慢慢走下楼梯，看看表，快十点了，一鸣为什么还没回家？学校一般不会这么时候不下班。回八一路看儿子？那早晨也应该说一声啊，难道学校有什么事情？心中有一丝不祥的预感。她甩甩头，打消这个念头，不可能，"反右"已经结束，不会紧跟着又发动一场运动。

从楼梯上下来，一楼过道里从大门外透进来路灯微弱的光亮。她走出只有门框没有门的大门，来到街上，朝天津街方向看去。一鸣上班乘有轨电车，在青泥洼桥下车走回来，从天津街拐过来再到保安街的。大街上空无一人，虽然是夏夜，海风让这个城市的夏夜凉爽而惬意。尚蕙吸吸清新的空气，刚才有些昏沉沉的大脑顿时清醒不少，她慢慢朝天津街方向走去。忽然，她发现天津街与保安街交叉口的路灯下坐着一个人，是丈夫。章一鸣坐在电线杆子下，好像怕冷似的，双腿并拢、双臂紧紧抱在胸前，头抵在胸前，整个人蜷缩成一个球状。尚蕙大脑轰的一下，出事了，一定是出事了！章一鸣从来没有这样恐惧的动作，什么事情把丈夫吓成这个样子？她急忙走过去，章一鸣好像没有听到走过来的脚步声，虽然尚蕙的脚步并不重，但在寂静的夜里，还是那么清晰。章一鸣没有抬头，依然紧缩成一团。尚蕙走过去，蹲下，轻轻拍拍章一鸣的肩膀:"一鸣,你怎么了?"

章一鸣好像没有感觉,依然一动不动。"一鸣,是我。"

一鸣没有抬头,尚蕙感觉到一鸣的全身在抖,从轻微的抖动到剧烈的抖动,胸腔里压抑的气流在往外冲,变成压抑的哽咽。

尚蕙知道出事了,却想不出是什么事情让丈夫如此情绪激烈。她只好等待,她用自己的双臂环抱住丈夫的双肩,温柔地拍着他,让他平静下来。不知道过多久,一鸣才抬起头来,尚蕙惊愕地望着丈夫,双眼发红,眼珠呆滞。"一鸣,你怎么了?你说呀!"

许久,许久,章一鸣吐出几个字:"完了,全完了!"

她不想追问,只想让丈夫安静下来,慢慢说出来。想起炎热的房间、熟睡的女儿,还不如就和丈夫坐在这静静的夏夜里。她轻轻拍打着丈夫的后背、肩膀,平复着一鸣的情绪。不知道过多久,一鸣终于说出缘由:自己被判为历史反革命,降职两级,开除教师队伍,暂时保留公职。

尚蕙觉得自己窒息了:为什么?肃反不是结束了吗?

一鸣点头,说出另外一番理由:1955年到1956年全国的肃反运动有177万人被打成反革命。这次是扩大肃反成果,把上次没揪出来的人给揪出来。自己当年跟天津的崔浩熊在一起从事民社党的活动,这次被扩大进反革命范围,戴上了历史反革命帽子。

尚蕙按住自己的心脏:"我也参加了呀!"

"你只有几天,应该没事。我听公安局宣布的人说,这是大连这次肃反扩大化揪出来的最后一批。"

尚蕙紧紧搂住一鸣:"别害怕,怎么也要活下去,还有我,还有我啊!"

章一鸣忽然趴在尚蕙怀里哭起来,呜呜地哭着,上气不接下气,像一个受委屈的孩子,用眼泪宣泄着压抑的情绪。

已经深夜,俩人搀扶着站起来,朝家的方向走。一鸣已经没有支撑身体的力量,尚蕙搀扶着他,才勉强挺着慢慢向前走。走到楼下,楼道里一如既往地黑暗,尚蕙让一鸣在先,俩人慢慢上楼,尚蕙在心里对自己说,再难,也要走下去,还有青青,还有章砥,还有丈夫,我可不能倒下去,我要撑起这个家!

她挺直腰,坚定地一步一步踏梯而上。

下卷 ⊙ 章青青

一、风飘雨潇

　　1960年的冬天，冷得出奇，滴水成冰。刚刚下过一场大雪，还没有完全融化，脚踩在雪地上，发出咯吱咯吱的声音。尚蕙领着一双儿女回家。十岁的青青已经是小学五年级的学生，即使粮食不够吃，即使知道自己爸爸是一个戴帽历史反革命，可她如路边的野花，在旁边大树的庇护下，依然旺盛地生长着，旁若无人，喧宾夺主，美丽、独特得让所有看到她的人都无法不认真，无法不赞叹。尚蕙有时奇怪，这个女儿怎么和自己和一鸣都不一样？不管身边鄙视的眼神有多恶毒，她依然独自高歌而行。她把自己做得无人可比，朗诵全校第一名、数学比赛第二名、作文永远是范文。公开课上发言，她永远第一个举手，竖起一个高度，让后来者无法超越。除非是课堂上朗诵课文，抑扬顿挫、快慢适度，只要让她随便一说话，她的语速就如炒豆，劈里啪啦，人家没反应过来，她已经说完。人家问她说的是什么，她一副惊讶的神情：我说得很清楚，你怎么没听明白呢？她的聪明让尚蕙骄傲，也暗暗担心。枪打出头鸟，我的女儿，你可要当心啊。每当她给青青讲这些人生道理，青青就笑嘻嘻地看着妈妈，过后照旧旁若无人地表现自己。刚刚十岁的孩子，人生阅历几乎是零，无法理解老祖宗文化中那些复杂的说教也是正常。住在奶奶家的章砥也已经读二年级，他与张扬的姐姐完全不同，他不喜欢说话，永远安安静静地待在角落里，有时候，待在拉门里，也不说话，让家人找不到。青青给弟弟取一个诙谐的名字，家庭妇女。尚蕙有时也想，像章砥这样也好，没有本事就不惹眼，也不惹事。

　　穿着厚厚的棉猴，领着一双儿女回到家中，尚蕙赶紧生炉子，青青帮着母亲把柴火放到炉子里，又去把煤坯敲碎，炉子生着了，家中顿时温暖起来。尚蕙用瓦斯做饭，青青帮着妈妈打下手。章砥躲到角落里，静静地坐着，他不读书，也不学习，只是静静地坐着，像一个打坐的和尚。小时候，曹秀英就这样让他坐在小板凳上，不准出去玩，不准跑、不准跳。在曹秀英的看管中、章砥的思维中，坐着就是人的生活方式。

做好饭，章一鸣还没有回来，大概又搞政治学习，尚蕙和孩子先吃完饭，安排他们睡觉，自己边批改学生作文边等丈夫回来。

八点多钟，作文批改完，一鸣还没有回来。尚蕙担心起来，别出什么事情，该不会像五八年那样吧？五八年，她打个冷战，想想这几年的路，越发地担心起来。

那个夜晚后，尚蕙的生活完全改变。一鸣被打成历史反革命的消息像瘟疫一样，迅速传遍中山区教育界。所有认识他们的人，都知道陈尚蕙的丈夫章一鸣被打成了历史反革命。一天早晨，她领着青青上班，遇到住在仅隔一条街的尚正和妻子柳碧云抱着刚出生不久的儿子上班。青青远远地看见，和以往一样笑嘻嘻地打招呼：舅舅，舅妈。

尚正看着大姐和外甥女，张开的嘴刚要说话，柳碧云的手轻轻捅他一下，尚正的嘴没有发出声音就闭上，涨红脸，低下了头。尚蕙立即明白了一切，她拉过女儿的手，转身走进旁边一条小胡同。那个胡同只有一米多宽，从小胡同穿出去，可以少走一些路，但尚蕙从来不带女儿穿胡同，说还是走大路。可今天，她带女儿从小胡同里穿过，躲过那份亲情不亲的尴尬。青青不明就里，问妈妈为什么要穿小胡同，舅舅为什么不理睬我。尚蕙告诉女儿，以后在学校，不要主动和人说话，特别是老师，不要看见一个老师就问人家好，然后等着老师夸奖你聪明。

青青还是不明白："舅舅舅妈为什么不理我？我做错什么事情了吗？"

"你不用明白，你长大以后就知道，从此舅舅是路人。"

"路人是谁？"

尚蕙指着从他们身边走过的人："就是这些走路的人啊！"

"可我不认识他们啊！"

"所以说是路人啊。"

"路人就是不认识的人？"

"没错。"

"可是舅舅和舅妈我认识啊！"

"以后就不认识了。"

"可是……"

"没有什么可是，就是不认识，你记住不认识就好，哪有那么多问题！"

尚蕙高声斥责女儿，让青青害怕，又觉得委屈，看看妈妈凶巴巴的脸，也不敢问，只好把所有疑问收起来。

单位平时笑脸以对的同事忽然变得陌生起来，一张张板起的脸宣布对你的鄙视。对这一切，尚蕙是有准备的，她接受命运的惩罚。既然丈夫被列入另册，自己虽然不是另册，但与另册的人有关，自然也要受到另册人员所受到的白眼。就如《红楼梦》里的金陵十二钗，有的小姐丫环没有资格入那十二钗，可你是贾家的人，当贾家倒霉时，你当然也要跟着倒霉。这叫小鱼穿在大网上。她安然做着自己的工作，只在心里祈祷，千万可别让我没有工作，我要养活我的孩子们啊，不做教师，我还能做什么呢？

章一鸣出事不长时间，教导主任找尚蕙谈话，很直接，劝她离婚。说作为一个教育工作者，不能和一个阶级敌人生活在一起，应该考虑离婚，说给她一段时间认真考虑。尚蕙说不用考虑，我不离婚。主任很奇怪，说你怎么不离婚呢？你怎么能愿意和敌人生活在一起呢？尚蕙说，他是历史反革命，也就是说历史上是敌人，现在已经不是，我要改造他，让他早日成为人民。这是我的责任，我不能推卸责任啊！主任很生气，说那以后你在报纸上发表文章，不能署你的名字。"署谁的名字？"尚蕙觉得这是个不可理喻的问题，我写的文章不署我名字，还能署别人的名字吗？

要写上"民生小学集体创作"。尚蕙笑笑："那我以后不写就是。"

从此尚蕙放下写作的笔，也放下一直在心中茁壮成长的作家之梦。

在铺天盖地的冰霜雪雨中，还有一丝温暖的所在，就是家。听尚蕙说女婿的事情，秦瑞珍想想，说："闺女，有棍支着，没棍立着。不管遇到什么事情，都得活呀！不为自己想，还有两个孩子呢，你是死不起的。"

从一鸣出事，那是尚蕙第一次哭，也是最后一次。在爹娘面前哭完，离开的时候，陈千里叫住女儿："你以后忙，给孩子做衣服，拿家来，我和你娘帮你做。"

"爹，我知道。"走出家门，还能感觉到后面爹娘关切的目光，尚蕙的泪水再次汹涌而出。她擦擦眼泪，告诉自己："我不会再哭。那些小人，本来我就瞧不起他们，只是因为工作关系逢迎而已。这下好，表面的逢迎也可以没有了，都离我远远的！"

并不是所有的父母都能敞开怀抱迎接落魄的儿女。出事后的那年三十晚上回家过春节，吃饭的时候，章衍行端起酒杯："过年了，咱们也喝点儿酒庆祝一下，唉，我就是没有办法不承认你们和我有血缘关系。"

所有的人，章一鸣、章一修、曹秀英、尚蕙、青青和章砥，没有人接话茬，章一鸣的脸红起来，尚蕙用手碰碰丈夫，让他别出声。章一鸣忍住，端起酒杯，一饮而尽，那顿饭在沉默中很快吃完。这句话，造成章家父子一生的隔阂，即使在春暖花开后，坚冰仍然难以全部融化。

章一鸣的变化让所有认识他的人瞠目。保留公职不长时间，终归还是被开除公职。只是这次没有开大会，通知他，以后不用来上班，没有公职了。章一鸣从学校出来，回头看着自己工作八年的单位，虽然没正经学过历史，但是从工作后，他一头扎进历史中，他从来没有那样认真地做过事情，从来没有那样付出过自己的智慧和热情，他的工作得到了学生和教育界的称赞，他已经是一个小有名气的中学历史老师。现在，他永远地离开了讲台，那些付出都白云一片去悠悠，飘到天外天、山外山，渺无踪影。

没有工作的日子并没有延续几天，当他去派出所报到时，一位老警察问他能做什么，他摇摇头。

老警察上下看看他："这么年轻，才三十多岁，你不吃不喝呀？还有老婆孩子呢，去拉小车吧。"

"拉小车？"

"是啊，到平车社工作，只要有把子力气，就能挣到钱。你要去，我和他们说一声。"

"我去拉平车？"这是章一鸣从来没想到过的工作，走在路上，经常看到拉平车的人像骡子驾辕一样，尤其上坡的时候，弯腰弓背、双腿紧蹬。有时候，自己也会上前帮着推一把，却从来没想过自己会干这一行。章家大少爷去拉平车，他觉得有些好笑，又觉得好玩。该谁拉平车呢？自己现在有挑肥拣瘦的资格吗？

老警察看他不说话，以为他不想干，就说："你要不干这个，我再给你听着点儿，但我告诉你，这个活累是累点儿，可挣钱，真挣钱，能挣我们两倍。"

章一鸣赶忙回答："我去，谢谢你的帮助。"

老警察看他一眼："小伙子，别灰心，好好干，能摘帽的。"

他笑笑，他还没来得及想这个问题。

章一鸣成为大连平车社一名工人。春夏秋三季，一顶破草帽，上身常常不穿衣服，只有一条黑不溜秋的白毛巾搭在肩膀上，出汗时擦汗，上坡时垫在肩膀上，免得拉车的皮套子磨破肩膀的肉皮。

娇生惯养、细皮嫩肉的章一鸣当拉车工人，令所有人，即使尚蕙也没想到的是，他不但干，竟然干得还不错。到平车社才知道，有人的地方就有江湖。平车社里，一部分人是从山东来的没有文化的大汉，更有一部分人和章一鸣一样，曾经的教师、医生、国民党军官、旧社会官吏，等等不一。比比那些年龄比自己大很多，阅历、能力远远超过自己的前辈，章一鸣心悦诚服，人家能干，我章一鸣也能干。他原本瘦弱的身体变得强壮，细长的手指变得粗而有力，白净的皮肤被太阳晒得黑红黑红。在工人中，他也变得豪爽，本来就好喝酒，就更加喜欢喝酒。早晨在家吃饭，中午在街上两个火烧、半斤猪头肉，吃得他越发强健。胳膊曲起来，跳动的"小老鼠"硬得如一块铁。青青喜欢让爸爸曲起胳膊，自己用手去按胳膊上硬得如石块一样的"小老鼠"，却从来没按下去过。

章一鸣骄傲地告诉女儿："你爸爸现在是正宗自食其力的劳动者，每一分钱都是我流的汗水换来的。"

平车社是当时少有的集体所有制单位，更是少有的计件工资单位，按照你拉货的数量挣钱。每个月百多元的工资让能花钱的章一鸣经济上轻松下来，喝酒、吃肉，虽然没有《水浒》英雄好汉的洒脱快意，却让他在每天的白酒中短暂地麻醉自己。

今天晚上，劳动者没有回家。时间越晚，尚蕙越感到紧张。这次尚蕙没到街上张望，这么冷的天，章一鸣不可能坐在大街上。今天的章一鸣也没有那么脆弱，从身体到大脑，他已经变得坚强、抗压。

等到十点，章一鸣还没有回来。尚蕙知道，一定又出事了，能是什么事情呢？她无论如何也想不出来。明天到一鸣单位去问问吧，她安慰自己。一个拉车工人，谁还会对他有兴趣！

早晨上班，同事付铃关切地问她："你怎么了？昨天没睡好？"

她使个眼色给付铃，走出办公室，付铃也走出来。付铃的父亲解放前是伪保长，解放后直接成为历史反革命。付铃已经三十多岁，至今没结婚。因为同命相怜，付铃是尚蕙在学校不多的能说上话的同事之一。

"章一鸣昨天晚上一宿没回来，不知道出什么事了。你爸没事吧？"

"前几天被派出所叫去训一顿，说蒋介石要反攻大陆，他们要老实点儿，一旦发现给蒋介石做内应，立即抓起来。"

想起付铃父亲那老迈的样子，尚蕙冷笑："就你爹，还能做内应？"

"就是。可是你家老章年轻，说不定有什么新规定呢！"

尚蕙一下站住，是啊，在这敏感时期，真可能有什么新的措施。

"到派出所问问吧，他们应该知道点儿消息。"

"对。"

上午上完课，中午饭都没吃，尚蕙就跑到街道派出所，听章一鸣讲过，一个年龄大的警察让他去平车社工作，说至少能多挣点儿钱。

她径直走到年龄大的警察面前。警察抬头看她："有什么事情？"

"我是我们街道历史反革命章一鸣的家属，我叫陈尚蕙。我有个事情想向您请教一下，章一鸣昨天晚上一宿没回家，他是你们管制的人，请问你们是否知道他现在在哪里？"

她一口气说完这些话，然后静静地站着，等待对方回答。几个年轻警察都抬起头来看这个不再说话、静静站着的女人，有个年轻男警察甚至站起来，走到尚蕙面前，从头到脚打量她。尚蕙的眼睛接住青年警察的眼光，眼光安静、坦然，好像刚才说话的那个人不是自己。

年老的警察站起来："我们还真不知道。"

这是尚蕙没想到的回答，她认为他们一定是知道的，她忽然有个想法，难道真像付铃说的，蒋介石要反攻大陆，章一鸣做内应？想到章一鸣与国民党没有半毛钱关系，人家国民党知道你章一鸣是哪根葱！她笑笑，脸上掠过不屑的笑容。

这笑容有些恐怖，警察看着她："陈尚蕙，是吧？我们不知道章一鸣去哪里，不过，你可以去教养院找找，最近，这种人有的被收容到那里。"

"教养院？"

"对，南关岭的教养院。"

"为什么？"

"最近政治形势比较紧张，蒋介石要反攻大陆，对有问题的人有些措施。但这不归我们管。"

"谢谢！"她弯弯腰，转身走出派出所。

站在大街上，虽然是冬天，但太阳暖暖的，她却感到从头到脚的寒冷，不由打个寒战。付铃说的没错，一定与蒋介石反攻大陆有关。

下班回到家，青青看到尚蕙，第一句话就是："妈妈，爸爸昨天为什么不回家？今天会回来吗？"

尚蕙摇摇头："妈妈也不知道，也可能不回来吧？"

她心里有个祈愿，如果只是被找去训话，也许今天就放回来。如果今天不回来，看来就可能在一定时期不能回来。想想五七年那些右派，还有肃反中的反革命，很多去监狱、去黑龙江，章一鸣只是开除公职，并没有离开家，现在想来，真是幸运，但终归还是躲不过去。心里狠狠骂着蒋介石："你跑都跑了，还做梦反攻大陆！一鸣做过什么，跟你扯上关系？要是真有关系也不冤，小虾米穿在大网上，沾一身腥气。"

星期天，尚蕙和青青商量。现在，这个家也只有和女儿商量："青青，妈妈和你商量一件事情。"

青青睁大眼睛，看着妈妈，在她印象里，妈妈还从来没有这样正经地严肃地要和自己商量事情，都是和爸爸商量，现在，爸爸不在家，妈妈要和自己商量。

她比尚蕙还严肃地点点头："妈妈，是爸爸的事情吗？"

尚蕙点点她的额头："青青，你知不知道，人家话还没说出来，你就知道要说什么，这是你的聪明？你姥姥常说，一张嘴，就看到你的小舌头。可你呢，更过分，别人还没张嘴，你就猜到人家的小舌头要说什么！"

青青得意地笑起来，尚蕙批评她："你还笑，你这是让人讨厌的，将来要误事，要倒霉的。"

青青惊恐地望着尚蕙，不知道自己错在哪里。

"话到嘴边留三分，不可全抛一片心！言多必失、沉默是金，这是老祖宗的经验，是没有错的，你知道多少右派是因为言多才倒霉的呀！"

青青不知道自己错在什么地方，但感觉到爸爸不回家，自己很着急，妈妈心里一定更着急："妈妈，你不是要和我商量事情的吗？"

"对，你爸爸没在家，派出所警察叔叔说，可能在教养院。明天星期天，咱俩去教养院找找看，你和妈妈一起去，好吗？"

"好！"青青回答得很干脆。

章砥送到姥姥家。星期天早晨，尚蕙和青青坐远途公共汽车到南关岭，下车后问路人教养院怎么走，人家匆匆一指："一直往前走，朝北拐。"怀疑的眼神，急忙走开，似乎这娘儿俩是麻风病患者。

远远地看见灰色的高墙，高墙上面有铁丝网。院子里还有高高的岗楼，岗楼上有人持枪站岗。尚蕙的腿有些发软，尽管她在众人面前一直昂着头做人，尽管对一些人她不理睬，可铁丝网、持枪的士兵，还是让她恐惧。她拦住女儿："我们别往前走了，听人说，这些人白天到外面干活，一会儿回来就从这儿路过，咱俩在这儿等着吧。"

青青也有些害怕，乖乖地点头，紧紧依偎着妈妈。

教养院前面是一望无际的空地。在岗楼上可以一览无余，她知道自己和孩子已经被持枪的人看见。母女俩站在空地上等着。很快，她们成为这空旷之地中寒风唯一的目标，北风强劲地吹着，尽管穿着长长的棉猴，帽子紧紧地系着，戴着两只手指的棉巴掌，还是被寒风吹透。娘俩跳着、蹦着，抵御肆虐的北风。

看到青青的小脸由白变红，由红变紫，尚蕙知道不能在这儿等，回家去，下个星期再来。

娘俩回到家，一进家，尽管家中没有生炉子，终归有四壁挡住寒风，顿时感到无限温暖。青青扑到尚蕙怀里，一句话没说，呜呜地哭起来。尚蕙搂着女儿，眼泪在眼眶打转，却没流下来。她在心里说，女儿哭给娘看，娘哭给谁看呢？寻寻觅觅、冷冷清清中，连凄凄惨惨戚戚的资格都没有。要工作、要养孩子，还有老母老父需要孝顺。

娘俩脱下衣服，生起炉子，屋子暖和起来，青青的脸色缓过来，又是粉白色。"妈妈，我们还要去，对吗？"

"还要去，妈妈明天去找人问问，什么时候去更合适，别像这样，没找到你爸，把女儿冻坏。"她搂过女儿，青青抬起头，一双美丽的大眼睛看着她："妈妈，爸爸是敌人吗？杀害赵一曼那样的敌人？"

"不，爸爸不是敌人。"

"那爸爸为什么是历史反革命呢？"

"爸爸认识一个敌人，因为认识敌人，身上也沾染了敌人的气息，要为这个认识付出代价。"

"认识付出代价？妈妈，我认识你，也有代价吗？"

青青不懂，眼睛里全是问号。尚蕙笑笑："是啊，有代价，就是要跟着妈妈受苦。你生在这个家庭里，就要付出一些代价。"

想想，这未免深奥："这次你不能妈妈还没说，就知道我要说什么。有很多事情，你还不懂，等慢慢长大就懂了。"

"像妈妈懂那么多？"

"不，妈妈懂的也不多，很多事情妈妈也搞不明白的。如果早点儿懂得，你爸爸不会有今天的劫难。"

付铃回家问父亲后告诉尚蕙，教养院的人一早出去干活，中午回来吃饭。快到中午的时候等在门外，能看到他们。

又一个星期天，母女俩在11点的时候，到教养院门前等候。这次，尚蕙给女儿包裹得更加严实，自己也尽可能穿得多一些。她们朝远方望去，希望能看到中午归来的人群，希望在人群中找到她们想找的身影。

这次尚蕙和青青都做好了充分的思想准备，一开始，就不断地跑步、跺脚、蹦跳，比谁跳得高，比谁蹦得远，似乎到这里就是来比赛的，真正目的已经模糊。

终于，从远远的地方，走来一群衣衫褴褛，扛着铁锹、镐头的男人。他们走得很慢，像从天边走来，当终于走到离他们不远的时候，这些男人也发现了路边只露出眼睛的两个女人，谁的家属呢？各自想着。

两帮人对峙着越走越近的时候，一声直冲天际的尖叫声响彻空旷的大地："爸爸！爸爸！"

尚蕙还没看到，青青已看到走在队伍中的爸爸。尽管他也穿得灰不溜秋，尽管他也低着头，没精打采，可青青已一眼看到那是她的爸爸。

这声呐喊，所有的人都抬起头。队伍中的章一鸣更是一震，本能地，他朝队伍外面跨出来，立刻，一声呵斥："进去！"章一鸣缩进去。

队伍走到母女平行的时候，尚蕙走到队伍外面的干部面前："同志，我是章一鸣……"

没容她说完，那位干部冷冷地甩出一句话："星期天下午三点接见家属！"

队伍走进大院，尚蕙和女儿一动不动地站着，看着他们越走越远，最后消失在院子里。

尚蕙仍然站着，青青拉拉她的衣襟："妈妈，我们等到三点看爸爸吗？"

"不，知道你爸爸在这儿就好。我们什么也没带，怎么看呀？下星期，拿些东西来，再看你爸爸。"

第二天，尚蕙决定做一件事，到八一路126号见一下婆婆曹秀英。虽然说这些年除初一拜年外，自己并不去那个家。但现在，一鸣出事，这个世界上最爱一鸣的人就是曹秀英。章衍行说我不得不承认你们和我有血缘关系的时候，曹秀英没吭气。大概在章一鸣的人生中，除跟尚蕙出来过这件事，从来没忤逆过母亲的意志。现在，儿子进教养院，母亲有知道的权利。尚蕙不想等到星期天，不想见到那个家庭中的其他人。

中午匆匆吃点饭，和同事说有点儿事，下午可能回来晚一点儿，就乘车去八一路126号，章一鸣的家。院子里没有任何变化，屋子里也静悄悄的，章家只有曹秀英和章一敏的儿子在家。

尚蕙敲门，然后轻轻推开门，曹秀英从屋里走出来，看到儿媳妇，没有太多的惊讶："来了。"

"嗯。"

进到屋里，俩人在炕沿的两边各自坐下。曹秀英看着她，尚蕙不想耽误时间："妈，和你说个事情，一鸣被抓进教养院了。"

"哦。"脸上没有吃惊的样子。

"你知道啊！"

"今天上午邮递员送来一封信，我不识字，也不知道是从哪儿寄来的。"

"是吗？给我看看。"

曹秀英从柜子的抽屉里拿出一封信，果然是章一鸣写的。拆开信封，她读给曹秀英听。章一鸣告诉母亲自己被抓到教养院里，每天参加劳动，让母亲放心。接着，她看到了让他一辈子也忘不掉的一句话："娘，这里不能花钱，我把进来时带在身边的四十六元钱寄给你。收好。"

沉稳、沉静的尚蕙突然间爆发："你儿子给你寄钱？"

曹秀英有些慌乱："没有啊！"

"怎么没有，这不写着的吗？你怎么撒谎呢？"

"你说我撒谎？"

"你不是撒谎是什么，这儿明明写着46元钱，你还说没寄！"

"你老陈家姑娘现在成气候了，敢和我顶嘴！"

"你老曹家姑娘好样的，撒谎像说真话一样！"

尚蕙站起来摔门走出，走在路上，泪水流下来。"章一鸣，你进教养院，给你娘写信，给你娘寄钱。我算什么呢？青青算什么？章砥算什么？！"

何子衿去世的时候，尚蕙哭得稀里哗啦。章一鸣出事，在爹娘那儿哭过一次，再几乎没哭过。章一鸣在她怀里哭，她都没哭。命运与灾难相伴，她好像做好了迎接必然来的各种灾难。可现在，却忍不住哭起来。

路上有人在看她，意识到自己失态，她甩甩头，挺起胸膛："哭什么呢？一鸣一定是想，夫妻本是同林鸟，大难来临各自飞。这些年，因为丈夫出事离婚的夫妻太多，一鸣认为你也会那样。正常的事情，何必在意呢！你是个不正常的人吗？你为什么不离婚呢？"

她站住，在凛冽的寒风中定定地站住。忽然觉得应该好好思考章一鸣刚出事的时候，领导找她谈话提出的那个问题了。为什么不离婚？是同情一鸣，还是爱情？她独自笑笑。如果离婚，孩子怎么办？他们会成为没有父亲的孩子，他们的人生将会是有缺欠的人生。想起青青美丽的大眼睛、章砥那双天真的眼睛，如果没有父亲，孩子的眼睛将会变得黯淡、自卑。"不，绝不。为了孩子也不能离婚。"

她笑笑，还能不好到哪里？现在，他在南关岭教养院，可以去看他，孩子知道他们有爸爸。再说，教养院不是监狱，不会待太久。出来，一家人就可以团聚。

曹秀英，他是一鸣的妈妈，儿子给妈妈寄钱，有什么错！不给老婆寄钱，他是怕老婆变心。但尚蕙还是感到悲哀，十几年的夫妻，一鸣还不了解自己，甚至不相信自己。人生就是悲剧，谁的身上没有悲剧的影子呢？当前最重要的事情，是想想怎样给一鸣送些吃的。

尚蕙询问另一所学校的一位女教师，她的丈夫也在教养院，了解探视时间、规矩等等。对方告诉尚蕙，可以带一些衣服，尤其棉衣棉裤。教养院不是监狱，不发衣服，家里送什么衣服，男人就穿什么。当然，最最重要的，是要带吃的，教养院里每个人都像饿狼一样，他们最想要的就是食物。

那是一个饥饿的年代。尚蕙小心翼翼地守着家中那点儿定量，不敢多吃。青青根据物理课上学习的原理，自己做一杆小秤。一个七八寸宽的铝盆，钻三个眼，系上绳子，三根绳子上方是秤杆，青青很认真地划上斤、两刻度。尚蕙就用这杆秤，根据国家给的定量，称出一天应该吃的分量。中午二两一个的小馒头，青青和章砥一人一个。章砥的馒头由尚蕙带着，青青要自己带，尚蕙同意女儿的要求。铝饭盒里，一个小小的馒头，一点点菜。后来尚蕙才知道，青青每天到教室坐下后，第一件事就是把那个小馒头拿出来，吃掉。然后中午喝一杯白开水，一直挨到晚上。当青青的老师找到尚蕙，说这件事以后，她愣在那儿。她想不出，一个长身体的十岁孩子，是怎样熬过不吃一口粮食的这一天的。

尚蕙不再让青青自己带饭，她给女儿、儿子带饭。中午吃饭时间，从学校厨房拿出来，让两个孩子来取，每人一个饭盒，每人一个小馒头。章砥比青青小，可他是个男孩，尽管定量比姐姐低，他仍然吃和姐姐一样多的饭。

教养院转走了章一鸣的粮食关系。现在，一家三口人的粮食，却要提出一部分给章一鸣，家里怎么办？孩子吃什么？尚蕙愁得睡不着觉。孩子不能不吃饭，一鸣也不能不管，粮食从哪儿来？

想来想去，尚蕙想到的唯一办法，就是卖掉家中的东西，去黑市买粮票。黑市粮票从五角一斤到六角、七角、八角，后来涨到一元，还要偷偷摸摸地。

尚蕙的工资养活两个孩子已经剩不多，平时工资能用到下一次开工资就不错，没有存款，没有钱怎么买粮票？只有卖东西。

孩子们睡下后，她打开箱子，家中最值钱的东西就是子衿留下的金锁。她把金锁握在手中，看着、掂量着，往事如潮水涌来。她知道自己没有权利沉浸其中："现在，我要做个决定，卖不卖这把金锁。这是子衿的遗物，是他的一片心。如果卖掉，可以帮助我们度过这段时光。可是，如果不卖，我们会饿死吗？怎么办呢，卖什么？"忽然，她想到自己的衣服，自己有很多旗袍。结婚的时候买一些，这些年，遇到喜欢的旗袍，她就买一件。她喜欢同色的旗袍和鞋子一起穿。黑色的高跟鞋配上黑色的真丝旗袍，走起路来咔咔的，别有一番气势。夏天的时候，学校几乎是旗袍的天下，女老师穿着各色各样的旗袍，在校园的操场上、教室和办公室里争奇斗艳，尚蕙总是那个最抢眼的人。耳朵听力好的学生能从老师高跟鞋的声音就知道是哪个老师来上课。

"卖旗袍。"她把金锁重新放进箱子，打开立柜。把一件件旗袍拿出来，她能说出来每一件旗袍买的时间、原因、故事。旗袍就是她的历史，现在，尚蕙要把自己的历史卖掉，用它们来换粮食。

第一次，她把那件藕荷色、有隐隐金线的旗袍包起来，这是自己最喜欢的旗袍，把最喜欢的先卖掉，再卖那些不太喜欢的，就不会舍不得。

她带着青青走到天津街的寄卖店。店门是黑色的，阴森森的。她把包拿出来，交给女儿："青青，你把这个包里的衣服拿去卖掉。"

青青拿着包："妈妈，我怎么说？"

"你把包递给卖货员，就说我卖衣服，然后就什么也不说，等着，她会估价，然后给你钱。"

"妈妈，你怎么不去？"

尚蕙为难地看着女儿："青青，妈妈去让学生看见，说老师卖东西多不好意思。好孩子，你去，妈妈就在道对边等你。你去，啊，乖，去！"

青青看着妈妈，不情不愿地接过包，迟迟疑疑地朝大门走去，走到门口，回头看，尚蕙朝她挥手，让她进去。

她推开门，没有高高的柜台，和商店里的柜台差不多，几乎和青青一般高。"爷爷，我卖衣服。"

"我看看。"

售货员接过包袱，打开，认真地看着："成色不错，做工也好，就是时间长点儿，穿得有点儿旧。"

青青不说话，看着老人。老人叹口气："小姑娘，四元钱，多给你点儿，你卖不？"

青青使劲点头："卖！"

拿着四元钱，青青跑出商店，跑过街道，站到尚蕙面前，手中擎着钱。"四元？他问我卖不，我说卖！"

尚蕙叹口气："真黑，这是天津最好的裁缝铺做的，那种手工现在根本没有，就四元钱。行啊，总比没有强。"

星期天，尚蕙和青青一起去看一鸣。包里是她用四元钱买的四斤粮票换来的二十个二两粮票一个的火烧。火烧烙出的小麦香气透过包袱散发出来，青青不住地紧鼻子："妈妈，火烧真香。"

尚蕙看着女儿："青青，这是给爸爸的，他在里面一定饿坏了，送给爸爸吃。"

青青点点头，妈妈的话总是对的，妈妈说爸爸饿坏了，就像自己早晨将那个二两的馒头吃掉，然后饿一天的感觉吗？她不敢问妈妈，因为那样做是错误的，被老师和妈妈狠狠地批评过。

教养院外面站不少人，尚蕙竟然在这些人中发现了曹秀英和章一敏。青青扯扯妈妈的衣襟："妈妈，是奶奶。"

"过去，问奶奶好。"

"你呢？"

"我不去，我要在这儿排队，要不，一会儿开门，排在后面，进去晚，怕看不到你爸爸。"

曹秀英和章一敏站在一起，她们也看到了尚蕙和青青，从天津回来的时候,尽管曹秀英虐待尚蕙,但她们并没有公开冲突。那天为章一鸣给母亲寄钱,是她们第一次公开冲突。尚蕙觉得这次冲突很有必要,以后不必再在曹秀英面前温文尔雅地装贤惠、装忍耐。"再不用装,真是不错!"尚蕙在心里竟然悄悄地笑起来。

大门打开,家属们蜂拥而进,在一个大厅里,各自找到亲人,有的坐在椅子上,椅子不够,有的干脆坐在地上,也有站着的。

章一鸣找一个靠窗的地方,窗台有一尺多宽,成天然的椅子。曹秀英和尚蕙并排坐在椅子上,一鸣问:"你们带的什么?"

这是章一鸣对亲人们说的第一句话。尚蕙递上自己的包袱:"我给你买的一些小火烧。"

章一鸣打开包袱,立即拿出一个吃起来,一张嘴,几乎咬掉一半。他吃着,开始向家人汇报自己在里面的情况。每天劳动,按照定量吃饭,就是饿,很饿,十分饿,太饿了。

尚蕙和曹秀英问着各自关心的问题,青青仰脸看着爸爸,羡慕爸爸能够随便吃火烧。会见半个多小时,她们要走的时候,尚蕙拿的二十个火烧已经被一鸣吃掉十九个,只有一个火烧孤零零地躺在包里。

尚蕙把那一个火烧拿出来递给一鸣:"包给我,下次好用。"

一鸣拿起火烧,还要往嘴边送。尚蕙看他一眼:"别吃了,撑坏胃口。"

一鸣笑笑,没有再往嘴里送,手却依然紧紧地抓住那个火烧。

曹秀英把自己的包递给一鸣:"我给你蒸一些馒头,是饦面的,扛饿,你留着晚上饿的时候吃。"

一鸣接过来:"好。"

离开前,尚蕙站到一鸣面前:"以后我每隔一周来看你一次,大家岔开来。下周我不来。"

一鸣似乎想说什么,尚蕙制止他:"你的钱不是寄回家了吗,可以用你的钱给你买粮票换粮食。46元呢!你都这个样子了,谁还好意思花你的钱!"

一鸣的脸刷地红起来,尽管历尽风吹日晒,尽管胡子拉碴,可是涨红的脸还是能看出来。曹秀英竟然一言不发,章一敏则一副得意洋洋的样子,好像打一场胜仗,心情好得很。尚蕙不再说什么,拉起青青:"和爸爸再见。"

"爸爸再见！"

这件事唯一被提起过这一次，在以后漫长的岁月里，夫妻俩再也没提过这件事，尚蕙没问过，一鸣也没解释过。尚蕙觉得没有必要解释，黑的如何解释成白的？一鸣觉得无法解释，怎么圆都难以说出口，怕妻子变心，所以自己先变心？

衣服一件件卖出去，剩的越来越少。旗袍卖完，开始卖连衣裙。当她拿出那件白色泡泡纱连衣裙，叠起来放到包袱里时，青青走过来，双手按住包袱，不让尚蕙包。

"你干什么？"

"妈妈，这件不要卖，这件衣服你穿着很好看，不要卖！"

其实，那是一件普通的大翻领、大斜摆、紧腰连衣裙。每当夏天尚蕙班级开主题中队会的时候，尚蕙就会收起旗袍，穿连衣裙。

青青读一二年级的时候，班级放学后，尚蕙教的高年级有时开主题班会，青青就跑到妈妈的班级里，坐在角落里，看妈妈和学生开会。尚蕙穿着雪白的泡泡纱连衣裙，大翻领上面系着鲜艳的红领巾。中队长对着尚蕙行少先队队礼："报告陈尚蕙老师，六年四班现在要召开继承先烈遗志，永远走革命道路班会，一切准备就绪，请老师允许我们开会。"

尚蕙笔挺地站着，同样行队礼回答："允许你们开会，并预祝会议成功。"在青青眼中，穿白色连衣裙的妈妈是最漂亮的，那件连衣裙也是最美丽的衣服。现在，妈妈要把这件衣服卖掉，青青不舍得。

"妈妈，把它卖掉，再开中队会，你穿什么衣服呀！"

尚蕙笑："穿什么衣服都可以，不吃饭不可以，不吃饭会饿死人的。你爸爸每天眼睁睁地等着星期天我们给他送吃的，不卖衣服，就得用咱们三个人的口粮，你和弟弟，还有妈妈，我们能不吃饭吗？你和弟弟正长身体，妈妈要给学生讲课，不吃饭怎么讲课呀！不要紧，等以后妈妈再给买回来。"

泡泡纱连衣裙因为做工普通，料子一般，寄卖行只给两元钱。看着服务员，青青算一下，两元钱能买两斤粮票，只能买十个火烧，还不够给爸爸一次送的，怎么办呢？她睁大眼睛看着服务员，戴着花镜的老人有些奇怪："你看我做什么？卖还是不卖？不卖就拿走。"

"老爷爷，两元钱只能买二斤粮票，你能不能再加一元钱，我妈妈说，我卖给你的旗袍，有些是最好的裁缝做的，四元钱太少！"

老人的眼睛从眼镜上面看着青青："你妈妈说，你妈妈怎么不来？让她自己来说。"

"妈妈不来，我来说。老爷爷，你不会欺负小孩吧？我是小孩，可是你不能欺负我。"

老人叹口气："哎，这个日子过的，好吧，今天多给你一块钱。"

拿着三元钱，青青高兴地跑到马路对面等女儿的尚蕙面前："妈妈，多卖一元。"

"怎么多卖的？"

青青骄傲地讲着经过。尚蕙搂过女儿，泪水在眼中打转，心里多么不愿意女儿长成一个斤斤计较、精于算计的小市民。可是，在这种环境中，不长成小市民又能长成什么呢？

无论如何，章一鸣每个月两次八斤粮食的付出，还是让这个家庭难承其重。当衣服卖得差不多时，只好从粮本上取粮票给章一鸣买火烧，一家三口本来就一两一两计算的粮食就出现亏空。还有一个多星期才到月底，可面袋子里几乎没有粮食。于是，她和付铃说好，一起去营城子捡萝卜缨子、白菜帮子。付铃有三个弟弟，三个大小伙子，家中粮食早就不够，她一到星期天就和弟弟去附近农村摘野菜、捡农民收获后扔在地里不要的菜帮子。尚蕙去过一次，觉得宁肯少吃一口，也不吃那种无法下咽的干菜帮子。现在没有办法，只好也去。和付铃约好，在火车站见面。把章砥送给娘看着，她和青青一起去。

她们带了两个面袋，希望能多捡一些菜帮子，回家和到粮食里，填饱肚子。

车上的人几乎都是到郊区捡菜帮子的。但大家走不同的线路，付铃的老家就在营城子，还有很多人到比营城子还远的水师营。下车后，付铃和弟弟带着尚蕙娘俩走了很远的路，果然，因为少有人来，地上有很多农民不要的萝卜缨子、白菜帮子。风吹日晒的，菜帮子都贴在地上，她们小心翼翼地捡起来，拍打干净，装到袋子里。

一上午时间，大家的袋子都基本装满，大家扛着往回走。刚刚十岁的青青捡得比大人还快，她的面袋子也装得比大人还满。尚蕙和女儿换了面袋，自己扛沉的,让青青扛轻一点儿的,下午三点多就走到车站。火车应该四点半到站,他们坐在车站的大厅里,守着自己的面袋,想着这些菜可以回家充饥,都有一种凯旋的感觉。

付铃弟弟夸青青能干,青青大声说:"我跑得快嘛,跑得快就捡得多!"

早早地,就听到从旅顺方向开过来的火车轰隆轰隆的声音,站台上的人都站起来,提起自己的面袋,准备上车。可车徐徐进站,竟然没停,稍慢一点儿后,加快速度冲出车站,朝着远方驶去。人群骚动起来,为什么不停车?喇叭里传来广播员的声音:各位旅客请注意,因为列车现在是满员运行,无法停车,今天晚上已经没有到大连的火车,各位旅客可以到售票窗口退票。

人群顿时炸锅,没有车,我们怎么回家!大冬天,让我们在站台上站一宿?付铃弟弟跑去了解情况,回来说,原来去捡野菜的人太多,到水师营车已经装满人。别说车厢,就连车厢的连接处也挤满人,根本上不去。就是停车,也上不去。旅客都是大连来的,没有人中途下车。

人群中有哭的,喊叫的,骂人的,有去车站调度室理论的。尚蕙紧紧搂着女儿,告诉她不要乱跑,紧紧跟在妈妈身边。青青点点头:"妈妈,我们今天晚上不能回家吗?"

"不知道,有叔叔阿姨去问呢!"

付铃弟弟和几个高大的男人去调度室。又过一会儿,喇叭里传来声音:"旅客同志们,伟大领袖毛主席知道大家的困难,已经又调度一列火车,专门来拉大家。现在,火车已经从旅顺车站出发,直达我们营城子站,请大家等一等,半个小时之内就会到达。"

人群中忽然爆发出巨大的声浪:"毛主席万岁!毛主席万岁!毛主席万万岁!"每个人都热泪盈眶,每个人都心存感激,每个人都心潮澎湃。伟大领袖毛主席,在工作百忙之际,还为我们操心啊!

青青仰着脖子问妈妈:"妈妈,毛主席怎么知道我们上不去车?"

"下面有人汇报。"

"是谁汇报的?"

"干具体工作的人汇报的。"

"是这个车站的人汇报的吗?"

"你怎么那么多话,那么多事!"

青青撅起嘴巴,从爸爸不在家以后,妈妈总是不耐烦。她把问题藏在心里,等爸爸回来问问爸爸,是谁向毛主席汇报的呢?

车终于开过来,这是一趟专列,专门来拉营城子捡菜帮子的人。

车门打开,人们蜂拥而上,急急忙忙找座位坐下。当火车鸣叫着驶出车站,人们才放下心来,终于可以回家了。

背着面袋走回家,打开门,拧亮灯,一股寒气扑面而来。青青放下面袋,一下扑在她睡觉的拉门上:"累死我了!"

尚蕙赶紧去烧水,给女儿灌个水袋,暖暖被窝。等烧好水,灌好水袋,衣服都没脱的青青已经睡着。

尚蕙替女儿脱去袜子、衣服,盖好被子,把水袋放进女儿被窝,看着女儿香甜的睡相,轻轻抚摸着女儿的脸:"青青,青青……"

来不及忧伤、自哀自怜,第二天早晨,娘俩急急忙忙上班上学。到学校后,赶紧去章砥的班级,一看,儿子老老实实坐在座位上呢。她朝章砥的班主任摆摆手,示意没事。

班主任却走出来,尚蕙说:"昨天把章砥放在我妈家,不知道他来没来,我来看看。"

章砥班主任是学校老人,尚蕙到这个学校的时候,她就在这儿上班。"陈老师,你知不知道,林崇回来了?"

"林崇?"那个高大的身影,那个已经几乎忘却的身影,突然间那么清晰地出现在面前。

"是吗?"她不知道说什么好,林崇回来,和自己有什么关系呢。她还是礼貌地说一句:"从南方回来?"

"什么呀,在北京当大官呢!听说被派到日本工作,临走前回来看他母亲。"

"哦,这样。"尚蕙转身要走。

"陈老师……"

尚蕙觉得这个问题现在确实和自己没有多少关系。章砥的班主任说:"学校当年的几个老人想去看看林崇,他是我们的老校长呢,你也去吧。"林崇当年追求尚蕙，是公开的秘密。

尚蕙笑笑："我不去，我现在当爹还当妈，哪有那个闲心？"

"大家都知道，他最想看到的其实是你。他后天就走，今天晚上不去，就看不到了。"

尚蕙脸色严肃起来："别无聊了，我们之间从来就没有任何关系。我现在愁事一大堆，最要紧的是让我和孩子吃饱，教养院里还有一个！"

她转身离开，林崇和自己有什么关系呢！想起小时候喜欢的一句词："记得绿罗裙，处处怜芳草。"她微微笑："我不是他的绿罗裙，他也不用怜芳草。"

第二天，课间操做完体操，学生往教室走。青青低着头走着，忽然觉得有个人挡住自己的去路。抬头一看，一个高大的男人站在自己面前，正微笑地看着自己。男人穿着笔挺的黑色呢子中山装，黑色的头发、浓密的眉毛。

"叔叔，你找谁？"

"你是章青青吗？"

"我是，你是谁？"

"你和你妈妈长得很像，我一看就知道你是陈尚蕙的女儿。"

青青高兴起来："叔叔，你认识我妈妈吗？你是谁？"

"我叫林崇，是你妈妈过去的同事。"

"林冲？你和《水浒传》里的林冲一个名字？你起名的时候你爸爸妈妈没看《水浒》这本书吗？"

林崇哈哈大笑起来："你很聪明。他们确实没看过《水浒》，但他们是知道《水浒》这本书的，我的崇是崇高的崇。"

青青点点头："哦，是林崇。"她又有新的疑问："叔叔，你找我妈妈，她在办公室。"

"我不找你妈妈，我找你。"

青青大大奇怪："你找我什么事情，是有事让我转告妈妈吧？"

林崇也惊讶起来："你简直是个小精灵，什么都知道。"

青青摇头："妈妈说我这叫小聪明，是表面聪明。"

林崇看着面前的女孩："章青青，叔叔有件事求你帮忙。"

"让我转告妈妈吗?"

"不是转告,是转交。"

他手中拿着一只信封:"这是我给你妈妈的一封信,你帮我转交给你妈妈,好吗?"

青青的脸色严肃起来:"叔叔,你为什么不自己送给我妈妈,要让我转交呢?你也不好意思吗?"

"不好意思?"

"妈妈卖衣服的时候就不好意思,让我去卖。"

"哦……是这样,当年我欠你妈妈的东西,现在还给她。你知道,你妈妈是个有心胸的人,她说不用我还,可借人东西还是要还的,我怕你妈妈不要,所以,希望你帮我转交。"

"那好吧,是什么东西呢?"

"这是秘密,你要保证将这封信交给你妈妈,千万不能弄丢。"

"好的,我保证。"

"那好,现在装到兜子里,进教室,放到书包里,晚上交给你妈妈。你要保证不许给任何人看到。""我保证。"

青青很认真地把信封装进衣服兜。她还是有太多疑问:"叔叔,你做什么工作?"

"你看我像做什么工作?"

"很重要的工作。"

"为什么你认为我做很重要的工作。"

"嗯……不知道,你刚才给我信,就像电影里地下工作者一样。"

林崇大笑:"青青,快进教室,别忘了把信交给你妈妈。"

"好的。叔叔再见!"

看着青青跑进大楼,看着一楼的办公室,他知道,走过操场,跨上台阶,推开办公室的门,就可以见到陈尚蕙,那个他曾经倾心的女孩子。昨天晚上,从当年的老师嘴里,知道了尚蕙的现状。以尚蕙的自尊心,是不愿见到自己的。他自言自语:"她不需要怜悯。"转身离开。

晚上,青青先放学回家,做饭。熬一锅大麦米粥,放进一些从农村捡回来的萝卜缨子，粥就可以变得稠一些，然后放上一点儿咸盐，成为咸饭。菜和饭一锅出来，这是那个时代流行的瓜菜代。

尚蕙领着章砥回家，看到女儿做好饭，赶紧生炉子，炉火使家中暖和起来。要吃饭的时候，青青想起白天的事情："妈妈，今天有个叫林崇的叔叔在操场上给我一封信，让我交给你。"

尚蕙一下站住，昨天说完林崇，她很快就甩到了脑后。太多的闹心事，让细腻、敏感的尚蕙已经神经麻木。

"把信给我。"

青青从书包里面的小口袋里拿出信，她把信放在最安全的地方，虽然不知道信里有什么，但青青猜到，一定有非常重要的东西，最可能的是钱。

青青双手捧着信封交给尚蕙，尚蕙的手有点儿抖，慢慢撕开信封，最上面是一张白纸，她抽出来，很简单的几句话：

陈先生，当年在办公室，我曾说过，如果将来你有什么为难的事情，请记得找我，我一定会帮你。我们不做伴侣，却可以做一生的朋友。这些粮票送给你，希望能解除你一点点困难。在我是兑现承诺，在你是遵守承诺。不必道谢、不必为难。因为在国外工作，家中粮票省了下来，放心使用。

下面是工工整整的签名：林崇。

大号的信封，粮票已经掉到信封底部。尚蕙走到桌子前，将信封倒过来，掉出一堆粮票。粮票上方清晰的字体：中华人民共和国粮票。她吃惊地看着："全国粮票！"五斤一张，整整十张。五十斤全国粮票。她的手有些抖。这些粮票意味着什么呢？意味着可以到商店去买只能用全国粮票才能购买的点心、蛋糕等一些高档食品，意味着可以换回来比五十斤更多的地方粮票，意味着他们可以在一段时间免除饥饿。

青青惊讶地叫起来："妈妈，是粮票。妈妈，是这个叔叔欠你的吗？他说他欠你的。"

尚蕙笑笑："他那样说那就是欠吧，我们现在两不相欠了。"

章砥饿了:"妈妈,我要吃饭。"

尚蕙转头看着儿子:"好儿子,等一会儿,妈妈给你烙饼吃,好不好?"

"真的吗?烙饼,全面的吗?"

"对,全面的。"

尚蕙到面袋里挖了满满一瓢面,没有称,倒进面盆,和好,烙三个白色的标准粉白面饼。

饼还没熟,特有的麦子香气已弥漫在屋子里,两个孩子高兴地屋里屋外跑,一会儿伸头看看,焦急地等待着。

三个大饼摆到桌子上:"每人一个。"

看着孩子们大吃大嚼,尚蕙一边吃一边说:"今日有酒今日醉,今日有饼今日饱。好吃吗?"

青青和章砥点着头:"好吃,真好吃!"

靠着萝卜缨子、白菜帮子,还有各种野菜和按两计算的粮食,加上林崇的粮票,尚蕙带着两个孩子,每个月给章一鸣送两次火烧,跌跌撞撞地过着日子。第二年冬天,11个月后,章一鸣被放回家。

没有任何征兆,也没有通知,尚蕙正在家做饭,楼梯上响起沉重的上楼声音,尚蕙一听,就知道是丈夫的脚步声。只是脚步比以往沉重许多,她在厨房站着,没等一鸣敲门,就推开门,屋子里的灯光泄出来,照着昏暗中的一鸣。四十岁的一鸣,额头上已经是深深浅浅的皱纹,只是身体依然挺立着,比拉平车的时候更黑更老。

"回来了?"

"回来了。"

他走进屋子,放下手中的旅行袋,看着屋子里的人。青青跑过来:"爸爸,你回来了!"

"回来了。"

"再不走了吗?"

一鸣用手摸着女儿的头:"不走了。"

章砥迟迟疑疑地站在后面,不肯走过来。"章砥,想爸爸没?"

章砥依然不肯走过来，低着头，用很低很低声音说："想。"

为带不带章砥去看一鸣，尚蕙踌躇过。儿子刚上小学，还是个孩子，让他看到爸爸在那样的环境里，对他有什么好处呢？她和一鸣说这个想法的时候，一鸣非常支持，不要让儿子来。可看看眼前的章砥，一鸣有些气馁，儿子这么不爽气，看到爸爸回来，竟然没有热情？

"章砥胆子小。"尚蕙解释。一鸣笑笑："咱们家的女儿像个侠女，儿子倒像小家碧玉，没见过世面。"

张罗着吃饭。全面粉熬的糊糊，土豆丝。

给一鸣盛一大碗后，尚蕙没有晚饭了。

"你们就吃这个？"

"这个能不断顿，每天都有得吃，就是万幸。"

章一鸣咽不下去，他明白11个月来，妻子和孩子就是吃这个度日，省下粮票给自己送火烧，填补他那永远饥饿的胃。所有人对他好都是理所当然的想法第一次动摇，尚蕙好像从来没要求他为这个家做什么。挣的工资自己花，有的时候，到月底家中没钱，尚蕙会问他要，他拿出不多的十元、二十元，心中并不自在。他喜欢兜里有钱的感觉，他喜欢遇到喜欢的东西就掏钱买的感觉，他甚至一直拥有这种感觉。那一刻，他突然明白，这些年，这个家是尚蕙在撑着，如果，这次尚蕙不去找自己，会是什么情况呢！娘开始来看过自己，只是看两个月，后来说身体不好，让一敏去，拿的东西越来越少，后来干脆不再来，他成为那个家的弃儿。他被他认为不会抛弃自己的亲人抛弃，被认为会抛弃自己的妻子一直照顾着。每半个月，等尚蕙的火烧是他那段人生中的最高目标，每当在大厅里，看到尚蕙和青青的身影，想到那包里的火烧，他觉得人生最大的幸福不过是尽情吃一顿火烧。现在终于知道，尚蕙和孩子是没有这个幸福的，他们连放纵吃一顿火烧的目标都不敢有，生活得还不如他。他不知道的还有，曾经章砥要吃一个火烧，被尚蕙一巴掌打了回去。

夜里，躺在床上，一鸣搂着尚蕙："要想办法，不能让孩子这么饿着，他们正长身体。"

尚蕙喃喃地回应："有什么办法？大家都一样。"

"给小姨去封信，看看农村怎么样？"

子衿小姨是他们和山东老家联系最多的，当年将子衿那笔钱送回去后，两家人常常有信来往。有的时候遇到坎，小姨也会写信来，问办法，尚蕙去信说自己的看法。"农村能好到哪里去？全国都一样。"

"教养院里有个人说山东老家还好，说最起码还有地瓜干吃。"

"地瓜干是好东西啊。"

"明天写信去问问吧。"

小姨很快回信，欢迎一鸣去山东小住。从教养院回来两个星期后，一鸣坐船去山东。因为一鸣的户口迁回家，粮食多一些。一鸣又不在家，也不用省粮票给一鸣送火烧，粮食宽裕一些，青青中午的馒头稍稍大一点了，早饭也不单单只有一碗面糊糊。

一鸣在山东整整住一个月，接到信，尚蕙和青青去码头接一鸣。看到远远走过来的一鸣，尚蕙吓一跳。黑黑瘦瘦的一鸣很明显胖了，脸上也有了一些光亮。

一鸣像个负重的毛驴，搭在肩膀上前后两个大面袋，左手提着从家里拿的旅行袋，右手提着一个大包袱。一出站口，尚蕙和青青赶紧接过来，放到地上。青青提提面袋，沉得拿不动，她咧咧嘴："爸爸，这里是什么呀！"

"地瓜干。"

"这么多！"

"小姨给一些，她的孩子，你的那些兄弟姐妹，每家都送来一些，集合起来就这么多。他们还怕我拿不动，我说能。你看，这不全拿回来了？"

那个晚上是欢乐的。尚蕙蒸一锅地瓜干，一大盆热乎乎的地瓜干放在桌子中间，每人面前一碗面糊糊。

看着地瓜干，青青伸出手又缩回来："妈妈，你分吧。"

尚蕙没说话，一鸣说："不用分，以后吃饭不用分，随便吃。"

青青问："就这样自己随便拿随便吃吗？"

尚蕙点点头："随便吃，吃吧。"

青青和章砥伸出手，看着大人，慢慢从盆里拿过地瓜干，再看看爸爸妈妈，似乎不相信可以不用分，随便拿着吃，他们还不太适应这种巨大的改变。

靠这些地瓜干，一家人总算熬过来，转年，粮食短缺逐渐缓解，终于可以吃饱饭了。

二、别样青春

小学毕业后进入育才中学后，青青不再参加任何课外活动，所有的精力都放在学习上，1964年初中毕业填志愿表的时候，尚蕙建议女儿考中专，可以免去不能上大学的痛苦。出身问题，是上帝埋在青青前程上的拦路虎，青青不可以上大学，最好的结果是去一所中专，将来做个技术员。

听妈妈的分析后，青青同意妈妈的意见，不报高中报中专。青青的志愿表交上的那天晚上，一位不速之客，育才中学校长，尚蕙在旅顺师范公学堂的男同学温和敲开了章家家门。

"温校长？"

"老同学，登门拜访。"

温和双手抱拳："一直想来看看你们，只是忙，见谅见谅。"

夫妻俩立即明白了温和的来意，一鸣自从戴帽，基本不与故人来往，看到温和，不仅感慨："无论怎样，温兄为一个小孩子的前途亲自登门，还有当年济世情怀，让人感动。"

一鸣说破来意，温和也直截了当："尚蕙，我知道一定是你，你这个母亲，怎么能不让女儿读高中，不让她读大学呢！"

尚蕙笑："师兄，怎么是我不让呢？国家的政策你不是不知道，一鸣的弟弟是六中成绩最好的，本来应该去清华，结果考个铁道学院。他只是个弟弟啊，尚且被哥哥牵连不能去清华；青青是女儿，有这么个父亲，上不了大学的。"

温和脸色严肃起来："我知道，可你也要知道，是有例外的。青青多聪明，她的聪明不亚于你，你是咱们旅顺师范的才女，可你女儿青出于蓝胜于蓝啊。一个女孩子，写一手好文章不算稀奇，女生对文学天生有敏感，可她数学还好,几次为我们学校在全市的数学竞赛中获奖,多少男学生不服她,可看着奖状,不服也不行。这么聪慧的孩子,我们不能耽误不是?我向你保证,高考时候,即使进不去最好大学,总会让她进入普通大学的。这个孩子一定要读大学,否则,那是我们教育工作者的失职,我们有什么颜面面对国家、面对学生?最好的孩子就应该读大学、必须读大学!这是对国家负责,对民族负责!"

"可是……"

"没有可是,你放心,我是校长,我一定会将这个责任负到底,保证我们的孩子读大学!"

掷地有声,不容怀疑。尚蕙何尝不想让女儿读大学,可是环顾左右,成分不好是进不了大学的,一鸣的历史反革命帽子是青青人生路上不可绕过的路障。

"老同学,你不相信我?"

"你知道不是,我觉得不太可能。一个人怎么能和国家政策抗衡?"

"你要相信我,一定要相信我,只要考试的时候发挥正常,青青一定会上大学,这件事情交给我。你不会连我也不相信吧?"

"当然不会。"

尚蕙看看一鸣,一鸣点头。因为自己,女儿不能上大学,他是有遗憾的。温和的承诺使他愿意相信。

在温和的承诺下、在女儿青青恳求的眼光下、在丈夫对温和校长权力的信任中,尚蕙妥协,同意青青报考高中。第二天,青青拿回家一张新的报考志愿表,在尚蕙和一鸣的监督下,一字一字填上新的志愿。第一志愿:育才中学高中部。

那一刻,所有人都相信,青青会上大学,会有一个美好的前途。只是,温和也不会想到,他的校长之位会在一天之内被结束,他会成为"牛棚"中的"牛鬼蛇神"。

1966年,史无前例的"文革"开始。学校放假,红卫兵大串联,抄家、批斗……这些,暂时还没影响到保安街44号的章家。

尚蕙还是提前做了一些准备。家中所有照片，一鸣、尚蕙上学时和日本老师、家中兄弟姐妹、中国同学拍摄的几百张照片，还有在天津结婚时候的婚纱照，都在一个晚上，在厕所的一个白铁洗衣盆里烧掉。还有一些书，尤其外国名著，当烧《安娜·卡列尼娜》时，尚蕙不舍得。这是她最喜欢的一部书，她敬佩安娜的决绝，安然赴死。对比安娜，她知道自己是一个俗人，越是自己无法做到的，越是喜欢仰望。看着高高的一摞书，她想出一个办法："把这些书放到拉门下面的破烂里，即使抄家的来了，也不一定去搜破烂，这些书留着揩屁股总是好的。"一鸣想想也是。红卫兵搜家，喜欢上天棚、挖地，对于眼前的反倒不在意，谁会把东西放在容易看到的地方呢？这些书由此被救，只是从书柜中移到孩子们睡觉的拉门下方，放置不重要东西的地方。早春的夜，凉意浓浓，却因为燃烧，从厕所到走廊，甚至整栋楼房都暖烘烘的。看着盆里飘舞的灰烬，尚蕙觉得自己就是一个杀手，杀死了曾经的自己，也杀死了过往人生中的同学、朋友和亲人。又想想，如此可以保证一家平安，便又释然。平安，平安才是最重要的。活下去，才是终极目标。

幸运的是，红卫兵竟然放过了他们，没来骚扰这个家庭。夫妻俩觉得奇怪，尚蕙和付铃说起来，深感庆幸。付铃告诉他，四类分子现在都是"死狗"，引不起红卫兵的兴趣，他们最关注的是新揪出来、深挖出来的新的"黑五类"。

学校放假，同学们都参加红卫兵去全国大串联。青青因为成分不好，自然被划为"狗崽子"行列，既不能参加红卫兵，又不能去串联，只好窝在家中买菜、做饭。尚蕙从火盆中抢救下来的书成为她的精神食粮，她津津有味而自甘耽溺其中。

自从不上学，青青就全面接收家中所有家务，买菜、做饭、收拾家，这一切做好后才是读书。虽然不参与，她仍然对外面的世界充满好奇，她想不明白父母为什么在很多人被抄家的日子里，战战兢兢地活着，楼梯有一点点响动，夫妻俩立即像听到猫叫的老鼠，立即在屋子中间紧张地站立着，似乎随时等待破门而入的人。他们究竟做过什么，那么害怕红卫兵？青青认真地听每天的广播，利用买菜的机会，一张张地看街上贴的大字报。她知道自己没有资格造反，大字报的内容却深深地印在脑海中。她渴望自己也能做一个穿军装、戴红袖章，指点江山、叱咤风云的造反女侠。

小学没毕业的章砥也不上学了，但并不总是在家。他没有参加红卫兵，却也忙着，每天到街上看游行、捡传单，忙得不亦乐乎。章砥背个黄书包，书包中装满传单，回家倒出来，然后再出去捡。他兴奋地讲，传单从楼上、卡车上飘飘洒洒落下来的时候，孩子们都拼命去抢。其实，大多数人并不看传单，而是喜欢那些花花绿绿的纸张，传单纸是有用的，冬天用来生炉子，平时用来擦鼻子、揩屁股，都有绝好的去处。后来发展到撕大字报，刷上一层浆糊，贴上大字报。大字报太多，大字报上贴大字报，常常就贴不住。就有一些孩子去撕大字报。当然不是随便撕，看到有人来贴新大字报，才能撕旧大字报。章砥把撕下来的一张张的大字报送给姥姥，秦瑞珍把大字报放到缸里用水沤，将大字报纸张沤烂后，做成纸缸，用来装粮食和物品。秦瑞珍本来就手巧，她做的纸缸造型别致，小口大肚，缸面总是贴上壁画纸，漂亮如工艺品。然后再在纸缸上面刷上一层亮油，又漂亮又防潮还防腐。秦瑞珍用大字报做的纸缸成亲戚朋友都想要的稀罕物。秦瑞珍的院子里，只要好天，大大小小的纸缸在太阳地里凉晒着。尚蕙和尚正家都用母亲做的纸缸。因为大字报里有浆糊，不用再加黏合剂，况且浆糊比黏合剂还结实。秦瑞珍常常表扬章砥懂事、能干。这让章砥极其兴奋，和姐姐青青相比，他的光亮点太少，捡传单、撕大字报让他看到了自己的价值，乐此不疲。

尚蕙叮咛儿子不要离家太远，要注意安全。好在，保安街侧面的天津街是大连最中心地段，各派都喜欢到这儿来贴大字报，希望自己的大字报被更多人看到、被重视，章砥的兴趣有增无减。

1966年冬天格外寒冷。每天上午去菜市场买菜是青青雷打不动的任务。说是买菜，更像抢菜。早晨开门的时候，商店的案板上是有菜的，只一会儿工夫，就会被买光。必须在菜场开门前等候，一开门，人们蜂拥而进，争先恐后把钱递给卖货员，卖货员称好后倒进你的篮子里，然后挤出来，这是全家人一天的菜。如果你挤不进去，买不到菜，就只好吃咸菜。

青青穿着棉大衣去买菜。她提着草编篮子刚从楼梯上下来，远远听到有人在讲演。从大门出来，朝天津街方向望去，果然，在一辆大卡车上，站着一个青年人，正在挥舞着胳膊，慷慨激昂地讲着什么。青青不由来了兴趣，从小在少年宫学习过讲演，无论讲还是听，她都有自己的专业评价。

也就一百米的距离，很快走到演讲现场。今天的讲演者没有以往讲演者的声嘶力竭，他的声音不是从嗓子出来的，是从丹田到胸前，再从嗓子喷薄而出，不疾不徐、张弛有度。走近了才看清，高高的个子，浓眉下一双熠熠生辉的眼睛，他在讲什么听的并不清楚，他的形象却一下抓住了她。青青感到自己的嗓子发干、胸脯疼痛，从来没有过的喘不上气的感觉吞噬了她："卢嘉川！"

是的，眼前的年轻人就是《青春之歌》中中学生领袖卢嘉川的翻版，气质、形象都像极。她知道自己应该去买菜，可她的脚已经无法挪动。她如饥似渴地听着，像饮琼浆玉液，她不假思索、毫不怀疑地全盘接受他的观点。

青青仰着头，崇拜地看着讲演者，忘情地听着。周围的嘈杂声、陌生面孔都看不到了，她的眼睛里只有这个讲演的年轻人。

忽然，年轻人停止讲演，跨过车厢板，一个纵身跳下车，三两步跨到青青跟前，一把抓住青青身边一个十岁左右男孩子的手。所有人都被这件事弄懵了，青青更是不知所措，不知道发生了什么。车上的偶像竟然来到自己身边。青年对着小孩呵斥："偷人家钱，这么小就掏包！"

小男孩手中拿着10元钱，那是早晨妈妈给自己买菜，然后买粮的钱。"我的钱！"年轻人把钱从小孩手中拿过来，递给青青。另一只手仍然紧紧握着小男孩的手，没有放松。

人群开始围上来，有人在喊："打小偷！"

"欠揍！"

"这种孩子不揍不长记性！"

青青明白过来，稍一思索，她站到男孩面前："大家别打他。他已经害怕了，是不是？"

小男孩连连点头。"你走吧，快走吧。"青青看着面前的年轻人："让他走吧！"青青的黑眸子亮晶晶地、不眨眼地看着年轻人。不自觉地，他放开握着的小男孩的手。

小男孩如一条泥鳅，钻进人丛中，瞬间跑得没有踪影。

"谢谢你。这钱要是丢了，我爸妈会狠狠呲我的。"

这时，车上有人在喊："蒲楠，上车，要开了！"

他朝车上挥挥手："你们先走，一会儿我自己回去！"

他低下头看着青青："我送你回家。"

青青摇头："不用你送，我家就在下面，很近。"

卡车开走了，人也陆续散了，柏油马路上只站着他们俩。

男青年压低声音："最近在闹痞子，你不知道呀！有人知道你身上有10元大票，来抢你怎么办？"

青青愣怔着，她完全没想过这个问题。她的眼睛眨巴一下："那好吧！"

俩人一起往家走去，青青迷惑地看着眼前的年轻人，刚刚还高高在上，自己仰慕的人现在竟然走在自己身边。

"你怎么发现他要偷我的钱？"

"你的那双眼睛我早就看见了，我正得意呢，觉得自己讲得好吸引你，忽然发现旁边那小子手往你兜里伸，我想都没想就跳下了车！"

青青害羞地低下头，稍许，又抬起头，迎着他的目光："你讲得真好，你一定有过讲演训练。"

"你是哪个学校的？"

"我是育才中学高二学生。你是大连工学院的？"

"对，这是我们的宣传车。"

"我叫章青青。"

"我叫蒲楠。认识一下。"他伸出刚才抓小偷的大手，青青把自己的手伸过去，她还是第一次如此郑重地和一个不认识的人握手。

青青说出自己对蒲楠的感觉："你像卢嘉川！"

蒲楠的眼睛睁大：《青春之歌》里的卢嘉川？"

青青点头。蒲楠的脸红起来："我哪能和他比？"

青青坚持："就是像！特别像！尤其气质，你们都热情激昂，都有崇高的信仰，都……"青青感到难为情，不好意思说下去。

这里离青青家太近了，他们已经走到家门口，青青突然有一种不愿蒲楠离开的感觉："到我家坐一会儿？"

他们看着对方，从对方眼睛中看到了信任，还有……

"好啊！"

走过楼梯，青青用钥匙打开门："进来吧！"

蒲楠走进来，看着墙上用玻璃镶起来的画——《刘备招亲》。

"你们家还挂这种画？这是四旧啊！"

青青难为情地低下头，章一鸣和尚蕙讨论过，是否把这幅画拿下来。尚蕙说不如就放在那儿，来抄家的话，自然是给砸了的，看起来也没什么准备，就可能不到处翻找了。因为这个理由，这幅画就一直挂在那儿。

青青不想说。

"你平时在家做什么？"

"读书啊！各种小说。"

"在哪儿？"蒲楠看到书架上只是各种年级的教科书，还有一些历史书。不知道为什么，青青对这个刚认识的年轻人一点儿也不想说谎："书在这儿呢！"

青青拉开拉门，拉门里有一些旧衣服。扒开旧衣服，里面码着整整齐齐的书。蒲楠蹲下来看着，抽出一本："《安娜·卡列尼娜》？你读过吗？"

"嗯！"蒲楠站起来，看着青青："你是一个逍遥派？"

青青点点头又摇摇头，脸色绯红。蒲楠明白，他不说话，从窗口望出去，不看青青，像自言自语："你知道的，出身不由己，道路可选择。"

青青说出藏在心中很久的问号："怎么选择？林道静可以参加革命，我也想参加，可是人家不要我。"

蒲楠转过身，走到青青身边："你不要学林道静，她感情不专一，见一个爱一个。"

青青一下睁大眼睛，还从来没有人说过这样的话，她愣怔在那儿。蒲楠走过来，站在青青面前，他们互相看着，青青不敢呼吸不敢眨眼，她怕一眨眼一呼吸，蒲楠就消失了。

"你好小，好可爱！我要走了，有时间我还会来看你。"

"真的吗？"

"当然是真的。"

他拉开门，走出去，回头看一眼青青："章青青，再见！"

青青说不出话来，定定地看他，泪水不争气地流下来。

他返回来："你怎么哭了？"

"我，我不知道，我从来……"

青青语无伦次。蒲楠伸出双手，握住青青的双手："你知道吗？你很可爱。好好读书，现在能静静地安心读书是很幸福的，我们都不读书了，可我还很想很想读书呢，我只读一年大学就开始革命了，读书的时光多好啊！我要走了，再不走他们要找我了，再见！"

他转身走出去，楼梯上传来跳跃的声音。

晚上，一家人回来，大家都发现了青青的变化，她眼神放光、脸颊绯红、心不在焉。一家人吃饭，她吃几口，筷子放在唇边不动，一副若有所思的模样。两个孩子中，章一鸣更喜欢青青一些，女儿聪明、漂亮，又是第一个孩子，对青青，他连大声说话都很少，他看着女儿，不明所以。尚蕙不说话，心中明白，一定是白天出什么事情了。尚蕙觉得很可能是中学同学来找青青，班级里、学校里，很有几个男生对青青想入非非。

青青在厨房刷碗，尚蕙帮着女儿。当青青刷着碗却停下来，又陷入遐想的时候，尚蕙拍拍女儿："白天谁来了？"

青青惊讶地看着妈妈，想不到，妈妈一下就猜到家里来人了。她不善于撒谎，更从来没对妈妈撒谎，青青小声小气地把白天的事情告诉了妈妈。尚蕙一下定在那儿，想起了子衿……那时，自己还没有青青大呢！不，不一样！时代完全不一样。

"他说他可能还会来看你，你是不是相信他还会来，又怕他不来？"

被妈妈说中，青青的脸烧起来，点点头又摇摇头，所有的一切，她都无法确定。尚蕙伸胳膊搂住女儿："青青，听妈妈的话，别等，他不会来的。"

青青看着尚蕙："可是，妈，你知道吗？他太像卢嘉川了！我就是林道静，出身虽然不好，可是，我愿意革命，我愿意背叛家庭！"

"嘘……"尚蕙提醒女儿声音小点儿，别被章一鸣听见。青青伸出舌头。尚蕙站着想了一下，似乎自言自语，又似乎对女儿说："你这个年龄，一天到晚在家中做家务，也是太沉寂了。青青，你不是林道静，那都是小说上写的，当不得真。我想他不会来，如果你相信他会来，就相信吧。你需要时间去接受他不来的现实。"

"妈，你说他不会来？"

尚蕙郑重地点头："妈妈知道，你太寂寞，你该有点儿经历。每个女孩都应该有这种经历，至少留给回忆。女儿，你记住，你们不会有结果。假如我说错了，他又来了，一定不要跟他走远，只在天津街说说话就可以了！不能出事！记住了？"

尚蕙目光炯炯看着女儿，似叮咛，又似威胁。

"我记住了！"

第二天，蒲楠没来；第三天，蒲楠依然没来；一连一个星期，蒲楠都没有来。青青如烈日下被太阳炙烤的玫瑰，迅速萎靡，眼神、嘴角耷拉着，很少说话。一鸣心疼女儿，责怪蒲楠："哪来这么个浑小子，不懂规矩，不来也要说一声。"

尚蕙想起子衿离开的日子，想说一声，没有条件啊！她不动声色，只是更对青青好，时不时地在女儿身边，默默搂住女儿，千言万语，女儿都明白的。

大家都以为蒲楠不会来，他却又来了。

早晨，青青提着草编提包出去买菜，刚下楼，就看见蒲楠在对她微笑。"你……你……"意外、惊喜、激动，复杂的情绪让青青语无伦次。

"你要去买菜？"青青点头。

"我陪你去。"青青还是点头。

他低头看着她，青青感觉到自己的脸在发烧。"我以为你不会来了。"

"这个星期我值班，哪里也不能去，从早到晚守在大楼里；今天换班，我就立即跑来了！"

青青看着蒲楠笑，有点儿羞涩，更有欢喜。

"你以为我不会来？"

青青终于清醒过来："妈妈说你不会来，我想你会来！"

这次轮到蒲楠惊讶："你告诉你妈妈了？她批评你了吗？"

"没有，妈妈说我太寂寞……"

"寂寞？"这是蒲楠没想到的一个词，"在这个革命的年代，怎么会寂宽呢？"

"妈妈说我不是林道静，说那都是小说上写的，当不得真的。"

"你妈妈说的也有道理，可是，你为什么喜欢卢嘉川，而不是江华呢？"

"江华太土了！卢嘉川多帅气，你就像卢嘉川！"

"你呀，小资产阶级情调。"

青青站住，仰头看着蒲楠，一字一字地说："我喜欢卢嘉川，也喜欢你，因为你像卢嘉川。"

蒲楠也站住，定定地看着青青，许久许久，他伸出手，冲动地握着青青的手："你真是太可爱，太可爱了！"

青青决定说出这几天一直藏在心里的问号，她必须问，一旦蒲楠永远不再来，她也要知道他对自己的看法："你喜欢我吗？"

他低下头，想想，抬起头，严肃地说："我喜欢你，但是现在我们不能谈恋爱。等革命胜利，等我毕业……"

"那要很久很久的。"

"是啊，你还这么小，我会等你长大，至少18岁以后。"

两双明亮的眼睛热烈地看着对方，一双细嫩的小手握在男人的大手中，他们面对面，许下以为会恒久不变的期许，18岁以后……

两个年轻人陷入热烈的友谊之中，他们相信那不是爱情，只是喜欢。他们把爱情的时间定在某个时间段，青青长大、蒲楠毕业。

每个星期，只要有可能，蒲楠就会到青青家来，或者等在大门口，青青下楼，就会看到蒲楠那明亮的眼睛。或者，蒲楠上楼，刚一敲门，门就打开，无论他如何踮起脚尖轻轻爬楼梯，青青都能听到，都会早早把门插销拉开……

尚蕙知道这一切，没有支持，也没有阻拦。开始，章一鸣是不同意的，他奇怪尚蕙怎么会采取这样的态度，明明知道没有未来，却任两个孩子胡闹。

尚蕙给出的理由也让他不屑："这个男孩是个好孩子。"

"你没见过，怎么知道是好孩子？"

"我没见过，青青见过，青青喜欢，自然是好孩子。"

"她还那么小，有什么辨别能力？"

"你也太小看我们女儿了,她冰雪聪明,判断力强着呢!"

"没有可能的事情,好孩子坏孩子都没有意义。"

"当然有意义,跟好男人在一起,青青会成长的,总不能所有成长的经验都来自父母和书本吧?"

章一鸣明白尚蕙的道理来自她自己的经验,那是她和子衿的过去,今天,她在让自己的历史在女儿身上重演。他想发火,又没有底气。那是他不认识尚蕙时候发生的事情,况且,这些年来,是尚蕙在撑着这个家。教养院中的11个月,如果不是尚蕙,他不知道自己能不能挺过来;如果不是尚蕙,一家人能不能现在还在一起。

青青越发地娇嫩、妩媚,如徐徐绽放的花朵,芳香弥漫得家里空气也洁净温馨美好起来。

冬去春来,夏天也来了,青青17岁了。每天早晨都会认真地打扮自己,穿上白底粉色碎花连衣裙,婀娜地站在镜子前欣赏自己,她知道,自己是美丽的,少女的美丽是能让男人动心的。想到自己长大,蒲楠会与自己谈恋爱,脸颊又烧起来。她捂住自己的脸,不好意思抬头。

一天早晨,听楼梯声音是蒲楠来了,只是今天脚步声凌乱又显得急躁。她拉开门,蒲楠站在门口,吓了她一跳,蒲楠的脸色发黄、眼神凌厉。青青问:"怎么了,你?"

蒲楠坐到椅子上:"青青,我要走了!"

"你要去哪儿?"

"昨天,爸爸在大连的一个战友的孩子来找我,说妈妈给他家电话,让他来找我,我爸爸被抓起来了,我要回家,马上回家。"

青青呆呆地立着,只知道蒲楠的爸爸是政府干部,是老革命,怎么会呢?!

蒲楠站起来,走到她跟前:"青青,我要马上走。我要保护我妈和弟弟妹妹。也许……也许……"

青青的身体颤抖着,她抓住蒲楠的衣服:"不,你不要死,一定不要死!你看,于永泽那么坏,都没有死。你是好人,你不会死的!"

"可卢嘉川死了,你不是说我像卢嘉川吗?"

"不，不！你不要像卢嘉川，像于永泽，永远不要死。"

"像于永泽那样活着，还不如像卢嘉川那样牺牲呢！"

"不！"青青尖叫起来，"我妈妈说，死生亦大矣。死生是人生大事，谁也不能随便死。你这么年轻，不可以死。蒲大哥，我妈妈说人总是要活着，有棍支着，没棍立着，无论遇到什么，都要坚强地活着。"

蒲楠自言自语地重复："无论遇到什么，都要坚强地活着。"他目光炯炯地认真地看着青青，似乎要把青青刻在脑海中。忽然想到青青的家庭，这个女孩承受着自己从未体验过的生活。第一次，对青青，他不但有喜欢，还有尊重。"青青，我是来告别的，马上要去火车站。你等我，我一定会来找你。记住！"

青青庄严地点头："我记住了，永远不会忘。"

蒲楠在青青额头轻轻地深情地慢慢地吻一下："我走了，好好的，我会回来找你。"

他拉开门，决绝地走出门，然后把门关上，忍住夺眶而出的泪水，奔下楼梯。

晚上，尚蕙听女儿说了蒲楠的告别，叹口气："许多干部都被揪出来了，命运无常才是正常呢！他不会来了。"

"他说他一定来！"

尚蕙笑笑："无论他来与不来，这段经历都是你的财富。"看着女儿有些茫然的神色，尚蕙搂住女儿，深深叹一口气。

怕再遇到意外，尚蕙给女儿严厉警告，除买菜、买粮，不准随便出门。闲来无事，可以读书呀！书成了青青唯一的精神安慰。章一鸣并不十分喜欢读书，但他喜欢买书。拉人力车用一把子力气挣来的血汗钱，使他有能力买书，中国古典的侠客书、俄罗斯文学、社会上流行的解放后出版的时代名著等。

这些书，青青有的已经读过，就再读一遍，用书排遣对曾经岁月的回忆。她有时甚至怀疑，是否真的认识过蒲楠，还有那永远无法忘怀的轻轻一吻……

她不让自己想这些，思考是让人痛苦的。她放弃思考自己的人生，她与书中的人物同欢乐共痛苦，别人的痛苦与自己的痛苦终归不同。即使读书时哭得上气不接下气、即使放下书浮想联翩，猜测主人公的命运，当切菜做饭的时候，情绪即可归于平静，不会被烦扰。青青学会用书中主人公的命运来掩藏自己的命运，用思考书中人物的命运来代替对自己命运的思考。

买菜的时候，青青遇到了和自己同一学校的小荣，小荣父亲解放前开一杂货店，算小业主，不算黑五类，也不算红五类，她也成为逍遥派。她约青青去海边游泳，激起了青青的兴趣。很小的时候，章一鸣就教会了青青游泳。她爽快地答应了。

早晨父母上班后，章砥也跑出去找人玩去。青青买完菜，一根黄瓜、一个馒头是她的午饭。竟然有六七个女孩子，全都是家里有问题的。出身资本家的、小业主的、右派的，还有旁边小楼里那家爸爸是挺大官的女孩，平时与大家是不搭话的，现在爸爸成了走资派，她也混到这里来。青青看着这群人，心想，这才是我应该加入的地方，我们都是黑骨头。

一群女孩，只要不下雨，就相约去付家庄游泳。乘有轨电车到桃源街后，她们从桃源街走过长长的八一路到付家庄，几乎要一个小时。到海边后，一群女孩子呼啸着换上游泳衣，争先恐后跳到水里，比赛向深海中游。青青游泳技术一般，头三名没有她的，她也不去比，一个人在海边慢悠悠地划着水，累了，就翻过身，躺在海上仰泳，常常一动不动，闭着眼睛想心事。蒲楠怎么样？他的家庭安全吗？他爸爸怎么样？没人回答她，也没人可以问。就连对妈妈，青青也紧紧闭住嘴。那是属于她个人的隐秘的心灵深处，她不会让任何人进去。幸福、苦涩，只有自己去品尝、回味。

她不告诉父母自己去游泳，过中午就回家。洗好游泳衣，放到窗外不显眼处晾着，不让他们看见。尚蕙是知道女儿去游泳的，章砥早就向妈妈汇报过。尚蕙想阻止，章一鸣却说让她去吧，整天闷在家中，别闷出病来。于是，父母装作不知道的样子，每天晚上回家，青青已经做好饭菜，吃饭、刷碗、刷锅、睡觉。与外面轰轰烈烈的革命洪流相比，这个家庭未免太平静，平静的一天又一天。章一鸣、尚蕙、青青都知道，这种平静不可能长久，平静迟早是要被打破的。

革命也有些疲惫，武斗从如火如荼变得零零散散。晚上，大街上还能听到时不时响起的冷枪，大规模的已经很少。天一黑，家家户户都关紧门，躲在家中。春天过去，夏天过去，秋天到来，这注定是一个骚动的秋天。

三、终极发配

1968年12月22日,报纸发表了"最高指示":我们也有两只手,不在城里吃闲饭……知识青年到农村去,接受贫下中农的再教育,很有必要……

"最高指示"是夜晚的时候传到大连的,登时,大街小巷沸腾起来,人们敲锣打鼓、载歌载舞、喜气洋洋欢庆新的"最高指示"发表。青青跟章一鸣说要去看看,就一个人走上天津街,整个天津街到处都是人,人们高昂的热情融化了寒冷,到处是热气腾腾的人群和面孔。

根据最高指示,市里开始组织在城里没有工作的人家下乡。到处是宣讲下乡好处的街道干部,甚至还有下乡后被请回来的下放户做报告,讲述下乡后成为光荣的农民、劳动者的体会,靠自己的劳动获得报酬,养活自己。

没有工作的城市人口被动员下乡后,有工作的四类分子开始被勒令下乡。没有讨价还价的余地,让你走,当然你就要走。章一鸣回来和尚蕙商量:"我自己走,你留下来,为了孩子。"

尚蕙否定了丈夫的想法:"这是不可能的!民生小学一定会让我也下乡。再说,别人在农村能活,我们也能活。平车社的活你能干,农村的活就也能干。终归就是种地吗!我们下乡,青青就不用去青年点,如果不去青年点,一家人在一起总可以互相照应。"

"我们的下半生就要在农村度过?"

"还有别的路吗?"

章一鸣定定地看着天花板,一言不发。

只剩两天就要离开,章一鸣把章砥叫到一边:"你去一趟八一路你奶奶家,告诉爷爷奶奶,咱们家要下乡了。"

章砥看着父亲,不明白为什么这么重要的事情父亲竟然让自己去做。跨过高高的门槛，进到院子里，走进他生活了将近六年的爷爷奶奶家。看样子，一家人已经吃完晚饭，夫妻俩坐在炕上朝着院子望着，章砥一进院子，他们就看到了。

章砥站到炕前，他一直怕奶奶，曹秀英高亢的骂人声调，尽管不是骂他，也让他恐惧。他告诉他们，自己家要下乡了，后天就走。

俩人沉默一会儿，曹秀英说："走吧，以后俺家就没有你们家这门亲戚啦。"章砥一时有些愣怔，原来自己和爷爷奶奶是亲戚，小时候，他们不是总说自己是家里的大孙子吗？章衍行叹口气："还是那句话，我不得不承认你们是我的骨血。"章砥慢慢地在路上走着，想着爷爷奶奶无奈地叹气和冷冰冰的告辞声明。

回到家中，章一鸣看儿子，章砥低头不说话。瞅空，章一鸣问章砥爷爷奶奶怎么说，章砥复述了一遍。章一鸣沉默一会儿，哑着嗓子对儿子说："这件事不要告诉你妈和你姐。听见没！"后面三个字有些恶狠狠的。章砥赶紧点头，从此，他把这件事藏在心中，不对任何人说。

那段时间，大街上经常停着大卡车，人们往车上搬家具、行李。如果是敲锣打鼓欢送，就是成分好但没有工作的人家下乡，街道组织人来欢送并帮助搬家；如果是冷冷清清的，就是成分不好的人下乡。平车社还算够意思，派几个人来帮助搬家，很快所有东西搬上一辆大卡车。青青站在自己家门口，看着熟悉的大门、楼梯，就要离开。想起蒲楠说的，会来找自己，她微微摇头，怎么可能呢？尚蕙知道青青想什么，她劝女儿："青青，你们是不可能的，他是革命家庭，你是历史反革命家庭，你们不是一条船上的人，死心吧。"

知道应该死心，可青青有时还是会想，一旦来呢？蒲楠说出身不由己，道路可选择。自己愿意从这条船下来，上到蒲楠的船上去，蒲楠不会像妈妈那样教条主义的。到农村去，就再也不会看到蒲楠。如果因为自己走，蒲楠来了，怎么办？她愁肠百结，绝望地站在街道上。章一鸣喊女儿上车，青青一步步走过来，手伸给爸爸，章一鸣握住女儿的手，把女儿拽上车。

车启动，开出天津街、开出大连市，向着广袤的农村大地开去。

车就那么一直开着开着，开过金州、开过皮口，过中午、下午，车还在开。青青害怕起来："妈，要把我们送到哪里去？"

尚蕙笑笑："流放，总是要送得很远很远，现在应该还属于大连市的地界吧。"

尚蕙晕车，开出不远就头痛，到下午的时候，开始呕吐。青青扶着妈妈，靠在卡车的边上，往车外边呕。车一边开，尚蕙一边呕吐，黄色的呕吐物流到地下，到最后，胃里已经没有东西，除一点点黄水，再无东西可呕的时候，天已经完全黑下来，车总算开进一个大院。尚蕙看去，院子门口挂一个牌子，"大连市庄河县北尖子公社革命委员会"。他们被叫到名字，章一鸣应一声，下面一个人递给司机一张纸："秦炉生产队。"

卡车开出院子，继续往黑里开，卡车前面的灯光扫射着道路，是崎崎岖岖、高高低低的黄土路。章一鸣说这是丘陵地带。经过一个多小时行驶，车总算在一排农舍前停下来。一个穿着发白的蓝色褂子、褂子上打满补丁的中年人过来，自我介绍："我是秦炉生产队队长秦成堂。"

章一鸣与他握握手："我叫章一鸣，这是我妻子和我两个孩子。"

"你们家先暂时住在这间房子里，是生产队借的，等下放户房款下来，再给你们盖房子。"两间土坯房，房顶苫着稻草。

几个男青年帮忙把所有东西塞到房子里，卡车轰轰隆隆开走。秦成堂送过来一个带玻璃罩的油灯："今天刚来，先用这个灯吧，你们歇着吧，有事以后再说。"

章一鸣觉得应该把自己的身份告诉队长："秦队长，我是……"

秦成堂摆摆手："我知道，你是四类分子，历史反革命。先歇着吧，明天再说。"

尚蕙昏沉沉地靠在土炕上，浑身一点儿力气也没有。青青忙着打开行李，想把褥子铺在土炕上，又觉得全是土。正不知道怎么办好，尚蕙有气无力地盼咐女儿："把旧报纸铺上，再铺褥子。"青青答应着，到外屋去找报纸，章砥过来扯住青青的衣服："姐，咱不住这儿，咱回大连。"

看着弟弟，知道章砥对所有这一切完全不明所以，青青苦笑："怎么可能，我们家以后就住在这儿！"

章砥看看青青，转身走出房屋，站到院子里生闷气。

忙乎着铺好褥子，被子，让尚蕙躺下。想起一家人还没吃饭，走的时候，他们把当月剩的粮食都买了，她想出去找粮食做饭，正在外屋倒腾家具的章一鸣喊女儿帮忙，父女俩把所有家具都归位后，看看表，已经九点多。母亲还在屋子里昏昏沉沉，青青问章一鸣："爸，得做饭！"

章一鸣看看外屋的大锅："做什么饭？这儿是没有瓦斯的，咱家又没有草，别吃了。明天再说吧。"

有人敲门，章一鸣去开门，门口站着一男一女，一看就是夫妻俩。男人说自己是上屋的。原来这个院子有三间正房、两间东厢房，青青家住的正是东厢房。夫妻俩进来，竟然捧着一个盆子、一个大碟子。碟子里面是两个苞米面饼子、几棵大葱、一小碗大酱，盆子里是玉米碴子粥。对方说自己姓郑，郑永新，叫他老郑就行。知道他们一家刚搬来，可能没做饭，送来这些，垫巴垫巴。

章一鸣连说谢谢，给你们添麻烦了。让青青收着。青青心存感激地接过来，玉米碴子粥的香味扑鼻而来，她知道，除妈妈外，弟弟、爸爸和自己都很饿，这饭可谓雪中送炭。

把饭放到桌子上，老郑告诉章一鸣，自己也是当过兵打过仗、跨过江抗美援朝的战士。章一鸣连忙表示敬佩，老郑妻子揪他的衣襟："一见生人，就说你那点儿事情，快走吧，人家还没吃饭呢，都什么时候了？以后住在一个院子里，什么时候不能说？"

老郑看来很怕老婆，连忙说："那好，那好，你家先歇息，我明天再来，你有什么事情可以找我，也可以找我老婆。"

送走客人，章一鸣笑笑："山村野夫，倒比城市人实在！"

一家三口凑合吃点儿饭，没有水，碗也没刷，凑合着睡在土炕上。

青青不知道的是，他们家离开大连三天后，从家乡回到学校接受分配的蒲楠一拿到派遣书，立刻坐车来到青青家。他记住那个大门，他一步两个台阶、三个台阶地跑上楼梯，他要见青青，告诉青青，自己分配到农村教书了，青青可以去他教书的农村，他们可以永远在一起。

他敲门，没有人应声，他再敲，还是没人应。他慢慢推门，门没锁，屋里一地的碎纸，空无一人。他知道坏了，青青一家走了。他转身下楼，走到外面一楼的人家问，青青家去哪里了，对方说下乡了。下到什么地方，对方说不知道。

蒲楠定定地站着，有轨电车轰隆隆地驶过，街上依然人来人往。他知道，他的人生从此将不一样，他和青青错过了、永远地错过了，青青和自己都只能在回忆中拼命记住对方，用一生的时间。

尚蕙说得没错，秦炉是大连市的地界，旁边村子就属于丹东市，他们被送到离大连市中心最远的村落。一家人在秦炉安顿下来，买了农村必不可少的装水的缸、积酸菜的缸，还买两个洋铁桶，从井里挑水吃。这地方应该算是山村，山不高，也就几十米，准确说是丘陵。村里有70多户人家，300多人，1200亩地，水田、旱地各600亩。旱地各种庄稼都种，还有一片果林。水田活很累，但到秋天，每家都能分到几百斤水稻，脱壳后白花花的大米有着大自然日月光华所凝结的香气。几十年后回忆起来，青青才想起，秦炉其实是一个山清水秀的好地方，只是在那儿生活那么久，对秦炉的山山水水从来没有一丝一毫的欣赏、喜欢，抑郁心情彻底扭曲了自然美景。

他们住的房子原来是老郑家过去放杂物的厢房，下放户没地住，生产队暂时借下两间房，安置章一鸣家。

第一个到青青家串门的，竟然也是一个大连姑娘。第二天，青青和尚蕙正在收拾行李，有人在外面喊："家里有人吗？"

青青走出去，外面站着一个和自己年龄相仿、连个头也相仿的姑娘，虽然穿着掉色的黄军装，打扮得极其朴实，青青还是一眼看出，这个女孩和自己一样，也是城市人。"你也是下放户？"

"嗯，我叫柳莲，我家住在天津街上海路那儿，我在天津街看到过你。"

"进来吧，我家刚来，乱得很。"

他乡遇故人，青青不由高兴起来。章一鸣朝柳莲点点头，继续做自己的活。生产队派来一个人帮助他们家盘锅台，章一鸣给人家当小工。

青青让柳莲进到里屋，尚蕙拉着柳莲的手，一时百感交集。这双手，细细长长、白白嫩嫩，和青青的手一样。尚蕙关心地问他们家为何也下乡来，是父母没有工作吗？柳莲是个爽快的姑娘，似乎知道也瞒不住，轻声地说起自己家情况。她的父母原来都是会计，前年，妈妈患病，胃穿孔。家中钱不够手术，爸爸从账上挪用公家100元钱做手术。后来全家省吃俭用，将这笔钱补回去了，但清理阶级队伍的时候被查出来，爸爸被抓进了监狱。爸爸被抓走的时候说，离婚吧，你再找个人，把孩子养大。爸爸被抓还不到半个月，街道就让他们家下乡，母亲带着柳莲和弟弟来到农村。她有个哥哥，在青年点，但哥哥不愿到这儿来，要和贪污犯爸爸划清界限，家中现在只有三个人。

尚蕙拉住柳莲的手，心情难过："你们一家三口比我们家还不容易。"

柳莲看着尚蕙："阿姨，你家多好，叔叔也来了，从到农村来，我妈晚上总睡不着觉，说家里没有顶锅盖的男人，非受欺负不可。"

想起戴帽的丈夫，尚蕙叹气："受欺负是一定的，你们也不要怕，我们现在什么也没有，已经到社会最底层，还怕什么呢？还能被人骑头顶拉屎吗？"

尚蕙在问自己，也在问两个女孩子，大家都沉默着，没有人知道答案。

柳莲小青青两岁，只有17岁，两个女孩从这天起，自然而然成了好朋友。

章一鸣和青青很快下地干活，尚蕙留在家中，尚蕙说章砥太小，仅仅小学毕业，怎么能不读中学呢？了解到这儿现在大队的小学校都有戴帽中学，也不叫初中也不叫高中，只叫七年级、八年级，尚蕙决定让章砥去读书，从心里，尚蕙也不舍得儿子到生产队去干那些繁重的体力活。

生产队春天的活主要是捣粪，把一些土坷垃，据说这是在大坑里沤出来的，用锄头一点点打碎。早晨，凄厉的哨声响起来，农民们就扛着工具出来，站在秦炉唯一的一条街道上，听队长、然后是组长安排活。扛着锄头，跟在男男女女的后面，朝山上走去。一个人一堆土坷垃，由此开始青青的务农生涯。

柳莲家的困难明显多于章家。柳莲的妈妈从琴不会农活，柳莲的弟弟只有10岁，一家人生活上遇到种种困难。别的不说，吃水都成问题。柳莲挑不动两桶水，只好每次到井边一次打一小桶水，提回家，再回来打。秦炉的地下水极其丰富，农民习惯不用井绳打水，只是拿着扁担勾，勾住水桶，将扁担和水桶顺到井里，用手一摆，水桶自然沉到井里，然后双手把住扁担，三下两下提上来，再把扁担放到膝盖上，用胳膊肘压住，手去提水桶。一桶水，至少也有

30斤，然后挑走。当地人，不光男人，很多女孩子，也能把这一系列动作做得出神入化、潇洒自如。章一鸣很快学会了打水、挑水的方法，他对农活不屑一顾，对接受贫下中农再教育和向贫下中农学习也不屑一顾。"就那点儿农活，是个人还学不会？"在章一鸣的庇护下，青青在秦炉九年，直到走，也没有从井里提出过一桶水，更别说挑起两桶水忽悠忽悠地行走。

柳莲没有这份幸运，爸爸在监狱，哥哥在青年点拒绝回家，只有她来做这件事。她不知道在井边跌倒多少次，每桶水提到家的时候，已经洒出至少三分之一。从琴哭着跟尚蕙说："连口水都吃不上，这个日子可怎么过！"

尚蕙有心帮从琴一把，又力不从心。章一鸣每天上工已经累得腰酸腿痛，再让他去给从琴家跳水，明显强求。再说，章一鸣的政治身份、从琴的单身身份，都不允许尚蕙的好心付诸实施。

村子里的人都看到柳莲家的日子没法过，自然有人打从琴的主意，一个每月开50多元钱、风姿犹存的中年女人，对农村的光棍们来说，简直是天上掉的大馅饼。光棍们半夜睡不着，辗转反侧，想怎样接住这张大馅饼。很多光棍想从琴，但不是都有胆量找美人，有胆量来提亲的，自然是来者不善。

秦炉生产队住着一个"大官"，秦炉小队所在大队——砬子山大队大队长秦学堂。秦学堂是秦成堂的叔伯弟弟，没出五服的堂兄弟。秦学堂非一般人，在农村，能当上大小队干部的，大都是复原军人，或者农活手艺极好的人。可这个秦学堂既没有当过兵，也根本不会农活，他可算半个文人。据说，他小的时候因为顽皮，爬到农村家家都有的站柜后面去躲猫猫，爬不上来，她娘伸出手，把儿子从柜后来提上来。农村妇女，不知道孩子脱臼。时间久了，导致左手不再发育，只剩右手是好的。他常年穿着长袖衣服，左胳膊的衣服袖总是插在衣服兜里。从小他就知道自己将来不能做农活，就发奋学习，读完初中读高中，高中毕业回乡，从小队会计当起，一步一步最终当上大队长。因为有文化，就看不起没有文化的农村女人。偏偏农村女人，要找能干活能挑水的男人，他也不入人家的眼。就这样蹉跎下来，如今45岁的人，还是单身，和老娘生活在一起。从琴一家的到来，让他感到自己喜欢的人来了。从琴是城里人，有文化不说，还有一份国家给的工资。即使自己是一大队长，每年分红的钱比起从琴的工资也显得微不足道。他觉得从琴正是自己想要的女人，虽然年龄大点儿，已经45岁，但城里人年轻、白白的脸蛋、扭动的腰肢，看样子，也就30多岁。想来想去，他找堂兄商量，觉得能和从琴说上话的，屯子里只有尚蕙，都是城里人，都是国家干部，人家是一类人。秦成堂领命，自然一定要做成这件好事。

一家人刚吃完晚饭，秦成堂就推门进来。秦成堂已经是章家熟客，与章一鸣俨然已经是一对好朋友。秦成堂是生产队长，专政执行人，章一鸣是历史反革命，四类分子，被专政的对象，但两人每次都交谈甚欢。骨子里，秦成堂对章一鸣存有几份敬仰，能当上历史反革命，那也不是等闲之人。还有更重要的，逼仄的经济状况使他愿意到章一鸣家里来，且不说可以随便抽章一鸣的旱烟，在吞云吐雾中谈论古今，身为历史老师的章一鸣的知识是他望尘莫及的。男人是一个对历史对政治天然有兴趣的动物群，无论他们穷或者富、愚笨或者聪明，说古论今是他们饭后茶余的永恒话题。

有时候兜里羞涩，还可以在烟雾的遮盖下，婉转提出要求，章一鸣总是爽快地答应。三五元钱虽然很重要，毕竟尚蕙月月开工资，也是能拿得出来的。吃人家的嘴短、拿人家的手短，抽人家的烟、借人家的钱，自然在队里就要给一些照顾。彼此心知肚明，都愿意维持这种各得其所的关系。青青曾经感到奇怪，问妈妈，秦成堂为什么和爸爸关系这么好？他们才认识几天，好得天天晚上都来咱家，他难道不知道爸爸的身份吗？尚蕙替女儿分析："这还不简单？互相利用。"看女儿还是一副不解的样子，尚蕙对女儿分析："一个人对另一个人的认识，有的很快，有的需要很长时间。我刚认识你爸爸的时候，只觉得他是一个长得很帅的、有点儿小聪明的公子哥。后来，他被打成历史反革命，他竟然能去拉车，还拉得像模像样，我才知道他身上有山东农民朴实、能干的性格。这次到农村，我又发现，你爸爸身上其实还有你爷爷的商人气息，到什么地方，和什么人都能搞好关系，尤其和有用的人。你看，他到农村来才几天，和这个村里最大的官竟然成了好朋友。这也真是本事，这点还是像你爷爷。我原来还以为你爸身上没有你爷爷的商人作风呢，看来是我错了，终归是他爹。你爷不愿承认自己是你爸的爹，可你爸还是像他爹。"

青青想想，替爸爸辩解："人在房檐下，不得不低头。"

尚蕙点头。

对秦成堂的到来，大家都不奇怪。只是没想到，今天晚上，秦成堂却是来找尚蕙的。

几支老旱烟抽完，秦成堂说出自己的来意，让尚蕙去和从琴说，让她嫁给大队长。

尚蕙一时有些愣怔，想想，自己甚至没有见过这个秦学堂，怎么好做媒呢？接着，又提出一个疑问："从琴倒是应该找一个人，可是，秦大队长也干不了体力活呀！"

秦成堂笑起来："我说嫂子，别说我那兄弟做什么都不耽误，跟了我兄弟，她家的活还能没人干？自留地、挑水这些体力活，想干的人多了，只怕一般人还轮不上呢！"

章一鸣给尚蕙使眼色，让她答应下来。尚蕙只好说："那行，我明天去和老从说说，明天晚上给你回话。"秦成堂过足烟瘾，心满意足地回家睡觉。

尚蕙有些生气："癞蛤蟆想吃天鹅肉，真不要脸！"尚蕙很少苛刻地骂人，真恨起来也敢说，山东人的血性还是有的。

章一鸣不同意她的看法："什么天鹅肉？落地凤凰不如鸡。柳莲一家过得很艰难。这是好事，嫁给大队长，谁还敢惹她？再说，找你做媒，不也是瞧得起你吗？做成这个媒，秦学堂不也念你好？"

尚蕙想说："我用他瞧得起！我不用他念我好，你想拍马屁是你的事，别拉我。"这话说出来又要吵架，最终还是咽了回去。

第二天，收拾完家务，尚蕙去从琴家。她们只是在街上见过，并没有去过彼此家，只是两个女孩立即成了好朋友。尚蕙知道从琴家位置，进到院子里，从琴在玻璃窗上就看到了尚蕙，知道一定是到自己家来的，赶紧下炕开门。尚蕙进门，想到自己竟然成媒婆，给一个好好的女人介绍一个残疾人，不由觉得自己挺龌龊。秦学堂乘人之危，自己不是成了帮凶？把尚蕙让进门，从琴把两扇大门认真地关上，又拿出一根粗棍子顶到门上。尚蕙不由奇怪："大白天，你怕什么？"

从琴的眼泪忽然流下来："老陈，你不知道，有些臭不要脸的货总在门口溜达，想欺负人。"

尚蕙站住，忽然醒悟到，从琴一家的生存更艰难，天天要防备啊。她明白是自己太幼稚，这个时候，讲什么感情、爱情？生存才是第一要义。

俩人进屋坐下。从琴望着她，知道一定是有事，否则尚蕙不会自己跑来，让女儿捎个话就可以。尚蕙看着从琴："你真不容易，我就和你说实话。"道出原委，从琴静静地听着，一会儿工夫，抬起头："我没意见。"

尚蕙的眼圈也红了："难为你，一个人带着孩子，提心吊胆地过这么长时间。"一句话，像扭开自来水的龙头，从琴抽抽搭搭哭起来，诉说着每天都防着，防着一个院子里的男人，防着外面的人。早晨，俩孩子上学、上工的刚出门，就把门关上、顶上，孩子不来家不出门，就连大小便也在便盆里，就怕一出门被算计⋯⋯

"原来想，他为我进的监狱，虽然离婚，我也不想再找，等他出来，再复婚。可现在，真是过不下去，柳莲一下工，就去打水，遇到好心的，帮着打一桶，遇到混账的，不帮忙不说，还说混账话，又要当女婿又要当爹，你说怎么过！"

"我知道，我知道，总要活下去！"两个城市女人互相体谅、互相安慰着。

从琴嫁给秦学堂，成为碴子山大队的特大新闻，说什么的都有，从琴听尚蕙的劝："爱说啥说啥，听蝲蛄叫，不种地了？"

这桩你情我愿的嫁娶，给双方都带来很多利益。大队长成就美满姻缘，终于有了完美人生，对于从琴母女，更是重生，不但再没有人敢对从琴母女动邪念，更多的是照顾和巴结。嫁给秦学堂不到一个月，柳莲被大队小学校招去做了民办教师，这意味着柳莲从此不用再做农活，不用出力流汗。当柳莲告诉青青这个消息后，不好意思地说："青青，你是老高中，我才读一年初中，应该是你去。"

青青摆摆手："别那么说，还是应该你去，就是你不去，也轮不到我，我爸的情况你还不知道？好事轮不上我。我呀，就得干一辈子农活。文化有屁用！"青青第一次感到，说粗话最能直接表达感情。

干一辈子农活，并不像说的那么简单。

初夏，进入耪地时节。这个时候的庄稼苗，刚长出几瓣叶子，也就几寸高，可野草也跟着长起来。耪地就是双手拿着锄头，把庄稼苗留下，旁边的野草铲去。一人一垄地，几十人一字排开，一人一把锄头，一起往前耪。看着别人挥舞着手里的锄头像在跳舞,锄头得心应手地在变换方向,一剜、一别,草没了,苗留下来。青青手中的锄头却如不听话的孩子,一剜,苗剜去,草留下来。跟在后面检查的人不断提醒她,又刨掉庄稼苗啦。她只好留心又留心地用心锄草。别人一垄地锄到头,站到地头休息时,她还在地中间呢。火辣辣的太阳照着大地,汗水从额上沁出,跌到地上,眼睛被泪水遮住,草、苗都看不清楚了,擦把汗,继续往前耪。

还没等到地头,人家已经歇息好,转身又去耪下一条垄。一分钟没歇息,又赶着去追别人。青青觉得自己就是龟兔赛跑中的乌龟,只是这些兔子不睡觉,他们只是休息,笨乌龟刚刚赶上兔子,兔子又跑掉,笨乌龟继续追赶。青青知道,自己这个笨乌龟永远赶不上兔子,永远要不停地干,永远没有尽头,没有休息……

耪地第一天下班回家,青青的腰断了一样痛,胳膊痛得端不起一碗饭。尚蕙问女儿耪地是不是很累,青青放下饭碗跑到外面哭起来,尚蕙跟出来,搂着女儿哭,章一鸣在屋子里喊:"让不让吃饭了!农村姑娘能干,你就不能干?"

下农村以来,章一鸣的脾气也变得暴躁许多。常常为一点点事发火?甚至骂人。他不骂章砥,大概因为章砥反正也不做什么,放学回来顶多帮着尚蕙喂喂猪、扫扫院子。青青就不一样,每天晚上回来几乎总是要讲讲活儿怎么累,有些人怎么不是人,欺负自己。不知道哪句话讲错,章一鸣就发起脾气。

尚蕙安慰女儿:"青青,忍着点儿,慢慢学会就快了,是不是?"她自己也没多少底气。想到女儿在烈日下耪地,不用做,想想都让尚蕙心疼难忍。可是,有什么办法呢?

办法却悄然而至。

一天,和以往一样,几乎所有人都耪到地头,青青还有至少几十米的距离,青青正在低头耪地,忽然感到对面有个阴影在太阳下挪过来,朝前一看,一个年轻男人的身影。青青认识这个人,郭志强,一个大眼睛、方脸盘、被太阳晒得黑黑的一张脸。锄头在他手中飞舞,垄上的草像长了翅膀从他的锄头下飞出来,剩下庄稼苗安安静静地站立着。一会儿工夫,他就耪到青青跟前。两人碰到一起,他轻声说:"歇一会儿,你太累了。"

青青的脸顿时烧起来,低头说:"谢谢。"他扛着锄头转身走开。青青走到地头，终于可以直一下腰。

从那天起，郭志强每当自己那垄地锄完，不站下休息，转身就来给青青接头，这使青青能轻松不少。很快，当郭志强再到地头，还没转身，就有人开玩笑："志强，去接头，章青青在等你呢！""等你呢"三个字韵调拉得很长，意思不言自明。

青青想对他说你不要来接我，我自己慢慢榜。可是，因为终于能歇一歇，她没有说出那句拒绝的话。

很快，村里传开风言风语，说青青和郭志强谈恋爱呢。章一鸣和青青不在一个组干活，消息还是秦成堂带来的。

在又一个晚上的烟雾缭绕中，秦成堂问尚蕙："陈老师，你家丫头真看上郭志强？"

"什么郭志强？"

"你还不知道？你家丫头和郭志强好了！"

"谁说的？"

"唉，无风不起浪，人家小子天天给你家丫头接头，大家都看见的！志强他妈让我探探你的口气。说真话，你家青青真是好孩子，有文化有模样，可惜我儿子太小，要不然，谁也不用想，我保准娶回家做我儿媳妇。"

尚蕙拼命忍住冲口想说的话："你做梦！你想娶就娶？"

"青青不在家，等我问问她。"

"那好，人家等话呢，别太拖。早晚也是嫁，咱农村虽然说赶不上城市，可你回不去，总要嫁人不是？女大不中留啊！"

尚蕙笑笑，比哭还难看。

当尚蕙问青青的时候，青青矢口否认："当然没有，就帮我接几次头，就要娶我，我们俩几乎没说过什么话，就是我说谢谢，他都没回答我。"

尚蕙看看女儿，聪明的、漂亮的、用心抚养教育的、寄托着自己没实现的很多人生愿望的女儿，难道就要嫁给农民，做一个农妇？可不嫁又能怎么样呢！在农村待一辈子，还有别的路可走吗？

"要不，你看看，如果你真喜欢，你们可以先谈谈。好吗？"

青青想起蒲楠，如卢嘉川一样帅气、有教养有文化的大学生蒲楠。"妈，我真的要在这儿待一辈子,做农民的老婆吗?"

尚蕙看女儿:"回不去大连,还有别的路吗?"院子里静静的,天上的月亮和星星在游走,月亮总在走,自己走多远,月亮就跟多远,难道自己再也不能往前走?娘俩谁也不知道答案,月亮、星星沉默着,她们也沉默着。

尚蕙说:"要不先处一下看看,真要在农村过,在家跟前,离我们近,也好彼此照顾。"青青几乎看不见地点点头。

盛夏来临,庄稼长得有一人多高。生产队这时的活计是到庄稼地里拔大草,捆成一捆一捆的,送到一个大粪坑里沤粪,沤过一夏、一秋、一冬,到春天就是庄家的粪肥。青青在玉米地里拔着草,聚成一堆,就捆起来,快到中午的时候,已经有好几堆。青青正在捆着,郭志强从旁边的玉米地里钻出来:"我帮你捆。"

没等青青说话,郭志强已经把草集中到一起,三下五除二分成两堆,麻溜地捆起来。捆好后,一起背到肩上,俩人刚要往外走,从旁边的玉米地里又钻过来两个男青年,看到青青和郭志强,立即阴阳怪气地吹起口哨,转身离开。青青的脸顿时红起来,要去拿郭志强肩膀上的草,郭志强不肯,争抢间,草捆掉到地上,散开来,从旁边地里,又传来口哨声……

当郭志强扛着草捆,青青跟在后面从苞米地里出来的时候,地边已经站好几个人,似乎在等待他们俩。郭志强先走出苞米地,青青在后面,她刚走出来,几个人轰的一声笑起来。

青青转身跑回家,后面传来越发放肆的笑声……

当天晚上,全屯就传开下放户老章家姑娘和郭志强钻苞米地的新闻,流言在不到半天时间,传遍村里所有人家。尚蕙也从上屋老郑老婆嘴里听说了这件事,还说郭志强人挺老实,没有爹,只有一个老娘、一个妹妹,妹妹结婚一走,青青就能当家,总之,这是一门不错的姻缘。

章一鸣对女儿的婚事一直没表态,这时候,流言蜚语让他不得不表态:"你究竟怎么想的,如果你愿意,我不管。那小子还算老实,你嫁给他,这辈子不至于受气。"

青青不说话,尚蕙说:"你倒是说呀,你同意还是不同意,总要给人回话,这次再像上次那样应付可不行。"

青青的声音颤抖着："你们定吧，你们要说同意，我没意见。这辈子在农村，反正要嫁人！"

事情似乎已成定局，青青要嫁给农民郭志强。

大连的下乡运动又有新发展。下放户已经基本走完，企业、机关的干部却掀起大规模的"五七战士"上山下乡运动。许多干部拖家带口来到农村，开始又一轮的下乡运动。北尖子公社这次接受的是大连市歌舞团和大连钢厂的干部们。歌舞团的演员、领导、指挥家，钢厂的厂长、科长一批批开着卡车、拉着家具、带着家属浩浩荡荡地来到农村。这次下乡和下放户不一样，干部们是带着工资到农村接受再教育的。又因为很多都是有级别的干部，比如钢厂的副厂长，解放前的老地下工作者也下乡了。农民像迎接上级、迎接财神爷一样迎接这些挣国家工资、享受干部待遇的"五七战士"。他们中很多人也意气风发地要把"文化大革命"的成果带到农村。尚蕙本来就是学校老师，她和从琴都自然归队成为"五七战士"。公社是五七战士营，大队是五七战士连。两个人这下成了有组织的人，以后能长长久久地开工资，这对她们是一个绝对的好消息。

秋收开始的时候，秦炉被上级派来三个"五七战士"组成的工作组，组长是钢厂的一位科长，徐克，也是他们大队的五七战士连连长。他们的任务是狠抓农村阶级斗争新动向，打赢秋收大会战。

吃完晚饭，青青在外屋帮着尚蕙刷碗、擦桌子。一个小伙子走进来，说在场院开会，让尚蕙去。青青有些奇怪，平时生产队开会都是自己和爸爸去开会，妈妈从来不去。她没参加生产队劳动，与生产队没有什么关系，为什么突然叫她去开会呢？青青问自己需不需要去，回答说，不用，只尚蕙一个人去就行。全家人充满疑惑，尚蕙倒很镇静，穿上衣服就跟年轻人去会场。

青年人在前，尚蕙在后，一路走着，两人并无话说。尚蕙在心里想为什么要让自己去开会，而不叫青青和一鸣去？是五七战士开会？那就不能让这个年轻人来告诉自己。徐克刚到队里来，难道要拿自己开刀？想到徐克两道浓浓的黑眉毛、长长的脸，尚蕙有一丝不祥之感，难道……可是，自己一直在家中，历史问题已有定论，好像没什么把柄在他手中，可是……可是……欲加之罪，何患无辞?

远远地看到场院,都是当地的农民,大部分是青年人,已经在场院的中间坐好,队长秦成堂在前面站着,和他说话的人正是徐克,另外两个工作组成员在一边站着……

尚蕙心中咯噔一下,一定是要对自己下手,什么理由呢?她仰头走过去。看到他,秦成堂招呼:"陈老师,到前面来。"

尚蕙神情平静地走过去,大概他们是等着尚蕙询问的,可尚蕙不说话,就那么看着他们。秦成堂有些不好意思:"是这样,工作组到我们队来开展工作,帮助打赢秋收大会战,在会战前,要开个会鼓舞大家斗志。这次会议的内容,让徐组长和你说。"他站到一边。

"哦。"尚蕙用没有感情的声音和汉字表达自己的态度,眼神清澈地看着徐克。毕竟是当干部的人,徐克朝尚蕙点点头,并不理会尚蕙,对坐着的社员开始讲话:"贫下中农同志们,革命的社员同志们,今天,我们要召开一个打赢秋收大会战的动员大会。在这个关键时刻,我们要时时不能忘记阶级斗争,越是需要大家全力以赴生产的时候,阶级斗争就越是尖锐。在秋收大会战的关键时刻,我们队里的下放户陈尚蕙自己不参加劳动,还策划让她的女儿章青青拉拢腐蚀贫下中农子弟,以嫁给贫下中农子弟为手段,破坏秋收大会战。"

尚蕙想笑,还是忍住了。她朝天上看去,秋天的月亮,格外明亮,清辉映得大地虽不如白昼,却也清晰。徐克的嘴一张一合,有力地蠕动着。想起自己小时候母亲说起人的嘴,常常会说:"人嘴两张皮,怎么说怎么有理。"徐克的两片嘴唇不停地蠕动,伴随着有力的手势,在愤怒地声讨自己,拉拢贫下中农,要把自己的女儿嫁给他,用这种方法破坏秋收大会战。她在心里笑。

徐克终于说完,然后宣布:下面,就请贫下中农子弟郭志强上台揭发陈尚蕙的狼子野心。

尚蕙的眼睛睁大了,所有人在说到郭志强的时候,强调的都是这是一个老实人,老实孩子,原来竟然是一只狼。她只以为青青在"文革"中也曾经被牵连、被伤害,是有些看人的能力的,怎么会走眼到如此地步?

郭志强慢腾腾站起来,不肯挪步。徐克给他鼓劲:"小郭,你不要害怕,我们都是你的后盾。来、来,你就把陈尚蕙怎么拉拢你的事情说出来。"

在人们的催促声中，在讪笑、讥笑和嘲讽中，郭志强终于走过来，站在徐克旁边。郭志强、徐克、尚蕙，三人一字排开。

徐克把郭志强拉到尚蕙身边，让他站到中间："小伙子，别怕，是怎么回事就怎么说，我们工作组给你撑腰。"

郭志强站着，不看尚蕙，低下头："陈青青主动和我好的，就是陈尚蕙指使，拉拢我帮她干活，然后破坏秋收大会战。"

下面有人喊："怎么主动好的？说！陈尚蕙怎么指使的？说！"郭志强的脸色在月色映照下，煞白煞白。

"说，不说不准下来！"

"没有了！"郭志强迅速回到下面的人群里，任徐克怎么鼓励、社员怎么叫唤，再也不肯上台。

秦成堂和徐克说些什么，徐克点点头，再次站到中间："贫下中农同志们，社员同志们，大家已经看到，正是陈尚蕙用拉拢贫下中农的办法，来破坏秋收大会战。大家不要看她表面挺和善，这是一个隐藏极深的女人。在旧社会，她在日本学校读书，她是失败的日本帝国主义埋在中国的定时炸弹，我们一定要擦亮眼睛，绝不上当，以搞好秋收大会战的实际行动回击阶级敌人的破坏！"

听到尚蕙的历史，人群安静下来。社员被吓到了，只知道这家人男人是四类分子，历史反革命，没想到女人比男人还吓人，是日本留下的定时炸弹，那就是日本特务啊。他们有些害怕，又有些兴奋，身边竟然就有日本特务，这有多刺激！

徐克问尚蕙："你还有什么说的？"

尚蕙一字一句："我要谢谢工作组，谢谢广大的贫下中农，谢谢你们提醒我，原来我的女儿是不可以嫁给贫下中农的，那会玷污贫下中农高贵的血统。我保证，我再也不做痴心妄想，我的女儿不能、不敢，也不会嫁给郭志强，他们的关系从现在结束。至于我的个人问题，档案里是有记载的，我属于一般历史问题，是人民内部矛盾，我是人民中成员之一，我一直从事教育工作，教育出很多很好的孩子，我是历年的优秀教师。"她不疾不徐、不卑不亢地说完，微微行一个礼。

场院上静静的，一点儿声音也没有。这个女人，从到秦炉以来，很少出门,一些人甚至不认识她,竟然在这么大的人物(徐克)面前,在对她的批斗会上不哭、不叫、不求饶、不害怕……

秦成堂站到前面:"今晚上的批斗会开得很好,大长了我们老百姓的志气,灭了阶级敌人的威风。散会!"

社员们陆续离开,场院上只剩下生产队的几个干部、工作组,还有尚蕙。尚蕙转身离开,她做好了准备,如果有人不让走,继续教训她,如果徐克这样做,她就告诉徐克:"请你到民生小学去外调一下,再来说我的问题,不要信口开河、胡说八道!"

没有人喊她,任她一个人回家。

刚走进院子,青青就跑过来:"妈,怎么才回来?上屋郑叔说今天晚上是开你的会……"

"没事,回家。"

坐到炕上,家人围绕着她,听她说开会的内容。直到这个时候,她的神经才松弛下来。刚才的平静甚至反驳,都是硬装出来的,只有她自己知道有多害怕,她甚至做好了挨打的准备。那些社员,郭志强可不是民生小学的学生,还是孩子呢,这些强壮的男人真打起自己来……她闭上眼睛,睁开,看着丈夫、孩子:"没事,吓唬我呢!"简明扼要地说了晚上的事情。青青失声:"我追他?你指示我拉拢他……他真的这么说?"尚蕙点头。忽然响起敲门声:"大婶子、大婶子……"

全家人一震,是郭志强在敲门。

"我去!"尚蕙把门打开,郭志强抬腿跨门槛要进来,尚蕙拦住他:"有什么话就在这儿说。"

"大婶子,不是我要说的,是工作组组长,那个徐克找我让我说的,我不说,他就逼我说,说如果不说……"

"不说怎样……"

"不说,我就是破坏秋收大会战,就要批斗我。"

"所以,你就说?"

"我也没办法,大婶子,你原谅我,真的,我对青青……"

尚蕙的声音忽然提高:"他让你说,你就说,他让你杀我女儿,你是不是就会举刀杀人呀！"

"大婶子，不是那回事，真的，你听我说……"

上屋老郑夫妇走出来，临近院子的人也跑过来，尚蕙的声音一字一板："你听好，我永远不会再拉拢你，你和我女儿没有关系了，一点儿关系也没有！"

"大婶子、大婶子……"嘴笨的郭志强说不出什么，只是一个劲叫大婶子，希望尚蕙原谅他。

"你走吧，从此不准进我家门，也不准再找我女儿，我们高攀不起你这贫下中农！"

郭志强不肯放弃，还要哀求："大婶子……"

"谁是你大婶子，滚！"

尚蕙回身关上门，插上插销。

郭志强在院子里呆呆地站着，走也不是，不走也不是。老郑走过来："小子，走吧，别做梦啦！谁让你耳朵根子软，人家让你干什么你就干？他们工作组不管那些事情，作完孽，拍拍屁股走了！你也走吧！"郭志强没精打采地转身走开，接受围观人的嘲笑。

青青在秦炉生产队的一段所谓男女之情就这样戛然而止。事后，尚蕙和青青谈过一次话，她对女儿说："你喜欢蒲楠，那是一份少女的纯情，虽然没有结果，但非常美好。可惜的是，你们差距太大，他是根红苗正的红后代，你还不如林道静，林道静虽然是黑骨头，那个时代还可以背叛家庭，参加革命，现在，你连参加革命的资格都没有。所以，你和蒲楠是没有出路的，早早断了也好，省得痛苦。原以为，农村人又穷又没文化，从哪个方面讲，你都是下嫁，落地凤凰不如鸡，古往今来都是如此，我们认命。谁能想到，他们竟然说我拉拢他！妈妈宁可你不结婚，咱也不能求着嫁给一个乡下人！"

青青咬咬牙："妈，我知道。"

秋收开始，秋收的活是最累的，割水稻、砍棒子，都是非常非常辛苦的。人说锻炼中成长，青青努力锻炼着，却总是成长不起来，每次干活永远在最后面，那个学习永远在最前面的骄傲的杰出的章青青现在变成干活永远在最后面的笨拙的、无能的章青青。

五七战士每两周下午在大队部聚会一次，宣读一下中央新文件精神，讨论、总结工作经验等等。郭志强事件后的会议，尚蕙直到规定时间才走进会议室，她不想看见徐克，不想和那张长脸相对，更不想看到那双过分犀利的眼睛。

惯例的学习发言后，徐克提醒大连来的五七战士们，要尊重贫下中农，向贫下中农学习，改造小资产阶级世界观。一位姓朱的女教师在下面接话："向贫下中农学习什么？学习偷啊！下班的时候，哪个人的裤子兜不是鼓鼓的？全是偷的！就学习这个？"大家笑起来，徐克板起面孔："中央让我们下来，一定是有高瞻远瞩的部署，这是毛主席老人家提出来的，是'文化大革命'中重要的一步棋。我们大家都是其中的棋子，不要掉以轻心。希望大家明白我的意思。"

他这一说，大家不再吭声。

散会后，尚蕙往外走，徐克叫她："陈老师，你别走，我有事和你说。"

尚蕙只好留下，所有人都走后，只剩她和徐克面对面。她不看徐克，眼睛盯着旁边的墙壁，也不说话。徐克的神情倒很坦然："陈老师，你一定在恨我。"

"哪敢，你是领导。"

"我是在帮你，难道你现在都不明白？"

尚蕙看他一眼："怎么帮我，让农民知道我是日本潜伏在中国的特务？"

"我问你，你女儿的婚事是不是吹了？"

"是，拜你所赐。"

"陈老师，我要批评你，你怎么能鼠目寸光呢？怎么能让女儿在这结婚呢？"

这个问题太猛烈，尚蕙一时不知道如何回答。"结婚，生孩子，就一辈子留在农村，你这个做妈妈的怎么能这样做！你知道，和农民结婚，再上城市，有多难啊！"

"我应该怎么做？"

"陈老师呀，难道你没看出来吗？"

"看出什么来？"尚蕙一脸茫然，不知道这个五七连长要说什么。

"'文化大革命'是一场运动，五七战士下乡也是一场运动，运动是有时间性的，是线性的，运动是会结束的。到那时，你女儿已经嫁掉，回不了城，你这个做妈妈的怎么对女儿交代！"

尚蕙认真想徐克的话："你意思是说，我们还能回去吗？"

"当然能！我们不回去在这做啥？我们不回去损失最大的是国家，国家培养我们这么多年，就让我们在这儿光拿钱不干活，不做贡献？肃反是运动吧？反右是运动吧？'文革'也是运动，你要以为从此完了，自杀了，就真完了！你要坚持，我们要坚持，我们的孩子也要坚持，要坚持到回大连！"

尚蕙想到，有的人没有坚持住，永远地倒下了，如果坚持，也会柳暗花明的。

"所以，你就用周瑜打黄盖的苦肉计。"

"是啊，我还不能告诉你，告诉你，怕穿帮。我一听你女儿要嫁给当地人，就决定一定要阻止你。如果真的不干，贫下中农会说你瞧不起人家，惹出事端。我想那么一招，也是不得已，你要体谅我。"

"真的能回去吗？下放户都能回去吗？"

"下放户我说不好，他们在城市没有单位没有工作，可我们是国家干部，那是一定要回去上班的。这一点，我坚信，你也要坚信。我们回去，当然要领孩子回去！"

看看徐克，尚蕙发现他的脸也并不算特别长，犀利的眼睛闪耀着智慧的光芒。"谢谢你，老徐，我的政策水平实在太低，没有你想那么远。"

"这事到此为止，不必再说。对家人也不要说，传出去不好。"

尚蕙严肃地点点头。

"我找你还有一件事。大队想请你和朱老师到大队学校教书。"

"这……"

"陈老师，你看农村的教育水平有多差，耽误孩子的人生啊！我看过你的档案，知道你的教育水平，你一定要去，不但要自己教好孩子，还要带带学校的年轻老师，将来为这个地方留下一支不走的教师队伍。"

"我哪有那个水平？"

"当然有，我们要有这个觉悟，我们都是工作多年的老同志，我知道你不会拒绝的。"

尚蕙心中一动，忽然有了一个想法："我做老师可以，那青青不能上工了，她要在家做饭。老章上工，我到大队教书，家中没人做饭怎么行？"

"行，这个困难找秦学堂，让他解决。"

尚蕙站起来离开的时候，徐克伸出手："握握手，我们要互相帮助。"

尚蕙不好意思地伸出自己的手，感觉徐克的大手热乎乎的。

晚上吃完饭，章砥出去玩，尚蕙把白天和徐克的谈话讲给章一鸣和青青听。第一件，运动是会结束的，他们还有可能回大连，回城市。章一鸣和青青不相信：真的能回去吗？"他说能，他说运动是一定要结束的，我们要耐心等待。"

"我也能回大连？"

"当然。"一瞬间，一家人都感到未来还是存在的。尚蕙又叮咛丈夫、女儿不要告诉章砥，他还小，顺口说出去连累徐克，又弄出什么幺蛾子来。

"大队让我到学校教书，徐克说农村教育质量太差，让我救救孩子。"章一鸣对此极为赞同，妻子在学校做老师，对自己也是有好处的。农村远离城市，对城市的新观念接受得不彻底，先生，这个头衔还是有魅力的。"你答应了吗？"

"哪有什么答应不答应，那是大队提的要求，徐克只是转达而已，终归是人家的地，我们还不是磨道的驴，听喝？"

青青有些不懂："妈，这话什么意思？"

"这话的意思就是我们就像推磨的驴一样，被蒙上眼睛，上面有人抡着鞭子，让你怎么走就怎么走，哪有我们答应还是不答应的份？不过，我也提一个条件，他们接受了。"尚蕙有些得意。

父女俩一起看尚蕙，不知道她提什么条件。尚蕙说："我说我去教书，家中没人做饭怎么行？中午跑两里地来家做饭，做完、吃完，时间根本不够。我去教书可以，青青就不能去上工，要在家做饭。"

青青眼睛睁大："徐叔叔答应吗？"

"他说没问题，他和秦成堂说。秦成堂自然要给他面子，别说秦成堂，大队长也要给徐克面子，他现在既是大队五七战士的连长，还是大队秋收工作组组长呢！"

"我以后不用到队里干活？！"

青青的眼泪几乎掉下来。如果说，下乡使他们对未来丧失所有的期待，繁重的体力劳动则是青青人生的劫难，她没有体力劳动的灵气和意愿，当所有人都干到地头，只有她自己还在一点点向前挪动；当终于精疲力竭下工的时候，有时甚至有一种想法，如果一辈子这样活着，其实死掉也无所谓。她没对任何人说起自己的想法，她知道，自己在劳动方面的无能，像乌云一样遮蔽住这个家本来就少得可怜的快乐。尚蕙心疼女儿、章一鸣则愤怒，这一切是他带给这个家庭的。当郭志强对青青表示好感，当青青几乎同意嫁的时候，没有人说，内心深处，大家都意识到，嫁人就可以不去生产队干活，这是一条捷径，也是一条唯一的路。现在，尚蕙把这个问题解决了，如此简单、如此轻松，乌云散去，家中霎时晴朗起来。

柳莲来找青青玩，听说青青以后不用去上工，高兴起来："我们俩去赶集吧。"初一、十五，是这儿约定俗成的大集。恰好这个十五是星期天，学校放假。

人们带着自己家产的东西到集市上出卖。在城市所有商品都需要用各种票证购买的时候，农村却相对简单，除粮票、布票，再就是钱。只要有钱，任何农副产品都可以买到。下放户、知识青年的到来，给农村集市注入新鲜力量，他们手中相对充裕的现金让交易变得多起来。五七战士的到来，更是锦上添花。五七战士都是干部，工资高，有的还是双五七战士，夫妻俩人挣工资，每月的工资顶一个农民一年的工分值还多。农村的集市空前地热闹起来。

听说女儿要去赶集，尚蕙给女儿五元钱，你看什么喜欢，就买吧。糖啊，饼干啊，好吃的，买些吃。今天我在家，家里事不用你管，中午和柳莲去公社的饭店吃。尚蕙心疼青青，花一般的女儿，到这穷乡僻壤，在高强度的体力劳动中，眼看着枯萎，没有人知道尚蕙心中有多痛。以后不用下地，让女儿出去好好玩一玩，这是她能给青青的。

公社离秦炉十多里地呢，俩人说着、笑着，路途也显得并不遥远。集市上已经人满为患，到处都是人，所有的农副产品，吃的、用的，几乎应有尽有。

俩女孩看着、说着……忽然，有个女孩站到她们面前："章青青，真的是你!"

青青看一眼面前的女孩,叫起来:"阿美,你也来北尖子公社?"

"是啊,我远远就看到你了,就往这儿挤,生怕你被挤走!"叫阿美的姑娘也是一脸兴奋。青青赶紧给对方介绍:"这是我们队的下放户柳莲,现在在大队小学当老师!柳莲,这是我家大连的邻居,阿美。"

柳莲点点头:"你好。"

"你好。"

三个女孩热烈地互相看着,为他乡的不期而遇。青青忽然想起妈妈的话:"中午和柳莲去公社饭店吃饭。"

"这儿人太多,我们去公社饭店吧,今天中午我请客。"

阿美的眼睛亮起来:"好啊,我还有事要告诉你呢!"

三人朝公社饭店走去,一边走,青青一边打量身边的阿美,不由想起阿美的身世。阿美家就住在青青家对面靠街的中式民居里,春夏秋的时候,靠街的人家晚上有的就在门口放上桌子,一家人围着桌子吃饭,孩子彼此都熟悉,常常在一起玩。阿美家是一个有点儿奇怪的家庭。阿美爸爸是一个很老的老人,几乎从来不出门,即使全家都在外面吃饭,他也不出来吃。偶尔,出来在街上站一会儿,就返身进屋,也从不和邻居说话。邻居们议论说,阿美爸爸当年是为哪个领导人喂马的马夫,应该也是老革命。阿美的妈妈就完全不一样,据说是上海女人,长得白白净净,说着大连人完全听不懂的上海话。阿美是大女儿,她还有一个哥哥、两个妹妹。吃晚饭的时候,常常能听到阿美妈妈用上海话拉长的音调喊女儿:"阿美,回来吃饭……阿三……"声音像唱歌一样,飘荡在空气中,余音缭绕,久久不去。青青喜欢听阿美妈妈叫孩子的声音,有一次,和尚蕙说起来,尚蕙叹口气:"可惜一个好人家姑娘,嫁一没文化的老头子。"尚蕙就是这样,看人、评论人,首先以有没有文化为标准。

俩人交往并不多。'文革'初期,青青躲在家中,阿美小青青三岁,年龄不够当红卫兵,她却是忙人。阿美长得极漂亮,很有《红楼梦》中薛宝钗的范儿,丰腴娇嫩。弯弯的眉毛下两颗黑珍珠般的眸子灵动、飞扬,什么时候看着都好像在笑。最重要的是,阿美能歌善舞。全民跳"忠"字舞那段时间,她常常带一些比她更小的孩子去火车站给乘客跳"忠"字舞。当时,自发组成的毛泽东思想宣传队特别多，在火车站，一个晚上就有好几个宣传队在火车站大厅跳"忠"字舞。只要阿美一出场，别的宣传队就没人看，乘客都跑来看阿美跳舞，她边跳边唱，银铃般的嗓音加上优美的舞姿，立刻就把人吸引过来。生硬的语录歌、强悍的颂歌，在阿美歌喉和舞姿的诠释下，变成迷人的霓裳羽衣舞……有一次，青青和尚蕙去火车站送人，正好看到阿美带一群小孩在做宣传，尚蕙说："这个小丫头，真是个精灵……"

青青和阿美真正熟悉起来，是"文革"后期，在青青去付家庄游泳的队伍中，也有阿美，俩人因此成为朋友。

三人来到饭店，饭店里一个客人没有，有七八张桌子，泥地。桌子中间竟然有两只鸡在啄着。看到来客人，门帘后面走出一女服务员："还没到吃饭时间呢！11点营业。"

"我们中午在这儿吃饭，现在坐这儿说说话可以吗？"

女服务员看看三个女孩："下放户？"三人一起点头。

"行啊，坐就坐吧。"

三人在靠窗的一张桌子坐下，本来就说话快、性格急的青青刚坐下就发问："阿美，你们家怎么也下乡呢？你爸不是老革命吗？"

"什么老革命啊，谁管你革命不革命？我爸原来是给当官的喂马，他的战友有人当很大的官呢。解放军打上海的时候，他负伤了，腿打坏了，不能干活，就复员了。我爸看好了我妈，我找领导帮着说的，我妈就嫁给了我爸。到大连以后，我爸不能干活，就靠国家给的补助金养活家人。他和我妈都没有工作，都在城里吃闲饭，就让人下放了呗。考虑我爸腿不方便，就分到离公社比较近的刘庄。"

"原来这样。"

"嗯。"

"阿美，你不是说要告诉我事情吗？什么事情啊？"

阿美看着面前的两个和自己年龄相仿的女孩，一字一字地说："我要结婚了！"

"结婚？"两个女孩几乎同声问道。

青青立即想到郭志强，如果不是徐克出手，以那种奇怪的方法阻拦，自己今天也要和阿美一样，告诉她，我也要结婚了。想到这儿，青青背上一阵阵发热，那是恐惧、伴随着庆幸的强烈情感。

"阿美，你这么漂亮……"

阿美端正坐好，看着他俩，说起自己的婚事。"我今年17虚岁，他28岁。你们知道吗？他头上长癞，一年到头都戴着帽子，怕人家看到他头上的癞。"阿美像在说别人，说到他头上的癞，竟然抿嘴轻轻地笑起来，好像这很好笑。

青青和柳莲却讶异得张着嘴、睁大眼看阿美，觉得不可思议。阿美继续说："你们知道吗？我和他到公社登记的时候，公社干部不给我登记，他说，小姑娘，你考虑好了吗？你先回家去，考虑好再来登记。我们回家，第二天又去，才给登记。"

想起癞，只听说过这是身体上的一种疾病，青青觉得自己全身都难受起来。"阿美，他头上长癞，你怎么还愿意和他结婚呢？"

"他给我300元钱。"

"300元钱？"

"对呀，300元？"

青青想说，你就为300元钱嫁给他？忽然想到，自己为不干活，不也差点儿要嫁给郭志强吗？她没有说出来。倒是刚与阿美认识的柳莲替她询问："300元钱是挺多的，可是，你就为钱嫁给他吗？"

阿美点点头："我家下乡以后，我爸的补贴就停发了。阿三阿四要上学，我爸我妈又不能干活，有两只手，在城里吃闲饭，到农村还是吃闲饭。我家4月份下乡，我和我哥才干半年活，挣的工分连口粮都拿不回来。马上就要分粮食，如果不交钱，生产队就不给粮，没有粮食吃什么呀！哪有闲饭吃啊！"

是这样。青青和柳莲无话可说。生产队不给粮食，没有粮食，怎么活下去？青青和柳莲互相看看，心中在庆幸自己的妈妈还有一份工资，这份工资让她们不至于没有饭吃。

阿美似乎已经说服自己，要愉快地做一个新娘。

"你什么时候结婚？"

"登记完，就不怕我反悔，他已经把钱给我家了，估计下个月，或者什么时候就结婚。"

"就没有别的办法吗？没有别的路可走吗？"

阿美自问也在问女伴："还有什么路呢？有吗？"

"你想让我们去参加你的婚礼吗？"青青已经知道，农村的婚礼，生产队都会给女方出一辆或者几辆大马车，第一辆马车上拉着新娘以及与新娘要好的女孩，说是送亲。

阿美摇摇头："不用，你们不要来。所有和我好的人，一和我说话，我婆婆就认为人家在挑拨离间，让我不嫁给她儿子。我们队里的姑娘都不敢和我说话，怕被他家亲戚看到，告诉我婆婆。你们一看就是大连人，会吓死我婆婆的，说不定不让你们进门呢。"

"哦。"大家闷闷地吃午饭，谈话也变得淡淡的。走出饭店，她们不同路，阿美看着青青和柳莲："我往这面走，过几天就结婚。哼哼……"

她从鼻子里发出几声似笑非笑、似哭非哭的声音。"再见！"她飘然而去，依然是那个轻盈、飘逸、会跳舞的女孩。

青青和柳莲无心再玩，俩人拉着手往家走。想起妈妈说的，徐克预言的，将来还要回到大连，青青忍不住还是告诉柳莲："我们将来能回大连的。"

"真的？"青青告诉柳莲自己从妈妈那儿得到的消息。"那太好了！"

青青发誓般："我们一定不要结婚！一定要等到回大连！"

柳莲也发誓："一定，一定不在农村结婚，一定要回大连。"俩人拉着手在山路上走，即使遇到窄窄的只能走一人的山路，也不放开。走到屯里，分手的时候，她们盯着对方的眼睛，点点头，似乎又一次确认刚才的誓言，给对方也给自己勇气："一定不要结婚，一定要回大连。"

第二年夏天，柳莲回家告诉青青一个消息，在学校里听说阿美生了孩子，还是龙凤胎，可惜男孩是个死胎，只剩一个女孩。青青想去看看阿美，柳莲说，听人说谁去她家看喜，阿美婆婆都在旁边站着，听人讲话，怕人劝阿美离开她儿子。"那只好不去了！"两个少女点点头，望着刘庄的方向，想着刚生完孩子做母亲的阿美，仅仅18岁、与头上长癞的男人在一起生活的美丽阿美……

四、镜花水月

大批五七战士下乡，引发了对五七战士子女的关注。市有关部门下发文件，五七战士子女在招工、口粮等方面与下乡知识青年同等待遇。徐克所说的可以回大连的话有了政策保证，规定无疑给五七战士子女吃下了定心丸。在口粮上，每个知青，无论男女，一律600斤口粮指标，比农民多100多斤。用秦成堂的话说："你们知识青年吃骡子指标。"章一鸣家四口人，三种待遇：尚蕙的粮食指标在粮站，要到公社的粮站买商品粮；章青青和章砥虽然在生产队拿口粮，因为属于知识青年，吃600斤毛粮；只有章一鸣和当地农民一样，每年根据生产队的收成发给口粮。

转过年的春天，生产队给下放户和五七战士在村头盖起一排房子，一共十间：章一鸣家三间、柳莲家三间，两间留给后来的一家五七战士，另外两间做生产队的队部。队部两间房中间没有隔断，成一大间，生产队的会议就在那里举行。和柳莲成为邻居，两个女孩关系因此更好，每天几乎都要隔着两家中间的夹杖说几句话。

无论多么粗糙的环境，无论环境怎样磨砺人的身体和灵魂，活着，想尽一切办法活着，几乎是所有人的不二选择。青青也一样，每天在家中做饭，读报。尚蕙到学校工作后的第二个月，一天下班回来，从包里掏出一张报纸递给青青。青青接过来一看，竟然是《光明日报》，她以为妈妈拿学校的报纸给自己看。尚蕙告诉女儿："这是我订的报纸，主要是为你订的，家里又没有几本书，那几本旧书都快翻烂了，想来想去，给你订一份报纸。白天没有事情，看看报纸也好不是？"

青青想不到妈妈会给家里、给她订一份报纸。尚蕙告诉女儿，这是全大队解放以来第一份个人订报纸。青青觉得太花钱，尚蕙颇有深意地笑笑："花什么钱？这个报纸，你看完放好，过年的时候可以用来糊墙。要是有谁来买，咱们可以比供销社稍微低一点儿的价格卖给他们，其实不赔钱，说不定还赚钱呢！"

尚蕙说的不错，当地人有过年用报纸糊墙迎新年的习惯。农民家是没有报纸的，供销社专门从事这个行当，在城里把旧报纸收来，到农村卖给农民糊墙。由此，做饭之余，青青有了最好的消遣，看报纸。她每天几乎读遍四版《光明日报》的所有文章，就连日期也认真地看过。晚上，章一鸣下工回来，也有了可做之事，吃完饭，第一件事就是拿起《光明日报》，晚上，就着油灯读。还要把油灯火苗挑得长长的，增加亮度。煤油灯的黑烟弥漫在屋子里，早晨起来，每个人的鼻孔都是黑的。

搬到新房的第二年，秦炉发生一件翻天覆地的大事，全大队通电了！用农民歌颂的话说，千年的铁树开了花，万年的哑巴说了话，农村用上了电灯电话。电话是没有的，只有电灯。

无论如何，能在电灯下读报、读书，这是一个伟大的进步，青青心怀感激，觉得日子还是有奔头的，坚持下去，一定要坚持下去，青年点的知识青年已经开始招工，虽然名额很少，第一次只有一个名额，这依然如指路明灯一样给所有大连来的年轻人指明了前进方向。

柳莲和青青一样，也在坚持、期待。1972年夏天一个晚上，青青正和尚蕙在家中做饭，柳莲在夹杖那边喊青青。出去后，青青看到柳莲的眼睛哭得红红的，不由诧异。看到她，柳莲越发泪水涟涟。青青大感奇怪，回头和尚蕙说柳莲有事，要出去一会儿。尚蕙说："你去吧，我一个做饭就行。"

她从家中出来，柳莲已经在房外面等她。"什么事让你哭成这样？"

柳莲不说话，依旧哭，青青摸不着头脑。其实，比较起来，柳莲的生活比青青好很多：在大队小学当教师，挣和大队干部同样的工分，一年比生产队的男劳力挣的还多呢！又不用种庄稼出狠力，有时间读书，给学生上课，那是下乡知识青年最好的生活。青青心底是羡慕柳莲的，当然，她知道这是有代价的。和一个出身农村、一只手的养父住在一起，难免不愉快。章一鸣很严厉地叮咛过女儿，不要问柳莲秦学堂的事情，人家是大队长，是一方地方官，咱家是专政对象，要知道自己是谁、姓什么，别以为你和他养女不错，就得意忘形。尽管俩人关系很好，青青却从来没问过柳莲秦学堂对她如何、对她妈妈如何的话。

看柳莲哭得这样委屈，青青终于忍不住："你说呀，你后爹欺负你？"

柳莲摇摇头，又点点头。"你叫我出来，不就是想告诉我吗？"

柳莲终于说话了："他们要我和秦学堂的侄子秦永胜订婚！"

"和秦永胜订婚？"

柳莲点点头，又哭起来："青青，这可怎么办？和他订婚就不能回大连呀。"

"你不同意不行吗？让你妈和你后爹说说，你将来要回大连的。"

"没用的，我妈说没用的，我妈很怕秦学堂，什么事情都听他的。"

"这件事情和别的事情不一样啊，订婚就别想回大连。难道秦学堂不喜欢你回大连？"

"就是，你说怎么办？"

"你敢反抗吗？像娜拉那样出走！像林道静那样背叛家庭！"

"出走，我能去哪里？咱屯，咱大队，上哪里秦学堂抓不到我？他是大队长啊。背叛家庭，林道静出身地主家庭，秦学堂是……"

青青摆摆手："你不同意不行呀？"

"我说不同意，可我妈哭着求我，说为了她和弟弟，为这个家，我要不同意，全家人在这儿怎么混？"

俩人互相对望着，想不出什么办法。柳莲抓住青青的手："青青，你回家问问陈老师，有没有什么好办法。陈老师特聪明，学校里年轻老师有什么事情，都愿意找她商量。"

"好吧，我问问我妈。吃完晚饭，咱俩上南山，那儿没人。"

"好。"

为柳莲的事情，章家爆发了一场家庭风暴。

章一鸣下工回来，看到女儿和柳莲在远处说悄悄话，心里就不高兴。章一鸣不喜欢秦学堂。他和秦成堂关系已经很铁，生产队里有些很机密的事情，甚至秦成堂对生产队要做的生产上的安排，都会提前告诉章一鸣，听听他的意见。在秦成堂心中，章一鸣不但有钱，虽然是妻子的钱，有文化，更有见解，对很多事情的看法都高人一头。冬天的漫漫长夜中，秦成堂晚上大半都是在章一鸣家度过的。

章一鸣却不喜欢秦成堂这个堂哥，这个大队长阴沉着脸，从来不用正眼看章一鸣，以此表达自己与章一鸣的界限。章一鸣曾对妻子和女儿说："这是一个小人，要小心他。看他八字眉下那双阴沉沉的眼睛，一肚子坏水。"青青并不以为然，觉得人家是大队长，自然要与你一个四类分子划清界限的，像秦成堂那样没有立场的队长才是没有觉悟呢，为抽人家的烟、为得一点儿小便宜，放弃阶级与阶级斗争的大原则，被你拉下水，才不是好干部呢！这是青青的想法，她从来没说出来，甚至连尚蕙也不说。觉得那样想自己的父亲，也是大不敬的。

青青刚进屋，章一鸣就问她："柳莲又找你说什么？"

青青说了柳莲的哭诉，章一鸣厉声问女儿："你是不是说不要和秦永胜好？"

青青点点头。章一鸣的手掌啪地拍在刚拿上炕的吃饭桌子上："这事有你说话的份吗？她后爹要她嫁给谁，她就要嫁给谁！你找死啊！那年要不是你和郭志强好，你妈能挨斗吗？你吃一百粒豆子不知道豆腥气！"

青青一声不吭，她害怕父亲那双暴怒的眼睛，更害怕父亲偶然举起又强忍着放下的手掌，打到身上，会很痛的。

尚蕙打圆场："好啦！吃饭，别人家闲事不用管，自己家破事还顾不过来呢！"

章一鸣又恶狠狠地朝青青吼："你就是外路精神，咸吃萝卜淡操心。人家靠后爹在大队当老师，风吹不着、雨打不着，用得着你吗？"

闷闷地吃完晚饭，青青去刷碗，尚蕙跟出来："最后怎么说的？"

青青用低得听不见的声音告诉母亲："柳莲说让问问你，说你聪明，年轻老师有事都问你。"

尚蕙想想，说："实在不行就订婚，告诉她，坚决不结婚，让她后爹招工的时候让她走，不回大连当工人不结婚，就这条件。别说是我说的，就说你想的。农村也有男人在城里当工人、老婆在农村的，柳莲倒过来，老婆在城里当工人，男人在农村，也不是不行。这才叫男女平等呢，符合现代精神。"

青青看看里屋:"我爸能让我去?"

"去吧,我来应付。"

章一鸣听到开门声,心知肚明:"青青是不是找柳莲去了?她小她傻,你也傻呀!这事咱能出主意吗?秦学堂不整死你!"

尚蕙很淡定:"我让青青告诉柳莲,订婚。提出条件,秦堂学不把她调回大连,就不结婚!先应付过去这关再说。"

"这事用得着你管吗?和你有关系吗?"

尚蕙眼睛盯着丈夫:"和我没关系,我就是看不下去!秦学堂什么东西?他自己捡便宜还不过瘾,还让他侄子再捡便宜,也不怕伤天害理,遭雷劈!真看人家没人,欺负孤儿寡母,什么东西!"

章一鸣越发生气:"用得着你来拔刀相助?这把刀别把你自己捅喽。"

"我告诉青青,别说是我说的,就说是她自己想的。你放心,柳莲不会说出青青,我和她在学校教书,柳莲人不错。"

"我就是不明白,用得着你操这个心吗?"

"用不着我操心,我怕我自己过不去!"

"别人的事情你过不去?你为什么过不去?"

尚蕙看看章一鸣:"能帮不帮,我心不安;能帮则帮,我心安。"

章一鸣用鼻子哼一声,不再说话。

青青走到后山,柳莲已经等在那儿。看到青青,她一把抓住青青的手:"陈老师有什么主意吗?"

想起章一鸣的训斥,青青撒一个谎:"别提了,我爸看到咱俩,不让我妈管。柳莲,要不你先同意下来?"

"那我就不能回大连了。"

"你可以先订婚,坚决不结婚。就跟秦学堂说,嫁给你侄子也可以,但你要把我调回大连,我当工人后再回来结婚。等你回大连,他还想管你?!"

"那我妈和我弟弟会不会遭殃?"

"先拖着呗。五七战士都开始往回调,徐克一家第一批已经回城。到时候你妈和你都回了大连,他能有什么办法?"

柳莲眼睛中放出光芒:"对,我先拖着,拖到我家都回大连!"

"不用怕他，他什么东西，占你妈便宜，还想占你便宜！"

俩女孩商量妥，悄悄走回家。她们不知道，远处有一双眼睛——那个要娶柳莲的秦永胜的眼睛在远处盯着她们呢！

刚一进门，柳莲就看到秦学堂那一双小眼睛透出冷冷的光。柳莲颤抖一下，想起青青的话，她若无其事地走进屋里，对自己说："不用怕！"

秦学堂阴森森的声音响起来："去哪儿了？"

"上南山。"

"找谁？"

柳莲立即猜到后爹派人看着自己："找青青。"

"说啥？"

"能说啥？说我的事呗。"

"她怎么说？"

"她说挺好的，说秦永胜和郭志强不一样，跟你的侄子，在农村也能过上好日子。"

秦学堂用鼻子哼一下："这丫头还算识趣。你同意？"

"嗯，我同意和秦永胜的事情。"

秦学堂用他那一只手捻着旱烟，送到嘴里："这就对了，柳莲，我能害你吗？有我在，谁敢欺负你？在秦炉，你会过上最好的日子。"

"我知道，叔是向着我的。但叔要答应我一个条件。"

"你说。"

"国家号召晚婚晚育，我是大队民办教师，我现在还在要求入党，我可不能太早结婚，得等一等。"柳莲觉得这个理由更好。

秦学堂略一思索："行吧，等个一年半载的也行。"

从琴看到女儿态度的巨大转变，有些不相信，又有些心疼："柳莲？"

"妈，你放心吧。既然叔保这个大媒，不会错的。"

柳莲和秦永胜举行了盛大的订婚典礼，屯里的人几乎都去贺喜，三元、二元地随礼。秦学堂把随礼钱给柳莲，柳莲拒绝："酒席是秦永胜家办的，还是给他家才对。"

秦家不但娶五七战士从琴，还要娶从琴的女儿柳莲，这则新闻，在砬子山大队成为挺长时间的热门新闻。

　　1974年这一年，在青青的生命中留下很多一生无法忘怀的事情。
　　《人民日报》、《解放军报》、《红旗》杂志发表元旦社论《元旦献词》，要在全国继续开展对尊孔反法思想的批判，要深入批林批孔运动，《光明日报》全篇转载了此文。因为家中有《光明日报》，青青对当时的国内形势十分熟悉。她最喜欢读报纸的大块头文章，对文章的各种说法囫囵吞枣地吸收到大脑中，成为她知识的一部分。
　　生产队开批林批孔动员大会，队长秦成堂讲批林批孔的重大意义，要让党和国家永不变色，开始讲孔老二的反动思想。青青听着想笑，什么风马牛不相及的事情，全是瞎说。一百瓦的灯光下，秦成堂看到青青的样子，知道这丫头瞧不起自己，就就："章青青，你会说你上来说。"
　　青青并不知道秦成堂在上面能看到自己的表情，一下被点名，有点儿憷。秦成堂以为她不敢上："老章家大丫头，我知道你瞧不起我文化浅，我不像你，读过高中，家中还有报纸。叫你上来说，你还不敢上来。是骡子是马，牵出来遛遛嘛。"
　　秦成堂将青青的军，她不知道青青骨子里的反叛是继承尚蕙和章一鸣两个人的，再说，脑子里装的大量的报纸上乱七八糟的知识，平时也没地说，现在队长让自己说，就说呗。
　　她站起来，走到前面："那我就说说孔子，也就是孔老二的人生。孔子名丘，字仲尼。兄弟排行第二，所以也有人称之为孔二，春秋后期鲁国人，汉族。他的祖先是宋国贵族，大约在孔子前几世就没落了。孔子年轻时做过几任小官，但他一生大部分时间都是从事教育，相传所收弟子多达三千人，贤人七十二、教出不少有知识有才能的学生。"
　　社员们精神也都一振，听着青青像说故事似的历数孔子当年的窘相和流传至今的故事，觉得挺有意思。青青说话本来就快，好像憋得太久，今天终于有个出口，她流水行云般滔滔不绝地讲着，下面竟然也没有人说话，竟然一直听下来，连秦成堂坐在下面都听得津津有味。
　　猛然间，青青看到章一鸣在下面朝她挥手，示意她不要再讲。她突然停住，不好意思笑笑："不讲了。"说完走回自己座位。"怎么不讲？讲得挺好啊，继续讲。反正晚上也没事，说古道今，还批林批孔，挺好的。"秦成堂没听够，还想听。

青青摇摇头："不讲，本来也不该我讲！"

回到家里，青青又被章一鸣好一顿呲："你怎么那么爱得瑟！'文化大革命'你没经过啊，言多有失，你这要是有什么把柄被抓，你不得倒霉呀！"

"我那都是报纸上写的。"

"报纸上写的顶个屁，要想整你，还找不到借口？"平时，章一鸣呵斥青青，尚蕙总是替女儿打掩护。这次，她却同意章一鸣的看法："青青，你还是年轻，不懂，有些事情是没有道理可讲的，以后不要出这种风头，拖累自己也拖累你爸。"

青青这才知道问题的严重性，答应父母，以后闭嘴不再说话，憋着也不讲。

全家人没想到的是，这次是非讲不可。

秦学堂是不到生产队开会的，他听柳莲说青青在生产队会上滔滔不绝介绍孔子生平，想到上级正在号召发现、培养批林批孔积极分子的事情。青青那丫头，伶牙俐齿的，像她妈，如果能成为公社批林批孔积极分子，也是自己的工作成绩啊。于是，他把可以教育好子女青青积极参加批林批孔运动的事情汇报给上级。在全公社大会上，青青被指定发言。

接到大队通知，全家人都有些害怕。尚蕙觉得出头的椽子先烂，青青本来就喜欢说话，说起来忘乎所以、信口开河，出事怎办？章一鸣说不去行吗？肯定不行。夫妻俩反反复复地叮咛青青："话到嘴边留三分，千万不要兴之所至，那是最容易出事的。"青青不断点头，保证每句话都是报纸上写过的，都是有出处的，一定不被抓到小辫子，一定不出事。

为了抓革命、促生产，五月插秧的大忙时节，公社召开批林批孔大会。青青是第三个发言的，因为她的发言故事比较多，青青用诙谐的语言讽刺孔子如丧家之犬地到处游说，听众听得兴致勃勃，她的发言赢得热烈的掌声。青青心说："没想到，家中的《光明日报》在这时候起到了作用。"

别人的发言她都不感兴趣，只有最后一个女孩的发言让她兴奋异常。十几个人讲下来，最后一个人站到主席台，下面的人已经没有兴趣，大家都处于昏沉沉状态，都想她赶紧讲完，结束会议去吃午饭。可小女孩一上来，朗诵般充满激情的声音一扫礼堂沉闷的空气，女孩用标准的普通话，声情并茂地声讨林彪反党罪行……

青青感觉出来，女孩发言后，得到的掌声比自己的还要响亮还要长久。

会议结束，人们往外走，青青用眼睛盯着那个女孩，只见她看着人流快走光的时候，才慢慢站起来。青青走过去："刘咏梅，你好，我是章青青，你说得真好。"

刘咏梅比青青矮一点儿，肤色黑黑的，两颊各有一个深深的酒窝，一说话，嘴角上挑，两个酒窝越发地明显。她走过来："你好，我觉得你说得更好，我的发言有些生硬，可你的内容更多，知识性更强。"

章青青登时佩服起刘咏梅来，这个女孩看起来明显比自己小，却有着深刻的洞察力、总结力。她们互相看着，青青说："我家在碇子山大队，我妈妈是五七战士，我爸爸……"

"我知道，咱俩一样，我家在纪屯。"

青青越发奇怪，自己对面前的刘咏梅可谓一无所知，她却知道自己？"我妈是医生，也是五七战士；我爸也是历史反革命，他是黄埔最后一期学员。"

青青傻傻地不明所以："黄埔是学校吗？"

"黄埔是国民党的军官学校，我爸是那儿的毕业生。"

青青明白过来，她们站立在大礼堂里，互相看着，心里在说，我们都是可以教育好的子女。俩人慢慢走出礼堂，在公社院子门前，互道再见。纪屯和秦炉不是一条路，纪屯朝东、秦炉朝南，两人互相招手，分道而去。

走在路上，青青还在想刘咏梅，她怎么知道自己的呢？自己可不知道她呀！青青微笑着，自言自语："她很聪明，比我聪明。"承认一个人比自己聪明，这在青青的成长中，是极少发生的事情。

批林批孔大会过去一周时间，一天下班回来，尚蕙带来了给青青的口信，因为学校在大队部所在地，大队给各个小队的一些信息，常常由学校老师带回来。今天，她带回的消息是明天青青到公社，公社团委书记倪文革找她谈话。

公社团委书记，多大的官呀！大官找章青青谈话，谈什么呢？尚蕙立即明白了原委:"一定是你上台胡言乱语,被作为典型了。好典型呢,是批林批孔积极分子;反面典型,就是可以教育好的子女没教育好的,被批判的典型。"

"批判我?"青青大惑不解。

尚蕙解释给女儿听:"发完言后,是不是发言稿都交给大会组织者?"青青点头。尚蕙说:"这不结了,从发言稿中挖掘出你的问题,小问题是资产阶级人还在心不死,大问题是替老子鸣不平!想翻天,想让人民吃二遍苦,受二茬罪。"

"我没有,我真没有,一点儿也没有!"青青几乎要哭起来。

章一鸣倒还镇定:"不用怕,如果需要你把我供出来,你就能脱身,你随便说,你使劲批,把我打倒在地,再踏上一千只脚、一万只脚,只要你自己能脱身!反正我也是死猪不怕开水烫。再死几遍也无所谓。"

青青惊讶地看着父亲,想不出来他为什么要这么说,更想不出来,在这种时刻,父亲竟然肯献出自己的安全!突然,她哭起来。青青已经很久不哭,很久以来,她以为章一鸣是个没有感情的父亲,是一个感情枯竭的人,可是……

章一鸣又发起火来:"哭什么哭,你就揭发我!总不能一家有个历史反革命,再来个现行反革命吧!"

忐忑中,青青站到团委办公室门前,忐忑地敲门,听到请进的声音,忐忑地推门进去,忐忑地看着面前的团委书记倪文革,他们已经在批林批孔大会上见过面了。不用彼此介绍,青青还是用很轻很轻的声音自我介绍:"我是秦炉的章青青。"

"知道,知道!我见过你,请坐!"

青青慢慢坐下,不说话。尚蕙嘱咐过她:"不问不说话。"

倪文革看起来也就二十刚出头的模样,长长的一张脸有几颗嫩嫩的胡茬。青青心想,看样子不像坏人,好像比我还小呢,就当这么大官。

说话果然不一样,一听就是上级、领导的口气:"不用拘束,今天找你来,主要就是聊聊天。"

"聊天?"

"是啊,你看,从你在批林批孔大会上的发言,能看出来你是一个要求进步的青年,虽然你是可以教育好子女,但是你知道的,出身不由己,道路可选择。"

　　青青呆住，内心轰的一声，想起当年蒲楠也对自己说过同样的话。但她依然不说话，黑黑的眸子定定地看着倪文革。这双眸子太深，看得倪文革有些心虚，对方好像知道自己想通过面前这个女孩达到的目的。他索性说出来："我们想培养你做可以教育好子女的典型。如果你成为典型，不但在公社讲，还可以去市里讲、去省里讲，甚至去全国。你看张铁生、吴献忠、柴春泽，都是知青，可现在他们都是国家干部，都是革命的闯将，你也可以像他们一样，成为全省甚至全国可以教育好子女典型，可以入团、入党，到党的部门工作……"

　　"离开农村？"

　　倪文革为青青的终于开窍、张嘴说话喜不自禁："对，是！"

　　离开农村，那是青青梦寐以求的，是没有一天不想的问题，是随时随地、每时每刻萦绕在她心头的问题。忽然，机会放在自己面前，全身的血一下子全涌到大脑中，她感觉到头发胀、眼发热、脸颊发烧。

　　倪文革微笑着，为自己说的话终于打动青青高兴，下一步，他要实施自己的计划，要亲手造就一个新的知青、可以教育好子女的双重典型。那时候，自己也不会仅仅坐在一个公社的团委办公室。

　　"那，我要怎样做呢？"

　　倪文革的身子朝青青这边凑过来："只要你写一篇文章，揭发一下反动老子，表示要和他划清界限，站到革命人民一边，然后在批判大会上揭发你父亲、表示站到革命一边就可以！"

　　"哦。"父亲的话响起来，"不用怕，如果需要你把我供出来，你才能脱身，你随便说，你使劲批，把我打倒在地，再踏上一千只脚、一万只脚，只要你自己能脱身。反正我也是死猪不怕开水烫，再死几遍也无所谓。"

　　"真的是父亲说的那样，真的要批判他！在大会上批判！"电影一般，下乡以来，章一鸣和母亲与自己的矛盾在大脑中一幕幕闪过。

　　有一次，青青问过母亲，为什么不同父亲离婚。尚蕙说："如果离婚，你和你弟弟就没有爸爸，这个家就散了。最重要的是，离婚后他到哪里去？你爷爷早就说过，不得不承认你爸是他的骨血，那个家是不会收留他的。他去哪里？除非死，没有路可走。一家人往死里逼自己家人，我做不出来。刘老师丈夫和你爸爸一样，被打成历史反革命，离婚了。冬天的时候，家里冷，他被开除公职，又没钱买煤，肚子里又没多少粮食，就一根绳吊死了自己。儿子一周去看他一次，最后一次去，看到他爸身体已经硬邦邦的，也不知道哪天死的。"

章一鸣好酒，能喝，无人不知。有一次，青青听说章一鸣在大队供销社买二两白酒，一口喝掉。晚上，尚蕙回家帮青青烧火做饭，青青告诉母亲这件事，埋怨父亲："妈，你说我爸是不是也太过分了？这样影响多不好，多给你丢人！"

锅灶的火映照着尚蕙的脸，红红的。尚蕙竟然微笑："你读过李煜被囚禁的时候写的《乌夜啼》吗？'世事漫随流水，算来一梦浮生。醉乡路稳宜频到，此外不堪行。'他这个样子，除喝点儿酒麻醉神经，还能做什么？"

"他总这样，什么时候能摘帽啊！"

尚蕙扭头看女儿："摘帽？哪那么容易摘帽？再说，摘帽也是有帽子的，这顶帽子戴上就摘不下来！"

"摘帽怎么还有帽子呢？"

"摘帽也是摘帽历史反革命啊！"

"我和章砥就要当一辈子可以教育好子女？"

尚蕙又看一眼女儿："可以教育好子女有什么不好？谁不是可以教育好的，难道有不用教育就好的子女吗？或者根本就是教育不好，生下来就是混蛋？"

青青无法理解母亲怎么会有这么多奇奇怪怪的想法，尚蕙似乎看出女儿的疑问："不要奢望太多，能活下来已经是意外，我能开工资，咱们一家人还能在一起已经是幸运。"

青青有些泄气："我爸会影响我们一辈子。"

尚蕙肯定地点头："当然是一辈子。你爸刚出事那回，单位领导找我，让我离婚，我不同意。单位领导就说，如果不离婚，以后在报纸发文章不能写我的名字，报纸不能发历史反革命老婆的文章。我问不写我名字写谁呢？领导说，写民生小学集体创作。我当时就说，我以后不写文章了。从那以后就没有写过一篇东西，以后也不会写，这还不是一辈子？"

原来如此，青青这才明白妈妈后来为什么不再给报纸、杂志写诗写文章。

就在不久前，生产队讨论章一鸣的摘帽问题，秦成堂是同意摘帽的，一个老贫农站起来，坚决反对给章一鸣摘帽。这位老贫农对秦成堂与章一鸣的关系早就看不上，他高声宣布："我告诉你，章一鸣，有我在，在秦炉，你这辈子别想摘帽！"

章一鸣竟然站起来，朝他喊："我不摘行不行？我冬天戴着暖和，夏天戴着风凉！"

爸爸就这样卑微地活着，如果自己再揭发他，不用像爸爸说的那样，踏上一千只脚、一万只脚，就一只脚，他女儿的脚，会怎样？他会吞下耻辱？还是如一头狮子暴怒……

青青不敢想下去，倪文革饶有兴趣地看着青青的脸红一阵、白一阵，他知道青青在考虑他的话，他相信青青一定能同意，因为那样，青青就可以脱胎换骨、扶摇直上……

终于，青青抬起头，用很小很小的声音说："不，我不去讲。"

"你不去？"

"不去！"青青肯定地回答。

"章青青，这么好的机会你不抓住，你可真就要扎根农村一辈子了。"

青青依然低着头，不说话。倪文革继续滔滔不绝地劝说着，这些话如飞着的苍蝇在青青耳边嗡嗡地响，她一句也没听进去。

终于，倪文革用鄙视、失望的声音对青青说："你走吧，真是烂泥扶不上墙！你会后悔的。"

青青走出团委办公室，走出公社大院子，想起尚蕙说的："一家人往死里逼自己家人，我做不出来。"

"我也做不出来。"青青自言自语。

看着青青的背影，听着她轻轻带上门的声音，倪文革有些愤怒。这个比青青还小一岁的公社团委书记，凭借家族里没出五服的堂叔的提拔，从一个回乡青年走到今天的岗位。堂叔对他说过，我帮你走上领导岗位，你能走多远、多高，要看你自己的能量。担任团委书记两年多来，他勤勤恳恳，认真执行上级的每一项政策，只是，还没有做出一个让人大吃一惊、能够扶摇直上的成就。公社批林批孔大会上，批判最有水平的两个知识青年，竟然都是可以教育好子女。这让倪文革忽然生出想法，培养出一个背叛家庭、紧跟领袖的可以教育好子女，不就是一个很大的工作成绩吗？再让她们出去讲用，讲出名堂，他们出头之日，就是自己上升之时。他为自己的想法激动，立即要付诸实施。

在刘咏梅和章青青之间，他是费一番踌躇的。凭良心说，刘咏梅演讲的水平、内容，甚至声音都略胜章青青一些。台下的掌声，刘咏梅的也比章青青的更热烈。可是，倪文革毫不犹豫地选择了章青青。原因只有他自己知道，甚至，他自己也不是很清楚，那是一种恐惧，一种对超越自己的恐惧。

倪文革与刘咏梅早就相识，他们是一个生产队，都是纪屯的。刘咏梅家刚下乡到纪屯的时候，倪文革还在生产队劳动呢。刘咏梅从到生产队劳动第一天起就鹤立鸡群。那天，给果树挖树坑，刘咏梅连怎么拿铁锹都不会，在社员示范一番后，她和所有人一样，自己承包一棵果树。别人挖挖、歇息，男人抽烟、女人隔着两棵树之间的距离，大声聊天。只有她，一声不吭，一直在闷头干活，汗珠从额头滚下来，她用手擦擦继续干。下工的时候，她的劳动质量、数量，竟然和那些天天干庄稼活的男人一样。当时，队长就表扬了这个小姑娘。听着队长的表扬，她抿着嘴，眼睛一闪一闪的。队长拿来与刘咏梅做对比的就是倪文革："文革，你还是咱农村孩子，干的还不如人家城里姑娘下乡第一天干的活多。"

他们就这样在比较中相识，互相没有说一句话，却都记住了彼此。刘咏梅在所有的劳动中都认真踏实地干。插秧的时候，她的大脚丫踩到一块玻璃，可她竟然忍着痛，整整干了一天，插秧的数量是全队最多的。那天晚上，洗脚的时候，她的大脚趾已经肿成圆的，这个女孩竟然咬紧牙关用手抓住玻璃碴的尖，把玻璃碴拽了出来。当时，河渠里清清亮亮的水变成了红色，引得姑娘们一片惊叫。第二天早晨，她又一瘸一拐地出现在上工的队伍里，连心硬、嘴也硬的队长都劝她回家休息。她却摇摇头，说妈妈昨天晚上给她的伤口做过处理，不要紧，插秧不能耽误。"你不是说，人误地一天，地误人一年吗？"心硬的生产队长听后，眼睛都有些发热。

倪文革到公社任职后，常常会想起刘咏梅，尤其那一双一闪一闪的眼睛，总让倪文革感到一种恐惧。想起曾经读过的一位老作家的散文，其中有一句话：女孩子的青春是个宝，遇到机会能升上天去。倪文革知道，只要有机会，刘咏梅就会是那个升上天去的女孩。我可不做你上天的爬梯。这是倪文革心中想的，尽管从来没有说出来过。所以，当想到培养一个知识青年中的可以教育好子女典型时，他毫不犹豫地甩掉刘咏梅，选了章青青。如今，章青青竟然不肯干，拒绝自己的好意，放弃这么好的机会，真是一个傻子。你不干，别怪我。刘咏梅呀刘咏梅，看来，你真的早晚要出来呀！

自己家与刘咏梅家住一个屯子，就不必让刘咏梅跑一趟公社了。吃完晚饭，倪文革走到刘咏梅家院子前面，朝里面喊刘咏梅。

刘咏梅跑出来，圆圆的脸上挂着笑容："倪书记，你找我？"

"有点儿事。"

"到我家坐？"

"不了，就在外面说说。"

"你说。"刘咏梅仰脸看着比自己高很多的倪文革，她的眼睛不再一闪一闪，一双黑眸子灼灼发光，映照得倪文革不敢直视。好像刘咏梅已经深知他内心的想法，为自己仕途更快更高，才要来启用她刘咏梅这个扶梯。

倪文革有些心虚，也就简略地说下自己的做法，刘咏梅的眼睛越发地亮："做可以教育好子女典型？"

"让更多的可以教育好子女看到自己的希望，向你学习，树立起一个典型，能带动一批人。这个道理你应该懂的。"

"我现在要做什么呢？"刘咏梅好像知道倪文革的想法，一定要让他把真实的要求说出来。"在公社大会上介绍你活学活用毛泽东思想的体会，更主要说一下如何同家庭划清界限，具体说就是同你爸划清界限，站到革命群众一边，站到贫下中农一边。"

刘咏梅眼睛黯淡一下，一秒钟，或许更短，很快又灼灼闪亮了："我说，组织需要我怎么说我就怎么说。"

还是有一点点担心的，担心刘咏梅会像章青青那样拒绝，如今，刘咏梅爽快地同意，倪文革心中一块石头落地。"那好，我知道你已经写过好几封入团申请书，我回头找大队团委研究你的入团问题。"

"发展我入团？"

"当然，这是第一步，然后你去公社讲用，把你推向全县、全市、甚至全省、全国也是可能的。好好干，前途无量！"

刘咏梅眼睛越发地亮，那光亮晃得倪文革不敢正视。

倪文革离开时，刘咏梅喊他："倪书记？"

倪文革回头："还有事？"他忽然感到恐惧，如果刘咏梅后悔，像章青青那样拒绝，自己的计划可就宣告彻底失败。

刘咏梅低下头，羞涩地满怀感激地："谢谢你，倪书记，我一定努力工作，不辜负你和组织的期望。"

倪文革摆摆手："这都是你自己做出的成绩，组织上当然不会埋没人才的。"

顺理成章，在全公社知识青年代表大会上，刘咏梅代表五七战士、下放户子女以及可以教育好子女做"扎根农村，跟党干一辈子革命"的汇报讲用，她声情并茂的讲用吸引着台下几百名知识青年。报告快结束的时候，刘咏梅的声音突然停顿，台下几百个人不明所以，流畅的报告为什么突然卡壳？过一会儿，刘咏梅用小得几乎只有她自己和前面几排的人才能听到的声音说："还有一个问题，就是我是一个可以教育好的子女，我的父亲是历史反革命，在历史上对人民对国家犯下了罪行。在党的教育下，我明白了，虽然我出身于有问题的家庭，但是，我要同家庭、同父亲划清界限，要站到革命队伍这边来、站到贫下中农队伍中来，永远跟党干革命，一辈子不动摇。"

远处引起小小的骚动，不明白清脆、响亮的声音为什么突然嘶哑、低沉，不明白台上的人最后讲的什么。前排听到的人却一片惊奇，原来最后的重点在这里，原来这是一个黑五类子女！

刘咏梅起身离开主席台，走到下面坐下。无论听众怎么想，这一刻，刘咏梅完成了蜕变、涅槃，成为全公社一个新的典型。

章青青没有资格参加这个会议，只是听尚蕙回家说，纪屯五七战士靳医生的女儿刘咏梅成为公社新的典型，已经不用在生产队干活，调到公社宣传队做宣传员。这个脱产的宣传队的任务就是到公社的各个地方演出节目，刘咏梅的节目是小提琴独奏，《草原上的红卫兵见到了毛主席》。每当从喇叭里传来刘咏梅的小提琴独奏，章青青就会放下手里的活计，走到院子里，静静地站着，静静地听。拉得真好！她想起倪文革的话，还可以成为全省甚至全国的可以教育好子女典型。"她还会往上走，会离开农村，回到大连的。"这样说、这样想的时候，青青说不上自己是什么感受，羡慕、嫉妒，都有吧。只是她还有一件更想知道的事情，刘咏梅的爸爸对这件事是什么反应呢？没有人告诉她答案。她也不问别人，就连母亲她也不问。

10月，公社传来好消息，从知青下乡以来，最大范围的招工机会降临，每个青年点都有知青被招工，每个五七战士子女家可以有一个孩子回大连，下放户从青年点归户的六八届知青每家可以有一个招到庄河县城当工人。消息如春风一样迅速吹遍每个村庄、每个角落，所有与此有关的人都跃跃欲试，希望回城大军的队伍里有自己一个。柳莲是最早得到消息的，养父是大队长，近水楼台自然先得月。他们家可以走一个，因为弟弟还小，还在公社中学读书，这个名额自然落到柳莲身上。青青心急如火，却不知道去找谁。当然，最直接的办法是找柳莲问问她养父秦学堂，他自然是知道内部消息的。可青青不去问，尽管已经在社会的最底层，尚蕙的教育还是有作用的，自尊、不低头，这成为青青自然而然的处世哲学。也正因为此，她拒绝倪文革递过来的橄榄枝；也因为此，即使柳莲是她在这个小山村唯一的女友，她仍然矜持着不去问。

尚蕙决定自己去问，青青符合所有的条件，既然所有的五七战士家里都有一个，自己家当然也应该有一个。章砥去年才从公社中学毕业回生产队劳动，时间不足二年，不够回城资格。她去公社，找到五七战士办公室领导，提出问题后，对方沉吟一下说："你们家这次没有，可以教育好子女嘛，应该扎根农村，是不？"是询问，更是肯定。

尚蕙把结果告诉女儿，青青不说话，转过头，泪水不受控制地流下来，她恨自己，说过的，以后永远不流泪，为什么还要哭？尚蕙搂住女儿："对不起，妈妈没有本事。"

青青摇摇头，不说话，没有声音，只有泪水不断线地流出眼睛，流下来，滴到衣服上。

一个下午，青青正在家中做饭，忽然听到杖子那边柳莲在喊自己："青青！青青！"

从知道柳莲即将离开秦炉回大连，青青就没和柳莲见过。说什么呢，柳莲自然是高兴的，而自己，还要继续待在秦炉。这不要紧，问题在于，是不是要待一辈子？没有人告诉她答案，更没有人知道答案。

她走出家，看到柳莲在向她招手，青青用劲挤出一点儿笑容："什么事？急啥？"

她走过去，柳莲顾不得她的态度："青青，我刚才上公社去转关系，看到了公社革委会主任张国堂，他认识秦学堂，也认识我，他说庄河的招工名额还有三个。你去公社找他，就说你要去！"

"庄河？"

"先去，以后可以调动啊！再想办法离开庄河，最重要的是先离开农村！"

"会给我吗？"又想起那句话："可以教育好子女嘛，应该扎根农村。"

"怎么不给？这个名额就是给知青的，我们五七战士子女享受知青待遇的，你快去，别晚了。"

"现在就去？"

"对，马上去！"

眼前忽然亮起来，漫天雾霾中，一丝强光透过来。

"好，我现在去，等会儿我妈回来，你告诉她。"

"你去吧，我告诉陈老师。"

忽然就坚定起来，她点点头，转身回家，换上衣服，拉上门，转身朝公社方向奔去。从秦炉到公社15里山路，她看看手表，2点45分，她脚步如飞地前奔，到公社时，表针停在3点半。45分钟走15里山路。

在公社大院门前，她定定神，走进去。竟然看到张国堂主任正和一个人往外走，真是巧遇。她跟在他们后面，走到大门前，两个男人握手，另外一个离开。张国堂转过身往回走，青青走过去："张主任。"

"你是？"

"我是五七战士子女，我住在秦炉，我叫章青青。"

张主任略一思索："我知道了，我认识你母亲，前几天，你母亲还到公社五七办来说过你的事情。"

青青直截了当："张主任，庄河的招工还有名额，我要求去庄河。"

张国堂看着青青，嘴角露出一丝笑容："名额现在只有一个，是庄河火葬场工人，你去吗？"

一秒钟，或许没有一秒钟："我去！"

"哦，那你等等，我进去看看。"

青青站在原地，等着回话，想起柳莲说的"以后可以调动，最重要的是先离开农村"，她挺直身体："火葬场怎么样，我去！"

张国堂走出来："章青青，这个名额也没了。你是可以教育好子女，应该安心在农村劳动。"

章青青说话语速快，她也一直在注意，注意面对思维慢的人，让自己的思维慢下来，语速慢下来。可是，性格，岂是说改就能改的？在特殊时刻，该死的本能突然而至，防不胜防，青青脸色涨红，声音如连珠炮一样射向张国堂："可以教育好子女怎么啦？可以教育好子女该死吗？别的子女就是教育不好的吗？生下来就是混蛋吗？"

这一串连珠炮打得张国堂登时愕然，完全没听清楚青青说什么："你说什么，你再说一遍。"

没等他再说话，青青转身就走，用比来的时候更快的步伐离开公社大院。走出很远，脚步才慢下来。她知道，张国堂根本没听清自己说的什么，就是他找来，自己也不会承认。"如果他真听到，我会被批斗吗？幸好是个笨蛋，没听清楚。"一丝后怕，让青青感到自己后背凉飕飕的。

爬上碴子山，这才感觉有些累。青青坐到一块大石头上，西沉的太阳染红大半天，绝望的情绪弥漫着她。仰头看天，天不语；低头看地，地不答。她问自己："难道真要在这儿待一辈子，做个农妇？"激灵灵打个冷战："不，我宁可死！"

想起母亲："可是，妈怎么办？"这些年，娘俩已经成为彼此灵魂的支撑，互相温暖着、扶持着……"我不能让她伤心……那就不死，走着看吧！"

双手捂住脸，泪水如开闸的河，肆意流淌，她不擦，任其流。在家中不能哭，父亲会暴躁、母亲会伤心，那就在这山巅之上、无人之处，哭个痛快……

不知道流多少眼泪，不知道坐多长时间，夕阳已经灰暗，世界变得朦朦胧胧。她站起来，朝山下的家走去。

五、碣石潇湘

柳莲回城半个多月后,青青收到了柳莲从大连写给她的信。信是尚蕙下班带回来的,信封已经拆开。封面写的是陈尚蕙老师收。尚蕙告诉女儿:"我以为是给我的信,又没有写转,就拆开看,你不能怪我。"青青笑:"没关系,我和你没有秘密,你没看,我也会给你看的。"

青青打开信,柳莲的城市生活是怎样的,她想知道。

青青姐:

我用三天时间写三封信,第一封是写给我妈的,向她报平安;第二封信是写给秦永胜的,告诉他结束我们之间的关系,我不能再回农村,也不能做他的媳妇,希望他找一个更好的农村姑娘结婚,祝福他幸福;第三封信写给你,青青姐,虽然我们不是亲姐妹,但是,你是在秦炉我唯一能说说心里话的人,除你,没有第二个人。

我知道,所有人都瞧不起我妈,因为她嫁给秦学堂。但我知道,不嫁给他,我们一家真的很难活下去。可是,所有人都不知道,嫁给他,我们仍然活得很难。他晃动的空荡荡的左臂,让人恐惧。他每天阴沉的脸,让我们家也永远是阴沉的。妈妈为讨好他,总是对他笑脸相迎。开始的时候,我说话冲撞他,我妈就呵斥我。后来,我不再说话,弟弟更不说话,他总是躲在西屋,除吃饭外,根本不上东屋。我和他和我妈睡在东屋,每天我都能感觉到他阴沉沉的眼睛在我身上晃动,就像他那晃动的空胳膊偶然碰到我,我会起一身鸡皮疙瘩。他的眼光也让我浑身颤抖,我知道,我妈怕他、逢迎他,我更怕他。现在,我终于解脱了,我逃出了那个让我总是提心吊胆的家。我站在大连街道的阳光下,我真想喊：我回来啦，我又是大连人啦！我再也不回农村了！我真的不回去了，即使过年，我也不回去了，永远不回去了！

青青姐，你要坚持，你一定也会抽调回来的，你不要泄气，我在大连等你，我们一定会在大连相聚的。

柳莲

看完信，青青沉思着，我们会在大连相聚吗？她问自己，又自己回答："但愿吧，一切都会实现，只是时间早晚而已。"这样说的时候，竟然觉得轻松许多。

尚蕙叮咛女儿："把信收好，别让你爸和章砥看到。你爸看到回大连，又要上火。柳莲和秦永胜分手，是她的事情，别从我们家说出去，别像与我们有关似的。抬头老婆低头汉，你看秦学堂，一天到晚头低着，一肚子鬼下水，不是好惹的主。"

青青点头："我知道。"

似乎回应尚蕙的预言，吃完饭的时候，旁边柳莲家中就传来吵闹声。

秦永胜拿着信，喊着二大娘，走进从琴家，把柳莲的信递到从琴手里。从琴也接到了女儿的信，只说已经分配工作，在公交公司做售票员，自己很喜欢这个工作，也很轻松，一切都好，不用惦念，并没有什么多余的话。从琴知道女儿想到秦学堂也会看到这封信所以并不多说。母女虽然交流不多，彼此的心情却都是清楚的。

看完秦永胜的信，从琴挤出一点儿笑容："永胜，这个丫头给我来信，还真没说。姑娘大了，当妈的也做不了她的主，你就再找个对象吧，柳莲心不在这儿，就算了吧。"

秦永胜的眼睛瞪起来："二大娘，我们是订婚的，怎么能说话不算话呢？不行，她是我的媳妇，她不能把我甩了，这不是瞧不起我们贫下中农吗？我们贫下中农也是国家的主人！"

从琴笑笑："这和国家主人有什么关系？她以后在大连，你在庄河秦炉，两地生活也不是事，好女子有的是，再找一个就是。没柳莲，你还不娶媳妇了？少她一个臭鸡蛋，还不做蛋糕吗？等二大娘帮你找一个。"

"我不，我就要柳莲做我媳妇，我谁也不要！"

从琴觉得可笑："她现在在大连工作，你能怎么要？"

一直没有说话的秦学堂插话了："永胜，你明天就去大连，去找柳莲，一定要把她找回来，回来结婚。老秦家不能丢这个脸，到手的媳妇跑了，姓秦的以后在秦炉怎么混？秦炉还姓秦吗？"

从琴大惊失色："学堂，你，你想做什么？"

秦学堂抽着旱烟："做什么？你当娘的不教育姑娘，我这个当爹的不能不管。明天，永胜去大队开介绍信，去找柳莲的单位，这是什么问题？这是工农结合问题，看他们谁敢挡道？我还不信呢！"

从琴抓住秦学堂那只有手的胳膊："老秦，你不能这样，她是我闺女，也是你的养女呀，她不愿意回来，你干吗非要她回来！"

秦学堂把从琴的手扒拉回去："这不是一般的结婚问题，这是对贫下中农不尊重，老秦家能咽下这口气？我这个大队长能咽下这口气吗？你也要为我想想！我还怎么在这个位子上混！"

阴沉的眼睛、不容置疑的态度，让从琴害怕，她知道，秦学堂非一般人，否则也不能凭一只胳膊坐到大队长的位置。她心里唯一的愿望是女儿能顶住，不要回来，坚决不要回来。

秦家叔侄说干就干。第二天，秦永胜拿着盖着大队大红印章的介绍信，和大队长秦学堂两千多字的信乘车去大连。柳莲不该把工作单位告诉家中，几经询问，秦永胜找到公交公司党委，亮出身份，说出自己此行的目的。开始，人家还以为他是精神病，订婚就不可以分手啊！结婚还可以离婚呢，你一农村小子，到我这儿来撒欢？可是，他反反复复地强调，你们城里人忘恩负义，欺负我们贫下中农，不把媳妇还给我，我就不回家，我跟你们拼了，光脚的不怕穿鞋的！单位也怕出事，更怕出人命，叫来柳莲。柳莲坚决不回去。秦永胜也坚定无比，每天等在柳莲上班的车前，柳莲一上班，你上车我上车，不停地在车上和所有人讲他们曾经订婚，自己对柳莲有多好，柳莲瞧不起贫下中农，因为自己是农村人，就抛弃自己。今天柳莲不跟他回农村，他也没脸活了，就死在你们大连。晚上，他就在车库旁边找个地方窝着，搂着自己的包袱。几天时间，这件事传遍了公交公司上上下下，领导一看，不解决不行。好心人想出办法，把柳莲的工作关系调到庄河，还回大队教书，只是改成公办教师。这样，就成全了他们的婚姻。

当领导和柳莲谈的时候，柳莲不同意，说自己坚决不回去。领导说，你要不回去，真出事怎么办？他真死了怎么办？我们也同情你，可不能因为你一个人影响公司啊，真要死了，扣一个破坏工农联盟的大帽子，这可是政治问题，谁能戴起啊，那可是不得了的事情！这要是"文革"中，能把人斗死。谁让你订婚呢？没有办法啊，单位也是尽量为你想。这样，你也是国家干部，公办教师属于干部系列。虽然还是在农村，只要是国家编制，一辈子不用为生计发愁。

柳莲还是不同意。领导说，这次你同意不同意，这事就这样决定了。你要有办法让秦永胜离开，就万事大吉。你请神来要能安神，你不能安神，我们只好这么办。柳莲也试图和秦永胜好好谈，可秦永胜水火不进，你不跟我回去，我就坚决不走！没有任何通融余地。你原来说的，回大连也和我结婚，现在你说话不算话，我也不相信你了。我秦永胜要定你了！你必须回秦炉，现在你想跟我结婚留大连我也不同意，我怕你再离婚！我不相信你！

调回大连一个多月后，柳莲又回到秦炉。听说柳莲回来，尚蕙不让女儿去看她。"别去，看到你，她该有多伤心，她和你说什么？"

青青问尚蕙："妈，当初是不是不该给柳莲出主意订婚？干脆就不同意！"

尚蕙摇摇头："主意没错，就是这个秦学堂太不是东西。你想想，不订婚，秦学堂能让柳莲走？秦学堂自己没有儿子，秦永胜小时候就有话，过继给他当儿子，因为他一个人过，无法照顾，就没到他家来，但他拿秦永胜是当自己儿子看的。他算计从琴，柳莲也是他算计的一部分。在碴子山大队，被秦学堂算计上，你想跑？无处可跑。"

秦家举行盛大的婚礼，听说请六十多桌，全屯的人几乎都去喝喜酒。尚蕙家没去，学校的人也一个没去。大家本来是要去，还要给柳莲凑一份礼物的，却被柳莲冷冷地拒绝，说谁也不准去，什么东西也不要。

结婚的柳莲住在秦永胜家，青青也很少出门，两个最好的女友，在一年多的时间里，竟然没见过面。

尚蕙告诉女儿，纪屯的刘咏梅出事了！青青吓得说不出话来，一帆风顺、扶摇直上的刘咏梅怎么会出事呢？

刘咏梅出名后，到大队、公社、县城讲用，最远一次去大连市讲用，成为可以教育好子女典型。尽管没有回城，尽管还是在农村，但再不用从事繁重的田间劳动，终于可以拿起自己从五岁开始学的小提琴，每天在音乐的王国里遨游，刘咏梅觉得生活终于向自己绽放了笑脸，一切都变得有可能，一切美好都似乎触手可摸。

倪文革是宣传队领队，两个年轻人，虽然一个是领导，一个是宣传队队员，毕竟是青年男女，俩人常常说笑话、逗乐子。刘咏梅是一个聪明的女孩，艺术活动激发出她心中对美好未来的憧憬，可谓看天天蓝，看水水清。她终于活得滋润、自信。

一次闲聊，几个人开始说笑话，比赛看谁的笑话更好笑。刘咏梅讲一个故事，这是她从父亲那儿听来的。《三国演义》中，诸葛亮有个哥哥叫诸葛瑾，字子瑜，在孙权那儿做谋士。诸葛瑾脸很长，像驴的脸。有一天，孙权想羞辱诸葛瑾，聚集大臣开会，让牵一头驴子上大厅，在一张纸上写下"诸葛子瑜"四个字，贴到驴子脸上。讽刺诸葛瑾的长脸，群臣大笑。这时，诸葛瑾的儿子诸葛恪跪下，请求用笔增加两个字，孙权命人给诸葛瑾儿子笔，他在纸条的诸葛子瑜下面加两个字——之驴，合起来就是诸葛子瑜之驴。孙权夸其聪明，将驴子送给诸葛恪，诸葛恪的聪明从此被传颂。

还没完全讲完，刘咏梅就嘻嘻笑起来，大家听得不是很明白。刘咏梅就往倪文革那儿看，倪文革长着一张长长的脸，大家突然明白，这是讽刺倪文革的脸长，像驴脸一样长，所有人都大笑起来。倪文革看到队员在笑，不明就里，过来问什么事情让大家这么高兴，于是，有人讲给他听。他也笑，说你这个小姑娘，胆敢侮辱本书记，真是胆大妄为！一群人越发地笑起来，刘咏梅更是笑得花枝乱颤。

在笑声中，谁也没注意到，远处，有一双冷冷的、警惕的眼睛正望着这群不知天高地厚的年轻人。她就是北尖子公社年轻的党委书记钟继红。

钟继红可谓大名鼎鼎，有着那个时代最红最红的出身。但真实的出身没有人知道，只是传说。重要的是她是各路造反大军中最牛的省"虎班"学员，分到下面来任党委书记，也是增加基层经验，为将来担当大任积累资本。她远远地看到了手舞足蹈的刘咏梅，看到了笑哈哈的一群人。

第二天，倪文革正坐在办公室，穿着军装、剪着齐耳短发的钟继红推开了团委的大门。看到党委书记亲临，倪文革赶紧站起来，热烈地欢迎，让座、倒水。钟继红摆摆手："我们谈工作。"

倪文革赶紧坐下，听24岁的女书记训示。钟继红先问昨天他们笑什么，又问那个说笑话的女孩是谁。一切明了后，她的眉毛拧在一起："现在阶级斗争十分尖锐，阶级敌人想尽各种办法向我们党进攻，她讲这个笑话是什么用意？仅仅是讽刺你的脸长吗？我看她背后一定有不可告人的阴谋，一定在含沙射影，矛头是对准党、青年团和贫下中农的。"

倪文革也紧张起来，让钟书记这么一分析，还真是，她讲这个笑话究竟是什么意思？背后的阴谋是什么？

"我们该怎么做呢？"刘咏梅这个典型是自己抓的，私心里，他不想弄得太过分。如果刘咏梅真是阶级敌人，岂不是说明自己有眼无珠、分不清敌我友？

钟继红正色道："这是我们北尖子公社阶级斗争新动向，立即把她开除出宣传队，让她每天写一份检查，你去收，然后交给我，让她深挖头脑中的资产阶级思想，说这个笑话的动机、目的，一直到说真话为止。"

"马上执行？"倪文革小心翼翼地问。

"立即执行，她和你不是一个生产队的吗？"

"是。"

"就这样，每天把检查交给我，说出真话、深刻检讨，看态度再做处理决定。"钟继红的脸色无比凝重、严肃，无可通融。

"行，我立即去做。"

宣传队是住在公社的。钟继红离开后，倪文革立即到宣传队住宿的走廊，喊刘咏梅。刘咏梅跑出来，笑嘻嘻地站在他面前，以为有了什么新节目、新任务。

倪文革尽量慢慢地、一字一句地告诉她，现在，她被开除出公社文艺宣传队，立刻回家，然后每天写一封检讨书，检讨自己说那个笑话的真实企图、目的和阴谋。如五雷轰顶，刘咏梅定定地站着，不说话，彻底傻掉了。

"你听明白了？"

她点点头。

"明白什么了？"

"我是阶级敌人！"

"也不是，只要你认真检讨，深挖私字一闪念，说出你的真实想法，党组织、团组织会尽量挽救你的。不过，如果你不认真检讨，对付或者糊弄，就很危险，可能被开除团组织。你明白吗？"

冰雪聪明的刘咏梅自然是明白的，她知道，自己努力劳动，用汗水和鲜血、用供出父亲的卑劣换来的正常生活到现在结束了，结束得让她猝不及防，完全没有准备、完全没有想到、完全没有道理。

从这天起，倪文革每天晚上下班后先到刘咏梅家去，他从来不进去，只在门口一站，他们家人看到，刘咏梅就出来，送上自己写的检讨书。刘咏梅的文学功底是深厚的，与上几年学无关，父亲丰富的藏书，让她的文史知识远远高于同龄人，否则也不会说那个笑话。她上挂下联、说古论今地批判自己，每天都洋洋洒洒几大张纸。她不知道的是，她越这样写，钟继红越生气，你想大帽子底下开小差，你想溜？不可能！把真实目的说出来，影射谁？讽刺谁？目标、目的……刘咏梅的检查偏偏就是没有这些……

每一天晚上倪文革带来钟书记对上一篇检查的意见，不通过！不通过！还是不通过！刘咏梅检讨书的内容越来越少，从五张纸到四张、三张、两张，最后到一张，寥寥的几个字。这让钟书记更生气，一再让倪文革转告，不触及灵魂，别想逃掉……

没人记得这段时间有多长，二十几天，还是三十几天，或者四十几天，反正，有一天，当倪文革晚上再次站到刘咏梅家门前的时候，从门里出来的刘咏梅手中没有检讨书，她拿着一把菜刀，朝着倪文革砍去，幸好她弟弟眼疾手快，上去抱住姐姐，又喊大哥、大姐，一家人拼命阻止了一场血战……倪文革狼狈跑掉，刘咏梅进入疯癫状态！

刘咏梅妈妈靳医生想尽办法给女儿治病，带她回大连到大医院治疗，各种偏方，只要能搜罗到，都用来治疗女儿。病情时好时坏，再也不能上工、不能拉提琴、不能讲用，曾经如精灵般的刘咏梅消失了。

柳莲转过年发现自己怀孕了，不显怀的时候一直上班。五个多月的时候，肚子明显凸起，她仍然坚持上班，和孩子们在一起，让她暂时忘掉自己的烦恼。六个月的时候，走路已经显得拙笨。一天下午，正坐在办公室备课，校长走到她面前："柳莲老师，你看你身体这样不方便，要不就回家休息吧，不用来上班，反正也是公办教师，国家会照常给你发工资的。"

柳莲急忙推辞，她知道因为秦学堂的关系，学校对她很是关照，但柳莲并不愿意接受这份关照。"不用，我不感觉有负担，不影响上课。"柳莲笑着拒绝了校长的好意。校长看看她，想说什么又没说，走出了办公室。柳莲不知道，一场针对她的阴谋正在展开。

第二天是星期天，学校不上课。晚饭时候，秦学堂忽然来到柳莲家，结婚以后，就住在婆婆家，即使回家，也是趁秦学堂到大队上班不在家的时候，所以，柳莲也好长时间没看到秦学堂。

"二大爷来了。"柳莲觉得跟秦永胜这面论，跟丈夫叫他二大爷更好，张口也容易些。秦学堂威严地点点头，表示听到了。

秦永胜父母打过招呼，进自己屋子去，秦学堂竟然没进秦永胜父母房间，在秦永胜的热情招呼下，进到他们的新房。柳莲在炕上靠着被垛坐着，想不出秦学堂为什么到自己屋里来，一定是有事！

沉默一会儿，秦学堂看看秦永胜，似乎在鼓励侄子说，秦永胜用不大的声音，对妻子说："柳莲，你六个月身孕挺重的，上班不方便吧？"

猛然想起下午校长的话，柳莲警惕起来："方便不方便我自己知道，不用你操心。人家女人在地里干活都能把孩子生下来，我站在讲台上更没有问题。"结婚以来，柳莲从没有正经和秦永胜说过话。

秦永胜看看秦学堂，秦学堂点点头，秦永胜继续说："柳莲，现在你是秦家的媳妇，你怀的是秦家的孩子，身体不能出差错，我想，你还是不要上班，我顶替你去工作吧？"

"你说什么？"

"我顶替你去工作。"

"你再说一遍？"

秦永胜畏畏缩缩地看一眼秦学堂，秦学堂狠狠瞅他一眼，似乎怪他窝囊，那么怕老婆。

他挺直身子："我顶替你去上班，你放心，我肯定会一辈子对你好。"

"你别做梦，除非我死！"

秦永胜不敢再说话，秦学堂慢慢开口道："你这孩子，说什么话？这么做也是为你好。在农村，一个老娘们出头露面，老爷们在家干活，成什么体统？让永胜替你工作，你在家好好带孩子，又不能只生这一个，以后还要生嘛，不能正常上班上课，也耽误人家孩子不是？"

当时政策规定，在农村结婚的女青年安排工作后，如果双方同意，可以由男方代替女方出去工作，有的与农村男青年结婚的女知青就把招工的名额给了丈夫。

柳莲安静地坐着，如一尊大理石，心中却波涛汹涌。她忽然明白，秦学堂同意自己订婚，同意招工回大连，然后把自己弄回来，这盘大棋中最重要的是最后一步，让秦永胜得到工作名额。她想抗争，但她明白，抗争是没有用的。在秦炉，她如何斗得过秦学堂？如何斗得过秦家？柳莲再不说话，秦学堂站起来："这件事就这样吧，我去和学校说，让永胜先到学校做校工，有什么适合他的工作以后再安排。"

从那天起，柳莲失去知识青年的身份，秦永胜成为国家干部编制，被安排到学校工作。大概考虑到在砬子山大队不太合适，被安排到西沟大队的学校工作。

秦学堂上班后，柳莲回到家，从琴早已知道所有的事情，她又能做什么呢！母女俩相对而坐，从琴不断地流泪，柳莲一句话不说，也不哭。最后，柳莲开口，说的却是青青："我以前还可怜青青，觉得她有那样一个历史反革命的爸爸，真惨！什么好处也捞不到，不能入团，不能到学校当老师，不能招工，现在才知道，她比我强，毕竟是亲爸，不能害她呀！"

从琴越发地流泪，柳莲却已经没有泪水。

初冬的时候，柳莲生下一个女孩。青青要去看看，尚蕙问，去说什么？

平时极力反对女儿与柳莲交往的章一鸣竟然一反常态："去看看，安慰安慰！这丫头，也太可怜！心里太多事，淤积在心中会得病的。那个破妈，什么用也没有!"

"你不怕秦学堂恨你,整你?"

"都到这个份上了,还怕什么?不就是不给摘帽?就戴着呗。"从那次摘帽流产后,章一鸣好像突然想明白过来,不再如以前那样谨小慎微。过去,有的年轻小伙欺他戴帽,总蹭他烟抽,现在来要烟,他告诉人家:"我烟有毒,我还是别拉拢你,让你也中毒!"人家只好对他点头哈腰,他鄙视地赏人家一支烟。

青青去秦永胜家,柳莲婆婆在外屋忙活,看到青青,一扭身进屋。青青知道,人家不欢迎自己。她撩开柳莲屋子的门帘,走进去。柳莲正和女儿在睡觉,听到声音,睁开眼睛,看到青青,一下坐起来。青青看着柳莲,与过去那个丰腴的、羞涩的柳莲已完全不同,眉宇间没有一点点笑意,额头上竟然有了浅浅的皱纹。

"青青……""柳莲……"突然间,两人的眼泪就流出来,没有抽泣、没有声音,两双眼睛无声地流泪……

终于,青青拿出手绢:"你是产妇,不能哭,对眼睛不好。"

"瞎了才好,什么也看不见,眼不见心不烦。"

"别瞎说。"

外屋传来柳莲婆婆摔东西的声音,青青只好站起来:"我走吧,别惹得你们家不安生。"

柳莲并没有要求她再坐一会儿,只是一字一字地吐出来:"青青,你一定不要在这儿结婚,你不会在这儿结婚的,你有陈老师,还有亲爸。我没有,我什么都没有。"

"你要好好的。为了孩子。"

"谁的孩子?秦永胜的孩子,秦学堂的孙子!"

"你是妈妈。"

柳莲笑笑:"我知道,我都知道。"

听青青叙述柳莲的事情,尚蕙和章一鸣都感到不好:"哀莫大于心死,柳莲心死了!"这么说的时候,尚蕙像忽然想起什么,不由愣住:"不会的,柳莲不会的。"

青青点点头。

女儿满月的时候，秦家商量要大宴宾客。柳莲不同意："一个小孩子，才来到世界一个月，有什么可庆祝的。你们愿整你们自己整！我不去！"

婆婆瘪瘪嘴："媳妇，你现在不是过去，没有什么可咋呼的，用不着那么厉害。出月子，就该干活的，以后家里的饭归你做，我忙活园子里的事情，你公爹要上工，你男人上班，咱农村人家可不养闲人。"

柳莲硬邦邦甩过来一句："你等着吧，该我做的我都会做。"

女儿满月那天，一大早，婆婆说去园子干活，公公上工，丈夫上班。柳莲梳头、洗脸，把做公交车售票员时发的灰蓝色工作服穿到身上，低头亲亲女儿："女儿，对不起。妈妈不是好妈妈，妈妈不能陪你长大。"这么说的时候，竟然没有一滴眼泪。

站到凳子上，把早就准备好的绳子扔到房梁上，打个死扣，套到脖子上。一切都预谋得分毫不差，决绝地踢开凳子，灵魂晃晃悠悠地飘然而去。柳莲对所有人没留一句话、一个字，走了！

青青去见柳莲最后一面。一张门板放在秦家院子中间，柳莲躺在上面，用一幅白色被面从头到脚盖得严严实实，很多人在忙乎，看到来人，柳莲婆婆开始哼哼呀呀地哭："钱也没有啦！人也没有啦！我怎么这么命苦啊！"没有人戴孝，女儿太小，刚满月，只能躺在床上吮吸临时找来的有奶的亲戚，她不知道，这已经不是自己的妈妈……

青青给柳莲行一个礼，转身离开，她看到有人对她指指点点。她和柳莲好，秦炉的人都知道，这是她的罪过，似乎她是柳莲的同盟。

从琴哭得几次昏过去，抱着小儿子一边哭一边骂："妈妈就剩你一个了，你哥这个混球，他怎么忍心，好几年不来看我一眼啊。你姐啊，也不是东西，把咱俩扔了，我可怎么活啊，怎么活啊！"

没有人回答她的问题，只有小儿子的抽泣声和秦学堂冷冷的眼神。

只有时间，无论发生什么，依然不骄不躁、不疾不徐，悠悠前行。1976年，注定是要发生大事的一年，先是三位巨人相继去世，然后是粉碎"四人帮"。远离北京的偏远农村，没有任何小道消息，更谈不上政治敏感，大家在对领袖去世的悲痛心情中，不由得对未来充满担忧："中国会变吗？没有领袖，中国怎么办啊？我们怎么办啊？"最卑微的底层人，想着最宏大最高层的问题。

尚蕙和青青都没有想过这种政治上的巨大变化会给自己家带来什么。可是，变化却真真实实地迅速到来。"四人帮"粉碎没几天，1977年年初，所有还没有调回大连的五七战士都得到原单位的调令，立即调回大连工作。开始，一家人真有点儿不相信，就这么简单，调令就突然寄来，真的吗？确实是真的。尚蕙一个人回去后来信说，教育局没有让她回原来的学校，而是根据特长，让她去中学做日语教师。她在信里对家人说："真没想到，学的一口标准日本语，这些年做的就是拼命忘掉，现在又要做日语教师！日语竟然有用！"

更让一家人没想到的是，尚蕙回大连一个多月后，又回到秦炉。章一鸣和章砥都上工去了，快到中午的时候，突然看到母亲走进家门，青青吓一跳，想起柳莲走而复回的事情，不由得惊慌起来："妈，你怎么回来了？"

尚蕙笑着："有事，单位给我分了房子，是学校的办公室隔开的，两个教师住一间教室。我想拉些东西回去。"

"哦，吓死我了！"

"害什么怕？不会发生以前那样的事情了。"

青青看母亲还有话没说，问："妈，你是不是还有什么事情啊！"

尚蕙拉女儿坐下："青青，妈给你说件事。"

"你说。"

"上面有个新规定，每个五七战士可以带一个孩子回城。这样，每家都可以带一个孩子回大连安排工作。"她看着女儿，"你说，咱家我带谁？"

几乎没有任何犹豫，青青条件反射般："带章砥走。"

尚蕙眼睛亮一下又黯淡下来："你真愿意让章砥走？"

"当然。"

"那你？"

"我？慢慢熬吧，一定会熬出头的。冬天已经到了，春天还会远吗？"

尚蕙抓住女儿的手："青青，太委屈你了，你都这么大的姑娘……"

"妈，不算什么，当然让章砥走。我为自己愁，更为章砥愁。他在生产队干活，也不会干，也不愿干，总被人批评。我爸又看不上他，他白天晚上和一帮坏小子混在一起抽大旱烟，真让人愁得慌。现在能回大连当工人，有你在身边，真是太好了！"

尚蕙看着女儿，眼眶有些湿，想说什么，终于什么也没说。青青背过身去，章砥也回大连，家里只剩下自己和父亲。

忽然想到从琴："从琴阿姨也可以带柳莲弟弟走？"

"是啊，从琴本来还找我帮助柳树找高中读书，我找以前的老同学帮忙才入上学。这下，柳树的户口问题解决了，就没有问题了。"

"真是太好了！下放户也都能走吗？"

尚蕙摇摇头："不知道，到现在为止，还都是工作单位出头发调令的，没单位的不清楚。"

"哦。"

中午时分，章一鸣和章砥下工回家，看到尚蕙回来，也是吓一跳，听尚蕙说明原委，章砥一蹦多高："我马上就可以回大连吗？"

尚蕙点头："我下午就去给你办关系，后天单位来车拉东西，我们跟车回去。"

已经二十多岁的章砥，一直不愿说话，一直蔫蔫巴巴，突然，他像个真正的年轻人一样意气风发地、活蹦乱跳地在屋子中走来走去，满脸笑容、充满力量。草草吃完饭，上工的哨声和平常一起响起，春播之前，全大队年轻壮劳力都在修梯田。这不是一般的劳动，叫大会战，各个小队分到不同的地段，地上插着红旗，喇叭里播放着激昂的音乐……人们却懒散地走向自己的劳动地段，章砥跳到最高处，大声喊："我不干了……我要回大连了！"

工地上的人都被这喊声惊醒，看着平时干活不行、出身不行、什么都不行的小子，等明白过来，脸上都画上问号："真的，真要回大连吗？"

章砥从高处跳下来，走到自己工地前，把铁锹、镐头往肩膀上一扛："我走了，不干了！"

领工的追着他问："那你干完今天啊，要不工分怎么算！你这下午来了也没干活啊！"

"不用算，我不要了！我要回大连！"

在所有人愣怔、羡慕的目光中，章砥扬长而去，留下无数的议论……

青青目标越来越清晰，一定要回到大连，等待知青招工，和章砥一样，回到大连，分配到工厂做个工人。更大的意外降临，10月21日，青青从喇叭里听到广播电台播音员高亢的声音，国家决定恢复高考。青青定定地站在院子中间，一动不动听完整条新闻，眼眶发热，大学，大学要招生啊！我可以报考吗？她最想知道的是具体的报考细节。一整天，中午、晚上，只要喇叭一响起来，她就走到院子里，捕捉每一条新闻、每一个字，终于，她知道自己有资格报考大学。站在院子里，她发誓般喃喃自语："我要报考，我一定要报考，我能考上大学！我章青青当然能考上大学！"

一个多星期后，尚蕙从大连寄来全套的高考复习资料，尚蕙有力的笔迹：女儿，你的机会来了，复习吧，准备考试。

因为尚蕙已经离开秦炉，已经不在大队做教师，青青不上工的特权也自然消失。秦成堂还算够意思，农活不忙的时候，青青不上班他也不管。农忙时候，青青也要上工。从10月21日宣布高考，到12月3日正式考试，总共不到一个半月时间，恰好赶上摇粳子（给水稻脱粒），必须赶在天气晴朗的日子加快给水稻脱粒，把最好的粮食卖给粮站，给城里的工人老大哥吃。每年的水稻脱粒都被说成秋收大会战，会战就要求每一个社员必须参加劳动，任何人不得缺席，青青自然也要参加。用头巾把身体所有部分包裹得严严实实，除了两只眼睛，没有任何一点儿露出来，每一粒带壳的稻米前面都有一个细细的稻草尖，外行人甚至看不出来，在脱粒机前滚动的稻粒脱离稻草的同时，前面的尖尖也飞起来，漫天飞扬，如果飞到人身体的任何部位，都让你奇痒。

白天脱粒，晚上还要打夜班脱粒。青青只好把复习资料放进衣服兜里，休息的时候也看上几眼。一天晚上，干两个多小时后，大家开始休息，社员们涌到看场院的小屋里取暖。青青悄悄走开，走到一背静处，坐在稻草堆上，拿出复习资料，借着月光看起来。看着看着，疲倦袭来，在月光下，本来就要睁大眼睛仔细看才能看清字体，如今，眼睛睁不开，一切变得朦朦胧胧，不知不觉，青青在散发着稻米香味的水稻中间香甜地睡着了。重新开工的机器隆隆声都没有惊醒她，社员下班，她依然还睡着。半夜过后，深秋的凉气终于将青青冻醒，她揉揉眼，站起来才发现，万籁俱寂，整个大地、村庄没有一点儿声音。揭开袖子，看看表，已经快到下半夜一点。

她清醒过来，知道自己在稻草堆里睡过头了，得赶紧走，被看场院的发现，还以为自己要偷粮食呢！跨出如山的水稻堆，青青拔腿往家跑。这一跑，惊醒了正入睡的狗，一条狗叫起来，几条狗、全村的狗都叫起来。幸好，这些狗只是在院子里叫，没有跑出来。一口气跑到家，远远地，看到自己家灯亮着，她知道，父亲在等自己。进门，章一鸣问女儿："你去哪儿了？才回来！"

"我在水稻堆里睡着了。"

章一鸣知道女儿太累，转身进屋："赶快睡觉吧。"

秋收大会战结束，离高考只有一周时间，利用这一周，青青把五门课程看一遍，走进考场。

走出考场，她知道，自己应该能考上。身边的考生，大部分是只读过小学、初中，甚至还有小学也没读过的，真正的高中生寥寥无几。他们再复习也没有她的功底深厚。果然，体检通知发到村里，然后是漫长的等待，没有等到通知书，也没有任何说明，1977年高考失利。

青青没有选择地决定再战。章一鸣上工，青青复习功课，父女俩各忙各的，生活变得有意义起来。为那个遥远、飘渺，却又似乎近在眼前、伸手就能抓住的宏大目标。

6月份的一天，尚蕙竟然又一次回家来，说自己向单位请假，回来照顾准备高考的女儿。青青大惊失色，想不出母亲怎么能为自己不上班。尚蕙却笑笑："我这学期日语课已上完，试也考完，反正也没课。你考大学才最重要。领导二话没说，全力支持，有什么比孩子考大学更重要？"

多少年，青青第一次什么也不用做，不做家务、不做饭，也不做工，只是学习、学习、再学习。每天清晨，天还没亮，她就爬起来，悄悄开门，走到南山坡，朝着东方的太阳，背诵那些只需要记忆的知识。尤其政治，一本复习资料，她几乎能从头到尾背下来。太阳升起来，人们开始上工，她才往家走。有一天，一个小伙子拦住她，很神秘地告诉青青，柳莲的墓地就在南山坡背面，听说柳莲死得不明不白，经常在天亮未亮之前出来，因为鬼魂是不能见太阳的，出太阳就跑掉。你那么早起来，别被柳莲的魂抓去。青青认真地看着他：

"真有这种事情？那多好啊！"

"你不怕鬼？"

"我为什么怕？如果柳莲的魂能来，我一定要问她很多事情，我要和她好好谈谈，她会有很多话要跟我说的，以后，我更要天亮之前上山。"

小伙子恐怖地看青青，像看一个怪物。

第二天早晨，青青爬上南山坡，对着迷迷蒙蒙、似亮未亮的天空，朗声说："柳莲，你真的能在这时候出来吗？那你来吧，我有好多话要告诉你，你也有话要告诉我吧？柳莲，柳莲，你出来呀！和我说说话。"她说话的声音，被一个起早拾粪的老汉听到，吓得跑回家，告诉家人，说青青那姑娘疯了，在和柳莲说话呢！一时间，青青不怕鬼、敢和鬼说话的风言传遍全村。青青和母亲说起来，笑得前仰后合。

考试时间如约而至，7月20日，半夜下起大雨，尚蕙一早起来做饭，天湿、草也发潮，好容易煮几个鸡蛋，青青吃完，背上书包。门刚推开，雨水瞬间涌入家中，地下全是水。"下这么大雨！"尚蕙有些担心。

"下刀子也要去啊！"青青看看母亲，"妈，没事，我去了！"

"路上小心。"

"我知道。"

披着一张白色塑料布，把全身裹住，青青冲进雨中。村路上一个人也没有，下大雨，生产队也不出工的。艰难地爬上砬子山，小心翼翼地走到山下，青青愣在河边：平时只有十几米宽的大杨河变成几十米宽，河里原来有一条人们用石块搭就的石板路，早已被浩浩荡荡的大水淹没。雨还在下，河水卷着树枝、枯草，咆哮着往下游奔去。整个河面、岸边，只有青青一个人，孤零零地站着。要去公社中学考试，就必须蹚过这条大杨河，没有第二条路可走。

想来想去，青青把书包从脖子上拿下来，用塑料布把书包包起来，顶在头上，书包里的纸和笔是不能湿的。青青下到河里，用脚摸索着，一步一步往前走，走到河中间，水位没到胸前，她一只手抓住头上的书包，一只手拨开上游下来的树枝、乱草……

忽然，一阵大风，上流的水更加汹涌，刚抬起左脚，左脚的塑料凉鞋竟然随着水流脱脚而出。"我的鞋！"青青大叫，却不敢动，双脚脚丫子紧紧抠住脚下河床的烂泥，看着一只黑色塑料鞋如一只小船在水流的簇拥下飘飘摇摇地远去……

终于走上岸，浑身湿透，只剩一只凉鞋。来不及顾影自怜，青青脱下右脚的鞋，想干脆光脚走。走几步才发现，不是沙粒就是碎石的路面，硌得脚生疼，只好穿上一只鞋，一拐一拐地赶路。赶到考场，看看时间，只差五分钟。

脸上的雨水擦干，穿着湿淋淋的衣服，青青坐到考场上。试题并不难，没有超出自己复习范围的难题，钢笔在她手下沙沙地响着，做完所有题，还有二十多分钟，她松口气，仔细地复查，铃声一响，她第一个交上卷子，走出教室。大雨不知道什么时候停了，碧空如洗，空气中一股青草的味道，青青深深吸一口，忽然想到，一切可能还来得及……

女儿考完试，尚蕙才回大连。千叮咛、万嘱咐，接到通知，立即回大连。青青应着，心里却在不断地想，如果考不上呢，考不上怎么办呢？送走母亲，她坐在炕上，继续想这个问题。似乎是无解的，考不上当然要继续在农村，多少人说过，可以教育好子女，应该扎根农村。

"我就不！"

她站起来，要去大队部走一趟。最近又要招工，去和大队长说一下，如果考不上，这次招工应该考虑自己。秦学堂已经是大队书记，新大队长是一个与青青年龄相仿的年轻人，公社中学毕业的回乡青年。大队离秦炉只有二里地，她走到大队部，从窗户看到大队长坐在桌子前，她敲敲门，里面有应声："请进。"

青青推门进去："大队长。"

"章青青，有事？"

他没让青青坐，青青就站着，说自己的想法："听说又要招工，这次招工，如果我考不上大学，就招工走。"

大队长上上下下看青青："又是招工、又是考大学，好事都是你们的，农村青年就应该一辈子待在农村？"

青青愣怔住，这么多年唯一的目标就是离开农村、离开秦炉，因为自己不属于这里，不是这里的人，自己是从大连来的，当然应该回到大连去。大队长的问题，她从来没想过，生在农村就该一辈子待在农村？这个问题实在太大，此时的青青无法回答。

他们互相看着，青青转身走出去，掩上门。农村人应不应该一辈子待在农村，我怎么知道？这和我有关系吗？青青终于明白，即使招工，大队也不会推荐自己。只剩华山一条路，高考考不上，还要继续留在秦炉。

度日如年，等待中日出日落，青青觉得时间太长太慢，日复一日，不知什么时候结束。

该结束终归是要结束的，9月初的一个傍晚，开摩托的公社邮递员送来录取通知书，青青被辽宁师范学院政史系录取为七八级学生。全大队30多人参加高考，被录取的只有青青一个人。

青青决定第二天就走，她一天也不想在秦炉待着，她要回去，回大连，回到曾经的生活中。走之前，她只要做一件事，去看柳莲。在秦炉，唯一可以算作知音、朋友，却永远长眠于此的女孩。

柳莲的墓在南山后坡的树林之中，因为不是当地人，秦家不愿意让她入秦家墓地，说自杀的不吉利，从琴就在树林中找一块相对空的地方将女儿埋葬。倒也好，天天听风与树的对话、鸟的歌唱，也算干净的去处。没有墓碑，只有一个土坟包，告诉人们下面埋着25岁的女孩柳莲。青青站在柳莲坟前，想起曹组的词，《忆少年》："年时酒伴，年时去处，年时春色。清明又近也，却天涯为客。　　念过眼，光阴难再得。想前欢，尽成陈迹。登临恨无语，把阑干暗拍。"给坟堆培培土，却没有拔草。站起来，心里说："柳莲，我要走了。你和从琴母女一场、和柳树姐弟一场、和我姐妹一场，我们都要走。你一个人会孤独的，如果你觉得自己冤枉，就到我梦里来。我不知道自己将来会不会再回这个地方，但我不会忘记你，你和这段时光永远在我心里。柳莲，想我就到我梦里来吧！我们在大连相会！灵魂是可以飞的，从庄河到大连几百里的路，一会儿就飞到的。"

给柳莲行礼，离去，脚步却不沉重，毕竟，前方已经曙光灿烂。

第二天，收拾简单的包袱，要和章一鸣告别。"爸，你一个人……"这才想起，三间房以后只剩爸爸一个人，要上工、要做饭……

章一鸣满心欢喜："你不用管我，你赶快走，我怎么都行！你放心，我不会吃生的。"

青青还想说几句，这些年，如果说对章一鸣一点儿怨恨没有是假的，所有这一切苦难，都源于父亲的历史反革命身份。尚蕙教会了她去理解、去面对、去承受……

章一鸣摆摆手："你放心吧，你给我在秦炉争足了面子。现在，谁看到我，都要恭维几句，我女儿是大学生，他们做梦也梦不到的！快走，尽量赶早车，到城子坦能买上火车票，当天就到家。"

几乎是被章一鸣推着走出家门："走吧！放心走！"

她转身离开，背着大书包，提着旅行袋，那里有章一鸣装进去的三十斤大米。天还早，人们还没有上工，屯里的街上没有人，青青没有回头，越走越快，越走越快，逃离般疾行……

走到公社，她喘口气等在路边。这条路，是当年抗美援朝的时候修的，是北尖子公社通向外界的唯一公路。长途客车一般一小时一趟，有时候时间更长。上一趟车什么时候过的，下一趟车什么时候来，都不准点，只有等在路边。青青安静地站着、等着，对周围的一切没有任何兴趣，她只想着快点儿上汽车，然后上火车，然后回家。

忽然，有个人走到她面前："章青青，你好。"

定睛一看，竟然是公社团委书记倪文革："倪书记？"

面对对方热情伸过来的手，青青只好也伸手轻轻握一握。她不知道和对方说什么，可倪文革却不想走，他要告诉青青一些事情。

"你考上大学了？"

"嗯。"青青不想理他，这个害刘咏梅的刽子手。

"我也考上了！"倪文革喜不自禁的样子。青青终于震惊了。

"哪个大学？"

"大连轻工学院。"

青青的嘴巴微微张开："你，你不是书记吗？"

倪文革没有回答青青的问题，只是又告诉她一个新消息："你不知道，钟书记也招工回大连了。"

青青再次无话可说，怎么回事？"钟书记是国家干部啊，怎么还招工呢！"

"她本来就是知识青年，就以知青身份招工回大连，很正常。"

青青觉得自己的脑袋不够用了，完全理不清这些事情。不可一世的公社党委书记、团委书记，忽然都要走，招工、上大学。忽然想起大队长的话："好事都是你们的。"她在心里说，好事不都是我的，却都是他们的。

看着青青疑惑的面孔，倪文革知道她在想什么："我知道，你一定很奇怪，刘咏梅的事情……其实，我们也是受害者，跟大家是一样的。粉碎'四人帮'，我们才知道真相。我们也是被蒙蔽的。"

青青的思维还是转不过弯，她想问，你们是受害者，那谁是迫害者呢？看看倪文革一脸无辜的表情，终究还是没问。无论如何，彼此不是同路人。

"行，以后说不定我们在大连还能见面呢！我还有事，先走一步，我等些日子再去学校报到。"

青青傻傻地点头，完全理不出头绪。

一个高高、瘦瘦的男青年站到她面前："你是章青青吧？"

"我是，你是？"

"我是刘咏秋，刘咏梅的弟弟。"

"哦，我说呢，看着眼熟，却想不起来在哪儿见过。"

刘咏秋知道章青青想问什么，就说起姐姐的病情，时好时坏，现在已经在大连，母亲回大连可以带一个孩子，就带的是姐姐。

青青连连点头："你留下来？"

"我也考上大学了，东北财经学院。"

"真的，太好了！"青青几乎欢呼起来。

"你也要回大连了？"

"不，我到公社来，想看看我父亲的档案，找一份证明材料。"刘咏秋告诉青青，自己父亲当年是起义过来的，是国家的功臣，他们的顶头上司在中央做大官呢，要到档案查关于父亲起义的记载，然后找有关部门，要求平反。

"平反，能给平吗？"

"我们总是要做，我把材料整清楚，回大连找一下有关部门，爸爸说应该平反。"

这是青青完全没想到的,她想到自己的父亲,是不是也应该平反?为天津那半个月二楼房屋中的一个年轻人的狂妄,他受的罪也够了吧?

红色的长途汽车开过来,青青说:"我要上车。"

"一路顺风!"

"谢谢你告诉我这么多好消息。"他们笑着挥手告别。

有人下车,青青找个座位坐下。长途客车晃晃悠悠,大多数乘客在睡觉,青青的思绪却飞扬起来,多少事涌到脑海中,如果父亲也可以平反,这些年的灾难之旅岂不是不该有的?想到又可以见到姥姥、姥爷,不由激动起来。自己从小对姥姥说过,长大挣钱要孝顺她老人家的,终于,又可以偎依在姥姥怀里说悄悄话了。想到舅舅陈尚正,从父亲出事以来,两家就几乎没有来往。还有八一路126号院子里那群与自己有血缘的亲人。一地碎片的亲情,即使从地上拾起来缝缝补补,也是破衣一件。

忽然,蒲楠跳进她脑海,曾经神一样的存在,多少年,她不再想他;今天,她却确信,蒲楠一定活着,他一定会有不同凡响的未来……如今,自己也是大学生,是不是可以并肩而立?她笑起来,如果真能再见,当可以平视对方,说一声,好久不见……然后呢,有没有然后?

想到小时候,自己曾有过当作家的理想,摇摇头,太不现实,还是认真读书吧,将来像妈妈那样,做一名教师,给学生讲课……她尚不能预见到,所有的理想,抑或妄想,在即将到来的岁月中,都是可以一点一点实现的。

全书完